古典文獻研究輯刊

三 編
曾永義 主編

第19冊

元雜劇聯套研究

許子漢 著

國家圖書館出版品預行編目資料

元雜劇聯套研究／許子漢 著 — 初版 — 新北市：花木蘭文化
出版社，2011〔民100〕
目 4+234 面；19×26 公分
（古典文學研究輯刊 三編；第 19 冊）
ISBN：978-986-254-561-4（精裝）
1. 元雜劇 2. 戲曲評論
820.8   100015011

ISBN-978-986-254-561-4

9 789862 545614

古典文學研究輯刊
三 編 第十九冊   ISBN：978-986-254-561-4

元雜劇聯套研究

作　　者　許子漢
主　　編　曾永義
總 編 輯　杜潔祥
出　　版　花木蘭文化出版社
發 行 所　花木蘭文化出版社
發 行 人　高小娟
聯絡地址　新北市永和區中正路五九五號七樓
　　　　　電話：02-2923-1455／傳眞：02-2923-1452
網　　址　http://www.huamulan.tw 信箱 sut81518@ms59.hinet.net
印　　刷　普羅文化出版廣告事業
初　　版　2011 年 9 月
定　　價　三編 30 冊（精裝）新台幣 48,000 元

元雜劇聯套研究

許子漢　著

作者簡介

許子漢，國立台灣大學中文所博士，現職國立東華大學華文文學系副教授，專長古典戲曲、現代戲劇，著有《元雜劇的聲情與劇情》、《明傳奇排場三要素發展歷程之研究》等專書，及《元雜劇楔子新解》、《戲曲關目義涵之探討》、《論中國韻文學格律之發展》等論文。

提　　要

　　自來研究元曲套式規律者，皆從曲牌聯接次序等形式上的角度為之，且多 限於對部份曲牌之觀察，未能對所有曲牌做一全面之研究，以形成套式規律之完整系統。故本論文一方面綜觀所有曲牌之聯套規律，以較為整體之觀點，在前人之基礎上，對曲牌之聯套規律做一全面之研究；一方面將套式與劇情結合，研究其中之關係，並歸納出各宮調適用之劇情形態，與舊有之宮調聲情說做一印證。緒論中先對前人在套式規律與宮調聲情上之討論做一回顧與整理，再進一步說明本文將聯套規律區分為「曲牌聯綴規律」與「套式運用規律」之觀念與其定義。第一至八章分別對仙呂、正宮、南呂、中呂、越調、商調、黃鍾與大石、及雙調等九個現存元劇所用之宮調進行套式之分析與歸納。每章又分三節（除第七章外），第一節討論曲牌聯規律，第二節討論套式運用規律，第三節則對該宮調之聯套規律做一總結。第九章為本文之結論，以前面八章對各宮調之討論結果為基礎，析論整個元雜劇聯套規律之通則。第一節討論「曲牌與曲段」，即聯套單位之層次，說明就曲牌聯綴規律而言之四項要素，就套式運用規律而言有八種用法，及二者之間的關聯。第二節討論「套式與宮調」，分析各宮調之聯套規律在組成之形式上，與適用之劇情形態上有何特色，二者間之關聯所在。第三節討論「聲情與劇情」，以各宮調適用之劇情形態來看舊有之宮調聲情說，給予新的詮釋。第四節則對各宮調之聯套規律再做一摘要之敘述，並為本文做一結語。簡言之，各宮調之套式規律由於聯套單位之運用與組成形式上之特色，在整個套式之運用上亦因而有各自之特色，並有各自適用之劇情形態；由此以觀舊有之聲情說，可有更具體之認識。本文之研究成果，相信可以使北曲向來為人忽視之「排場」，在理論上得到更進一步發展的可能。

目次

緒　論

一、緣　起

　　我國戲曲演出脫離不了音樂，元雜劇亦然。元劇音樂屬於曲牌系，吾人皆信元劇作品乃由曲牌依宮調按一定規律組成套式以演出情節。自來論及曲牌之間存有規律之說甚多，元芝菴《唱論》有言：

> 凡調有子母，有姑舅兄弟，……

所謂「子母」、「姑舅兄弟」顯然指曲牌之間存在一定之關係。清李漁《閒情偶寄》卷二詞曲部〈音律第三〉論《南西廂》之失亦言：

> 從來詞曲之旨，首嚴宮調，次及聲音，次及字格。九宮十三調，南曲之門戶也。小齣可以不拘，其成套大曲則分門別戶，各有依歸，非但彼此不可通融，次第亦難紊亂。……

所論雖以南曲為主，但明言「詞曲之旨」，則北曲當亦適用。據其所言，則每宮調之曲牌不可任意「通融」，各依類別以組成套式，且聯成套式之曲牌有一定之次序，「次第亦難紊亂」。許之衡《曲律易知》開宗明義於〈概論〉中即言世人填曲之誤：

> 其大誤處在視與作詞等，可以任意自擇牌名，句法平仄一遵舊曲填成，即以為解作曲。殊不知其誤不可以道里計。……若散套，若雜劇，若傳奇，皆與詞之各首自為片段者大異。其牌名先後皆有一定之次序，一定之性質，而不容任意顛倒羼雜者也。

許說除指出次序不容倒亂之外，還指出各曲性質有異。鄭因百先生所著之《北曲套式彙錄詳解》（下簡稱《詳解》）中更清楚明白的指出：

-1-

> 各種套式中所用牌調數量偶可按一定之法則增減，而次序不容顛倒
> 錯亂。

> 北曲聯套規律甚嚴，無論雜劇、散曲、前期、後期，守常規者居多，
> 變異者佔少數。此蓋由於聯套所根據者爲音樂，牌調之組織搭配、
> 位置先後，無一不與樂歌之高下疾徐有關，自不能遠離成規而以意
> 爲之。（見該書凡例之「乙、結論」部份中第六、七兩條所言）

鄭先生之說則明確指出了次序不容顛倒之故在於與音樂之關係，此音樂之關
係蓋與許說之「性質」有密切關聯。上述諸說皆謂曲牌之間次序有定，不容
紊亂，王季烈於《螾廬曲談》卷二第三章〈論套數體式〉中亦言及此，但其
說略有不同：

> 聯合數曲以成套數，南北曲皆有一定之體式。在北曲雖有長套短套
> 之別，而各宮調之套數，其首曲尾曲殆爲一定，不過中間之曲可以
> 增刪改易及前後倒置耳。

諸家之說，「次序」二字爲其所共同強調之特點，《螾廬曲談》之說較能指出
此種次序具有某種程度之變化。如果就現存的雜劇套式來觀察，元雜劇各折
套式的曲牌之間也的確呈現出某種排列的規律，而前引諸賢之說當亦有其根
據。因此可以斷言，元雜劇之寫作確乎有所謂的「聯套規律」爲當時的作家
所遵循。

二、宮調之聲情

對有關套數中曲牌之聯綴次序的討論略做回顧後，再看另一個廣泛爲前
人所論及的課題，即各宮調之聲情說。在《唱論》中已提出至今仍廣被引用
之各宮調所具之聲情如下：

> 大凡聲音各應於律呂，分於六宮十一調，共計十七宮調：仙呂調唱
> 清新綿邈、南呂宮唱感嘆傷悲、中呂宮唱高下閃賺、黃鍾宮唱富貴
> 纏綿、正宮唱惆悵雄壯、道宮唱飄逸清幽、大石唱風流醞藉、小石
> 唱旖旎嫵媚、高平唱條物滉漾、般涉唱拾掇坑塹、歇指唱急併虛歇、
> 商角唱悲傷宛轉、雙調唱健捷激裊、商調唱悽愴怨慕、角調唱嗚咽
> 悠揚、宮調唱典雅沈重、越調唱陶寫冷笑。

姑不論這些整齊的形容詞是否皆能正確表達所形容之宮調在聲情上的特色，
無疑的，這些描述意味著《唱論》作者相信各宮調有其一定的特點，並非混

然無異。清徐大椿《樂府傳聲》論宮調一條亦言：

> 古人分立宮調，各有鑿鑿不可移易之處。其淵源不可得而尋，而其
> 大旨猶可按詞而求之。如黃鍾調唱得富貴纏綿，南呂調唱得感嘆悲
> 傷之類。其聲之變雖係人之唱法不同，實由此調之平仄陰陽，配合
> 成格，適成其富貴纏綿、感嘆悲傷，而詞語事實又與之合，則宮調
> 與唱法俱得矣。故古人填詞，遇富貴纏綿之事則用黃鍾宮，遇感嘆
> 悲傷之事則用南呂宮，此一定之法也。……

此說明顯承《唱論》而來，且進一步相信古人填詞是照著宮調之聲情特點來
寫作的。在《唱論》中並未明言其說爲既有之事實歸納而得，亦爲樂理上應
有此標準，或甚至只是其心中自行標舉之理想。至徐說則已將其視爲古人作
曲之實際反映。而有人將宮調聲情與時序相配，事實上也只是對宮調聲情的
認定，並加以做更誇張的應用。清梁廷柟所著《曲話》即有如下之說：

> 合南北曲所存燕樂二十三宮調諸牌名，審其聲音以配十二月。正月
> 用仙呂宮、仙呂調，二月用中呂宮、中呂調，三月用大石宮、大石
> 調，四月用越調、越角，五月用正宮、高宮，六月用小石調、小石
> 角，七月用高大石調、高大石角，八月用南呂宮、南呂調，九月用
> 商調商角，十月用雙調、雙角，十一月用黃鍾宮、黃鍾調，十二月
> 用羽調、平調。閏月則用仙呂入雙角。如此，則聲音、氣象自與四
> 序相合矣。

事實上當時是否存有二十三宮調實在大有疑問，然其反應出宮調聲情說爲人
所深信則爲明顯之至。固然，由於《唱論》所用之語有其籠統與混淆之處，
從而引起許多之爭論，若能先跳出其聲情說之束縛，不論其所做之描述是否
正確，則從音樂上而言，不同宮調之音樂具有不同之特點當爲合理之事。再
從元雜劇之宮調與折次之關係，或者折次與宮調之關係來看，皆有一定之對
應關係。前者如仙呂多用於第一折，南呂多用於第二折，中呂、越調多用於
第三折，黃鍾、雙調多用於第四折；後者如第一折幾乎皆用仙呂，第二折以
南呂、正宮爲多，第三折以中呂、越調爲多，第四折以雙調爲多。此種現象
是否即由各宮調具有上述之聲情所造成，先暫置疑，但至少可以假定——每
個宮調應有各自之某種特點，由此特點造成各宮調與折次之間的對應關係。

　　如果進一步追問，各宮調與各折次之間有對應關係之意義爲何？可從兩
個角度來看，一爲由於音樂上之特點，故各宮調有其運用之限制，自不能適

用於任何折次；二為各折次劇情發展有一定之進程，不同之進程須用不同形態之音樂，而形成宮調與折次之對應。而此二說極有可能是殊途同歸，中國戲曲本即以音樂演出戲劇，情節之演出固有賓白、科汎等相助，而曲文實為主體，若抽離音樂，則中國戲曲之精髓亦隨之而失。故歷來戲曲作品講究的是曲情與劇情合一，元雜劇當不例外。曲情與劇情之合一既須講求，可見二者非可任意配合，特定之劇情須配合特定之音樂，而宮調與折次之對應關係極可能只是反映曲情與劇情相配合的部份現象而已。各宮調之音樂特性如何顯現呢？無非經由曲牌聯成之套數。任一套數一望可知為何宮調，因其須由一定曲牌按一定之規律聯成，不同之宮調特色所以形成，當即由於各宮調有其不同之曲牌與不同之聯套規律；且由前述有關聯套規律之描述可知，聯套之次序與曲牌之性質，或云音樂上之特性，有密切關聯。故對於聯套規律的了解，實為揭開宮調與曲牌特性之重要課題。掌握此特性，元雜劇曲情與劇情之相得益彰才能清楚展現。此亦為本文對聯套規律進行研究的終極目的。

三、聯套規律

　　由第一部份的討論可知「聯套規律」之存在，由第二部份的討論可知各宮調之聲情若有其特色當與其曲牌之聯套規律有關。前引諸說對北曲聯套規律之說明多在「次序」一點，未曾提及各宮調之聯套規律有何不同，又是否因此不同而形成各宮調聲情上之特色，亦不可知。然則北曲之聯套規律是否只有「次序」一項而已呢？

　　《曲律易知》論南曲之律有以下的論述：

> 然古人合律之曲我一一遵其牌名，而依次填之，在彼固無不合，而我仍有不合者，則不知排場之奧竅故也。不明排場，則古人合唱之曲，而我一人獨唱；古人獨唱之曲，而我眾人合唱；及上場下場，暨悲歡離合，種種情節之不同，在彼則合宜，而我因情節之殊，故合律之曲，逐字按填而反不合者，正自不少也。（見卷上〈概論〉，頁7）

其明白指出「依次填之」而「仍有不合者」，可見南曲之律，「次序」並非惟一之要素。次序之外尚須顧及劇情之內容，若未能配合劇情，則「因情節之殊，故合律之曲，逐字按填而反不合」。南曲既如此，北曲豈獨不然？北曲之「排場」言者甚少，與南曲相較，或許其排場之講究不如南曲之複雜，但由

上一部份對宮調聲情之討論來看，除非北曲之曲情與劇情並無關係，一反我國戲曲之常理，否則北曲之律當亦須講求與劇情之配合。

　　由此看來，一個套式是否合律至少要有兩個要件，一為曲牌聯綴之次序合乎規範，二為與劇情之配合無誤。討論聯套規律也因而至少須分兩個部份來討論，第一部份偏於形式，以曲牌之聯綴次序為討論之範圍，以下稱此部份之規律為「曲牌聯綴規律」；第二部份重套式之運用，是否與劇情能相配合，以下稱此部份之規律為「套式運用規律」。

四、曲牌聯綴規律

　　北曲之律如上述可分為兩大部份，然前人之研究實多為曲牌聯綴規律。目前元雜劇套式之研究以鄭因百先生之《北曲套式彙錄詳解》（以下簡稱《詳解》）一書中所言最為完備，書中所收之套式除元人之現存作品外，尚含選集中所存之殘折。對於曲牌聯綴規律之研究有極大之成就，以下簡要整理此書所指出之規律：

1. 每種宮調所用之首曲為何。如仙呂用點絳唇或八聲甘州，南呂用一枝花，中呂用粉蝶兒等。

2. 首曲之後所接用曲牌為何。如仙呂首曲後必用混江龍，正宮首曲後必用滾繡球，雙調首曲後多用駐馬聽。

3. 無論何種宮調，用於尾折時可不用尾聲，非用於尾折時須用尾聲。

4. 某些曲牌常常或必須連在一起使用。如仙呂之點絳唇、混江龍、油葫蘆、天下樂四曲常常連用，雙調之川撥棹、梅花酒、七弟兄、收江南四曲常常連用，南呂之感皇恩、罵玉郎、採茶歌三曲必須連用。

5. 某些曲牌可以使用多次。如正宮之滾繡球、倘秀才可以循環使用多次，南呂之隔尾及牧羊關皆可以各自使用多次。

6. 何種宮調有借宮之情形。如越調從不借宮，商調則多借仙呂之後庭花、青哥兒、柳葉兒等曲。

　　綜合以上各項觀之，《詳解》對首曲、次曲、尾曲、連用曲、可多用曲、借宮曲等部份之規律皆有相當清楚之描述。若將上述之內容做一整理，可以發現「次序」並非上述規律惟一的內容，尚包括以下三點：(1)是否一定必須使用，如 3. 所述；(2)使用之次數，如 5. 所述；(3)常與何曲牌連用，如 4. 所述。這些項目使曲牌聯綴規律的全貌隱約的展現，其中「次序」為聯綴規

律極重要之一項，但並非全部內容。

　　為了對聯綴規律做更具體的了解，在司徒修先生（Hugh M. Stimson）所著之〈元雜劇仙呂宮套曲的排列次序〉一文〔註1〕中，對仙呂宮之聯綴規律做了系統的描述，可提供做為參考。該文將仙呂宮用於雜劇之曲牌分為七組，其中六組曲牌按照一定的排列次序形成固定的「曲段」（sequence），其他不必按照一定次序形成曲段的曲牌，稱之為「獨立曲牌」（independent tune），即為第七組〔註2〕。其所謂之「曲段」即為一般所謂之「連用曲」，這些經常（或必須）連用的曲牌在聯套時，事實上自成單位，並不分開。該文即以這些「曲段」與不須與其他曲牌連用之曲為聯套之單位，來描述仙呂宮之聯綴規律，而非皆以單獨之曲牌為單位來描述。與《詳解》之描述方式比較，《詳解》較為詳細，以曲牌為著眼點，偏重於個別曲牌聯綴現象之描述；〈仙呂套曲次序〉則以宮調為著眼點，著重整個宮調聯套現象之描述。故以此文之法分析仙呂之聯套單位為六曲段及獨立曲牌後，乃能免除個別曲牌之瑣碎變異，所有之仙呂套式便顯現出極為有次序之聯綴特色，並能以簡單之方式加以清楚描述。惜其僅對仙呂宮做了大略之探討，不能對所有宮調之聯綴規律做全面的研究，而未能發掘各宮調聯綴規律之異同。

　　由上述之說明可以發現各宮調之套式並非由曲牌直接聯綴而成，而是先由部份連用之曲牌組成各個曲段，再由這些曲段與獨立曲牌做為聯套之單位，組成套式。因而聯綴規律可以進一步區分為兩個層次。第一個層次為曲牌如何組成聯套單位，先區分何者為連用曲，何者為獨立曲牌；連用曲如何組成各曲段，包括各曲段之組成曲牌於曲段中之使用次序、次數及必要性等項目。第二個層次為各聯套單位如何組成套式，即各單位於套式中使用之次序、次數及必要性之說明。一個宮調聯綴規律之特色亦即建立在此二層次上。就第一層次而言，若該宮調之曲牌組成他宮調所無之聯套單位，則此單位當可於此宮調中形成他宮調所無之成份；就第二層次而言，即使完全相同之單位，若以不同之方式組織排列，仍可形成差異。故各宮調聯綴規律之特色可以由不同之聯套單位與不同之聯綴方式兩方面來形成。

〔註1〕原文以英文發表："Song Arrangements in Shianleu Acts of Yuan Tzarjiuh"，《清華學報》新五卷一期，民國54年7月，頁86～106。以下簡稱〈仙呂套曲次序〉。

〔註2〕各組由那些曲牌組成請見第二章第一節之說明，此不贅。

五、套式運用規律

　　曲牌聯綴規律可以分析爲兩個層次，套式運用規律亦可以分析爲兩個層次，且與聯綴規律相對應。

　　就整個套式而言，使用時固然有其劇情上之限制；就套中之聯綴單位而言，亦有與折中情節相配合之顧慮。前人於套式運用規律雖言之甚少，但某些論述中仍觸及此一主題，尤其是套中各單位與情節之搭配。如《詳解》討論仙呂宮時即指出：

> 上述村里迓古至勝葫蘆諸曲（指村里迓古、元和令、上馬嬌、游四門、勝葫蘆等連用之五曲），腔板與仙呂宮其他諸牌調稍異，自成一組。故劇套於點絳唇等四曲或七曲之後接用此一組者多在劇情轉變之際。（見頁 41）

在正宮聯套法則中，論及滾繡球、倘秀才二調常循環使用時，於注中亦指出：

> 據吳先生（即吳梅）之說，此兩調俱不用高喉，僅用平調歌；此種腔調頗便於鋪敘之用，故可利用多次以組成較長之套，例如羅貫中風雲會第三折（即至今傳唱之「訪普」）是也。（見頁 12～13）

如以上所論皆已觸及劇情與聯套單位之間之搭配關係，可見得在套式中各聯套單位亦與情節有所相關，某些單位可能宜於表現劇情變化，某些適於平緩的鋪敘，有些可能適於抒情，有些可能適於武打。故而套式在運用時不只須顧到所用宮調是否與該折之劇情相合，同時也須注意套中各單位是否用得其所，能與折中之情節相配合。套中各單位既各有適用之情節，則由各單位組成之套式當然亦隨而有其適用之劇情形態，而各宮調之特色全由其套式所展現，則其套式適用之劇情形態，實即該宮調聲情與劇情之間的相應關係。

　　依上所言，更證明曲牌聯綴規律與套式運用規律之間的密切關聯。曲牌聯綴規律的兩個層次不但與套式運用規律的兩個層次相對應，且各宮調聯綴規律之特色實即其曲情特色之反映，而套式運用規律之特色，即爲其適用之劇情形態。故各宮調之曲情與劇情是否合一，實即視此二規律能否皆爲劇作家所遵守。若曲牌聯綴規律得以無誤，則該宮調之曲情必能顯揚；若套式運用規律亦能恪守，則劇情必能與曲情相得益彰。當然，套式運用規律的正確運用，須以曲牌聯綴規律爲基礎。若不能明各宮調之聯套單位爲何，則各單位與劇情之搭配即無從談起；若不能明各單位以何種規律組成套式，則各宮調之特色必遭埋沒，亦必不能用於所適用之劇情形態。

總之，由曲牌聯綴規律而至套式運用規律，再至各宮調與各折之間曲情與劇情之配合，有其一定之關聯，無法各自離析。

六、本文之研究

本文的研究原則上以一章討論一個宮調，現存元雜劇中所用之宮調有黃鍾宮、正宮、仙呂宮、南呂宮、中呂宮、大石調、商調、越調、雙調等九個宮調，除黃鍾與大石因套式過少，併爲一章討論外，其餘宮調均各分爲一章討論之。每章分爲兩節，第一節討論其曲牌聯綴規律，第二節討論其套式運用規律〔註3〕。各宮調所有之套式實例，則另於附錄中列出，以便參閱。

曲牌聯綴規律之研究乃以《詳解》之說爲基礎，再根據套式之歸納與劇情之分析加以補充修正。套式運用規律則以曲牌聯綴規律爲基礎，進一步觀察各聯套單位如何與劇情配合。

各宮調分別之討論既畢，再以最後一章對整個聯套規律做全面性之討論，並分析各宮調套式特色，及適用之劇情形態。最後，根據本文之分析成果，對《唱論》舊有之聲情說做一比較與探討，並提出個人之意見，期能對宮調聲情從較具體的角度來加以說解與認識，而能有新的收獲。

本論文所討論的材料範圍包括《全元雜劇初、二、三、外編》及《元曲選》、《元曲選外編》中所有劇本之套式〔註4〕，及《詳解》中所收選集中殘劇之套式〔註5〕；但前述的研究中若與情節有關者只以賓白完整的劇套爲材料，故選集中之殘劇及僅存元刊本之劇本將不包括在內〔註6〕。至於所用板本，因各板本之套式差異不多〔註7〕，故以使用上的便利爲考量，以《元曲

〔註3〕 第七章〈黃鍾宮與大石調〉除外，此章分爲兩節，第一節說明黃鍾宮，第二節說明大石調。

〔註4〕《元曲選外編》中賈仲名所著之〈呂洞賓桃柳昇仙夢〉除外，因其所用套式皆爲南北合套。除掉此劇，共計劇本二百二十五種，二百三十四本（因〈西廂記〉有五本，〈西游記〉有六本），套式共九百四十六套（因其中有十本劇本爲五折）。詳細劇名、作者、每折所用宮調請見附錄一。

〔註5〕《詳解》中所收殘劇套式共有二十七套，故本論文所用套式共計爲九百七十三套。各宮調之殘劇套式請見附錄二至九。

〔註6〕 僅存元刊本之劇劇名如下：〈雙赴夢〉、〈拜月亭〉、〈調風月〉、〈東窗事犯〉、〈貶夜郎〉、〈介子推〉、〈紫雲庭〉、〈三奪槊〉、〈周公攝政〉、〈七里灘〉、〈追韓信〉、〈霍光鬼諫〉、〈替殺妻〉、〈小張屠〉，共計十四本。

〔註7〕 有關各板本之間的套式差異可參見《詳解》所列。至於本文增收之《全元雜劇外編》之劇皆爲孤本，無此板本之差異。

選》及《元曲選外編》二書之板本爲優先，二書不收之劇，則以《全元雜劇》
所用板本爲準。

　　最後說明兩點：其一，因個人對音樂之了解甚微，故本文之研究以情節
與套式兩方面所見爲主，與音樂有關之討論不多涉及；其二，元劇之套式當
然前有所承，後有所傳，本文一來因個人才力所限，二來因北曲與唐宋大曲、
諸宮調、宋詞……等之關聯多有人論之，故本文專注於有元一代，就其聯套
規律之各層次做「橫」的剖析，而不再做「縱」的追溯。

第一章　仙呂宮

在所有的二百三十四本劇本中，僅有〈西廂記〉第五本不用仙呂宮，另有〈圯橋進履〉一劇因有缺頁，首折仙呂宮之套式已不全，剔除此二劇，再加上殘劇套式七套，總計爲二百三十九套，各套式所用之曲牌詳列於附錄二。此二百三十九套只有兩套用於第二折，其餘皆用於第一折，各劇每折所用宮調請參見附錄一。

第一節　曲牌聯綴規律

仙呂宮是最常用的宮調，出現的折次非常固定，曲牌間的聯綴次序也最爲明顯，因此在所有的宮調中，對其聯套規律的了解也最多。今列出《詳解》一書中指出的規律如下：〔註1〕

1. 點絳唇、混江龍、油葫蘆、天下樂四曲常連用。
2. 點絳唇、混江龍、油葫蘆、天下樂、那吒令、鵲踏枝、寄生草七曲常連用。
3. 村里迓古、元和令、上馬嬌三曲須連用；村里迓古、元和令、上馬嬌、游四門、勝葫蘆五曲常連用。
4. 六么序必連么篇。
5. 後庭花之後常用青哥兒或柳葉兒，或三曲接連使用。
6. 金盞兒、醉中天、後庭花三曲可迭互循環。

〔註 1〕 《詳解》所列之「聯套法則」包括散套與劇套，今因討論範圍所限，只列出有關劇套的部份；另外，有關首曲與次曲的部份已見緒論，此後各章不再重覆。

　　司徒修先生所著之〈仙呂套曲次序〉文中也對仙呂宮之聯套規律做了系統的描述。該文將仙呂宮用於雜劇之曲牌分爲七組〔註2〕，其中六組曲牌按照一定的排列次序形成固定的「曲段」，其他不必按照一定次序形成曲段的曲牌，稱之爲「獨立曲牌」，即爲第七組。今將此七組曲牌分組列出如下：

Ⅰ　點絳唇、八聲甘州、混江龍、油葫蘆、天下樂。（點絳唇與八聲甘州二者不同時出現）

Ⅱ　那吒令、鵲踏枝、寄生草。（寄生草後可用么篇）

Ⅲ　村里迓古、元和令、上馬嬌、游四門、勝葫蘆。（游四門、勝葫蘆可不用，勝葫蘆後可用么篇）

Ⅳ　六么令。〔註3〕（此曲須連用么篇）

Ⅴ　後庭花、青哥兒、柳葉兒。（青哥兒與柳葉兒可只用其一）

Ⅵ　賺煞尾、賺煞、尾、尾聲、煞尾。〔註4〕

Ⅶ　金盞兒、後庭花、醉中天、醉扶歸、一半兒、河西後庭花、憶王孫、賞花時、四季花、喜秋風、醉雁兒、得勝樂、玉花秋、雁兒、金盞花、節節高、金字經、清江引、穿窗月、三犯後庭花、單雁、單雁兒。〔註5〕（此組曲牌可以任意次序組合，亦可不只使用一次）

　　前五組正好和《詳解》1.至 5.對應，而《詳解》指出的第 6.點則是第Ⅶ組曲牌中較爲特殊的一種聯結方式。該文比《詳解》更進一步的說明了這七組曲牌之間的次序關係如下：

　　　　Ⅰ－Ⅱ－Ⅲ（Ⅳ）－Ⅶ－Ⅴ－Ⅵ

其中 Ⅳ 與 Ⅲ 由於從不同時出現，且與其他曲段之次序關係相同，故合併於

〔註2〕在七組曲牌之外，該文還有所謂的「不規則曲牌」（irregular tunes），但事實上俱不應算入仙呂套式中。其中用於〈金安壽〉之滿堂紅、大德歌、魚游春水、芭蕉延壽，用於〈圯橋進履〉之上小樓、朝天子，皆爲非主唱角色所唱之插曲；用於〈昇仙夢〉之南曲東甌令、桂枝香、玉包肚、樂安神與套式中之北曲間隔使用，實爲南北合套，並非單純北套，不應混爲一談。

〔註3〕此曲牌名當爲六么序，六么令爲散套所用之曲，詳見《北曲新譜》。

〔註4〕按《詳解》於說明仙呂宮之尾曲時已指出，不論所題曲牌名爲何，均爲同一曲牌之異名，仙呂劇套之尾聲實只有一種，故此組五支曲牌實爲一曲。

〔註5〕此組曲牌中，金盞兒與金盞花，後庭花與河西後庭花，醉雁兒、雁兒、單雁兒與單雁，俱爲同曲異名之情況；喜秋風、金字經、清江引三曲分屬大石、南呂、雙調，不屬仙呂，出現在仙呂折次中（喜秋風見〈硃砂擔〉，金字經見〈破窯記〉，清江引見〈降桑椹〉）是用作插曲，不應算在套式中。另外，節節高一曲不應計入此組，應屬第 Ⅲ 曲段，且皆爲村里迓古之誤題。

同一序位。除了第 I 及第 VI 兩個部份爲一定使用的段落外，其他段落皆爲可用可不用。

以上即爲〈元雜劇仙呂宮套曲的排列次序〉一文的主要內容。該文雖對同曲異名、套中插曲及南北合套等問題未能有清晰的認識，而造成一些混淆，但在套式規律上有較爲整體的掌握，對曲段中曲牌的次序，及套式中曲段的次序，也有較清楚的描述，本節即擬在該文的基礎上，參照《詳解》所言，進一步討論仙呂宮套式的曲牌聯綴規律。

一、第 I 曲段

此一曲段由點絳唇（八聲甘州）、混江龍、油葫蘆、天下樂按次序所構成，就組成之曲牌及次序而言均無問題。在所有的仙呂套式（二百三十九套）中，此曲段非由此四曲按此次序構成者只有十一套，〈金安壽〉用八聲甘州，而不用其他三曲；只用點絳唇、混江龍者有八本；在點絳唇、混江龍及油葫蘆、天下樂之間插入其他曲牌者有二本〔註6〕。以比例而言，實可忽略不論；但此一結論純由套式之聯綴形式作表面觀察而得，若持較審愼之態度，取劇本內容和套式之關係加以比較，即可發現，這些少數不合「規矩」的套式並非只是單純的例外，而是某種不明顯的內在事實透露出來的訊息。此一事實即是此一曲段應進一步分爲兩個曲段，點絳唇與混江龍爲一曲段，油葫蘆與天下樂爲一曲段。以下即從情節、曲文之分析說明之。

首先，以〈鴛鴦被〉（a04）〔註7〕爲例，此劇敘述李府尹（李彥實）因向劉彥明（劉員外）借貸上京，無力償還，劉員外心生歹念，欲藉機逼李府尹之女玉英爲妻，遂託玉清菴之劉道姑前往李家，勸說玉英相從，第一折主角玉英上場前的情節大致如此。玉英上場時是在家中，以賓白說明自己心中擔心父親進京安危不知，然後唱點絳唇、混江龍二曲，之後劉道姑上場，半勸半騙地說服了玉英，使她答應了婚事。此折主要情節即爲騙婚，而騙婚的情節是在劉道姑上場來到李家，和玉英相見後才眞正展開，也就是在點絳唇、混江龍二曲之後才展開。

〔註6〕只用點絳唇及混江龍而不用油葫蘆、天下樂者，有以下八個劇本（以編號表之）：a14, a23, a83, a95, b61, d23, d34, d44。在點絳唇、混江龍和油葫蘆、天下樂之間隔以他曲者，有a34, b52 兩本。

〔註7〕a04 爲劇本之編號，表此劇爲《元曲選》所收第四個劇本。請參見附錄一之說明。

　　再舉〈賺蒯通〉（a05）為例，此劇第一折由張良主唱，起始敘述蕭何憂慮韓信權重為患，與樊噲商量，無計可施，命人請張良前來商議。張良一上場，即以賓白表明正要前往相府議事，然後唱點絳唇、混江龍二曲，唱完才說自己已到相府門前，令人通報，進門與蕭樊二人相見，對韓信之事表明自己反對除掉韓信的做法，為韓信極力辯護，但蕭何等人不能接納其看法，張良遂決定入山修道，退出官場。此折之主要情節即為張良力陳韓信無罪，而此情節顯然也在點絳唇、混江龍二曲之後才展開。

　　以上兩劇一為主角先在場中，與其對戲之副角在混江龍之後才進入主角所在之時空；一為其他副角已先在場中，主角於混江龍之後才進入副角所處之時空（〈賺〉劇之張良上場之初，蕭樊二人雖已在場中，但三人並未處於同一時空）。也就是說，以上兩劇之角色皆在混江龍之後才同處於一個時空，而主要之情節也因而從此才真正展開。

　　以上兩例由於有一明顯之進門動作，可以明顯看出時空的轉移，有些劇本則沒有此一動作，但稍加探究即可發現，仍為同類之情況。舉〈陳州糶米〉（a03）第一折為例，此劇敘述楊金吾、小衙內奉旨至陳州糶米，卻刻扣舞弊，前來糶米之張憋古因而與其發生爭執，遭其打死。張在上場時對其子說明倉官舞弊，前往糶米時不願干罷，唱點絳唇、混江龍二曲之後，才以賓白表明已來到糶米之處，和兩名斗子相見，進而發生爭執。可見也是在混江龍之後，場上角色才處於同一時空，主要情節才得以展開。

　　另有一類劇本卻是場上角色在首曲點絳唇之前即已同處一時空，但在混江龍之後才發現對方的存在，劇情才正式展開。如〈殺狗勸夫〉（a07）第一折，清明節時孫大與其妻楊氏至祖墳掃墓，其弟孫二也至祖墳掃墓，但楊氏卻在孫二唱完點絳唇、混江龍二曲後才與孫二招呼，並喚孫二與其兄相見，結果遭孫大打罵，不准孫二在祖墳掃墓。如此看來，在混江龍之前，孫二雖與孫大、楊氏等人處於同一時空，但彼此之間卻視而不見，並不發生互動，在混江龍之後，彼此的互動才展開，主要的情節也才從此開始發展。可見在混江龍之前，場上角色暫時的忽略了和其他角色同處一時空之關係，此種有意的忽略使主唱角色能不受其他角色在場的影響，先進行某種必要的表演後，再和其他角色演出下面的情節。

　　由以上的討論看來，這幾類劇本不管是角色經由時空的變換，或暫時性的有意忽略，主唱角色和其他角色之間的真正互動都是在混江龍之後才展

開,具有這種狀況的劇本有一百二十本之多〔註8〕,而在天下樂之後才眞正展開者只有五十一本〔註9〕;因此從情節的發展上來看,混江龍一曲之後應爲一更加明顯之段落分界點。

曲文的段落則和情節的發展有明顯的對應關係,凡情節在混江龍之後分隔者,點絳唇、混江龍二曲之曲文大致形成一個關係緊密的段落,而油葫蘆、天下樂二曲之曲文則形成另一段落,其理至爲明顯。因主唱角色唱點、混二曲時,尚未與其他角色展開情節上的互動,故曲文內容多半較爲虛泛籠統,其目的在爲下面的情節提供發生的背景,而非直接開始發展情節,故而可能描述主唱角色的身份背景、志趣懷抱,或其當時心境、平日營生,甚至簡述前面劇情,或描寫天候風景(尤以詠春及詠雪者爲多);唱油、天二曲時,則多半和其他角色有所關聯,且直接和後續情節相關。以下舉〈鴛鴦被〉爲例,錄其原文如下:

> (正旦引梅香上云)妾身李府尹的女孩兒,自從父親赴京之後,可早一載有餘,音信皆無,妾身每日在繡房中做些女工生活,好是煩惱人也。(梅香云)小姐,老相公去了自有回來之日,且省煩惱。(正旦唱)

> 〔仙呂點絳唇〕自從俺父親往京師。妾身獨自憂愁死。掌把著許大家私。無一個人扶侍。

> 〔混江龍〕耽擱了二十一二好前程,不見俺稱心時。每日家鬢鬟羞整,粉黛慵施。熬永夜閒描那花樣子。捱長日頻拈我這繡針兒。每

〔註8〕 此種劇本共有一百二十本,列出如下:a01, a02, a03, a04, a05, a07, a08, a10, a14, a15, a16, a17, a18, a19, a23, a24, a25, a26, a27, a29, a30, a33, a34, a35, a36, a37, a38, a39, a42, a46, a51, a58, a59, a60, a61, a62, a64, a68, a69, a71, a75, a80, a81, a89, a91, a95, b05, b08, b09, b10, b11, b13, b14, b16, b27, b30, b33, b34, b38, b39, b42, b43, b46, b52, b53, b55, b61, b66, b67, b70, c01, c02, d01, d03, d04, d05, d06, d07, d08, d10, d11, d12, d13, d14, d15, d16, d17, d18, d20, d21, d22, d23, d24, d25, d27, d28, d29, d30, d31, d32, d33, d34, d37, d38, d42, d43, d48, d49, d51, d53, d54, d55, d56, d57, d58, d59, d60, d61, d62。

〔註9〕 此種劇本共有五十一本,列出如下:a09, a11, a22, a31, a32, a44, a45, a47, a48, a49, a50, a52, a53, a65, a66, a72, a74, a77, a76, a79, a85, a86, a88, a90, a93, a98, a99, a00, b03, b04, b06, b12, b17, b25, b35, b44, b48, b54, b59, b60, b62, b63, b68, d02, d09, d26, d35, d36, d41, d50, d52。這五十一本的數量當然亦非少數,此處仍以點絳唇、混江龍二曲爲一段落,與其他宮調的分析有關,可參見其他宮調之曲牌聯綴規律分析。仙呂宮前四曲連用的情形如此之多,則可能與仙呂的宮調特性有關,可參見第九章之討論。

日家重念想再尋思。情脈脈意孜孜。幾時得效琴瑟配雄雌。成比翼接連枝。但得個俊男兒，恁時節纔遂了我平生志。免的俺夫妻每感恨，覷的他天地無私。

（道姑上云）說話中間，可早來到李相公家了也，梅香報復去，道有劉道姑在於門首。（梅香報科云）小姐，有劉道姑在於門首。（正旦云）道有請。（梅香云）請進去。（見科）（道姑云）小姐稽首。（正旦唱）

〔油葫蘆〕甚風兒吹你個姑姑來到此。（道姑云）貧姑一徑的來望小姐。（正旦云）姑姑請坐。（唱）慌忙將禮數施。（道姑云）小姐，老相公去後，你每日做甚麼功課。（正旦云）我繡著一床錦被哩。（唱）自從我繡鴛鴦，幾曾離了繡床時。我著這金鸞線兒妝出鴛鴦字。我著這綠絨兒分作鴛鴦翅。你看那枝纏著花，花纏著枝。（道姑云）小姐這是甚麼主意？（正旦唱）直等俺成就了百歲姻緣事。恁時節纔添上兩個眼睛兒。

（道姑云）小姐費得功夫多了。（正旦唱）

〔天下樂〕則這鴛鴦被是我夫妻也那信有之。（道姑云）小姐，你揀個好財主每，好秀才每，或招或嫁，可不好那！（正旦云）姑姑，你說他怎的。（唱）嗟也波咨。可也甚意兒。則為我父離家，因此上不曾理婚姻事。說的人睡臥又不寧，害的人涕噴又不止。你著我不明白憔悴死。

（道姑云）小姐，我想你這年紀小小的，趁如今與人家尋一個穿衣吃飯的才是。（正旦做欲說又止科）（道姑云）小姐，這裡又無外人，我和你自家閒講，怕甚的來。……

由以上所引可以清楚看出，點絳唇、混江龍二曲所唱的內容屬於正旦自我的表白，它概略敘述了其父親之事與自我對終身的憂慮，這兩件事也就是後來劉道姑能夠說服玉英答應嫁給劉員外的原因，但正旦唱此二支曲子時，對將發生之事並無所知，並未真正進入情節的推展，而是為以後的情節發展，提供正旦心理方面的背景；油葫蘆、天下樂二曲所唱則已進入具體的時空環境，開始情節的推展，敘述劉道姑如何在閒話家常中發現玉英心理上的弱點，進而開始其誘騙說服的工作。可見就曲文的內容來看，點絳唇、混江龍與油葫

蘆、天下樂也應該視爲兩個段落。

如果對點－混－油－天四曲之間的賓白分佈情形做一粗淺的觀察，亦可發現點－混與油－天之間插入賓白的情形遠少於混－油之間〔註10〕，可爲上述情節曲文分析結果之佐證。

從以上賓白、情節、曲文三方面的分析看來，所謂的「點絳唇、混江龍、油葫蘆、天下樂四曲連用」，應該更仔細的區分爲兩個曲段的連用，前一曲段爲點絳唇與混江龍組成，後一曲段爲油葫蘆與天下樂組成，它們是極常連用的兩個可分的曲段，而非一個曲段。

二、第 II 曲段

以下進行那吒令、鵲踏枝、寄生草等三曲所組成之第 II 曲段的討論。

先從套式上來看，此三曲連用的套式有一百二十八套，三曲不連用的套式有二十七套〔註11〕。其中用那吒令、鵲踏枝，不用寄生草者有五套；用寄生草，不用那吒令、鵲踏枝者有二十一套；在那吒令、鵲踏枝與寄生草之間隔以他曲者有一套〔註12〕。從套式的統計看來，寄生草和另外兩支曲牌的關係似乎有再做探討的必要。

從曲文與情節來看，在天下樂與寄生草之間有些情節與曲文前後相連，有些在情節上即可看出明顯之分隔，有些則雖情節上相連，而曲文之內容則可看出有所區隔，以下舉例說明。

〈楚昭公〉（a17）一劇敘述吳國之湛盧寶劍無端飛入楚國，吳王闔廬屢次索取不得，加上伍子胥欲借兵報仇，從旁慫恿，於是決定向楚宣戰，派出

〔註10〕點－混二曲連用之例共有二百十七本，之間無賓白者有一百六十九本，賓白在兩行以上者只有兩本；油－天二曲連用之例共有二百零九本，之間無賓白者有七十本，賓白在兩行以上者只有十本；混－油二曲連用之例共有二百零七本，之間無賓白者只有十四本，賓白在兩行以上者共有一百零五本。其間賓白多少之差異極爲明顯。

〔註11〕實際上應爲二十七本，〈張天師〉（a11）、〈隔江鬥智〉（a72）兩本獨用鵲踏枝，〈燕青博魚〉（a14）獨用那吒令，〈鬥銅臺〉（d59）用鵲踏枝、寄生草、么篇，未用那吒令。因以下討論實爲鵲踏枝與寄生草之間關係的討論，與此四套無太大關係，故不算在內。

〔註12〕在那吒令、鵲踏枝之後不用寄生草者有五本：a52, a00, b49, d14, d23；在寄生草前不用那吒令、鵲踏枝者有二十一本：a14, a48, a50, a63, a69, a72, a86, b17, b19, b34, b47, b63, d10, d13, d15, d17, d20, d29, d43, d53, e05；在那吒令、鵲踏枝和寄生草之間隔以他曲者有一本：a25。

使命至楚下戰書，此爲第一折那吒令之前大略劇情。楚昭公接下戰書後，極
爲憂心，其弟芊旋不解，楚昭公遂唱那吒令、鵲踏枝二曲說明伍子胥之本領
高強，無法對付，然後召申包胥上場，問計於申，再唱寄生草，申包胥要昭
公堅守勿戰，待他向秦國借兵回來相救。如此劇申包胥的上場爲情節上的明
顯轉變，在此之前楚國君臣無計可施，在此之後遂有堅守待援之策，對策的
出現關鍵在申包胥，故其上場之時自爲情節上的轉折之處，則鵲踏枝與寄生
草之間自爲一明顯區隔所在。

再如〈蝴蝶夢〉（a37）演王家兄弟因父親遭葛彪仗勢毆打致死，憤而找
葛彪報仇，不愼誤殺葛彪而吃上官司，在第一折中誤殺一事爲劇情發展上的
關鍵所在，此一關鍵即發生在鵲踏枝與寄生草之間。可見此二曲之間應爲段
落分隔之處。

如以上二劇可以在鵲踏枝、寄生草之間發現情節之明顯改變者，共有二
十本﹝註13﹞之多。

再從曲文之分隔者來看，舉〈玉鏡臺〉（a06）爲例，此劇演溫嶠自己爲
自己作媒，娶得表妹爲妻之事。今錄其部份曲白如下：

（溫嶠云）雖然如此，那不得志的都也由命不由人，非可勉強。（唱）

〔那吒令〕他每都恃著口強。便儀秦呵怎敢比量。都恃著力強。便
貴育呵怎敢賭當。元來都恃著命強。便孔孟呵也沒做主張。這一個
是王者師，這一個是蒼生望。到底捱不徹雪案螢窗。

〔鵲踏枝〕只落得意傍徨。走四方。昨日燕陳，明日齊梁。若不是
聚生徒來聽講。怎留得這詩書萬古傳芳。

（云）我今日也非敢擅自誇獎，端得不在古人之下。（唱）

〔寄生草〕我正行功名運，我正在富貴鄉。俺家聲先世無誹謗。俺
書香今世無虛誑。俺功名奕世無謙讓。遮莫是帽簷相接御樓前，靴
蹤不離金階上。

〔么篇〕不枉了開著金屋，空著畫堂。酒醒夢覺無情況。好天良夜
成疏曠。臨風對月空惆悵。怎能夠可情人消受錦幃鳳凰衿，把愁懷
都打撇在玉枕鴛鴦帳。

﹝註13﹞此二十本分別爲 a02, a17, a37, a70, a84, a92, a96, b27, b36, b42, b50, b69, b70,
c02, d06, d12, d32, d34, d51, d59。

（云）一頭説話，早來到姑娘門首。……

以上四曲並無任何情節上的明顯轉移，且自首曲點絳唇開始，至寄生草之么篇，共八支曲子皆爲溫嶠在到達姑姑門前時所唱，點絳唇、混江龍所唱爲得志之古人，油葫蘆、天下樂所唱爲不得志之古人，到了那吒令、鵲踏枝便對前四曲所唱之古人加以評論一番，寄生草及么篇所唱則描述自己。八支曲子分爲四段，層次井然，而鵲踏枝與寄生草之間也可以清楚分開。

再舉〈來生債〉（a18）爲例，此劇第一折演龐居士燒毀債卷文契，煙焰直衝九霄，驚動玉帝，命增福神化爲白衣秀士曾信實，下凡至龐家探問原故。龐居士以油葫蘆、天下樂二曲表明人因貪財厭貧，不認親朋鄰居，自己今日眞心散財濟貧；再唱那吒令、鵲踏枝二曲舉出因財致禍之古人，因此自己視錢財爲不祥之物；曾信實引用魯褒錢神論，說錢之好處，龐居士又唱寄生草、六么序及么篇總述錢之壞處。今引錄那吒令以下之曲白於下：

（曾云）……。（正末云）先生是知典故的人，自古及今，因這幾文錢上不則送了一個，先生不嫌絮煩，聽我在下試說一遍與你聽者。（唱）

〔那吒令〕有一個爲富的似歐明涉津。遇龍君海神。有一個爲富的似元載待賓。做玄宗聖人。有一個爲富的似梁冀害民。滅全家滿門。我如今待覓一個隱淪。待尋一個逃遁。也只要免的他惡業隨身。

（曾云）居士差矣！你家的富貴不是你祖上遺留的，便是你自家掙起來的，何苦又要逃遁他去，這也太過了。（正末云）先生，還有一等無端的金人，到那臘月三十日晚夕，將那香燈花果祭賽，道是錢呵！你到俺家裡來波！那的都是邪氣。（唱）

〔鵲踏枝〕誰待要祭那財神。我則待送那魔君。纏殺我也財物金銀。我覷的似吊客上門。倒不如將他來與貧乏家施捨盡。另做個種果收因。

（曾云）居士豈不聞，聖人有云，富與貴人之所欲，貧與賤人之所惡。難道居士另是一付肚腸，與世人各別的，你可曾聞魯褒那錢神論麼？（正末云）老夫不知，願聞。（曾云）錢之爲體，具有陰陽；親之爲兄，字曰孔方。……（文長不具引）……凡今之人，惟錢而已。（詩云）金谷奢華富石崇，爲人傭作窖梁鴻，從古文章磨滅盡，

至今猶說孔方兄。（正末唱）

〔寄生草〕富極是招災本。財多是惹禍因。如今人恨不的那銀窟籠裡守定銀堆兒盹。恨不的那眼孔裡鑄造下行錢印。（做合掌科云）南無阿彌陀佛！（唱）爭如我向禪榻上便參破禪機悶。近新來打拆了郭況鑄錢鑪，這些時廝撧碎了魯褒的這錢神論。

〔六么序〕這錢呵無過是乾坤象鎔鑄的字體勻。這錢呵何足云云。這錢呵使作的仁者無仁。恩者無恩。費千百纜買的居鄰。這錢呵動佳人有意郎君俊。糊塗盡九烈二貞。這錢呵將嫡親的昆仲絕了情分。這錢呵也買不的山丘零落，養不的畫堂生春。

〔么篇〕誰待殷勤。頗奈錢親。錢聚如兄，錢散如奔。錢本無根。錢命元神。到底來養身波也那喪身。這錢呵兀的不送了多人。當日個宣帝爲君。疏傅爲臣。是漢朝大老元勛。賜千金爲具歸途贐。青門外供帳如雲。（曾云）到後來可是如何？（正末唱）他到家鄉都給散無心吝。這故事在兩賢遺傳，千古流聞。

（曾云）小生與居士共同一席話，勝讀十年書，想居士這等疏財仗義，高才大德，今日相別，後會有期。……

就其曲文看來，寄生草所述之內容和前面的曲子並無太大差別，但就以上所引可以明顯看出，寄生草一曲與六么序及其么篇共同形成一個段落，總結前面申述錢的害處，與前面對錢之壞處逐項反駁有所區別；且經此三曲對錢神論的反駁後，曾信實也被其說服，結束了這場辯論，在此之前，曾信實一直不能信服龐居士的說法，可見此三曲應視爲和前面諸曲有所差異，在整個辯論中具有決定性的結論效果，應自成一個段落才是。

以上所舉的兩個例子，一爲在曲文內容上可以明顯區分那吒令、鵲踏枝二曲與寄生草有所不同，一爲就劇本的安排可以明顯看出，寄生草的曲文應和那吒令、鵲踏枝二曲的曲文分屬不同的段落。如以上所述，從情節上雖不能明顯區隔，但從曲文可以區隔寄生草與那吒令、鵲踏枝二曲者，此類劇本共有二十九本。〔註14〕

〔註14〕此二十九本列出如下：a06, a13, a18, a28, a34, a47, a55, a62, a67, a77, a91, a98, b10, b33, b57, b59, b60, d03, d04, d11, d47, d25, d30, d31, d33, d35, d54, d60, d62。

　　總計情節與曲文兩項的分析，可以把寄生草區隔開者有四十九本之多，而不能明顯區隔者有六十六本。這六十六本中包括了部份不能確切論斷究竟應視爲可分或不可分的劇本〔註15〕，而即使這些不確定的劇本全數計入不可分的部份，兩個部份的比例仍然不能得到定論，確定寄生草究竟可不可分。這樣的結果似乎指向一種推論，即寄生草有兩種用法，一種和那吒令、鵲踏枝連用，形成一個段落；一種則與此二曲分離，屬於不同的段落。

　　底下再看另一項分析，或許可以更清楚的看出寄生草這支曲牌的特性。

　　依前所述，第 II 曲段中的寄生草可以用么篇，而所有用了么篇且賓白俱全的劇本共有二十四本，對這些劇本做情節與曲文之分析，發現可以在第一支寄生草之前做區隔者，亦即兩支寄生草俱和後面的曲牌關係較近者之劇本共有六本；而可以在第二支寄生草之後做區隔者，亦即兩支寄生草俱和前面的曲牌關係較近者之劇本共有八本；而可以在兩支寄生草之間做區隔者，亦即第一支寄生草和前面的曲牌關係較近，但第二支寄生草和後面的曲牌關係較近者之劇本共有五本；其他不能明確區隔有五本〔註16〕。由這項分析更可以看出寄生草這支曲牌在聯套上有較大的彈性，它可以與那吒令、鵲踏枝二曲相連，也可以與之分離，甚至可以與後面的曲牌相連。發現寄生草這支曲牌有此種特性之後，也可以進一步了解，那吒令、鵲踏枝不管有無與寄生草接連使用，皆出現於第 I 曲段之後；而寄生草不接於鵲踏枝之後時，卻有各種不同的出現位置，緊接於 I 曲段之後者有五本：a59, b34, b63, d13, d20；用於 III－V 之間者有一本：a50；用於 VII－V 之間者有一本：d53；用於第 VII 組曲牌之中者有一本：b47；用於 VII－VI（尾曲）之間者有六本：a72, d10, d15, d17, d29, d43；用於 V－VI 之間者有八本：a04, a25, a48, a86, b17, b19, b20, e05〔註17〕。

〔註15〕不加以區分「確定不可分」與「不確定可分」兩類劇本，是因爲要定出區分的標準有困難，因爲事實上沒有兩支曲牌所述之內容是完全相同的，因此除非是差異極大，且借助所插入的賓白的說明，如〈玉鏡臺〉；或在劇本的段落安排上可以明顯區隔，如〈來生債〉，否則多半難以清楚的區分。如硬要定出「不確定可分」一類劇本的區分標準，恐怕會引起過多的無謂爭議，而且這樣的區分並不影響「確定可分」的劇本數目，對結果的推論幫助不大。

〔註16〕兩支寄生草和前面曲牌關係較近者有 a06, a20, a36, a56, a93, b54, d48, d50 等八本；和後面曲牌關係較近者有 a17, a34, a55, b36, b59, b69 等六本；第一支寄生草和前面曲牌關係較近，第二支寄生草和後面曲牌關係較近者有 a66, a78, b38, d40, d47 等五本；其他五本則爲 a46, a93, b14, b25, d46。

〔註17〕b20 即〈西廂記〉第四本，第一折中用了兩支寄生草，一支與那吒令、鵲踏枝連用，一支用於青哥兒與煞尾之間，此處所指即後一支寄生草的出現位置。

這二十二本劇本的不同情況，可說是寄生草在聯套彈性上的表露，而不須將之視為例外。

總結以上的討論，第 II 曲段應以那吒令、鵲踏枝為必要曲牌，寄生草則為非必要之曲牌，且寄生草亦有少數情況可以用於其他位置，或與其他曲段相連。

三、第 III、IV 曲段

以下討論第 III 曲段，即村里迓古、元和令、上馬嬌、遊四門、勝葫蘆、（么篇）等曲所構成之曲段。

用此曲段之劇本共有三十五本〔註18〕，套式上較怪異者有以下幾本：〈凍蘇秦〉（a26）只用元和令、上馬嬌，〈謝金吾〉（a35）只用村里迓古、元和令，〈西游記〉第一本（b44）之上馬嬌後用么篇，〈漁樵閒話〉（d46）之次序為村里迓古、元和令、勝葫蘆、上馬嬌、遊四門〔註19〕；其他俱合乎《詳解》所述之法則。就賓白、曲文、情節各方面來看，此諸曲亦應為一段落無疑，不再贅論。

再論第 IV 曲段，即六么序及其么篇。此處之么篇一定得連用，在所有使用此曲段的二十六本劇本之中〔註20〕，只有〈延安府〉（b63）單題六么序一曲，〈東籬賞菊〉（d22）題作六么令一曲，但經對照曲譜，二劇皆為誤題，皆應作六么序及其么篇，所以沒有任何例外。但其組成曲牌卻未必只是六么序

此劇在前述之賓白、情節與曲文之分析中，均計入那吒令、鵲踏枝、寄生草三曲連用之數，不計入三曲不連用之數。

〔註18〕此三十五本劇本如下：a03, a10, a12, a26, a30, a32, a35, a38, a41, a50, a53, a63, a81, a83, a95, b04, b07, b17, b19, b20, b22, b24, b29, b37, b50, b54, b55, b62, b65, d18, d44, d46, e04, e05, e07；三十二本以外，有〈隔江鬥智〉（a75）及〈西廂記〉第二本（b18）獨用元和令（據《詳解》所言，〈西廂記〉第二本之後庭花應為元和令之增句體誤題），〈遇上皇〉（b10）獨用遊四門，〈梧桐雨〉（a21）及〈竹窗雨〉（e03）獨用勝葫蘆，〈三奪槊〉（b23）及〈麗春堂〉（a52）獨用勝葫蘆及么篇。諸劇所用雖為此曲段之曲牌，但因單獨出現，故不計入。

〔註19〕〈漁樵閒話〉上馬嬌之後原題作四門子，按四門子為黃鍾宮之曲，且對照曲譜，亦與四門子相差甚遠，與遊四門較接近，應為遊四門而誤題。此劇尚有一奇特之處，村里迓古諸曲例在後庭花、青哥兒、柳葉兒之前，但此劇卻於村里迓古前用後庭花、柳葉兒二曲，為僅見之例外。

〔註20〕二十六本劇本如下：a06, a13, a18, a28, a34, a47, a55, a66, a80, a91, a98, b18, b26, b28, b31, b32, b40, b42, b48, b69, d01, d07, d13, d22, d25, d63。

及其么篇，稍作觀察可以發現，所有的六么序之前都與寄生草相接，根據前面的討論，已知寄生草為一較具彈性之曲牌，則在六么序之前必用寄生草的情況下，當然有必要重新加以檢視，結果發現有五本劇本的六么序和前面的寄生草組成同一曲段〔註21〕。前已引過之〈來生債〉即為一例，不再贅引。因此，此一曲段之組成曲牌實包括兩支必要性曲牌，即六么序及其么篇，與一至兩支的非必要性曲牌，即寄生草，且寄生草不論用一或二支，須用於六么序之前。

就此曲段出現之位置而言，與前人所述一致，且與第 III 曲段從不同時出現，此皆不再多論。

四、第 VII 組曲牌

再論第 VII 組之曲牌，使用此組曲牌之劇本共有一百四十本，其中出現位置不在第 V 曲段之前者有十二本〔註22〕，在此組曲牌中夾用其他曲段之曲牌者有十四本。〔註23〕

此組曲牌的特點是沒有一定的組成次序，也沒有那支曲牌是絕對必要的。當然，略作觀察即可發現，金盞兒、醉中天、醉扶歸、後庭花四曲是最常出現的曲子，尤以金盞兒的出現頻率最高，但仍非必然出現的曲子。僅用此組曲牌中一支曲子者有三十七本，其中用金盞兒的有二十四本，其中仍有十三本不用金盞兒；而使用兩支曲子者有四十一本，使用三支曲子者有二十四本，多於三支者有三十七本，最多者為〈黃粱夢〉（a45），用了九支曲子。因此這些曲牌雖被合為一組，但從其曲牌的使用、組成的次序、用曲數量各方面來看，彼此之間的關係並不緊密，聯套的變化彈性很大，可以說是一群

〔註21〕在二十六本中賓白俱全者有二十一本，與寄生草相連者有五本，其中〈來生債〉與〈東堂老〉（a13）在六么序之前只用一支寄生草；〈范張雞黍〉（a55）與〈㑇梅香〉（a66）在六么序之前用兩支寄生草，而僅與第二支相連；〈薦福碑〉（a34）在六么序之前用兩支寄生草，俱與六么序相連。

〔註22〕用於第 V 曲段之後者有 a23, a63, a94, b62 等四本；用於 I－II 之間者有 a89, b30, b43, d26 等四本；用於 I－III 之間者有 b65 一本；用於 I 曲段中之混江龍與油葫蘆之間者有 a87, b52 等兩本；最後一本是〈燕青博魚〉（a14）套式較為奇特，在點絳唇、混江龍之後，用那吒令、金盞兒、油葫蘆，且油葫蘆之後未用天下樂，極為罕見。

〔註23〕夾用寄生草者有七本：d10, d15, d17, d29, d43, d47, d53；夾用勝葫蘆（或帶么篇）者有四本：a21, a52, b23, e03；夾用青哥兒者有兩本：a16, a85；夾用遊四門、柳葉兒者有一本：b10。

運用較爲自由的曲牌的集合。從賓白的分佈來看，此組曲牌彼此之間不加入賓白的情形可說幾乎沒有，亦可爲上述說法的證明。至於情節方面的分析請參見下節。

此組曲牌在運用上雖然較爲自由，但並非全無限制，反而由於這些曲牌在使用上的自由，而產生使用次數的問題。其他曲段由於曲牌的限制多，次序關係固定，多半只能使用一次，但此組曲牌因爲有多種可能的使用次序，便須注意其使用次數的問題。經歸納後發現，此組曲牌中有的可以使用多次，有的只能使用一次。分列如下：

　　可多用之曲牌：金盞兒、後庭花、醉中天、醉扶歸、賞花時。

　　不可多用之曲牌：憶王孫、一半兒、單雁兒、穿窗月、三犯後庭花、

　　玉花秋、四季花、得勝樂。

其中賞花時只能多用一次，且須相連使用，亦即以么篇的形式出現；其他四曲可多用者，亦爲此組曲牌中最常使用者，正和前述《詳解》所云「迎互循環」的現象相應，但所謂「可多用」並不一定要使用多次，所以迎互循環是部份的特殊現象，而非普遍現象。

五、第 V、VI 曲段

接下來討論第 V 曲段，即後庭花、柳葉兒、青哥兒三曲按此次序所組成之段落。其中柳、青二曲可只用其一。則此曲段之形式有三種可能：後庭花－柳葉兒－青哥兒、後庭花－柳葉兒、後庭花－青哥兒。使用此曲段的劇本共有八十五本〔註 24〕，其中只有〈合同文字〉（a25）用柳葉兒、青哥兒，缺後庭花；〈殺狗勸夫〉（a07）三曲皆用，但置青哥兒於柳葉兒之前。其他八十三本皆無問題。

就與其他曲段之關係來看，有八本在此曲段之後與尾曲之間夾入寄生草，三本夾入一支第 VII 組曲牌，而此種曲牌本來就有較自由之彈性，故此十三本無須視爲例外〔註 25〕。只有〈漁樵閒話〉（d46）用於 II、III 之間，〈硃砂擔〉（a23）於此曲段之後、尾曲之前插入三支第 VII 組曲段，較不合常規。故此曲段大致合於前人所述。

〔註 24〕八十五本中有三十一本用後庭花－柳葉兒，四十八本用後庭花－青哥兒，四本用後庭花－柳葉兒－青哥兒，加上下面所述不合常規的兩本，共八十五本。另有三本獨用青哥兒，不計入其中：a16, a35, a85。

〔註 25〕此十三本皆已在前面相關之曲段中註出，請參考前註。

至於第 VI 曲段，實即尾曲一曲而已，其聯套法則極爲簡單。須用於全套之末，且若非末折，不能不用，前人皆已述之，毋庸多贅。

六、各聯套單位之聯綴次序

經過上述的討論，可知：

1. 原先的第 I 曲段須分爲兩個曲段，第一個曲段由點絳唇或八聲甘州與混江龍組成，此曲段以 A 代表之；第二個曲段由油葫蘆與天下樂組成，此曲段以 B 代表之。

2. 原先的第 II 曲段以 C 代表之。

3. 以上原來之第 III 及 IV 兩曲段，由於從不同時出現，故不需區分時，同以 D 代表之，若需分別時，前者以 D1 代表，後者以 D2 代表。

4. 原先之第 VII 組曲牌則由 E 代表之。

5. 原先之第 V 曲段以 F 代表之。

6. 最後之尾曲以 x 代表之。

仙呂宮之曲牌聯綴規律即可以表示如下：

$$A-(B)-(C)-(D)-(E)-(F)-x$$

有幾點說明如下：

1. 其中加上括弧者，表示爲非必要之曲段，但從既有之套式觀之，B、C、D、E、F 五個部份不可全部不用，且不可單用 B、C、F 其中之一。〔註26〕

2. 當 C 與 D2 連用時，則兩曲段所用之寄生草最多兩支。

3. 在各曲段的間隔中偶爾可以插入寄生草或 E 之中的曲牌。

以上即爲仙呂宮曲牌之聯綴規律。

第二節 套式運用規律

在上節中已將仙呂宮的曲牌歸類爲七個段落，並說明仙呂套式以此七個

〔註26〕仙呂宮最簡單的套式有兩種形式，一爲〈㪷江亭〉（b61）之點絳唇、混江龍、金盞兒、醉中天、金盞兒、尾聲，即 A－E－x 形式；一爲〈陞堂記〉（d44）之點絳唇、混江龍、村里迓古、元和令、上馬嬌、遊四門、勝葫蘆、尾聲，即 A－D－x 形式。另有〈三出小沛〉（d20）及〈智勇定齊〉（b34）用點絳唇、混江龍、油葫蘆、天下樂、寄生草、尾聲，若將寄生草視爲插入之曲，則此套式可視爲 A－B－x 形式，但用此形式，未見不用寄生草者。

段落爲單位，彼此之間組合的法則。本節將進一步討論各段落如何配合劇情而運用，即其運用之規律。以下即由套式較爲簡單的劇本〔註27〕開始探討，一步步觀察各段落的運用規律。

在 A、B、C、D、E、F、x 七個段落中，除了 A（點絳唇－混江龍）、x（尾曲）爲必然使用之段落外，其他五個段落的使用比例最高者爲 B（油葫蘆－天下樂），其次 C（那吒令－鵲踏枝－寄生草－么篇），其次 E（獨立曲牌），其次 F（後庭花－柳葉兒－青哥兒），最低者爲 D（村里迓古－元和令－上馬嬌－遊四門－勝葫蘆－么篇，或寄生草－么篇－六么序－么篇）；因此以下之討論以 A、B、C、x 所形成的套式開始，再逐步加入其他段落來進行討論。

一、點絳唇－混江龍、油葫蘆－天下樂、那吒令－鵲踏枝－寄生草－么篇、尾曲

以此四曲段所成的套式形式有兩種，一爲 A－B－寄生草－x〔註28〕，一爲 A－B－C－x。〔註29〕

先以〈智勇定齊〉爲例（b34），此劇敘述戰國時代齊國之女子鍾離春文武全才，得與齊公子成親，並爲齊國立下大功，擊退秦兵之事。第一折演鍾離春之父不喜其女終日演武習文，要其用心農事與女工，鍾離春則不改其衷。此折套式形式爲 A－B－寄生草－x，A 曲段的內容正如上節分析 A、B 之間的情節變化時所指出，爲主角自我之表白：

> （正旦扮鍾離春上）……。今我父親專務爲農，妾身生來懶攻針指，好習詩書，頗諳武事，父親呼喚，不知有甚事，須索走一遭去。我想上古先王治理天下，流傳到今，非同容易也呵。（唱）
>
> 〔仙呂點絳唇〕自從那克伐殷湯。立基開創。今歸向周室諸王。治世爲尊上。

〔註27〕本節所討論之劇本均以賓白俱全者爲範圍。

〔註28〕此種形式之套式只有一種，即點絳唇、混江龍、油葫蘆、天下樂、寄生草、尾聲，此套式只有兩本：b34, d20。

〔註29〕此種形式之套式有兩種，一爲點絳唇、混江龍、油葫蘆、天下樂、那吒令、鵲踏枝、寄生草、尾聲，一爲點絳唇、混江龍、油葫蘆、天下樂、那吒令、鵲踏枝、寄生草、么篇、尾聲。前一套式有十九本如下：a27, a65, b59, b67, b70, d06, d11, d12, d26, d27, d30, d31, d33, d35, d38, d48, d54, d60, d62；後一套式只有一本：a93。

〔混江龍〕後來也春秋雄壯。各稱一國立家邦。界分列土，陛定封
疆。卻正是幸值繁華歌稔歲，喜逢美景樂風光。端的是人和美，行
謙讓。爲人要心存義理，秉受綱常。

所言絕非一般農家女子之言，而是廟堂之臣的口吻，表明其胸懷大志，也
爲以後的情節發展先做了提示。在 A 曲段之後，主角與家人相見，並開始此
折的主要情節，即與其父親的一場論說，說明自己學文習武的用意。油葫
蘆唱自己熟習兵書，志量遠大；天下樂唱自己武藝高強，能上陣殺敵；寄
生草唱自己不羨慕仕宦或經商人家，只願拜將掛帥。最後，其父命其採桑，
連絡下折之情節（下折即因採桑與打圍之齊公子相遇），主角唱尾聲結束此
折。

可以明顯看出此爲典型的第一折模式，交代必要情節作爲以後劇情的
發展基礎，沒有重大的衝突，劇情平穩，全劇的高潮尚未出現，因而它需
要的是用來平鋪直敘的曲段，A、B 曲段都是這樣的曲段，二者不同的地方
是，A 曲段在功用上類同於南曲的引子，在音樂上引導後面套式中其他的曲
子，以散板演唱；劇情上，用於主要情節開始之前，多爲主角的自我表白，
或者描述舞台的時空環境，或者簡述前面的劇情。因此，A 曲段的主要功能
在於引導，而 B 曲段則是以情節的鋪敘爲主，本身並無音樂或劇情上的引
導功能。

再觀察 A－B－C－x 形式的劇本，可以發現 C 曲段和 B 曲段的功能並無
差別，若劇作者認爲他只需要一個曲段即可將劇情敘述完畢，則使用一個曲
段；若需要兩個曲段，或在劇情上區分爲兩個段落爲宜，則使用兩個曲段。
底下以〈藍采和〉（b67）及〈陳倉路〉（d11）爲例說明之。

〈藍采和〉一劇敘述漢鍾離度脫藍采和之事，第一折演漢鍾離至藍采和
表演之勾欄鬧場，使藍采和不能做場之情節。藍采和一上場，一樣先唱 A 曲
段之點絳唇、混江龍，說明自己的技能與職業，並感嘆演員生活不易，唱完
才進入勾欄。進了勾欄見到漢鍾離，漢鍾離言其想來看戲，問藍采和會些什
麼劇碼，藍采和於是唱 B 曲段之油葫蘆、天下樂，說明自己會的劇碼。唱完
之後，漢鍾離卻不願到觀眾席上去坐，硬坐在樂床上不走，藍采和發了火，
唱 C 曲段之那吒令、鵲踏枝，罵他出家人沒見過世面，在此混鬧，漢鍾離反
要藍采和跟他出家快活去，藍采和又唱寄生草譏其出家生活貧苦，自家生活
受用。最後，藍采和見漢鍾離賴著不走，便決定不演出了，將門鎖上，唱尾

曲後離開，要將漢鍾離鎖在裡面，但漢鍾離略施法術便出了門，並決定在隔天讓藍采和得些教訓，於是第二折便開始度脫的情節。由以上所述可以看出，第一折一樣在敘述全劇高潮——度脫開始前的情節，不過這些情節卻可以分為兩個段落，而以漢鍾離開始混鬧的地方為分隔，所以劇作者用了 B、C 兩個曲段分別來交代，但其鋪敘情節的功能卻是一致的。

再看〈陳倉路〉一劇，此劇述三國時蜀魏於東川交戰，魏大敗之事。第一折由張飛主唱，演蜀國接到戰書，孔明與諸將商議。張飛於進帳前唱 A 曲段，用法同前，不贅；進帳後，知要與魏國交戰，唱 B 曲段貶低敵方，再唱 C 曲段誇讚己方。由此看來，此劇雖未如〈藍〉劇在情節上有兩個段落要交代，但劇作者認為應對魏國的無能，蜀國的人才鼎盛分別加以鋪敘，因此使用了兩個曲段。

就以上所舉之例來看，A 曲段用為引導的曲段，繼之以 B、C 曲段來鋪敘全劇初步的劇情，已相當清楚。不過也有些劇本並不完全合乎上述所言，在少數 A－B－C－x 形式的劇本中，引導的曲段似乎包括了 A、B 兩個曲段，而以 C 曲段鋪敘情節﹝註30﹞。以〈柳毅傳書〉（a93）為例，A、B 兩曲段間只插入不到一行的賓白，且就曲文內容來看，都在描寫龍女三娘於涇河岸牧羊之苦，盼有人能為其寄書回家。唱完這兩個曲段，柳毅才上場，龍女與其相遇，唱 C 曲段，向其訴苦，託其寄書，這才是此折的主要情節。因而 A、B 兩曲段皆應視為引導的曲段。如此的現象雖然較為少見，但並不難理解。A、B 兩曲段雖可以清楚區分，但其次序極為固定，且極常連用，顯示彼此之間的關係非常密切，因此在如此經常的連續使用下，有些劇作家若覺得他需要一個較長的引導曲段﹝註31﹞，很自然會將這兩個曲段合併使用，如此的合併事實上也是因為這兩個曲段之間關係極為緊密所產生的自然結果。

最後，對以上的討論稍作整理，以結束這一部份的討論。到目前為止，可以知道 A 曲段是作為引導之用；B 曲段則以鋪敘情節為主，少數情況下可和 A 曲段合併為一較長的引導曲段；C 曲段就目前的觀察來看，則用以鋪敘情節。

﹝註30﹞ 這類劇本有五本：a65, a93, b59, d26, d35。

﹝註31﹞ 在此不擬仔細討論劇作家使用較長之引導曲段的原因，可能是基於劇情需要，主角需要較多的刻劃才能順利引導全劇情節的展開，可能是劇作家想在一開始即用一較長的唱段來達到聆聽上的效果，也可能是劇作家想借此曲段展現一下文采。總之，一個較長的引導曲段並非不可能的事情。

二、獨立曲牌

在這部份的討論中，將以上一部份的套式形式爲基礎，再加入獨立曲牌（即 E 組曲牌），觀察各曲段在運用上的特點。

加入 E 組曲牌後，套式形式有以下幾種：A－E－x，一本；A－B－E－x，五十一本；A－C－E－x，兩本；A－B－C－E－x，四十三本。〔註32〕

前面所討論過的曲段中，A、B 兩曲段在 E 組曲牌加入後，用法並沒有改變，但是 C 曲段卻在某些 A－B－C－E－x 形式的套式中有不同的用法，即和 A、B 曲段共同結成一引導曲段。如〈牆頭馬上〉（a20）第一折：

> （正旦扮李千金領梅香上云）妾身李千金是也，今日是三月上巳良辰佳節，是好春景也呵！（梅香云）小姐觀此春天，眞好景致也！
>
> （正旦云）梅香你覷著圍屏上佳人才子，士女王孫，是好華麗也呵！
>
> （梅香云）小姐，佳人才子爲何都上屏障，非同容易也呵！（正旦唱）
>
> 〔仙呂點絳唇〕往日夫妻。夙緣仙契多才藝。倩丹青寫入屏圍。眞乃是畫出個蓬萊意。
>
> 〔混江龍〕我若還招得風流女婿，怎肯教費工夫學畫遠山眉。寧可教銀缸高照，錦帳低垂。蒐茛花深鴛並宿，梧桐枝隱鳳雙棲。這千金良夜，一刻春宵，誰管我衾單枕獨數更長，則這半床錦褥枉呼做鴛鴦被。（梅香云）等老相公回來呵，尋一門親事可不好也！（正旦唱）流落的男遊別郡，耽擱的女怨深閨。
>
> （梅香云）小姐這幾日越消瘦了。（正旦唱）
>
> 〔油葫蘆〕我爲甚消瘦春風玉一圍。又不曾染病疾。迎新來寬褪了舊時衣。（梅香云）夫人道，小姐不快時少做女工，勝服湯藥。（正旦唱）害的來不疼不熱難醫治。吃了些好茶好飯無滋味。似舟中載

〔註32〕今列出各種形式之劇本如下：A－E－x，b61；A－B－E－x，a01，a09，a11，a14，a15，a21，a24，a29，a31，a39，a40，a42，a43，a45，a51，a58，a68，a71，a72，a76，a79，a82，a85，a87，a90，b09，b12，b16，b22，b35，b45，b47，b52，b53，b58，b64，b66，d02，d05，d10，d15，d17，d19，d21，d24，d29，d36，d42，d43，d55，d57；A－C－E－x，d23，d34；A－B－C－E－x，a02，a05，a16，a17，a19，a20，a36，a52，a60，a61，a62，a69，a74，a77，a84，a88，a89，a96，b05，b10，b11，b13，b25，b30，b33，b36，b39，b41，b43，b49，b56，b57，b68，c02，d03，d04，d08，d09，d14，d28，d32，d39，d59。

倩女魂，天邊盼織女期。這些時困騰騰每日家貪春睡。看時節針鶯
線強收拾。

〔天下樂〕我可便提起東來忘了西。（梅香云）昨日幾家來問親，小
姐不語怎麼？（正旦唱）咱萱堂又覷著面。皮至如個窮人家女孩兒
到十六七。或是誰家來問親，那家來做媒。你教女孩兒羞答答說甚
的。

（梅香云）今日上巳，王孫士女，寶馬香車都去郊外玩賞去了，咱
兩個去後花園內看一看來。（正旦云）梅香將著紙墨筆硯，咱去來。
（做行科）（正旦唱）

〔那吒令〕本待要送春向池塘草萋。我且來散心到荼蘼架底。我待
教寄身在蓬萊洞裡。躡金蓮紅繡鞋，蕩湘裙鳴環珮。轉過那曲檻之
西。

〔鵲踏枝〕怎肯道負花期。惜芳菲。粉悴胭憔，他綠暗紅稀。九十
日春光如過隙。怕春歸又早春歸。

〔寄生草〕柳暗青煙密。花殘紅雨飛。這人人和柳渾相類。花心吹
得人心碎。柳眉不轉蛾眉繫。為甚西園陡恁景狼籍。正是東君不管
人憔悴。

〔么篇〕榆散青錢亂，梅攢翠豆肥。輕輕風趁蝴蝶隊。霏霏雨過蜻
蜓戲。融融沙暖鴛鴦睡。落紅踏踐馬蹄塵，殘花醞釀蜂兒蜜。

（裴舍騎馬引張千上）……

這八支曲牌雖然可以分為兩個部份，自那吒令以後視為到達後花園，對花園
景色的描寫，但對時空環境的描寫仍然沒有進入主要情節的鋪敘。且此處
對花園景色的描寫，實為李千金本身心理狀態的抒發，是典型的少女傷春，
和前四曲實為緊密相連的完整段落。男主角裴少俊也在此八曲之後才上場與
李千金相遇，兩人的一見鍾情也就是此折的主要情節，這個情節顯然是以
李千金的傷春為背景所產生的，所以應以完整的八曲為此套式的引導曲段。
也就是說，C 曲段在少數的情形下，可能和 A、B 曲段共同組成一個引導曲
段，此情形當然極為少見，但卻不必視為偶然的例外，而將其忽略。其原因
正和 B 曲段和 A 曲段可以共同組成一個引導曲段的道理相同，此處便不再重

覆說明。

　　接下來討論新加入的 E 組曲牌。此組曲牌在聯套上規律極爲自由，因而可以預見其運用上應比前述的曲段更爲多樣。

　　首先可以發現這組曲牌和前述的 B、C 曲段一樣，可以組成用以鋪敘情節的段落，功用和 B、C 並無太大差別。當 E 組曲牌作此用法時，可能有兩種情況。其一爲此折的內容較多，B、C 曲段無法完全敘述（或者劇作家只用了 B、C 其中之一，因而未能完全敘述情節內容），則以 E 組曲段補成之；其二爲 A－B 或 A－B－C 已組成一較長之引導曲段，必須由 E 組曲牌來敘述情節內容。二者的用法均和 B、C 曲段做爲鋪敘曲段時的用法相同，而且此種劇例十分常見，不再贅引。

　　在上述的用法中，E 組曲牌如同 B、C 曲段一般地鋪敘情節。須注意的是，B、C 曲段均爲次序固定，且曲段中的曲牌聯接極爲緊密的段落，因而它的鋪敘方式是平鋪直敘，按著一定的次序，朝著「直線式」的方向發展；而且在曲段之內幾乎不能加入賓白，因此是以「唱」爲主的表演段落。E 組曲牌則不同，曲牌彼此的連接沒有固定次序。它固然可以平鋪直敘，也可以以較爲多變的的方式敘事，而且可以自由的插入賓白，甚且可以穿插大量的科汎，形成以道白或科汎的表演爲主的段落。因此，E 組曲牌組成段落以鋪敘情節時，至少可以有兩種和 B、C 曲段不同的用法，以下逐一說明之。

　　首先說明以賓白與科汎爲表演主體的段落。舉〈忍字記〉（a61）爲例，此劇第一折以 A 曲段描寫劉均佐貪吝致富，家人正爲其生日舉行歡宴，做爲本折的引導曲段；接下來布袋和尚上場，主要情節展開，劉均佐出門見到布袋和尚身軀肥胖，唱 B 曲段描寫心中之驚訝與好笑，布袋和尚要劉均佐認清他是佛祖下凡，劉均佐反唱 C 曲段譏笑他如此痴肥，絕不可能是佛。布袋和尚便要劉均佐拿紙筆來，要傳與他大乘佛法：

　　　……（正末云）我無紙。（劉均佑云）哥哥，有紙，我取一張來。（正末云）兄弟也，一張紙又要一箇錢買，則吃你破壞我這家私。（布袋云）既無紙呵！將筆來，就手裡傳與你大乘佛法。（劉均佑磨墨科）（正末唱）

　　　〔醉中天〕我見他墨磨損烏龍角。（布袋作蘸筆科）……（布袋作寫科云）劉均佐，則這個便是大乘佛法。（正末做看科云）我倒好笑。（唱）我只見刃字分明把一個心字挑。……（布袋云）劉均佐，你

齋貧僧一齋。……（正末云）兄弟，將一盞酒來與他喫。（劉均佑斟酒科，正末云）兄弟，淺著些，怎滿了也。（布袋云）將來我喫。（奠酒科）南無阿彌陀佛！……（布袋云）劉均佐，再化一鍾兒喫。……（劉均佑斟酒科，正末云）兀的喫喫喫。（布袋云）貧僧不喫，與我那徒弟喫。（正末回頭科）在那裡？（布袋云）兀的不是！（下）（正末云）呀！可那裡有人，和尚，那壁無人——可怎生連他也不見了？……（正末云）好是奇怪也呵！（唱）

〔河西後庭花〕…………

（正末云）那胖和尚去了也，要這忍字做什麼，將些水來洗去了。……（正末洗科云）可怎生洗不下來，將肥皂來。（劉均佑云）有。（正末擦洗科云）可怎生越洗越真了，將手巾來，呀！兄弟也，可怎生揩了一手巾忍字也。……（唱）

〔金盞兒〕……

（劉均佑云）哥哥信他作甚麼。（正末云）兄弟，是好奇怪也，咱且到解典庫中閒坐一坐咱。（淨扮劉九兒上云）眾朋友們，你則在這裡，我問劉均佐那弟子孩兒討一貫錢便來也。劉均佐看財奴，少老子一貫錢，可怎生不還我？（劉均佑云）是甚麼人這般大驚小怪的？我去看咱。（見科，劉九兒云）……（正末云）兄弟你過來，我看去。（見劉九科云）劉九兒，為甚麼在我這門首大驚小怪的？……（劉九云）你有錢，你學老子這等快活受用，你敢出你那解典庫來麼？（正末云）你敢進我家裡來麼？（劉九云）我便來，你敢把我怎的？（正末打科云）我不敢打你那！（劉九做倒科）（正末云）這個窮弟子孩兒，我倒少你的錢，你倒在地上賴我，兀的不氣殺我也。（劉均佑云）哥哥休和他一般見識，你請坐。兀那廝，你起來，你要錢怎生毀罵人？（做驚科云）哥哥，你打的他口裡無了氣也。（正末云）你看這廝，我推了他一推便死了，我不信。……（叫科云）劉九兒，討錢便討錢，你又罵我，則少一貫錢，你好好的討，起來，起來。（摸劉九口科云）兄弟，真箇死了也。（唱）

〔河西後庭花〕……

（云）兄弟也，為一貫錢打死了這個人，我索償他性命，兄弟可憐見，救你哥哥咱。（劉均佑云）哥哥放心，……（看科云）哥哥，他胸口印下箇忍字也。（正末云）兄弟，真箇？你過來，我看去。（看科云）兄弟，真印下箇忍字也。（唱）

〔憶王孫〕……

（云）兄弟也，你將這家業田產，嬌妻幼子都分付與你，你好生看管，我索逃命去也。（布袋衝上云）劉均佐，你打殺人走到那裡去？（正末云）師父，救你徒弟咱。（唱）

〔金盞兒〕……

……（正末云）師父若救活這個人，我便跟師父出家去。（布袋云）要道定者，休要反悔。（布袋叫劉九科）疾！劉九兒！（劉九起見眾科云）一覺好睡也。……（正末云）兄弟，快與他一貫錢。（劉均佑與錢科，劉九云）……。

上面所引的部份共由六支 E 組曲牌組成，就賓白的情況來看，醉中天之前插入四行賓白，醉中天與河西後庭花之間有九行賓白，河西後庭花與金盞兒之間有五行，金盞兒與下一支河西後庭花之間有十五行，河西後庭花與憶王孫之間有三行，憶王孫與金盞兒之間有兩行，金盞兒之後有十一行，可見其插入賓白之多，而觀諸劇本，在此段落中，賓白的確有其必要的功能，一來情節繁多瑣碎，光靠曲文難以交待清楚；二來科汎動作不少，用大量的唱段並不適合，須靠賓白來補綴說明。

再看科汎的使用，在上面所引的部份中，明白標示出科汎的地方有二十一處，而在第一支金盞兒之前，劉均佐把忍字揩了一手巾，這地方可能有類似魔術的雜技表演；其中還有布袋及劉九兩個人物的上下場，更增加了這個段落中的熱鬧與動作性。

其他如〈燕青博魚〉（a14）用 E 組曲牌穿插博魚、衝撞、打鬥等場面，〈鎖魔鏡〉（b66）用以穿插歌舞、射箭，〈老君堂〉（b36）用以穿插射鹿、逃逸、追捕，〈岳陽樓〉（a36）用於神怪場面，足可見 E 組曲牌結合科汎來表演的內容極為豐富多樣。

接下來討論第二種不同於 B、C 曲段的情形。前已述及，B、C 為平鋪直敘式的曲段，但 E 組牌組成的段落則不同，就以上面舉過的〈忍字記〉來說，

其情節的進行方式就並非直線式的發展，換言之，它有「橫生的枝節」，如布袋的突然消失、劉九的討債鬥毆。此類情節進行的方式，自然就與 B、C 曲段的特性不甚相合，B、C 曲段便難以適用，而 E 組曲牌則可以勝任無礙。所有非直線式的、變化較大的情節發展，自然都可用 E 組曲牌來敘述。這樣的劇本數目極多，在此不打算一一深入探討，惟一值得特別指出的一類劇本，其情節發展的方式不但不是直線式的，而且是「圓形的」——即迴旋反覆的形式。此類劇本中之某一情節段落是以相同或類似的部份反覆出現而構成，由於 E 組曲牌中有多支可以反覆使用，甚至以特定的兩三支曲牌「迎互循環」，則以 E 組曲牌與此類情節相配合自然再適合不過。

以〈謝天香〉（a09）為例，此劇由謝天香主唱，演柳永因要赴京趕考，將與謝天香分別，柳之友錢大尹新任開封尹；柳於行前往賀其友新任美除，卻忘了託其友照顧謝，要再進門去請託，謝對錢並無好感，要柳不須再去，柳堅持，便再進門說明請錢看顧謝之事。但謝始終認為錢沒有誠意照顧她，柳遂來來回回，前後進見錢共四次，第四次終於惹火了錢，罵了柳一頓，才結束了這段情節，這個段落便是以 E 組曲牌構成。柳第一次請託後，出門，謝唱醉中天述錢並無誠意；第二次柳請託後，謝則唱金盞兒，所言和前曲一樣，述錢並非真心；第三次則唱醉扶歸，所言亦同；第四次柳被罵出門，謝才未再唱曲。明顯可見此段情節是以出門－唱曲－進門反覆三次構成（最後一次出門後未再唱曲及進門），正是典型迴旋反覆的情節結構，並且由 E 組曲牌組成。

又如〈羅李郎〉（a90）的第一折用 E 組曲段反覆敘述討債的情節三次，第一次討的酒錢，第二次討的是樂歌錢，第三次討的是打傷了人賠的藥錢。〈風光好〉（a31）則以 E 組曲牌反覆敘述歌妓秦弱蘭千方百計想接近陶穀，陶卻屬言斥其退後共五次。凡此皆為迴旋反覆式的例子。

再以〈梧桐雨〉（a21）為例，此劇由唐明皇主唱，第一折在 A、B 曲段之後，共用了九支 E 組曲牌，除了最後一支（醉中天）外，前面八曲都以七夕及牛郎織女為題，反覆抒唱唐明皇與楊貴妃的愛情。此劇雖未如上例有明顯之動作上的反覆，但針對同一主題的反覆描寫，仍為此結構方式的一種，不同的是前一類以賓白科汎為主，此類則以曲文為主，而其迴旋反覆的型態則一。又如〈黃粱夢〉（a45）第一折也是以 E 組曲牌反覆抒唱神仙之好，俗世之苦，亦為此類。

　　經由上述討論可以了解 E 組曲牌在仙呂套式中有多種用途，第一種用途和 B、C 曲段的鋪敘功能相同，可以與此二種曲段配合，也可以自己獨用，形成平鋪直敘的段落；第二種用途則是用以敘述情節變化起伏較大，發展方式並非「直線式」的段落，其中較特別的一種是「迴旋反覆」的形式；第三種則是用以表現有大量賓白或科汎的段落。

　　E 組曲牌另一個特點是，B、C 曲段都有可能在特殊的情況下與 A 曲段共同形成一較長之引導曲段〔註33〕，而 E 組曲牌則從未有此種用法。

三、F 曲段：後庭花－柳葉兒－青哥兒

　　元雜劇第一折因多為故事之緣起，較欠缺衝突與高潮，或者雖有衝突與高潮，但為了突顯二、三折的劇情，劇作家便故意淡化處理第一折中的高潮，因此在討論 E 組曲牌時，可以發現有些劇本已有相當的衝突出現，但劇作家並不讓主角充分的抒發其高亢的情緒，或者以賓白科汎來表演，或者以迴旋反覆的方式加以敘述，並不使用有力的唱段來抒發激烈高亢的情緒。然而劇情變化實不可限於一格，觀察使用 F 曲段之劇本後可以發現，劇作家在這些劇本中便用了 F 曲段，讓主角得以抒唱較激烈高亢之情緒，並形成高潮。F 曲段是由後庭花、柳葉兒、青哥兒三曲按此次序結合而成，它的組成曲牌、排列次序都不同於 E 組曲牌的自由隨意，為一結合緊密的曲段，較類同於 B、C 的結合方式，可見它亦應是以「唱」為主的曲段；它與 B、C 曲段不同之處在其組成曲牌有一特點，即皆可增句〔註34〕，且青哥兒聯入套式中一定要增句，柳葉兒可增一句，後庭花〔註35〕及青哥兒所增句數則無限制。這種增句的特性使其能盡情的抒發主角的情緒，演員的唱功、作家的文采也都可以得到表現，以形成此折的高潮；反觀 B、C 曲段所用之曲牌即無此特性，故其用法以敘述情節為主，並不以抒情為主。〔註36〕

　　先以〈揚州夢〉（a46）為例。此劇述杜牧至揚州太守牛僧孺府中飲宴，

〔註33〕更清楚的說法是，B 與 A、或 C 與 A－B 可以結合成一較長的引導曲段，因為 C 直接與 A 相接時，從未共同形成引導曲段。

〔註34〕有關各曲牌增句的規律請參照《北曲新譜》。

〔註35〕後庭花一可用於 E 組曲牌中，一可用於 F 曲段，用於 F 曲段時增句的情形遠超過用於 E 組曲牌中。

〔註36〕在前面討論過的曲段中，只有 A 曲段中的混江龍可以大量增句，而 A 曲段多屬主角自身的表白，尚未進入情節之鋪敘，其抒情的成份亦多過敘事的成份。

至牛府前先唱 A 曲段為引導曲段。到牛府後,與太守飲酒,唱 B 曲段表之。繼而太守喚出義女張好好敬酒,杜一見之下,唱 C 曲段讚其美貌,述其敬酒之嬌態,並作詩贈之。最後唱 F 曲段極力抒寫今日之樂:

〔後庭花〕他那裡應答的語話投。我這裡笑談的局面熟。準備著夜月攜紅袖。不覺的春風倒玉甌。(旦云)我再斟的滿者,與相公飲咱 (正末唱)怎生下我咽喉。勞你個田文生受。志昂昂包古今瞻宇宙。氣騰騰吐虹霓貫斗牛。袖飄飄拂紅雲登鳳樓。興悠悠駕蒼龍遍九州。嬌滴滴賞瓊花雙玉頭。風颼颼游廣寒八月秋。樂陶陶倩春風散客愁。濕浸浸錦橙漿潤紫裳。急煎煎想韋娘不自由。虛飄飄恨彩雲容易收。香馥馥斟一杯花露酒。

(旦云)此杯酒擎著不飲,是無妾之情。

〔青哥兒〕休央及偷香偷香韓壽。怕驚回兩行兩行紅袖。感謝多情賢太守。我是個放浪江海儒流。傲慢宰相王侯。既然賓主相酬。閒敘筆硯交游。對酒綢繆。交錯觥籌。銀甲輕搊。金縷低謳。則為它倚著雲兜。我控著驊騮。又不是司馬江州。商婦蘭舟。煙水悠悠。楓葉颼颼。不爭我聽撥琵琶楚江頭。秋淚濕青衫袖。

由以上所引,可以明顯看出作者在此曲段中盡力使用美麗的詞藻來鋪張一個歡樂的高潮,在此曲段唱完後,好好便下場,杜牧也接著唱尾曲向太守告辭,此折旋即結束。

再看〈蝴蝶夢〉(a37)的例子。此劇述王家母賢,有三子,驚聞其夫遭權豪勢要葛彪打死,唱 A 曲段表心中驚痛,行至街上見其夫屍首,唱 B 曲段哭之;三兄弟聞是葛彪打死其父,四處找尋,找到後竟失手將其打死,王母唱 C 曲段敘述此部份情節;再唱三支 E 組曲牌——以金盞兒述葛遭報應,以醉中天述自家無錢打官司,三兄弟須認罪受刑,再以金盞兒述公人已至,三兄弟被捕之情節;最後唱 F 曲段抒發心中悲痛:

(公人云)殺人事非同小可,咱見官去來。(正旦悲科云)兒也! (唱)

〔後庭花〕再休想跳龍門折桂枝。少不得為親爺遭橫死。從來個人命當還報,料應他天公不受私。(帶云)兒也!(唱)不由我不嗟咨。幾回家看視。現如今拿住爾。到公庭責口詞。下腦箍使拶子。這其

間痛怎支。

　　〔柳葉兒〕怕不待的一確二。早招承死罪無辭。（帶云）兒也！（唱）
你爲親爺雪恨當如是。便相次赴陰司。我也甘心做郭巨埋兒。

唱完此二曲，即唱尾曲述一人抵罪即可，王家料不致絕戶。此劇也是以 F 曲
段爲全折結束前的抒情高潮，和〈揚州夢〉比較，差異只在一喜一悲。

　　F 曲段做爲首折結束前的抒情高潮，已說明如上。在前面所舉的例子
中，F 曲段並不用於劇情轉折，或場面變換之處，但有些劇例卻用於此種地
位，如〈魯齋郎〉（a49）。此劇第一折由張珪主唱，敘述身爲孔目的張珪攜妻
兒前去祭墳，上場後唱 A－B 合成的引導曲段，自述爲吏之不易，批評官場黑
暗；至墳所後，唱 E 組曲牌金盞兒描寫墳所狀況；此後身爲大官的惡霸魯齋
郎上場：

　　（魯齋郎引張龍上云）……（做打彈科）（倈兒哭云）妳妳，打破頭
　　也！（貼旦云）那個弟子孩兒，閒著那驢蹄爛爪打過這彈子來？（正
　　末云）這個村弟子孩兒無禮，我家墳院裡打過彈子來你敢是不知我
　　的名兒，我出去看波！（唱）

　　〔後庭花〕是誰人牆外邊直恁的沒體面。我擦擦的望前去，（魯齋郎
　　云）張珪，你罵誰哩？（正末唱）唬的我行行的往後偎。（魯云）你
　　這弟子孩兒作死也，我是誰，你罵我！（正末唱）我恰便似墜深
　　淵。把不定心驚膽戰。有這場死罪愆。我今朝遇禁煙。到先塋來祭
　　奠。飲金杯語笑喧。他弓開時似月圓。彈發處又不偏。剛落在我面
　　前。

　　（魯云）張珪，你罵我呵，不是尋死哩！（正末唱）

　　〔青哥兒〕你教我如何如何分辨。（貼旦云）是那一個不曉事弟子
　　孩兒，打破我孩兒的頭。（正末唱）省可裡亂語胡言。（倈兒云）打
　　破我頭也。（正末唱）哎！你個不識憂小業冤。諕的我魂魄蕭然。
　　言語狂顛。誰敢遲延。我只得破步撩衣走到跟前。少不的把屎做糕
　　糜嚥。

張珪於是上前賠罪，沒想到魯見張妻美貌，要張珪明日將其妻送到魯宅，張
珪有苦難言，唱尾曲結束此折。由此劇可見 F 曲段用於劇情明顯轉變處，不
過其位於折尾，且主角之情緒十分強烈，故仍爲首折結束前的高潮曲段。就

此而言，實與前所舉之例爲同一用法，不過其高潮不僅由主角情緒的抒發來形成，更由劇情本身之衝突形成。其他如〈昊天塔〉（a48）首折結束前爲楊令公託夢給楊六郎，此夢境亦由 F 曲段表現；〈馮玉蘭〉（a00）首折結束前，馮玉蘭夢見邦老上船殺人，此夢境亦用 F 曲段。如此二劇則場面轉變尤爲明顯，然其用法亦不離前面所言。

據以上所言，可知 F 曲段大致用於首折之末，以形成一抒情高潮爲主，偶亦兼用於劇情轉變及場面變換之處。

四、村里迓古－元和令－上馬嬌－遊四門－勝葫蘆－么篇、寄生草－么篇－六么序－么篇

先討論 D1 曲段：村里迓古－元和令－上馬嬌－遊四門－勝葫蘆－么篇。

此曲段之用法於〈緒論〉中所引《詳解》之說已明白指出，此曲段多用於劇情轉變之時。觀察上述二十七本劇本的內容，只有〈漁樵閒話〉（d46）在劇情上沒有明顯的變化 [註37]，而此本之套式本就不甚合乎慣例，可以視爲例外。另有〈望江亭〉（a95）一劇之情節變換處並非在村里迓古之前，而是在上馬嬌之前，考其原因，乃因此劇在 A 曲段之後直接連用 D1 曲段，因而須用村里迓古及元和令兩曲交代轉變之前的必要情節。此劇若能於 A 曲段之後先用一 B 曲段，即可避免此問題的產生。

使用此曲段的劇本可以上節已引用過之〈陳州糶米〉（a03）爲代表。此劇之劇情轉變發生於張古與楊金吾、小衙內爭吵，小衙內用紫金鎚打倒張之時，張逐漸醒來，唱村里迓古：

〔村里迓古〕只見他金鎚落處恰便似轟雷著頂。打的來滿身血迸。我呵怎生扎掙。也不知打著的是脊梁，是腦袋，是肩井。但覺得刺牙般酸，剜心般痛，剔骨般疼。哎喲！天那！兀的不送了我也這條老命。

[註37] 還有三個劇本其劇情雖有轉變，但較諸他劇稍不明顯，此三劇爲〈爭報恩〉（a10）、〈凍蘇秦〉（a26）及〈謝金吾〉（a35）。〈爭報恩〉中徐寧被正旦前來詢問，B 曲段乃質問通姦之丁都管與王臘梅，D1 曲段才開始爲徐開脫；〈凍蘇秦〉中正末蘇秦與王長者談話，B 曲段是述自己目前落魄之狀，然後王長者抬上果桌設酒招待，才進入 D1 曲段，批評世人無眼，不識自己之才華；〈謝金吾〉中佘太君在 B、C 曲段即開始與謝金吾爭論，但自 D1 曲段始佘太君被推倒受傷，是轉變之處。

（云）我來買米，如何打我？（小衙內云）把你那性命則當根草，打甚麼不緊，是我打你來，隨你那裡告我去。（小儆古云）父親也，似此怎了！（正末唱）

〔元和令〕則俺個糴米的有甚罪名。和你這糶米的也不乾淨。（小衙內云）是我打你，沒事，沒事，由你在那裡告我。（正末唱）現放著徒流笞杖，做下嚴刑。卻不道家家門外千丈坑。則他這得填平處且填平。你可也被人推更不輕。

（楊金吾云）俺兩個清似水，白如麵，在朝文武誰不稱讚我的。（正末唱）

〔上馬嬌〕哎！你個蘿蔔精頭上青。（小衙內云）看起來我是野菜，你怎麼罵我是蘿蔔精。（正末唱）坐著個愛鈔的壽官廳。麵糊盆裡專磨鏡。（楊金吾云）俺兩個至一清廉有名的。（正末唱）哎！還道你清清賽玉壺冰。

（小衙內云）怕不是皆因我二人至清，滿朝中臣宰舉保將我來的。（正末唱）

〔勝葫蘆〕都只待遙指空中雁做羹。那個肯為朝廷。（楊金吾云）你那老匹夫把朝廷來壓我哩！我不怕，我不怕。（正末唱）有一日受法餐刀正典刑。恁時節錢財使盡。人亡家破方悔道不廉能。

（小衙內云）我見了那窮漢似眼中疔，肉中刺，我要害他，只當捏爛柿一般，值個甚的。（正末云）嗏聲！（唱）

〔後庭花〕你道窮人是眼內疔。佳人是頷下瘿。（帶云）難道你家沒王法的？（唱）便容你酒肉攤場吃，誰許你金銀上秤秤。（云）孩兒也，你與我告去。（小儆古云）父親，你看他這般權勢，只怕告他不得麼。（正末唱）兒也，你快去告不須驚。（小儆古云）父親，要告他，指誰做證見？（正末唱）只指著紫金鎚專為照證。（小儆古云）父親，證見有了，卻往那裡告他去？（正末唱）投詞院直至省。將冤屈叫幾聲。訴咱這實情。怕沒有公與卿。必然的要准行。（小儆古云）若是不准，再往那裡告他？（正末唱）任從他賊醜生。百般家著智能。遍衙門告不成。也還要上登聞將怨鼓鳴。

〔青哥兒〕雖然是輸贏輸贏無定。也須知報應報應分明。難道紫金鎚就好活打殺人性命。我便死在幽冥。決不忘情。待告神靈。挐到階庭。取不招承。償俺殘生。苦恨纏平。苦不沙，則我這雙兒鶼鴒。也似眼中睛應不瞑。

（云）孩兒，眼見得我死了也，你與我告去。……（唱）

〔賺煞尾〕……（正末嘆云）若要與我陳州百姓除了這害呵！（唱）則除是包龍圖那個鐵面沒人情。

張唱完，人也就死了，小懶古於是上京師告狀。從以上所引可以看出 D1 曲段用於劇情轉變之後，敘述張對兩名倉官的質問，經過這段鋪敘，醞釀出 F 曲段的高潮。F 曲段的用法和前面所言沒有差異，D1 曲段則扮演了前面討論中，在 F 曲段前使用的 B、C、E 等曲段的角色，可將劇情轉變視為新的劇情開始，鋪陳此新劇情之必要情節的發展則由 D1 曲段來負責。由於此曲段最多可用六支曲子，故可做較深入仔細之鋪敘，形成類似 E 組曲牌形成之反覆鋪敘之段落，如〈梧桐雨〉、〈黃粱夢〉等劇；但因其為固定曲牌按固定次序組成之曲段，無法形成含有大量賓白或科汎之段落，如〈謝天香〉等劇；又因為它用於劇情轉變之後，故其鋪敘中可能帶有較為激烈的情緒。

此曲段後可不用 F 曲段，則其用處更可看出為劇情轉變後之情節敘述。以〈救風塵〉（a12）為例，此劇分為兩個分明的場面，前一個場面為安秀才向趙盼兒求救，用了 A、B、C 三曲段，共七支曲子；後一個場面是趙盼兒去找宋引章，勸她不要受騙而嫁給周舍，用 D1 曲段，共六支曲子。此劇即未用 F 曲段，而用 A－B－C 敘述前一場面，用 D1 敘述後一場面，其用法是一致的。可見 D1 曲段的使用，只要是劇作家認為劇情轉變之處，即可用此曲段敘述另一場面，至於抒情的高潮仍由 F 曲段來表現。

在上一部份討論 F 曲段時，曾指出該曲段可用於情節轉變處；某些已使用 D1 曲段者，也有再用 F 曲段於第二個劇情轉變處之例。如〈漁樵記〉（a50），此劇正末朱買臣與友人楊孝先一同往訪漁夫王安道，至上漁船處為第一個轉變，唱 D1 曲段嘆賢者貧，愚者富；離開漁船回家路上，衝撞了司徒嚴助的人馬，此為第二個轉變處，唱 F 曲段說明自己並非一般樵夫，為不遇之文人。此劇即不只一個情節轉變處，D1 曲段的用法並沒有改變，而 F 曲段的用法也與前面的討論無異，不過第一折用了兩個情節轉變的確極為罕見。如此用法的劇本還有〈玉梳記〉（a81）及〈西游記〉第一本（b44）兩本。

最後要說明有些劇本把 D1 與 F 合用爲一個大段落來鋪敘，並不用 F 曲段形成一個有別於 D1 曲段的抒情高潮。或者說這些劇本在 D1 與 F 之間較難看出明顯的區分，它們從 D1 曲段開始鋪敘，逐步把劇情推向 F 曲段的高潮，但其間的銜接過於綿密，而看不出 F 曲段中有不同於 D1 曲段的情緒激發。以〈哭存孝〉（b04）爲例，此劇之轉變在李克用酒醉誤聽康君立、李存信之言，將潞州上黨之地封與康李二人，未封與李存孝；存孝知此事，大怒，其妻扮正旦唱 D1 曲段及 F 曲段，抱怨其父不明，痛罵康李二人無能卻居功，觀 F 曲段所唱與 D1 曲段在情緒上、內容上皆無太大差別，如同一個段落一般，和平常 F 曲段之用法不太相同。其他尚有〈金安壽〉（a63）、〈醉寫赤壁賦〉（b54）、〈村樂堂〉（b62）、〈猿聽經〉（b65）四劇爲此種情形。

其次討論 D2 曲段：寄生草－么篇－六么序－么篇。

D1 與 D2 兩個曲段從不出現於同一套式中，且二者與其他曲段的次序關係一致，故歸納爲同一個序位上的兩個曲段，但其用法卻有所不同。D2 曲段的主要用法是用於形成抒情的高潮，而非情節的敘述，和 F 曲段的用法大致相同。在上一節已引過〈來生債〉劇中之 D2 曲段，此曲段爲該折之總結，極力駁斥錢的迷惑害人，爲全劇高潮所在。底下再舉〈薦福碑〉（a34）爲例，此劇正末張鎬懷才不遇，於潞州教書爲生，上場後先唱 A 曲段，接著其故友范仲淹上場，兩人相逢，張唱 B 曲段〔註38〕嘆自己滿腹詩書如此困窘，再唱 C 曲段嘆今日人心不古，無人可以求助，接著進入 D2 曲段：

> （范仲淹云）兄弟也，你是看書的人，便好道富家不用買良田，書中自有千鍾粟；安居不用架高堂，書中自有黃金屋；出門莫恨無人隨，書中車馬多如簇；娶妻莫恨無良媒，書中有女顏如玉。前賢遺語道的不差也。（正末唱）

> 〔寄生草〕想前賢語總是虛。可不道書中車馬多如簇。可不道書中自有千鍾粟。可不道書中有女顏如玉。則見他白衣便得一個狀元郎，那裡是綠袍兒賺了書生處。

> 〔么篇〕這壁攔住賢路。那壁又擋住仕途。如今這越聰明越受聰明苦。越痴呆越享了痴呆福。越糊突越有了糊突富。則這有銀的陶令不休官，無錢的子張學干祿。

〔註38〕B 曲段之前尚有一支後庭花，而 E 組曲牌可以單獨插入曲段與曲段之間，前已述之。

〔六么序〕我想那今世裡眞男子，更和那大丈夫。我戰欽欽撥盡寒
爐。則這失志鴻鵠。久困鰲魚。倒不如那等落落之徒。枉短檠三尺
挑寒雨。消磨盡這暮景桑榆。我少年已被儒冠誤。羞歸故里，懶睹
鄉閭。

〔么篇〕則這寒儒。則索村居。教伴哥讀書。牛表描硃。爲甚麼怕
去長安應舉。我伴著夥士大夫。穿著些百衲衣服。半露皮膚。天公，
與小子何辜。問黃金誰買長門賦。好不值錢也，者也之乎。我平生
正直無私曲。一任著小兒簸弄，山鬼揶揄。

此段唱詞正是主角對世間文人不遇做出最強烈的抗議，也是此折情緒的最高
潮，故 D2 曲段和 D1 曲段表現的功能不盡相同。就此折而言，D2 曲段亦未用
於劇情轉變之處，在賓白俱全的二十二本劇本中，只有四本的 D2 曲段是用於
劇情轉變之處〔註39〕，以此而言，其用法和 F 曲段較爲接近，皆爲用於抒情
高潮，偶亦兼用於劇情轉變處。

再從曲段的組成來看，此曲段爲一以固定曲牌按固定次序組成的曲段，
當然非 E 組牌所組成用以表演賓白及科汎的段落，應爲表現唱工之曲段，且
其組成曲牌中之六么序么篇一定要增句，句數可以不限。此特點與 F 曲段相
同，都可以讓劇作家有充分的空間加以發揮，形成抒情高潮的曲段。反觀 D1
曲段即無此特性。

再從套式形式〔註40〕來觀察，可以發現使用 D1 曲段的三十一套式中，有
二十四本同時用了 F 曲段，使用 D2 曲段的二十七套式則只有五本同時使用 F
曲段。此種差異形成的原因可能便是因爲 D2 曲段與 F 曲段有相同的表現功
能，故大部份的劇本都只需二者擇一，只有少數的劇本可能劇作家認爲需要
兩個抒情曲段才並用二者。

D2 及 F 兩曲段既然功能相同，使用上區別何在？抑或並無差別？從套式
上觀察，可以發現 F 曲段用於全劇結束之前，其他所有曲段之後；D2 曲段則
用於 C 曲段之後（只有兩本是用於 B 曲段之後），且後面可以再用 E 組曲牌（共
有九本）。可知二者用法差別在於 D2 曲段用於抒情高潮出現位置較前（即 C
曲段之後），或抒情高潮之後尚有必要情節須交代，要再接用 E 組曲牌者。如

〔註39〕此四本爲〈西廂記〉第二本（b18）、〈題橋記〉（d07）、〈龐掠四郡〉（d13）、〈東
籬賞菊〉（d22），此四劇在劇情上都有較明顯之轉變。
〔註40〕此處之總數包含賓白不全之劇本。

〈來生債〉在 D2 曲段之後尚有龐居士送給磨博士一錠銀子之情節，此情節和此折前面之劇情關連不大，但卻是下一折的伏筆，不能不在第一折之末演出，故此折之抒情高潮用 D2 而不用 F 曲段，觀察所有在 D2 曲段之後尚用了 E 組曲牌者，多爲此種情形。若抒情高潮出現之處既爲 C 曲段之後，又爲全劇之末，則二者皆可用，不過，仍以用 F 曲段爲多。

D2 曲段的用法與 F 曲段之異同大致如上所述。

第三節　小　結

經過上述二節之討論，仙呂宮聯套規律已有清楚的說明，以下再將其要點做一整理。

就曲牌聯綴規律而言，仙呂之聯套單位計有五個曲段、一組獨立曲牌與尾曲等單位。現分述其組成曲牌如下：

1. 第一個曲段爲 A 曲段，由兩支必要性的曲牌所組成，第一支曲牌爲點絳唇或八聲甘州，第二支曲牌爲混江龍。

2. 第二個曲段爲 B 曲段，亦由兩支必要性的曲牌組成，第一支曲牌爲油葫蘆，第二支曲牌爲天下樂。

3. C 曲段由兩支必要性的曲牌，第一支爲那吒令，第二支爲鵲踏枝，加上一至二支的非必要性的曲牌，即寄生草所組成。故此曲段有三種可能的組合，分別爲那吒令－鵲踏枝、那吒令－鵲踏枝－寄生草、那吒令－鵲踏枝－寄生草－么篇，可表爲那吒令－鵲踏枝－（寄生草）－（么篇）。

4. D1 曲段由爲村里迓古－元和令－上馬嬌－（游四門）－（勝葫蘆）－（么篇）等曲牌組成，前三曲爲必要性曲牌。

5. D2 曲段則由一至二支的非必要性曲牌，即寄生草及其么篇，加上兩支必要性的曲牌，即六么序及其么篇所組成，可表爲（寄生草）－（么篇）－六么序－么篇。

6. E 組曲牌則由金盞兒等五支（詳見前）可多用之曲牌，與憶王孫等八支（詳見前）只能使用一次之曲牌，不按固定次序所組成。

7. F 曲段由後庭花－（柳葉兒）－（青哥兒）組成，後庭花爲必要性曲牌，柳葉兒與青哥兒至少須用其一。

8. x 爲最後之尾曲。

　　仙呂宮各單位之聯綴次序可以表示如下：

　　　A－(B)－(C)－(D)－(E)－(F)－x

有幾點說明如下：

1. 其中加上括弧者，表示為非必要之曲段，但從既有之套式觀之，B、C、D、E、F 五個部份不可全部不用，且不可單用 B、C、F 其中之一。

2. 當 C 與 D2 連用時，則兩曲段所用之寄生草最多兩支。

3. 在各曲段的間隔中偶爾可以插入寄生草或 E 之中的曲牌。

4. 各聯套單位中除引導曲段 A 及尾曲 x 外，以 B、C 二曲段最為常用，故可以說 B、C、x 為仙呂之基本聯套單位。

以上即為仙呂宮曲牌聯綴規律之大致要點。

以下再對套式運用規律之要點做一整理：

1. 仙呂宮的曲段可以大致區分為三種用途，一為用做引導曲段，二為用以鋪敘情節，三為用於抒情高潮。

2. A 曲段須用於引導曲段，B、C 曲段在少數情況可與 A 共同形成較長之引導曲段。

3. D2 與 F 曲段用於表現高潮唱段。

4. B、C、D1、E 四種曲段用以鋪敘情節，其中 B、C 曲段以平鋪直敘之方式為主，D1 須用於情節變化之處，E 則可用於情節較具變化，及穿插較多賓白與科汎的段落。

　　由以上各單位之運用特點，結合整個套式的聯綴規律，可以發現仙呂套式有以下幾點特殊之處：一為鋪敘情節的曲段相當多，且其主要之聯套單位用於平鋪直敘之用法為多；二為可以構成一相當長的引導曲段。這兩個特點與其用於第一折當有密切關係，有關此方面之討論請見第九章第三節。

第二章 正 宮

現存元劇中有一百二十五本用了正宮，但〈追韓信〉（b37）原劇本已有缺頁，套式已不完整；加上殘劇之套式三套，正宮現存完整套式共一百二十七套，各套式所用之曲牌詳列於附錄三。此一百二十七套加上殘套一，共一百二十八套，其中用於第一折者有一套，用於第二折者六十四套，用於第三折者四十五套，用於第四折者十五套〔註1〕，用於第五折者一套，折次不詳者一套。

第一節 曲牌聯綴規律

《詳解》一書中對正宮聯套規律之描述大致如下：

1. 首曲用端正好。
2. 次曲用滾繡毬。
3. 滾繡毬、倘秀才兩曲常循環使用。
4. 可用兩種煞曲，一爲正宮煞，一爲般涉煞。
5. 可借宮，劇例中有借中呂、般涉、雙調三種宮調者，其次序皆是本宮曲在前，借用他宮之曲調在後，借宮後，除尾聲外，不再用本宮之曲。
6. 尾聲偶可不用，皆爲第四折之例。
7. 脫布衫後常用小梁州，有十一例〔註2〕未連用；小梁州後必連用么篇；

───────────────

〔註1〕 此十六套中有兩套用於五折之劇，即〈打董達〉（d42）及〈降桑椹〉（b30），故正宮用於尾折者應爲十五套，其中十四套用於四折之劇，一套用於五折之劇。

〔註2〕 應爲十二例才是，《詳解》漏計〈對玉梳〉一劇。

獨用小梁州不用脫布衫者未見。

以下即對上述規律提出幾點修正及補充。

一、首曲與次曲

1.與 2.所述事實上即類同於仙呂宮之點絳唇與混江龍之關係，正宮之端正好與滾繡毬在套式中共同組成一引導曲段，並做爲整個套式的開始，以下即以 A 代表之。

從套式上看，一百二十八套中，首曲皆用端正好，次曲只有三套不用滾繡毬〔註3〕；從賓白之分佈來看，賓白俱全之一百一十六本劇本中，扣除上述之三本，爲一百一十三本，其中只有一本在端正好與滾繡毬之間插入兩行以上的賓白，賓白在一行以內者有十八本，不插入任何賓白者有八十九本〔註4〕，可見二曲關係之緊密；從情節之變化來看，主要情節展開在端正好與滾繡毬之後者有八十八本，其他情況者有二十八本〔註5〕。可見正宮之引導曲段應以端正好——滾繡毬組成，少數情況下可以加以增減一或二隻曲牌，至多可用四曲。

二、滾繡毬與倘秀才之循環使用

3.所述常循環使用之曲滾繡毬、倘秀才與仙呂宮之金盞兒、後庭花、醉中天三曲之迎互循環爲類似之情況。但正宮之迎互循環爲聯套之主要形式，仙呂則爲偶然之情況。

〔註3〕 此三套爲〈西游記〉第四本第三折——即第十五齣（b47）次曲用蠻姑兒，〈梧桐雨〉（a21）第四折及〈貶黃州〉（b25）第二折次曲用端正好之么篇。

〔註4〕 賓白在兩行以上者爲 a40；在一行以內者：a11, a13, a29, a32, a46, a53, a81, a91, a96, b14, b15, b55, b56, d08, d36, d42, d51, d53；不插入賓白者：a02, a03, a04, a07, a09, a12, a15, a22, a23, a24, a25, a26, a31, a34, a36, a37, a42, a43, a44, a45, a47, a48, a51, a57, a59, a60, a67, a68, a69, a70, a71, a73, a74, a76, a78, a80, a85, a87, a83, a86, a89, a94, a97, a98, a00, b03, b05, b09, b12, b18, b20, b22, b30, b33, b39, b41, b43, b45, b48, b50, b60, b63, b64, b67, b69, c01, c02, d02, d04, d10, d11, d12, d17, d22, d23, d26, d27, d29, d33, a37, d38, d40, d41, d43, d47, d49, d55, d58, d61。

〔註5〕 就情節之變化來看，主要情節展開之前所用之引導曲段爲其他情況者如下：用端正好—滾繡球—倘秀才三曲者有 a23, a26, a68, a78, a81, a94, a96, b09, b20, b55, b64, d49；用端正好—滾繡毬—叨叨令者有 b58；用端正好—倘秀才—滾繡毬者有 a07, a70, b45, b48；用端正好—蠻姑兒—滾繡毬—叨叨令者有 b47；用端正好—么篇者有 a21, b25；單用端正好者有 a11, a40, b27；難以明確斷定者有 a73, b18, d40, d46, d47。

此二曲之循環使用以二曲間隔使用爲常，亦可其中之一獨用，或連用幾次，亦可三種情況皆用於同一套式中，故其聯套形式有固定之曲牌，但並無固定之次序，且二曲皆可多用。此曲段以 B 代表之。

三、脫布衫－小梁州－么篇

此三曲連用之情況至爲明顯〔註6〕，爲一關係緊密之曲段，以 C 代表之。據《詳解》所言，此曲段之組成似以脫布衫爲必要性之曲牌，小梁州及么篇爲非必要之曲牌，因有用脫布衫不用小梁州及么篇之例，未見用小梁州及么篇不用脫布衫之例，故其組成可以「脫布衫－（小梁州－么篇）」表之，但此說法並不完整。就獨用小梁州及么篇之例而言，並非未見，有〈盆兒鬼〉（a80）即用小梁州及么篇而未用脫布衫，但此劇將小梁州及么篇夾用於借用中呂宮之曲牌中間，非一般聯套形式，且爲孤例，故以脫布衫爲此曲段之必要曲牌仍可成立；再就獨用脫布衫之例來看，《詳解》所舉之例在脫布衫後皆連用醉太平。若以本論文討論之範圍而言，凡脫布衫之後不用小梁州及么篇者亦必接用醉太平，此種劇例共有十三本〔註7〕。此十三本中，除〈貶夜郎〉（b26）爲賓白不全之本外，其他十二本之脫布衫與醉太平之間只有兩本插入之賓白在兩行以上，有七本未插入任何賓白，其他三本插入之賓白不到一行，可見插入賓白之情形極爲稀少；以情節段落觀之，則只有〈打韓通〉（d43）一劇可以將脫布衫與醉太平區隔開來，其他十一本皆屬同一情節段落。如此看來，脫布衫事實上並未獨用，而是和醉太平連用，只是因爲一來此種情況較連用小梁州及么篇少見，二來醉太平另有自己獨用之用法，並不定非得和脫布衫連用不可，故而誤以爲脫布衫爲獨用。

根據以上之討論，C 曲段之組成應以「脫布衫－小梁州及么篇（醉太平）」表之，其中以脫布衫爲必要性曲牌，但不可獨用，後須接小梁州及么篇，或醉太平，二者其中之一。

四、伴讀書－笑歌賞

此二曲亦爲連用之曲，但在《詳解》中並未指出。凡用伴讀書者必用笑

〔註6〕此三曲連用之劇例有以下四十三例：a03, a04, a12, a22, a29, a46, a57, a67, a68, a74, a76, a85, a98, b03, b08, b09, b14, b20, b33, b35, b69, c01, c02, d04, d08, d10, d12, d17, d23, d26, d27, d29, d36, d38, d40, d41, d49, d51, d53, d55, d61, e03。

〔註7〕此十三本爲 a07, a32, a37, a43, a50, a78, a81, b15, b26, b39, b43, b55, d43。

歌賞，共有二十五例〔註8〕，其中只有一本用笑歌賞於伴讀書之前；用笑歌賞則可不用伴讀書，此種劇例有八本〔註9〕。可見此二曲組成之曲段以笑歌賞爲必要曲牌，而伴讀書則爲非必要之曲牌，可以「（伴讀書）－笑歌賞」表之。

此曲段以下以 D 表之。

五、白鶴子－么篇

正宮套中用白鶴子及其么篇者只有六例，獨用白鶴子者有三例〔註10〕，《詳解》於正宮套式之討論中亦未說明其用法，但中呂宮套式中有九例借白鶴子及么篇〔註11〕，《詳解》在中呂套式之討論中即指出，白鶴子以連用么篇爲常，且可多用數支。可見白鶴子與其么篇在聯套時爲一完整單位。

此曲段以下以 E 代表之。

六、借宮之曲

正宮可借之宮調有中呂、般涉、雙調三種宮調，借雙調者爲孤例，僅〈虎頭牌〉（a24）一劇。借中呂及般涉者較多，借中呂者有十八本，借般涉者有五本，二者皆借者有十本。〔註12〕

借宮之曲例在正宮曲之後，而借般涉調之曲因多帶有煞曲，故又在中呂之曲之後，三者次序井然，只有四劇在借宮之後又用正宮之曲，不合此次序〔註13〕。般涉借入正宮之曲自成一曲段，可以「（哨遍）－耍孩兒－（煞）」

〔註8〕 此二十五本爲 a04, a07, a08, a15, a21, a23, a26, a34, a36, a40, a59, a69, a70, a76, a89, a00, b12, b45, b47, b56, d02, d11, d37, d42, d58，其中 b45 用笑歌賞於伴讀書之前。

〔註9〕 此八本爲 a37, a45, a53, a85, a98, b02, b41, d23。

〔註10〕 連用么篇之例爲 a21, a68, b18, b56, d22, e01，獨用白鶴子之例爲 a43, b48, e03。

〔註11〕 中呂宮用白鶴子－（么篇）者有 a01, a02, a65, a79, b11, b21, b57, b63, d56 等九本。

〔註12〕 借中呂者有 a11, a15, a26, a37, a50, a60, a67, a68, a74, a80, a94, b23, b26, b48, b60, b64, b67, d12 等劇；借般涉者有 a03, a07, a40, b18, b31 等劇；兼借二者有 a53, a71, a86, a89, b14, b20, d22, e01, e02, e03 等劇。

〔註13〕 此四劇爲 a15, a50, a80, b26，皆爲借中呂後又用正宮之曲，其原因可能爲中呂與正宮二者互相借宮之情形非常普遍，故某些曲牌可能雖分於正宮或中呂，但實際上爲二者通用之曲，並無法截然兩分，故互相聯套時，可能不完全照借宮之規律排列，而互相錯雜。

表之，其中要孩兒爲必要曲牌，煞則可多用。中呂借入正宮之曲則變化較多，並不限於少數幾支曲牌。

以下以 Y 代表中呂借入之曲，以 Z 代表般涉借入之曲。

七、獨立曲牌

正宮之曲牌除了上述所提及的部份之外，還有一些曲牌並不和其他曲牌有連用之情形，在聯套時自成運用之單位；而其出現之位置則有幾種可能，一爲 A 曲段（端正好－滾繡毬）與 B 曲段（倘秀才與滾繡毬二曲循環）之間，二爲 B 曲段之中，三爲 B 曲段與本宮煞曲或借宮之曲之間，合起來可以說，在 A 曲段之後，本宮煞曲或借宮之曲之前，任何位置都可出現，包括在 B 曲段之中。這類曲牌有叨叨令、呆骨朵、醉太平、塞鴻秋、貨郎兒、窮河西、蠻姑兒、雙鴛鴦、芙蓉花等曲，此類曲牌與仙呂之 E 組曲牌（即獨立曲牌）有類似之處，皆不與某些固定曲牌結合成特定曲段，可以穿插於各曲牌之間之任意位置，不同的是，仙呂之 E 組曲牌因同宮調中之其他曲段皆爲緊密結合之曲段，不能插入其他曲段之內，只能插入曲段與曲段之間；而正宮之 B 曲段則爲一關係較爲鬆散之曲段，可以容許其他曲牌插入，此情況正和仙呂之後庭花、金盞兒、醉中天三曲組成迎互循環時，亦容許其他 E 組曲牌的插入一樣。正宮這些獨立曲牌以下即以 F 代表其總稱。

八、正宮煞及尾曲

正宮之尾曲共有四曲，即尾聲、煞尾、啄木兒煞、及收尾四曲，皆以 x 表之；正宮套式若未借用其他宮調之曲，於尾曲之前可用正宮煞，最多兩支，所用之煞曲便形成一個曲段，且必用於劇末尾曲之前，此曲段即以 X 表之。

九、各單位之聯綴次序

經過上述之討論，正宮之曲牌已歸納爲 A（端正好－滾繡毬）、B（倘秀才－滾繡毬二曲循環）、C（脫布衫－上小樓么篇或脫布衫－醉太平）、D（伴讀書－笑歌賞）、E（白鶴子么篇）、X（正宮煞曲）五曲段，及 F 組之獨立曲牌，借宮之曲則有 Y（中呂）及 Z（般涉）兩種（雙調之借用只有一例，不另做討論）。這些曲段或曲牌彼此之間聯綴之次序爲何，卻未完整的說明。就以上已討論過的部份內容，可以得知 A 必居前，B 須接用於 A 之後，而 X 必

居劇末，且用於無借宮之情形；Y、Z 則用於正宮曲之後，x 之前；F 組曲牌之使用位置亦已說明，只餘 C、D、E 三曲段未知其聯套次序。

經過觀察不難發現，這三個曲段之聯套次序與 F 組曲牌一樣，沒有特定的位置，而是穿插於 A 與 X 之間，或 A 與 Y－Z－x 之間，包括用於 B 之內〔註14〕。如此可得正宮之聯套次序如下：

(1) A－{B、(C、D、E、F)}－(X)－x

(2) A－({B、C、D、E、F})－(Y)－(Z)－x

上列(1)為不借宮之情形下之次序，(2)為借宮情形下之次序，{ }符號表示符號內之曲段或曲牌可自由排列，( )表可以不用。因此可以看出，在不借宮之情形下，B、C、D、E、F 五者至少須用其中之一，且在實際套式中，B 為必然使用之曲段，其他則可用可不用；但在借宮之情形下，則可完全不用，直接用借宮之曲。而 A 與 x 則為必要之曲段（曲牌），不論借宮與否。

第二節　套式運用規律

在上節中已對正宮曲牌之聯綴規律做了全面的探討，對各曲段之組成及

〔註14〕若比較 C、D、E 與 A、B、X、x 或 A、B、Y、Z、x 之位置關係可得以下之結果。

C 曲段出現在 A、B 之間者有 a04, b55 等二例，出現在 B 曲段之中者有 a32, a39, a43, a57, a68, a78, a81, b03, b26 等九例，出現在 B、X 之間者有 a12, a46, b43, d40, d53 等五例，出現在 B、x 之間者有 a32, a76, a85, a98, b15, b30, b33, b35, b39, b69, c01, c02, d04, d08, d10, d17, d23, d26, d27, d29, d33, d36, d38, d41, d43, d49, d51, d55, d61 等二十九例（其中 b33, c01, d36 因用於第四折，無尾聲，故 C 曲段只出現在 B 之後），出現在 A、Y 之間者有 b20 一例，出現在 B、Y 之間者有 a37, a67, a74, b14, d12 等五例，出現在 B、Z 之間者有 a03, a07, b31 等三例，另有 a50 出現在 Y、X 之間，a80 出現在 Y 之中，皆為例外之情形。

D 曲段出現於 A、B 之間者有 a04, a26, a89, b47 四例，出現在 B 之中者有 a21, a45, a69, b02, b23, b41 等六例，出現在 B、x 之間者有 a23, a36, a59, a76, a85, a98, a00, b12, b45, b56, d02, d08, d11, d23, d42, d58 等十六例，出現在 B、X 之間者有 a70, d37 二例，出現在 A、Y 之間有 a15, a53 等二例，出現在 B、Y 之間者有 a37 一例，出現在 B、Z 之間者有 a07, a40 等二例，另有 a34 一例出現在 A 與雙調之曲之間。

E 曲段出現在 B 曲段之中者有 a21, a43, b56 等三例，出現在 B、Y 之間者有 a68, b48, d22 等三例，出現在 B、Z 之間者有 b18 一例，其他位置雖未見，但因其出現劇例不多，就其所見之出現位置來看，亦無明顯之次序，且皆與 B 曲段相連，故其出現位置亦與 C、D 歸於同一類。

彼此之間的排列次序都已有所認識，本節要進一步討論正宮套式以上節所言之規律組成後，與劇情之間的關係，亦即其套式之運用規律。

一、基本形式

正宮套式以倘秀才、滾繡毬二曲循環（即 B 曲段）為最常用之單位，故在 B 前用引導曲段（A），後加尾曲（x），即為正宮套式最簡單之形式。其中 A 曲段之用法大致同仙呂，用為引導曲段，但因正宮用於第一折以後之情況為常，故其曲文內容不再以主角之自我表達（如身世、志願等）為主，刻劃主角之用法較為減少，而連繫劇情的用法較為增多；其基本功用，即於主要情節開展之前，作為劇情及音樂上之引導，則與仙呂一致未變。

B 曲段為一迎互循環之鋪敘曲段，前面已曾提及吳瞿庵所言，「此為子母調，不用高喉，僅用平調歌也」；《詳解》亦言，「此種腔調頗便於鋪敘之用」。此曲段即類仙呂之 E 組曲牌所組成之鋪敘曲段，關係較為鬆散，曲與曲之間可插入較多賓白以交代情節。不同的是，仙呂之 E 組曲牌可用以演出大量科汎之段落，而正宮之 B 曲段此種用法並不多見，以主角唱曲文配合賓白陳述情節的方式居多，並不以科汎為主。

事實上單用 B 曲段組套之例並不多見〔註15〕，多半以 B 夾用獨立（F 組）曲牌或 C（脫布衫－上小樓－么篇或脫布衫－醉太平）、D 曲段（伴讀書－笑歌賞）組套。以下即以〈單刀會〉（b05）為例說明單用 B 曲段組套形式之運用。

此劇第二折演魯肅欲邀司馬徽同赴與關公之會，司馬徽不敢前往之情節。此折由正末扮司馬徽主唱，一開始上場自報家門後，唱端正好及滾繡毬，即 A 曲段，道其修行閒居之樂，之後魯肅上場，開始本折之主要情節。魯肅邀其赴會，司馬唱倘秀才自言修行之人，不敢勞動魯設宴；魯再言有關公與會，司馬唱滾繡毬言關公性劣，恐遭其毒手；魯再邀之，司馬唱第二支倘秀才言須依其之意，對關多方禮遇方可；魯又問關酒後德性如何，司馬唱第二支滾繡毬言關「酒性躁不中撩鬥，你則綻口兒休題著索取荊州」；魯又言關勇有餘而智不足，司馬唱第三支倘秀才言西蜀諸葛亮有鬼神不測之智謀；魯又言除諸葛外並無用武之人，司馬唱第三支滾繡毬言五虎將之勇；魯再邀之，司馬唱尾聲言己懼關之勇，拒赴其會。由以上所述可以看出此折反覆倘秀才

〔註15〕僅見 a48, b05, b22, d47 四例。

一滾繡毬三次，鋪敘魯肅與司馬徽之對話，和前面指出的用法相合。

此種以對話為主要情節的情形最適合以正宮之子母調組套，但並非所有正宮套式中以子母調組套者皆為明顯以對話為主之情節，此迎互循環之曲段最利於對話之形式，亦可用於一般情節之鋪敘，只要劇作者認為此折情節需要較為平緩之鋪敘方式，即可能用正宮迎互循環之曲段組套。

二、加入獨立曲牌

正宮套式用以鋪敘情節之曲段固然以 B 曲段為主，但純用 B 曲段者極少，可能因過於單調之故。有些套式便於 B 曲段中夾用獨立（F 組）曲牌，一來不失平緩鋪敘之基本形態，二來可以在曲牌之運用上略作變化，此種劇例有十四本〔註16〕。F 組曲段之功用與 B 曲段並無差異，皆用於鋪敘劇情，不過 B 曲段為主體，而 F 組曲牌為穿插點綴之用。

以〈莊周夢〉（b27）第三折為例。此折以正末扮三曹官，下凡捉拿桃柳竹石四仙女。捉住四女後，唱第二支倘秀才數桃精之罪，第三支滾繡毬數柳精之罪，呆骨朵數竹精之罪，第三支倘秀才數石精之罪，第三支滾繡毬數莊周之罪。此套與〈單刀會〉之套式差別只在第三支倘秀才之前多了一支呆骨朵，而此曲之用法與前後之倘秀才、滾繡毬並無差別，可見 F 組曲牌可以夾入 B 曲段之間，共同組成鋪敘情節之段落。

再如〈看錢奴〉（a91）第二折演周榮祖賣兒之情節，在 A 曲段之後，用了四支倘秀才，三支滾繡毬敘述周賣兒遭賈仁欺騙，無法索得應有之報酬，後來中間人陳德甫補了兩貫錢給周，賈仁見周久不離去，出門逐之，周即唱賽鴻秋述其謝陳救濟之恩，及賈仁對其推扯之情節。此劇則用 F 組曲牌於 B 曲段之後、尾曲之前補足未完之情節。

再如〈薦福碑〉（a34）第二折，此折由正末扮張鎬主唱，在 A 曲段後先用叨叨令，再用滾繡毬，二曲述張滿腹文章卻受窘不得發跡之慨；接下來用倘秀才與醉太平二曲述黃州團練使劉仕林被第二封書妨殺之情節，再用倘秀才、滾繡毬述張入龍神廟擲珓罵神之情節；後來見張浩冒名走馬上任，追趕不上，唱呆骨朵問隨行在後之曳剌上任之人是否為張浩；此曲後又用倘秀才、滾繡毬及煞尾三曲結束此折。此劇之情節較為多變，因此也穿插了較多的 F

〔註16〕此十四本如下：a02, a25, a34, a47, a73, a83, a91, a97, b09, b27, b50, b58, d46, d59。

組曲牌，其中叨叨令用於 A 曲段之後、B 曲段之前，醉太平與呆骨朵用於 B 曲段之中，其功用皆為與 B 曲段配合以鋪敘情節。

　　由以上諸例可以看出 F 組曲牌之出現位置可在 B 曲段之前、之間、之後，其用法即為與 B 曲段共同搭配以鋪敘情節。

三、尾曲及正宮煞曲

　　正宮套式之主要部份為前述之 B 曲段搭配 F 組曲牌所成之段落，此種段落適用於較平緩之鋪敘，不適用於表現高潮之唱段，若正宮套式須表現類似仙呂之 D2（六么序－么篇）或 F 曲段（後庭花－柳葉兒－青哥兒）之抒情高潮，則有兩種用法（在不借宮之情形下），一為使用煞尾，二為使用煞曲與尾曲組成一曲段，即 X 曲段，以盡情抒發主角之情緒，形成全折在音樂及劇情上之高潮。

　　正宮所用之尾曲共有四章，其中只有煞尾一章〔註 17〕可以用為抒唱之高潮，因此曲之句法只有首二句與末句須照煞之首二句與尾聲之末句為之，中間可以插入七字句、六乙句、四字句，句數不限，其作用即類同於可以大量增句之曲，可讓劇作者於此盡情抒發其文采、情思，以形成全折之高潮；若劇作者認為單用一曲不足以盡情抒發，或於劇情之安排上較不適合，當用多曲以組成高潮之段落，則可用煞曲於尾曲之前，此種用法雖不能於每支煞中大量增句，但煞曲的連續使用，一樣可以讓劇作者得到盡情表現之空間，而且煞與煞之間可以酌情插用賓白，有更大的騰挪餘地，並可以包含較多之情節變化，使高潮得到較多之醞釀。此二種方式即為正宮套式在需要組成抒情高潮時，可以運用的兩種方式，以下舉例說明之。

　　如〈金錢記〉（a02）第二折演韓飛卿進入王府尹後花園尋找王柳眉，被王府尹發現，險遭責打，幸賀知章趕到解救，並使王府尹聘韓為門館。此折之組套形式為 A－{B、F}－x，在 B 曲段及 F 組曲牌鋪敘完全折之情節，韓得留於王府之內時，韓即唱一曲極長之煞尾盡情抒發心中之思念、喜悅、期盼，全曲如下：

　　　　〔煞尾〕我本是個花一攢錦一簇芙蓉亭，有情有意雙飛燕。卻做了

〔註 17〕正宮尾曲四章分別為尾聲、煞尾、啄木兒煞、收尾，其中煞尾有多種異名，但只有此曲可以在曲中任意變化句數，只要首二句以煞之首二句始，末句以尾聲之末句終為之即可。有關此曲之異名及詳細之句法變化，請參見《北曲新譜》卷二正宮之部份。

山一帶水一派竹林寺，無影無形的並蒂蓮。愁如絲，淚似泉。心忙殺，眼望穿。只願的花有重開月再圓。山也有相逢石也有穿。須覓鸞膠續斷絃。對撫瑤琴寫幽怨。閒傍妝臺整鬢蟬。同品鸞簫並玉肩。學畫娥眉點麝煙。幾時得春日尋芳鬥草軒。夏籐簟紗廚枕臂眠。秋乞巧穿針會玉仙。冬賞雪觀梅到玳筵。指淡月疏星銀漢邊。説海誓山盟曲檻前。唾手也似前程結姻眷。綰角兒夫妻稱心願。藕絲兒將咱腸肚牽。石碑丕將咱肺腑鐫。筝條兒似長安美少年。不能勾花朵兒似春風玉人面。干賺的相如走偌遠。空著我趕上文君則落的這一聲喘。

如果使用 X 曲段，則其套式形式爲 A－{B、F}－X－x 者共有十三例〔註18〕。今舉〈任風子〉(a96)第二折爲例，此折演任屠欲前往殺害馬丹陽，反被馬點化，情願跟隨馬修道，在用了 B 曲段與 F 組曲牌鋪敘全折情節之後，任屠唱煞曲兩支，即 X 曲段，及煞尾表明自己歸道之心及此後修道之樂：

〔三煞〕從今後栽下這五株綠柳侵門戶。種下這三徑黃花近草廬。學師父伏虎降龍，跨鸞乘鳳，誰待要宰馬敲牛，殺狗屠驢。謝師父救了我這蠢蠢之物。泛泛之才，落落之徒。雖然愚魯。從小裡看過文書。

〔二煞〕高山流水知音許。古木蒼煙入畫圖。學列子乘風，子房歸道，陶令休官，范蠡歸湖。雖然是平日凡胎，一旦修眞，無甚功夫。撇下這砧刀什物。情取那經卷藥葫蘆。

〔煞尾〕再誰想泥豬疥狗生涯苦。玉兔金烏死限拘。修無量，樂有餘。朱頂鶴，獻花鹿。唳野猿，嘯風虎。雲滿窗，月滿戶。花滿蹊，酒滿壺。風滿簾，香滿鑪。看讀玄元道德書。習學清虛莊列術。小小茅庵是可居。春夏秋冬總不殊。春景園林賞花木。夏日山間避炎暑。秋天籬邊玩松菊。冬雪檐前看梅竹。皓月清風爲伴侶。酒又不飲色又無。財又不貪氣不出。我準備麻繩拽轆轤。提挈荊筐擔糞土。鋤了田苗種了菜蔬。老做莊家小做屠。(帶云)我兀的到這中年做你一個徒弟。(唱)哎！師父，我可也打的你那勤勞，受的你那苦。

由以上之説明及所舉之例可以了解正宮套式如何構成其高潮的唱段，同時可

〔註18〕此十三本爲 a09, a13, a31, a42, a44, a51, a87, a96, b01, b25, b29, b40, b63，其中 b01, b29, b40 三本爲已缺賓白之本。

以發現，由於其用以組成高潮唱段的曲段為煞曲及尾曲，故此唱段必然出現於套式之末，不同於仙呂可以出現在較前之位置。

四、結構緊密之曲段

C（脫布衫－上小樓－么篇或脫布衫－醉太平）、D（伴讀書－笑歌賞）二曲段之組成方式不同於 B 曲段，B 曲段為一結構關係較鬆散之曲段，曲段中可以自由的插入賓白，C、D 曲段則為結構關係較緊密之曲段，有固定之組成曲牌與組成次序，類同於仙呂之 B、C 曲段，曲段中插入賓白之限制較大。故 C、D 曲段之用法雖同為鋪敘情節，但在正宮套式中多為情節變化處，或與前面之曲文可以區隔之另一段落開始處，不若用 B 曲段及 F 組曲牌組套者，有時全套並無明顯之情節轉變或段落區隔之處。也由於 C、D 曲段這種適宜用於情節變化處的特性，故其出現位置雖可用於 B 曲段之前、之中、之後，但仍以用於之後者為多，蓋因元劇之情節變化出現於折之後半部比例較高，且正宮以平緩鋪敘之 B 曲段為組套之主體，若情節變化出現過早，較不合其套式特性。C、D 曲段二者之用法是否有所差別則難以區分，因二者不常出現於同一套式中，僅有八本劇本二者用於同一套式之中，而此八套中兩曲段皆連用，其中只有一套 D 曲段用於 C 曲段之前〔註19〕。因此只能說 C、D 二曲段用法類似，而以用 C 曲段者為多；若須二者皆用，則必須連用，且宜用 C 於 D 之前。

以下舉例說明 C、D 曲段之用法。

以〈救風塵〉（a12）第三折為例，此折於 A 曲段後用 B 曲段敘述趙盼兒假意與周舍接近，迷惑周舍娶之。正當周舍為趙所迷之際，宋引章來到，大吃飛醋，周舍大怒，要拿棍子打宋，趙連忙下說詞救宋，對周言其如此兇暴，何人敢嫁他，並要周立下休書，以表對她之真心。此折宋引章上場處為情節變化之處，而趙對周下說詞以救宋，便是用 C 曲段來唱，可見 C 曲段用於鋪敘情節發生變化之處。

再以〈風雲會〉（b43）第三折為例，此折演宋太祖於風雪夜中私訪趙普，問其平江南之事。太祖與趙普之對話過程以 B 曲段（其中插用了一支呆骨朵）演之，此為正宮套式最合宜之用法。在兩人計議已定後，太祖即召石守信等四將來見，命四人收服江南，即唱 C 曲段分派四人。此劇亦可明顯看出 C 曲

〔註19〕此八本為 a04, a07, a37, a76, a85, a98, d08, d23，其中 a85 用 D 於 C 之前。

段用於情節變化之處。

最後再以〈裴度還帶〉（b03）第三折爲例，此折演裴度至山神廟休息，發現玉帶，代爲保管；後韓夫人及瓊英回廟尋玉帶不得，正欲自盡，裴急阻之，問明玉帶爲其所失，及瓊英欲以玉帶救父之事，稱讚其德行可比美古之孝女，並還其玉帶，送其出廟，因而逃過廟塌被壓死之劫難。此折用 C 曲段於裴阻瓊英自盡之處，正是此折劇情變化之處，在此之前用 B 曲段及 F 組曲牌，之後亦用 B 曲段及 F 組曲牌，分別鋪敘其他情節，可以清楚看出 C 曲段的用法。

以下舉〈梧桐葉〉（a70）第二折爲例說明 D 曲段之用法。此折演李雲英見秋風吹拂，思念其夫，適風吹落梧桐之葉，雲英題詩其上，求風爲其寄詩與其夫，但風竟止而不起，雲英再求告之，風終再起。在風再起之前，用的是 B 曲段及 F 組曲牌，風再起後，雲英即唱 D 曲段感謝風助其送詩與其夫，最後唱 X 曲段描述四季之風。此折風之停而再起爲劇情之變化處，正是以 D 曲段來表現。

再看〈馮玉蘭〉（a00）第二折之例，此折演馮太守赴泉州上任，乘船途中夜泊黃蘆蕩，遇巡江官屠世雄，馮太守與其把酒閒話，不料屠見馮夫人貌美，因色起意，強奪之爲己妻，並殺馮太守全家，馮玉蘭僥倖落水逃脫。此折即用 D 曲段於屠露出猙獰面目，強奪馮夫人爲妻之時，亦爲此折情節明顯轉變之處。

最後舉〈劉行首〉（a76）第二折說明 C、D 曲段同用於一折之情況。此折演劉行首應官身卻迷了路，向馬丹陽問路，馬借問路之機會欲點化劉歸道，劉不聽；後來樂探來尋劉，馬不讓劉前往，說劉不該以色迷人，當修行向道；樂探見馬糾纏不清，怕誤了官身，與馬發生爭執，將馬推倒在地，帶走劉。此折之情節變於樂探上場處，樂探上場後，馬先唱一支叨叨令，便接唱 C 曲段勸劉勿赴官身，再用 D 曲段唱樂探將馬推倒於地之經過。可以看出 C、D 曲段連用時亦用於表現情節之轉變，與分別使用時並無差別。

由以上所舉諸例已可清楚看出 C、D 二曲段之用法爲用於情節變化之處。

五、白鶴子－么篇

此曲段爲中呂及正宮兩用之曲段，且中呂使用之例與正宮同多（請參見上節），合兩宮調之例共有十八本用之，今爲免重覆，於此一併討論。

此曲段單用一支白鶴子者有四例，用兩支（即帶用一支么篇）者有九例，用三支及以上者有五例。〔註20〕

在使用一或二支的情況，此曲段之用法與其他曲段或曲牌類近。用於正宮時，若該套有借宮之曲，必與借宮之曲相連，亦爲劇情轉變處〔註21〕；若用於無借宮之套，則爲一般之情節鋪敘〔註22〕；用於中呂時，與中呂之其他曲段用法相同，皆用以鋪敘情節上之小段落，參見中呂其他曲段說明（第四章第二節）便知。

此曲段用法上之特點表現於其連用三支或三支以上么篇之時。此種同曲多次連用之方式宜於表現反覆敘述或類似情節之反覆出現，正如仙呂宮 E 組曲牌的用法之一。如〈梧桐雨〉（a21）第四折，此折用正宮演唐明皇回京後對貴妃之思念。一開始明皇對著貴妃畫像思念不已，後覺身子困乏，遂在園中閒行，結果觸目所見皆引起對貴妃之思念，便用白鶴子四支反覆敘述園中草木所勾起的貴妃記憶；再如〈西廂記〉第二本第二折（b18）〔註23〕用正宮套以三支白鶴子鋪敘惠明和尚自道如何打破重圍。〈西廂記〉第五本（b21）第二折用中呂套以白鶴子五支〔註24〕敘述張生明瞭鶯鶯所送之五件物品——琴、玉簪、斑管、裹肚、鞋襪——之含義，分別以一支白鶴子敘述一件物品；又〈魔合羅〉（a79）第四折用中呂宮以六支白鶴子敘述張鼎反覆詢問劉玉娘之情節。以上四例皆爲對類似內容之反覆敘述。最後說明的例子是〈延安府〉（b63）第三折，此折演李圭審問葛監軍之子葛彪，葛監軍連差十個探子前往勾取李圭，俱被李圭打了四十棍搶了出去，此十名探子每次上場兩名，分爲五次來勾取李圭，每次分別以一支白鶴子敘述李圭打探子之情節。此例便爲同一情節之反覆，包含較多之動作及賓白。

以上即爲對正宮 E 曲段用法之說明。

〔註20〕正宮單用一支共有三例，爲 a43, b48, e03；中呂單用一支者爲 b11。正宮用兩支者有四例，爲 a68, b56, d22, e01；中呂有五例，爲 a01, a02, a65, b57, d56。用三支及以上者正宮有二例，爲 a21, b18；中呂有三例，爲 a79, b21, b63。

〔註21〕〈西游記〉第五本（b48）第三折用白鶴子於孫悟空向鐵扇公主借扇，發怒欲與其交戰之處；〈城南柳〉（a68）第二折用白鶴子與么篇於柳精謝呂洞賓，呂轉口勸其出家之處；〈東籬賞菊〉（d22）第三折用白鶴子兩支於陶淵明與顏延之意外相逢之處。此三劇皆於白鶴子後接用中呂之曲。

〔註22〕用於不借宮之套有〈馬陵道〉（a43）第二折及〈獨角牛〉（b56）第三折。

〔註23〕此折由惠明和尚主唱，亦有以之爲楔子者，本文爲討論方便，視爲第二折。

〔註24〕原本第二支以後之白鶴子誤題作二煞、三煞、四煞、五煞。

六、借宮之曲

先論借般涉之曲，即 Z 曲段，此曲段若爲要孩兒與煞曲組成，用法與 X 曲段相同，不同處在 Z 可用於中呂借入之曲之後，而 X 曲段只能用於正宮曲之後。不過若只借要孩兒一曲，後未接用煞曲〔註25〕，則並無與 X 曲段同樣之功用。

至於借中呂之曲其用在鋪敘情節，且借宮之處多爲情節變化之處，此爲轉變宮調之基本原則，以下舉數例言之。以〈竹葉舟〉（a60）第四折爲例，此折先以 B 曲段與一支叨叨令敘述陳季卿終於被呂洞賓點化悟道，願隨呂洞賓出家，之後東華帝君與八仙上場，場面轉變，呂唱中呂之十二月、堯民歌介紹諸位仙人。又如〈連環計〉（a89）第三折，此折演王允以貂蟬先誘董卓，將貂蟬嫁之，再挑撥呂布尋董報仇；此折前半王允與董之相關情節用正宮之曲演出，後半與呂之相關情節便借中呂及般涉之曲演出，使情節之轉變更爲明顯。

以上所舉爲借宮之一般情形，在用部份正宮之曲後，借用中呂及般涉之曲以突顯情節之轉變，但其套式仍以正宮爲主。有些例子則較爲特殊，借宮之曲多於正宮之曲，致形成類似「夾套」之情形〔註26〕，即除了一開始之引導曲段與最後之尾曲外，套式中間皆用借宮之曲。如此之情形不能說爲表現情節之轉變，因每折之主要情節是在引導曲段之後才開始的，若引導曲段之後立刻接用他宮之曲，則此折之主要情節皆由他宮之曲演出，並非正宮之曲來演出，則折中若有情節轉變，亦不可能與宮調之轉換同時發生，故此種「喧賓奪主」之借宮方式和前面所言之情形必非同一類型。〔註27〕

第三節　小　結

經過上述兩節之討論，正宮之聯套規律已有清楚之說明，本節再做一總

〔註25〕此種劇例有四：a03, a53, a71, d22。
〔註26〕借宮曲多於本宮曲之例有五，〈張天師〉（a11）第三折正宮曲五支，中呂宮曲八支；〈舉案齊眉〉（a53）第二折正宮曲四支，中呂宮曲七支，般涉調曲一支；〈東坡夢〉（a71）第三折正宮曲三支，中呂宮曲六支，般涉調曲一支；〈西廂記〉第四本（b20）第三折正宮曲七支，中呂宮曲六支，般涉調曲六支；〈飛刀對箭〉（b60）第二折正宮曲三支，中呂宮五支。其中〈東坡夢〉及〈飛刀對箭〉兩劇除首二曲（即 A 曲段）與尾曲外，中間皆借宮之曲。
〔註27〕此種套式之使用原因可能是某些折中之情節型態適合用中呂，但音樂之調性則當用正宮，故以此種夾套之方式爲之。

結，述其要點。

正宮各聯套單位之組成如下：

1. A曲段由端正好－滾繡毬兩支必要性曲牌組成。

2. B曲段由倘秀才、滾繡毬二曲循環使用組成，爲一鬆散結構之曲段。

3. C曲段有兩種組成形式，一爲脫布衫－小梁州－么篇，一爲脫布衫－醉太平。

4. D曲段由（伴讀書）－笑歌賞組成，笑歌賞爲必要性曲牌，伴讀書爲非必要曲牌。

5. E曲段由白鶴子與么篇組成，么篇之次數無一定之限制，亦可不用。此曲段亦爲結構鬆散之曲段。

6. 獨立（F組）曲牌有九支，詳見前，其中醉太平爲兩用之曲，可兼用於C曲段之中。

7. X曲段爲正宮煞曲組成，最多可用兩支。

8. 正宮可借中呂（Y）、般涉（Z）、雙調三個宮調之曲。

以上各單位之聯綴次序可以下列幾點說明：

1. A必居前，尾曲（x）必居後，X必用於x之前。

2. 借宮曲須用於正宮本曲之後，尾曲之前，若用x曲段，則不可再借宮。借宮曲之中呂（雙調）須用於般涉之前，般涉須用於尾曲之前。

3. B、C、D、E、F可以在A與X之間或A與Y－Z之間自由排列，且B曲段可以讓其他四單位插入其間。

4. A、x爲必用之單位。在不借宮的情形下，B爲必用之單位；在借宮之情形下則否。

5. 正宮之套式以B爲主要之聯套單位，亦爲其套式特色。

以上即爲正宮曲牌聯綴規律之要點。

以下再述套式運用規律之要點：

1. A曲段用爲引導曲段。

2. B曲段爲一聯結較鬆散之曲段，用於平緩之鋪敘，爲正宮套式之主體。

3. F組曲牌用於補綴B曲段，並略作變化。

4. 若須強調情節上之變化，則可用C、D曲段，或用借宮（多爲中呂）之法。

5. 若須表現反覆之鋪敘，可用 E 曲段。

6. 高潮之唱段可由煞尾或 X 曲段、Z 曲段來組成。

7. 在特殊情況下，可用夾套之方式組套。

　　由以上結論可以看出，正宮套式雖以平緩之鋪敘爲主要形態，但由於其本宮之曲段仍可用以強調情節變化與形成高潮唱段，且又有頗富變化之借宮用法，可以適用於多種情況，故爲使用頗多之宮調之一。

　　以上即爲正宮套式之聯套規律。

第三章 南呂宮

現存完整之元劇用南呂者共九十七〔註1〕，加上殘劇套式三，共爲一百之數，各套式所用曲牌請見附錄四。用於首折者無，用於第二折者八十二，用於第三折者十三，用於第四折者四〔註2〕，折次不詳者一，用於各折次之劇名請見附錄一。

第一節　曲牌聯綴規律

本節先討論其曲牌之聯綴規律。《詳解》一書中所列出之規律有以下幾點：

1. 首曲必用一枝花，次曲必用梁州第七。
2. 次曲後可用隔尾，不論用否，再接之曲以牧羊關或賀新郎爲多。
3. 牧羊關與隔尾均可使用多次。
4. 紅芍藥後必用菩薩梁州，哭皇天後必用烏夜啼，罵玉郎、感皇恩、採茶歌三曲須連用。
5. 煞曲限用兩支。
6. 隔尾可用爲尾曲，亦可連入套中，用於尾曲時多用其增句格，用於套中則不可增句。

第 1. 所述即爲引導曲段之組成，4. 及 5. 所述爲其他各曲段之組成，2. 及 3. 之一部份所述爲有關獨立曲牌者，6. 及 3. 之一部份爲隔尾之用法。以下即

〔註1〕 但〈紫雲亭〉（b24）之套式已有殘缺，詳細說明請見《詳解》，頁83。在附錄一所列之套式只有九十九例，即不含此殘套。

〔註2〕 用於第四折之例中有二例爲五折之劇，故南呂用於尾折之例只有二。

－61－

以上述規律爲基礎，說明南呂宮之曲牌聯綴規律。

一、引導曲段

　　南呂之引導曲段由其首曲與次曲組成，即一枝花－梁州第七。在九十九套中，只有〈西游記〉第五本（b48）第二折不用此二曲，其他九十八套之首曲與次曲皆用此二曲。由此看來，此二曲前後相連之關係頗爲固定。

　　再從賓白俱全之九十二套分析其情節段落，則大部份之例此二曲皆形成一完整段落，用於主要情節開始之前。如〈趙氏孤兒〉（a85）第二折：

　　　　（正末扮公孫杵臼領家童上云）老夫公孫杵臼是也，在晉靈公位下爲中大夫之職，只因年紀高大，見屠岸賈專權，老夫掌不得王事，罷職歸農。苫莊三頃地，扶手一張鋤，住在這呂呂太平莊上。往常我夜眠斗帳聽寒角，如今斜倚柴門數雁行，倒大來悠哉也呵！（唱）

　　　　〔南呂一枝花〕兀的不屈沉殺大丈夫，損壞了眞梁棟。被那些腌臢屠狗輩，欺負俺慷慨釣鼇翁。正遇著不道的靈公。偏賊子加恩寵。著賢人受困窮。若不是急流中將腳步抽迴，險些兒鬧市裡把頭皮斷送。

　　　　〔梁州第七〕他他他在元帥府揚威也那耀勇。我我我在太平莊罷職歸農。再休想鵷班豹尾相隨從。他如今官高一品，位極三公。戶封八縣，祿享千鍾。見不平處有眼如矇。聽咒罵處有耳如聾。他他他只將那會諂諛的著列鼎重裀，害忠良的便加官請俸。耗國家的都敍爵論功。他他他只貪著目前受用。全不省爬的高來可也趺的來腫。怎如俺守田園學耕種。早跳出傷人餓虎叢。倒大來從容。（程嬰上云）……

此折演程嬰爲救趙氏孤兒，來求已退隱之公孫助之，在程上場之前，公孫已唱一枝花與梁州第七二曲表明自己之心態與對國事之感慨，唱完此二曲程才上場，展開此折之主要情節。可見一枝花與梁州第七二曲於此乃用爲引導曲段，如此劇之例共有七十一；不以此二曲爲引導曲段者只有二十一例，此二十一例中，用一枝花－梁州第七－隔尾三曲者有十二例，用一枝花－梁州第七－牧羊關者有三例，用一枝花－梁州第七－四塊玉者有一例，另外五例則難以確定〔註3〕。由上述統計看來，可以確定南呂之引導曲段由一枝花－梁州

───────────

〔註 3〕用一枝花－梁州第七之例爲 a03, a11, a15, a16, a23, a26, a27, a28, a31, a33, a35, a36, a37, a38, a39, a54, a55, a58, a60, a61, a69, a71, a72, a74, a77, a84, a85, a86, a89, a90, a94, a98, a99, b04, b06, b08, b10, b13, b15, b16, b38, b45, b46, b52, b53,

第七所組成，少數情況可以加上第三支曲牌，此第三支曲牌以隔尾爲多。

以下即以 A 代表此曲段。

二、各曲段

南呂除引導曲段外尙有四個曲段，已在《詳解》中有淸楚說明，以下以 B 表罵玉郎－感皇恩－採茶歌三曲連用之曲段，C 代表哭皇天－烏夜啼二曲連用之曲段，D 代表紅芍藥－菩薩梁州二曲連用之曲段，X 代表煞曲（不超過兩支）連用之曲段。

就各曲段之組成而言，用 B 曲段者有五十二例，其中只有一例獨用罵玉郎，一例用感皇恩－採茶歌二曲〔註4〕，此二例可視爲例外，則此曲段之組成爲三曲連用無疑。

其他曲段中，用 C 曲段者共三十八例，只有〈西游記〉第三本（b46）在烏夜啼後加用么篇；用 D 曲段者共二十四例，用 X 曲段者共二十一例，組成曲牌皆無例外。

再看其聯綴次序。X 曲段必用於尾曲之前，即其他曲段或曲牌之後。B、C、D 三曲段則並無一定之聯綴次序，誰置於前，誰置於後皆可。〔註5〕

三、獨立曲牌

除了第一、二部份所述用於曲段中之曲牌及尾聲外，皆爲本組曲牌。其

---

b54, b59, b61, b62, b64, b65, b66, b67, b68, b70, c01, d05, d11, d16, d17, d22, d26, d28, d34, d37, d39, d49, d52, d53, d56, d62 等七十一本；用一枝花－梁州第七－隔尾之例爲 a01, a07, a09, a42, a46, a62, a68, b03, b09, b58, b69, d50 等十二本；用一枝花－梁州第七－牧羊關之例爲 a49, b43, d45 等三本；用一枝花－梁州第七－四塊玉之例爲 a63；不能確定之例爲 a06, a20, b27, b48, d59 等五本。

〔註4〕獨用罵玉郎者爲〈伍員吹簫〉（a38），用感皇恩－採茶歌二曲者爲〈遇上皇〉（b10）。

〔註5〕B、C 同用於一套之例有十七，其中 B 在 C 前之例有十四：a35, a38, a55, a58, a60, a61, a63, a68, a71, a89, b03, b46, d53, e02，C 在 B 前之例有三：a27, a62, a74；B、D 同用於一套之例有十，其中 B 在 D 前之例有五：a20, b10, b13, b46, d28，D 在 B 前之例亦有五：a58, a84, b04, b53, b69；C、D 同用於一套之例有六，其中 C 在 D 前之例有三：a61, b43, b46，D 在 C 前之例亦有三：a36, a42, a58。雖然 B、C 兩曲段之前後關係較明顯，但 D 與 B、C 之關係又無差別，則三者之關係仍無法得出，且 B、C 之前後關係亦非絕對，尙有三例不同，而總數只有十七，三例不合恐亦無法就此視爲例外，故三曲段之次序關係仍以「無固定之前後關係」爲結論較妥當。

特點即為不與其他曲牌有固定連用之關係，在聯套時，以單獨之曲牌為運用單位；其次，聯綴次序為在 A 曲段與 X 曲段（或尾曲）之間之任意位置，惟不可介入曲段之中。

本組曲牌又可分為單用與多用兩類，「單用」指在同一套中只能使用一次之曲，「多用」指在同一套中可以（並非必須）不只使用一次之曲。單用一類曲牌有賀新郎、四塊玉、鬥蝦蟆、梧桐樹、鵪鶉兒等曲，多用一類有牧羊關與玉交枝兩曲。但玉交枝只見用於〈西游記〉第五本，該套式怪異少見，為接近明代時期之作品，可以不計，則真正可以多用之曲實只牧羊關一曲而已。

在所有獨立曲牌中，牧羊關為最常用者，且可在同一套中反覆出現。單用曲牌中最常用之曲為賀新郎，計有四十四套用之，遠多於次多之四塊玉（十八套）。故在 A 曲段之後常用牧羊關、賀新郎二者之一，非因此二曲與 A 曲段有何特別之關聯，乃因其較常出現之故。

以下以 F 表單用之曲之總稱，以 e 表可多用之牧羊關。

四、尾　曲

南呂劇套可用之尾有二，一為黃鍾尾，一為隔尾。黃鍾尾用法單純，僅能用於尾聲。隔尾則有多種用法，除做尾聲外，尚可與 A 曲段（一枝花－梁州第七）併用為引導曲段之一部份，此說已見第一部份之討論。另一用法則為聯入套中，可用於引導曲段與 X 曲段之間，其聯綴之形式類同獨立曲牌，並無固定次序，但功用則大異（其功用見下節之討論），而且可以多用，形成南呂套式之特色，為其他宮調所無。

在《北曲新譜》卷四中指出，此曲若連入套中可以多用，但不得連用，須間以他調。驗諸實際劇例，則有〈度柳翠〉（a77）、〈黃鶴樓〉（b58）、〈陳倉路〉（d11）三劇有兩支隔尾之間並未間以他調的情形。可見就聯綴之形式而言，兩支隔尾之間可以不必間以他曲。

以下當隔尾用為尾聲時，與黃鍾尾同以 x 表之；聯入套中時，以 g 表之。

五、借宮之曲

南呂借宮之例僅有四例，其中〈西游記〉第五本連用四枝玉交枝後，即全用雙調之曲：醉鄉春、小將軍、清江引、碧玉簫，套式怪異，前已言之，

可以不論。〔註6〕

　　另一例〈貨郎旦〉（a94）第四折用夾套形式，以南呂夾正宮九轉貨郎兒。夾套不同於一般借宮，於第二章正宮之討論中已言之，故此例亦可不論。

　　眞正借宮之例僅有二，一爲〈蝴蝶夢〉（a37）第二折，此折借雙調水仙子，用於尾聲之前；一爲〈金安壽〉（a63）第二折，此折借雙調之 G 曲段（即側磚兒－竹枝歌，請參見第八章第一節），用於 B、C 曲段之間。二例所借俱爲雙調之曲，但僅此二例，視之爲偶然聯入即可，亦不能由此求得任何規律。

六、套式之組成

　　由以上所述看來，南呂之曲段及獨立曲牌數目並不多，且可說並無借宮，故其套式亦少長套；其聯套形式上之特色即爲隔尾之多次使用；引導曲段由一枝花－梁州第七組成，其他各曲段之組成曲牌皆如《詳解》所述。

　　最後，南呂之所有套式可用下式表之：

　　　A－{（B、C、D、F、e、g）}－（X）－x

{ } 表各曲段、曲牌之次序並無一定；另外，其中之曲段或曲牌不可全部不用，至少須用其中之一。

第二節　套式運用規律

　　本節討論南呂宮之套式運用規律，共分三個部份。第一部份說明獨立曲牌（牧羊關與 F 組曲牌）及 B（罵至郎－感皇恩－採茶歌）、C（哭皇天－烏夜啼）、D 曲段（紅芍藥－菩薩梁州）之用法，第二部份說明煞曲與尾曲之用法，第三部份討論隔尾之用法。

　　A 曲段（一枝花－梁州第七）用爲引導曲段，於全折主要情節開始之前，在劇情上、音樂上預作引導，和其他宮調之引導曲段用法相同，上節中亦已舉例說明，本節不再贅述。以下即開始討論其他曲牌、曲段之用法。

一、鋪敘情節之各曲段與獨立曲牌

　　此部份所討論之曲段與曲牌爲南呂套中鋪敘情節之主要單位。其中 B、C、D 三個曲段負責鋪敘較重要之核心情節，或表現劇情之重大轉變；而牧羊

〔註 6〕此折套式頗似南曲之形式，疑受南戲之影響而來。

關與 F 組曲牌則負責鋪敍較不重要之枝節，爲補綴穿插之用。

　　以〈謝金吾〉（a35）第二折爲例，此折演楊六郎私離邊關，回家探視老母傷勢之情節。在 A 曲段之後，先用牧羊關寫楊六郎與母相見，楊母言不該私離邊關；再用 B 曲段寫楊六郎見母之傷後昏倒，楊母急喚之；六郎醒來後，楊母要其速回，問起焦贊，用 C 曲段寫楊母憂焦闖禍。此折之主要內容爲六郎探母，B 曲段顯爲此情節之主要部份，牧羊關只是一搭橋過渡之用；其次，焦贊之事爲另一情節段落，與後來劇情有重要關係，則用 C 曲段寫之。B 曲段亦爲此折劇情轉變較大之處。

　　再看〈風雲會〉（b43）第二折之例，此折演陳橋兵變，黃袍加身之情節。主要之兵變、受禪情節分以 C、D 二曲段寫之，兵變前之下寨安營爲情節上之枝節，以 F 組曲牌（賀新郎）與隔尾寫之。C 曲段亦爲此折劇情轉變之處。

　　又如〈忍字記〉（a61）第二折之情節大致可分爲三個段落。第一個段落爲正末劉均佐之兒來尋劉，勸其回家，用 B 曲段爲主，另加一支 e 曲牌爲輔；第二個段落爲劉回家，見其妻與其弟飲酒作樂而發怒之情節，用 C 曲段，此亦爲劇情變化之處；第三個段落爲布袋和尚現身點化劉，劉大異，用 D 曲段，此爲另一劇情變化處；最後用一支 e 曲牌寫劉交代家產，再用尾曲結束此折。

　　由以上三例可以見出 B、C、D 曲段用於鋪敍情節之重要部份，及劇情之重大轉變處，牧羊關與 F 組曲牌則用以輔助鋪敍，此爲其最主要之用法。

　　但三個曲段中之 D 曲段與 F 組曲牌中之鬥蝦蟆不只有以上之用法，在某些例子中可以用爲高潮唱段，此用法請見第二部份討論煞曲與尾曲時之說明。

　　另外，牧羊關在少數情況可以和 A 曲段結合爲較長之引導曲段，已在上節中指出，其功用與單用 A 曲段時無異，不再舉例。

二、煞曲與尾曲

　　此部份進行尾曲（x）與煞曲組成之曲段（X）用法的說明。

　　首先看 x 曲牌之用法，不論用的是隔尾，還是黃鍾尾，此二曲用爲尾曲時都是必須增句的〔註7〕，且可以大量的增句，與正宮之煞尾有異曲同工之情

〔註7〕隔尾增句不可聯入套中，僅可作尾聲，上節已言之。黃鍾尾有不增句之格式，

形，都可用以組成高潮唱段；再看其煞曲連用之情形與正宮之煞曲連用亦為同樣之作用，可以讓劇作者得到更大、更有騰挪餘地之運用空間。

如〈玉鏡臺〉（a06）第二折，此折演溫嶠替自己作媒，瞞過其姑母後，於折末以隔尾（題為「煞尾」）一曲極力鋪張，以抒寫其心中對此婚姻之想望之情，今錄其曲文如下：

〔煞尾〕俺待麝蘭腮，粉香臂，鴛鴦頸。由你水銀漬，朱砂斑，翡翠青。到春來，小重樓，策杖登。曲闌邊，把臂行。閒尋芳，悶選勝。到夏來，追涼院，近水庭。碧紗廚，綠窗淨。針穿珠，扇撲螢。到秋來，入蘭堂，開畫屏。看銀河，牛女星。伴添香，拜月亭。到冬來，風加嚴，雪乍晴。摘疏梅，浸古瓶。歡尋常，樂餘剩。那時節，趁心性。由他嬌痴，儘他怒憎。善也偏宜，惡也相稱。朝至暮不轉我這眼睛。孜孜覷定。端的寒忘熱，饑忘飽，凍忘冷。

再如〈漢宮秋〉（a01）第二折，此折在漢元帝被昭君與臣子說服，答應以昭君和番之後，不顧反對，告其尚書明日欲至灞陵橋相送，唱 X 曲段抒發其不忍離別之情：

（駕云）卿等所言我都依著，我的意思如何不依，好歹去送一送，我一會家只恨毛延壽那廝。（唱）

〔三煞〕我則恨那忘恩咬主賊禽獸。怎生不畫在凌煙閣上頭。紫臺行都是俺手裡的眾公侯。有那椿兒不共卿謀。那件兒不依卿奏。爭忍教第一夜夢迤逗。從今後不見長安望北斗。生扭做織女牽牛。

（尚書云）不是臣等強逼娘娘和番，奈番使定名索取，況自古以來多有因女色敗國者。（駕唱）

〔二煞〕雖然似昭君成敗都皆有。誰似這做天子的官差不自由。情知他怎收那臕滿的紫騂騮。往常時翠轎香兜。兀自倦珠簾揭繡。上下處要成就。誰承望月自空明水自流。恨思悠悠。

（旦云）妾身這一去雖為國家大計，爭奈捨不的陛下。（駕唱）

〔黃鍾尾〕怕娘娘覺饑時，吃一塊淡淡鹽燒肉。害渴時喝一杓兒酪

但其本格為隔尾首二句作起，黃鍾尾聲末二句作結，中間用雙數之三字句，多少不拘，與大量增句之形式實無差異。有關此二曲增句之格律請見《北曲新譜》卷四，頁 137～139。

和粥。我索折一枝斷腸柳。餞一杯送路酒。眼見得趕程途趁宿頭。痛傷心重回首。則怕他望不見鳳閣龍樓。今夜且則向灞陵橋畔宿。（下）

三曲皆寫離情，卻從不同之角度著墨，三煞從毛延壽觸發，怨眾臣，不能救之；二煞嘆己身為一國之君，不能救之；黃鍾尾想其遠去大漠，不能再見之；然而三曲皆表元帝之離情則一。由此也可看出 X 曲段確有較多之騰挪餘地，可以有不同之層次，而單用 x 曲牌則宜於較集中之表現方式。

在上一部份之討論中曾提及 F 組曲牌中之鬥蝦蟆與 C 曲段亦有用為高潮唱段之用法。先看鬥曲之格律（請參見《北曲新譜》，頁 128～130），該曲現存之作無不增句者，且所增句數可以不限，故此曲用於套中時，固然用以鋪敘情節之段落，但在鋪敘情節的同時，由於其大量的增句描寫，使其所述之情節得到較為深入或極為鋪張之表現，逐形成套中之另一高潮唱段。用鬥曲之例共有十六，賓白俱全者為十三〔註8〕。今舉〈凍蘇秦〉（a26）第二折為例，此折演蘇秦往求張儀，遭張儀故意冷落以激之，蘇不明其用心，憤而責張無義，唱鬥蝦蟆如下：

〔鬥蝦蟆〕只為你個同窗友做頭廳相。因此上我心中自酌量。這交情非比泛常。好做十分倚仗。撇下父母在堂。遠遠特來相訪。吟就新詩一章。訴說飄零異方。必然見我感傷。不惜千金治裝。豈知你故人名望。也不問別來無恙。放下一張飯床。上面都沒擺當。冷酒冷粉冷湯。著咱如何親傍。百般裝模做樣。訕笑寒酸魍魎。甚勾當來來往往。村村棒棒。（張千喝科云）點湯！（正末唱）哎！又要你走將來，走將來便雪上加霜忒顢慌。（正末云）張儀！（張儀云）蘇秦！（正末唱）這都是剝民脂膏養的能豪旺。腌情況。甚紀綱。只我在你行待將些寒溫話講。（帶云）抬了去者。（唱）須不是告甚麼從良。

此曲極力描寫受冷落之情景，將蘇秦心中激憤宣洩無遺，成為折中一高潮所在。

再看 C 曲段之情形，此曲段中之哭皇天可以大量增句（其格律請參見《北曲新譜》，頁 125～126），因此就理論上而言，亦可形成高潮唱段，但實

〔註 8〕賓白俱全之例為 a01, a26, a37, a54, a86, a89, b08, b13, b45, b58, b64, b67, d49 等十三例，另外三例為 b02, e01, e03。

際之例只有二（用 C 曲段之例共有三十八），即〈岳陽樓〉(a36) 第二折與
〈東坡夢〉(a71) 第二折。此二例中〈岳〉劇爲與 X 曲段相連，共同組成一
段落，〈東〉劇爲與 x 曲牌相連爲一段落，並非單獨形成高潮唱段。故 C 曲段
之用爲高潮唱段可能有其限制〔註9〕，或只是居於輔助之地位，主要用法仍在
情節之鋪敘。

　　由以上所述可知，南呂之高潮唱段可以在套中用鬥蝦蟆曲牌，於鋪敘情
節之同時形成高潮唱段；亦可於套末用 x 曲牌或 X 曲段形成結尾之高潮唱
段；而 C 曲段可在某種程度之限制下輔助 X 或 x，共同組成唱段。就實際之劇
例來看，上述兩種構成高潮唱段之方式可同時用於一個套式之中，故南呂之
高潮唱段在同一套式中可以不只出現一個。

三、隔　尾

　　隔尾一曲用爲尾聲之用法已見前述，此部份將對其聯入套中之用法進行
討論。

　　《北曲新譜》卷四對此曲之用法有如下之說明（見頁 123）：

> 此章用途有二。一：作尾聲用。二：南呂套本格只一枝花、梁州第
> 七、尾聲等三；曲如梁州之後，尾聲之前尚有他調，多將此章聯入，
> 故名隔尾。

依此說明，則此曲聯入套中之目的似在分隔其他曲牌，而分隔曲牌之意義何
在仍待進一步探討。

　　《中國古代音樂史稿》在第七編第二十三章〈雜劇的音樂〉提及（頁 3
～102）：

> 隔尾在形式上是和用作全套尾聲的收尾並無兩樣。……；其區別主
> 要是在用法上——收尾常用於結束全套，隔尾則常用於一個套數的
> 中間。套數中間用到隔尾的所在，常是前後劇情有著顯明轉變之所
> 在；所以，可以說，隔尾是配合了故事內容轉變的要求，而起出轉

〔註 9〕此限制可能與其增句之本質和其他曲牌之增句並不相同有關，因其他所有可
　　　以形成高潮唱段之曲，其增句部份皆須押韻，可能每句押韻，可能隔句押韻，
　　　未有全不押韻者；哭皇天一曲則反是，全不押韻。因而疑其增句部份在演唱
　　　時，表現方法恐不同於其他增句之曲，不能造成與其他增句之曲同樣之效果；
　　　故其增句雖同樣提供劇作者較大之發揮空間，但在音樂上卻可能無法與原曲
　　　有相同之加強效果，故不能單靠 C 曲段來形成高潮唱段，必須與 X 曲段或 x
　　　曲牌結合，輔助後二者以形成高潮。

折作用來的一種曲式因素。……

在這段說明中即可得知，隔尾要區隔的實際上是劇情的段落，由於情節與曲牌間有著一定程度之對應關係，故同時亦區隔了曲牌。這種區隔的作用當是因此曲在音樂上與尾曲有同樣之作用，而尾曲又是用來收束全折的，故南呂套式亦由於隔尾的使用，在套式中不只一次的對隔尾前面的曲牌發生收束的作用，因此使全套如同分離為更多的小單位一般，而造成區隔的效果。這種區隔的效果，不僅可以用於劇情之轉變，更深入的說，甚而可以用於場面的轉移，更合乎隔尾於套中所產生的區隔效果。《中國古代音樂史稿》已舉〈蝴蝶夢〉（a37）為例說明此曲（即 g 曲）之用法，以下再舉例以進一步說明其場面區隔之用法。

如〈陳州糶米〉（a03）第三折之例。此折演包公奉命至陳州後，在路上碰到楊金吾、小衙內之姘頭王粉蓮，包公為訪案情隱藏身份，替王籠驢至官廳，遭楊金吾、小衙內吊起，後遇救並得罪證之情節。在全折之中，包公為王粉蓮籠驢後，所有角色皆下場，之後為楊金吾與小衙內上場，時空已轉移至官廳之中，為場面明顯之轉移，而此轉移之前，即前一場面之最後一曲即為 g 曲，用以收束第一個場面，區隔出下一場面。

再看〈牆頭馬上〉（a20）第二折之例。此折演出裴少俊與李千金相約幽會，後來被李家之嬤嬤發現，經過求告，嬤嬤讓二人私奔之情節。此折雖無角色全部下場之情形，但亦清楚劃分為兩個場面，前一個場面為李千金待裴至，並與其幽會之場面；後一場面為嬤嬤發現兩人所為，裴李兩人求告之場面。兩個場面之區隔正用 g 曲應之，且此折嬤嬤上場雖緊接在兩人幽會之後，但其上場之時間必然非在兩人幽會之時，當在兩人幽會已過。此時間上之斷隔在實際演出時，故可改變原劇本之安排，使裴李二人暫時下場來表現，亦可不必如此，逕由 g 曲之使用來傳達此一斷隔，可見此處用隔尾之功用。

由以上之例已可清楚看出 g 曲在場面分隔上的功用，但 g 曲雖有此用法，此用法在南呂套式中卻不一定由 g 曲來完成。

以〈圯橋進履〉（b15）第二折為例，此折有兩次所有角色皆下場之情形，全折亦因而分為三個場面。其中第一個場面之末用了 g 曲以分隔場面，但第二個場面卻未用 g 曲以區隔，場面轉變之前用的是牧羊關，場面轉變之後用的是 C 曲段（哭皇天—烏夜啼）。

再看〈竹葉舟〉（a60）第三折，此折亦有一明顯之場面區隔，在陳季卿上了呂洞賓之船後，也是所有角色皆下場，下一場面即已轉入陳家中。此區隔處亦未用 g 曲，之前用 B 曲段（罵至郎－感皇恩－採茶歌），之後用牧羊關。

〈紅梨花〉（a62）第二折之情節與前述之〈牆頭馬上〉大致相似，其場面分隔處亦在嬤嬤上場發現男女主角色之私情時。此折即未用隔尾，區隔之前用四塊玉，區隔之後用 B 曲段。

由上述諸例便不難發現，可能是因南呂套式本身即有分離之特性，故才有隔尾聯入套中之果；而非因隔尾之聯入套中，才有南呂套式具有分離特性之果。此項推論，可以和南呂套式幾乎無次序性可言之特點相印證。在上節討論曲牌聯綴規律時，即指出南呂之各曲段並無固定之次序，與其他宮調之各曲段相比，為次序性最低者。此特別低的次序性應為其曲段與曲段間音樂關係較為鬆散之反映，故而任一曲段在前在後並不造成聯套上的問題；反之，次序性強之宮調，各曲段間必有其音樂上之承接關係，故不宜倒置。南呂各曲段此種分離鬆散之特性，加上獨立曲牌原本即為極自由之聯綴方式，故整個套式顯現出分離鬆散之特質，如同許多小單位一般，因而特別宜於場面分隔之情節形態。也由於南呂套式具有此特性，故可以將尾聲聯入套中，形成隔尾之用法；此用法也更能表現出南呂套式之特性，後來遂成為南呂套式在聯綴形式上最突出之一環。

第三節　小　結

經過上述兩節之討論，本節將南呂之聯套規律做一簡要之結論。

先述其曲牌聯綴規律之部份：

1. 南呂所有曲牌可分為以下幾個聯套單位：A（一枝花－梁州第七）、B（罵至郎－感皇恩－採茶歌）、C（哭皇天－烏夜啼）、D（紅芍藥－菩薩梁州）、F（獨立曲牌）、X（煞曲）、g（隔尾）、x（尾曲）。A、B、C、D 皆為結構緊密之曲段，其組成曲牌皆為必要性曲牌。F 組曲牌中只有牧羊關為可多用之曲，其他皆為單用曲。X 曲段之煞曲最多可用兩支。

2. 各聯套單位除 A 須用於套首，x 須用於套末，X 須用於 x 之前，其他各單位可以自由排列，無一定之次序。

3. 南呂套式之特色為隔尾一曲之使用。

以上為有關曲牌聯綴規律之部份。

以下再述套式運用規律之要點:

1. A 曲段為引導曲段。

2. B、C、D 曲段與 F 組與用於情節之鋪敘,三曲段用於較重要之部份, F 組曲牌則為穿插補綴之用。

3. 高潮唱段由 X 曲段、x 曲牌與鬥蝦蟆組成。X 曲段與 x 曲牌用於套 末,鬥曲則用於套式之中。

4. 南呂套式具有鬆散分離之特性, g 曲牌之用法可以展現此特性,可用 以區隔場面。

以上即為南呂宮套式運用規律之要點。

第四章　中呂宮

現存元劇用中呂宮者有一百四十四本，加上殘劇有四套，現存完整之中呂套式共有一百四十八套，各套式之組成曲牌請參見附錄五。其中用於第一折者無，用於第二折者有五十一例，用於第三折者有七十四例，用於第四折者有二十一例〔註1〕，無用於第五折者，折次不詳者有二例，用於各折次之劇本名稱請參見附錄一。

第一節　曲牌聯綴規律

在《詳解》中所指出之聯套規律如下：

1. 首曲必用粉蝶兒，次曲絕大部份用醉春風。
2. 醉春風後以用迎仙客與紅繡鞋為多。〔註2〕
3. 以下之曲須連用：石榴花－鬥鵪鶉、十二月－堯民歌、剔銀燈－蔓菁菜、柳青娘－道合、快活三－朝天子（鮑老兒）、上小樓－么篇、白鶴子－么篇（可多用）、脫布衫－小梁州－么篇。其中白鶴子－么篇與脫布衫－小梁州－么篇為正宮借入之曲。〔註3〕
4. 般涉耍孩兒與煞為連用曲，但耍孩兒後可不用煞，煞前必用耍孩兒，煞之數目不拘。

〔註1〕用於第四折之例中〈趙氏孤兒〉（a85）為五折之劇，故用於尾折之例為二十。

〔註2〕據《詳解》之統計，在該書所討論之套式中，只有五分之一之套式不是用此二曲。

〔註3〕各組連用曲之例外情況原書皆有說明，此處為免繁冗不一一列出，請見後面各曲段之討論。

5. 中呂最通用之套式為：「粉蝶兒、醉春風、迎仙客及紅繡鞋（或只用其一）；本宮曲若干；借般涉耍孩兒及煞；尾聲。」

以上所言實際上多為曲段組成之描述，1. 所言即為引導曲段（以下以 A 代表之），3. 所言為中呂宮套式可用之八個曲段，按上述之先後次序分以 B（石榴花—鬥鵪鶉）、E（十二月—堯民歌）、G（剔銀燈—蔓菁菜）、F（柳青娘—道和）、D（快活三—朝天子或鮑老兒）、C（上小樓—么篇）、H（白鶴子么篇）、I（脫布衫—小梁州—么篇）代表之；4. 所言亦為一曲段（以下以 Z 代表之），且此曲段也已在正宮中出現過；2. 所言為獨立曲牌中兩支較常出現，且位置較特別的曲牌；5. 所言則為中呂宮所有曲牌之聯綴規律之概略描述。

以下對上述之規律提出幾點說明。

一、引導曲段

中呂宮之引導曲段亦如其他宮調，主要由首二曲所組成，《詳解》所指出之首曲與次曲之連用情形即為此曲段在套式形式上之反映。在本文討論範圍內只有六例在粉蝶兒之後不用醉春風，其中三例用叫聲，一例用迎仙客，一例用紅繡鞋，一例用正宮六么遍〔註4〕。從套式上看此二曲關係的確極為緊密。

從賓白之分佈情形來看，在粉蝶兒與醉春風之間插入賓白在一行以內（含不插入賓白）者有一百二十一本，插入賓白在兩行以上者只有兩本。〔註5〕

再從情節段落與套式之關係來看，大部份之劇本首二曲為一段落，且其主要情節大都在醉春風之後展開〔註6〕。舉例言之，如〈殺狗勸夫〉（a07）第

〔註4〕 a14, a21, d03 三例用叫聲，a54 用迎仙客，a06 用紅繡鞋，b47 用正宮六么遍。

〔註5〕 無賓白者有 a02, a05, a07, a09, a10, a13, a19, a20, a25, a29, a30, a31, a32, a33, a34, a38, a40, a41, a44, a47, a48, a49, a50, a52, a55, a59, a61, a62, a65, a70, a72, a76, a77, a78, a79, a80, a81, a82, a83, a84, a85, a92, a96, a97, b04, b05, b08, b10, b11, b12, b13, b14, b17, b18, b19, b21, b22, b33, b35, b39, b41, b42, b44, b52, b53, b55, b59, b61, b63, b65, b68, d01, d09, d10, d11, d12, d13, d14, d16, d17, d18, d19, d20, d21, d24, d25, d29, d30, d31, d41, d44, d45, d48, d50, d54, d56, d57, d58, d59, d60, d61 等一百零一本。賓白在一行之內者有 a01, a08, a16, a17, a18, a28, a51, a75, a95, b36, b57, c02, d02, d05, d15, d35, d42, d46, d47, d52 等二十本。賓白在兩行以上者有 a73, d07 等兩本。

〔註6〕 少數劇本以其他曲牌形成第一個情節段落，或用於主要情節開展之前，計有二十五例，列出如下：用粉蝶兒—醉春風—叫聲者有 a01, a79 二例，用粉蝶兒—叫聲—醉春風者有 a14, a21, d03 三例，用粉蝶兒—迎仙客者有 a54 一例，用粉蝶兒—六么遍者有 b47 一例，單用粉蝶兒者有 a06, a43, a73 三例，用粉

四折，首二曲演出柳隆卿、胡子傳二人與孫大、孫二兄弟爭吵，言孫家兄弟殺人，要去告官，孫二情願爲兄吃罪，後面才展開王翛然斷案之情節；再如〈薛仁貴〉（a19）第三折，正末伴哥上場唱首二曲描寫寒食節令，唱完遠遠望見薛仁貴衣錦還鄉，才正式開始此折之主要情節。〔註7〕

　　由以上三方面之分析看來，中呂之粉蝶兒與醉春風確爲關係緊密之曲段，且即爲該宮調之引導曲段。

二、其他曲段

　　中呂本宮可用之曲段尚有六個，即 B 曲段：石榴花－鬥鵪鶉、C 曲段：上小樓－么篇、D 曲段：快活三－朝天子（鮑老兒）、E 曲段：十二月－堯民歌、F 曲段：柳青娘－道和、G 曲段：剔銀燈－蔓菁菜。其中用 B 曲段者有七十二本，用 C 曲段者有一百零九本，用 D 曲段者有四十九本，用 E 曲段者有七十一本，此四曲段爲中呂最常用之曲段。F、G 曲段則較爲少用，用 F 曲段者只有三本，用 G 曲段者只有九本。

　　就各曲段之曲牌組成而言，E、F、G 三曲段均無例外，B 曲段只有〈伐晉興齊〉（d02）第三折獨用石榴花，〈捉彭寵〉（d10）第二折獨用鬥鵪鶉，可以例外視之。以上四曲段之組成皆可照上述不變，惟 C、D 二者須再做補充，以下分別討論之。

三、快活三－朝天子（鮑老兒）

　　D 曲段之組成則有多種變化，照《詳解》所言，D 曲段之組成爲：

　　　　快活三後必接用朝天子或鮑老兒，接朝天子者十八套，鮑老兒十

　　　　蝶兒－醉春風－紅繡鞋者有 a18, a55, a81, b65, d52 五例，用粉蝶兒－醉春風－迎仙客者有 a17, a51, b35, b41, b44, d25, d31 七例，粉蝶兒－醉春風－普天樂者有 b57 一例，用粉蝶兒－醉春風－迎仙客－紅繡鞋者有 a41 一例，用粉蝶兒－醉春風－十二月－堯民歌者有 b05 一例；另有〈漁樵閒話〉（d46）一劇難以分斷，此劇關目拙劣，全劇四折所言並無太大差異，情節幾無變化可言，故無法區分。

〔註7〕由於中呂多半用於全劇情節最爲曲折多變之折，故其引導曲段常有主角已與其他角色同處一時空，並開始展開情節之情況，雖然此時所演之情節可能在全折而言仍屬引導性質，並非主要場面的開始，但是否皆能明確斷定主要情節於何處開始，恐怕見仁見智；若在主唱角色改扮人物之情形下，則此折主角唱引導曲段時，多半較能明白看出是在主要情節開始之前，如所舉〈薛仁貴〉之例，因此時須用引導曲段重新刻劃主角改扮之人物，因而與後面之劇情發展較能區分。

七，例外者只有兩套：張國賓〈薛仁貴〉在快活三鮑老兒之間隔以
迓鼓兒（即紅芍藥）；白樸〈箭射雙雕〉有兩支快活三，一支接用朝
天子，另一支與鮑老兒之間隔以正宮六么遍及仙呂六么序么篇。（見
該書頁91）

在本文之討論範圍，快活三接朝天子者有十九套，接鮑老兒者有二十一套，
此三曲無疑爲此曲段組成曲牌之最常用者。《詳解》所指出的兩種少見之組成
形式應視爲例外，但還有其他組成形式可能爲《詳解》所忽略。經過仔細之
觀察，此曲段之組成曲牌應還包括四邊靜、古鮑老、賀聖朝等三支，組成形
式還有快活三－朝天子－四邊靜、快活三－朝天子－賀聖朝、快活三－賀聖
朝、快活三－鮑老兒－古鮑老等四種。

在中呂套中用四邊靜者只有四例，數目雖少，但皆接於朝天子之後，甚
至在此曲段借入正宮之二十套中，也有五例用四邊靜，亦皆接於朝天子之後
〔註8〕。從套式上看，四邊靜顯然與朝天子關係密切。就情節上看，快活三、
朝天子、四邊靜三曲亦屬同一段落，如〈合汗衫〉（a08）第三折用此曲段於
A曲段之後，張員外與其妻流落街上，兩人羞於叫化，以致受餓，兩人爭吵，
最後張員外自己開口叫街：

（卜兒云）你是叫咱！（正末云）哎喲！可憐見俺被天火燒了家緣
家計，無靠無捱，長街市上有那等捨貧的叫化些兒波！（唱）

〔快活三〕哎喲！則那風吹的我這頭怎抬。雪打的我這眼難開。則
被這一場家天火破了家財。俺少年兒今何在。（卜兒云）嗨！爭奈俺
兩口兒年紀老了也。（正末唱）

〔朝天子〕哎喲！可則俺兩口兒都老邁。肯分的便正該。天那！天
那！也是俺注定的合受這饑寒債。我如今無鋪無蓋。教我冷難挨。
肯分的雪又緊，風偏大。到晚來可便不敢番身，拳成做一塊。天那！
天那！則俺兩口兒受冰雪堂，地獄災。我這裡跪在大街。望著那發
心的爺娘每拜。

（卜兒云）老的，這般風又大，雪又緊，俺如今身上無衣，肚裡無
食，眼見的不是凍死，便是餓死也。（正末唱）

〔註8〕用於中呂之四例爲 a08, b17, b18, b19，用於正宮之五例爲 a26, a80, b20, b60,
e03；其中正宮之 a26 在朝天子前未用快活三，餘皆用之。

〔四邊靜〕哎喲！正值著這冬寒天色。破瓦窰中又無些米柴。眼見
的凍死屍骸。料沒個人瞅睬。誰肯著半掀的家土埋。老業人眼見的
便撇在這荒郊外。

（雜當上云）兀的那老兩口兒，比及你在這裡叫化，相國寺裡散齋
哩！你那裡求一齋去不好那！……

以下即為張員外兩口兒至相國寺化齋，因而與其孫子相遇之情節。以上三曲
演出兩老人在冬寒時叫化之悲苦，為一完整之段落，可見三曲應為一曲段。
又如〈西廂記〉第一本（b17）第二折用此三曲演張生見了紅娘後，與長老潔
明攀話以了解崔氏之情節；第二本（b18）第三折用此三曲演紅娘前往通知張
生赴老夫人之邀後，告其好事將成，要其善待鶯鶯；第三本（b19）第二折用
此三曲演紅娘在鶯鶯看到張生之簡帖後，告知鶯鶯張生為其害病之狀。以上
為用於中呂套中之例，三曲皆連用，且為同一情節段落。在用於正宮套之例
中，只有〈盆兒鬼〉（a80）第四折以四邊靜作尾曲，雖用於朝天子之後，但中
間插入大段賓白，情節關連已遠，可以分為不同之段落；其他之例，三曲仍
為同一段落，若將〈盆兒鬼〉視為受用作尾曲之影響而產生之例外情形，則
此三曲連用組成曲段之說法應可成立。

再看古鮑老這支曲牌，在中呂套中出現兩次，皆接於快活三－鮑老兒之
後，於借入正宮套之例共有三例，有二例用於上述二曲之後，有一例用於快
活三－紅繡鞋－鮑老兒之後。此五例中，用於中呂套之〈箭射雙雕〉（e04）與
正宮套之〈流紅葉〉（e01）無賓白；另三劇：〈梧桐雨〉（a21）第二折用快活
三－鮑老兒－古鮑老描寫霓裳樂舞〔註9〕；〈西游記〉第五本（b48）第三折亦
用此三曲描寫孫悟空與鐵扇公主一言不合，挑怒公主，並與其打鬥之情節；〈東
籬賞菊〉（d22）第三折亦用相同之三曲描寫陶淵明與文友賞菊飲酒之情節。
以上三劇皆以快活三－鮑老兒－古鮑老用於同一情節段落，而套式上，古鮑
老必用於鮑老兒之後，可見此三曲關係緊密，當為同一曲段。

再看賀聖朝這支曲牌。此曲牌為一少見之曲牌，《北曲新譜》卷五即指
出：

此章僅見〈西廂〉第十八折（即第五本第二折）及〈東牆記〉各有

〔註 9〕此劇於古鮑老之後還用了紅芍藥於同一段落中，紅芍藥雖於〈薛仁貴〉劇中
亦與 D 曲段同用，但其他劇中亦有不同用之例，不像四邊靜、古鮑老等曲牌
必與 D 曲段同用，故持保留態度，不視為 D 曲段之曲牌。

一支。（見該書頁 152）

在〈東牆記〉（b14）第三折中，賀聖朝與快活三連用，〈西廂記〉第五本（b21）第二折中，賀聖朝與快活三－朝天子連用。上述二例不但曲牌連用，且各曲間皆不插入賓白，曲文文意前後相連，明確為一曲段無疑。以〈東牆記〉為例，此劇第三折演董秀英遣梅香送詩簡與馬生，梅香回報馬生正害相思病，董看了回簡即唱上述二曲表達心中之焦急：

> ……（梅云）我臨來時，他又與了個簡帖來捎與姐姐哩。（旦云）將來看咱。（做看科）……（唱）

> 〔快活三〕悶昏昏眼倦開。困騰騰駕枕捱。怎思量的無聊賴。幾時得雲雨會陽臺。我和你同歡愛。愛你個俊俏書生，風流秀才。俺兩個少欠下相思債。自裁自改。何日得共挽同心帶。

> 〔賀聖朝〕似這般子建才學，埋沒書齋。愁腸一似東洋海。生的相貌堂堂，見了開懷。心中自猜。怎生教他晝去昏來。

> （梅云）姐姐，似此如之奈何？……

可以明顯看出此二曲之前後一體，緊密相連。又如〈西廂〉第五本第二折用快活三－朝天子－賀聖朝三曲，由張生主唱，言己雖得志，絕不忘舊而另娶，亦是三曲緊密相連。故賀聖朝之例雖少，但其與 D 曲段之關係緊密則極為明顯，亦應將之視為此曲段之組成曲牌之一。

綜合以上所述，可知此曲段之組成曲牌應包括快活三、朝天子、鮑老兒、古鮑老、四邊靜、賀聖朝等，其組成形式有快活三－朝天子－（四邊靜）、快活三－鮑老兒－（古鮑老）、快活三－（朝天子）－賀聖朝等幾種，以快活三為必要曲牌，其他為非必要之曲牌，非必要曲牌以朝天子與鮑老兒最為常用，且二者不同時出現；而古鮑老必與鮑老兒連用，四邊靜又必與朝天子連用，賀聖朝亦為與朝天子連用之曲，但可以不連用。

四、上小樓－么篇

C 曲段由上小樓及其么篇組成，單用一支上小樓者有十六本 [註 10]，此十六本固可以例外視之，因中呂用此曲段有一百零九套，即連用么篇者有九十三套，遠比不用者為多。但若進一步分析，則會發現此十六本不用么篇之

〔註10〕此十六本為 a32, a38, a54, a73, a92, b09, b22, b36, b59, b65, d02, d03, d09, d18, d19, d30 等劇。

例並非例外，而是此曲段之組成並不如前述諸曲段，曲牌間之關係較爲鬆散，故可以不連用。

　　先就插入賓白之狀況而言，二曲之間插入賓白在一行之內（含不用賓白）者有三十五本，在兩行以上者有二十三本〔註11〕，可見其插入賓白之情形比一般組成緊密之曲段數量明顯較多。

　　就曲文與情節之段落來看，可以明顯區分之劇本有三十九本〔註12〕之多。以〈任風子〉（a80）第三折爲例，任屠之妻與弟來勸任屠勿出家，任屠反以上小樓拒絕其妻，以么篇勸其弟勿再殺生爲屠，兩支曲牌，一對其妻，一對其弟，雖可視爲同一情節段落之中，但二曲所述爲顯然不同的兩件事，就曲文而言是可以明顯區分的；再看〈桃花女〉（a59）第三折，此折演周公爲其子迎娶桃花女，與桃花女在迎娶過程中展開生死鬥法，上小樓與么篇分演第四及第五兩次鬥法，明顯爲兩個情節段落，且同套中之 B 曲段用石榴花與鬥鵪鶉二曲只演第三次鬥法之情節，可見 C 曲段之組成與之確有不同；再看〈王粲登樓〉（a47）第三折，此折即爲演出登樓情節之折，全折在 A 曲段之後，王粲與主人許達有一番交談，各吟詩一首，然後王唱曲，唱完曲之後，兩人又是一番交談，吟詩，唱曲，全折形成賓白－詩云－曲文的循環，共反覆了八次，而上小樓及其么篇分爲第五及第六次反覆所唱之曲，確爲兩個不同之段落，而且同折中亦用了 B、E 兩個曲段，此二曲段之曲牌皆屬同一段落，B曲段用於第四次反覆，E 曲段用於第八次反覆，可見 C 曲段與其他曲段確有不同。

　　由以上各方面之分析已可得知，C 曲段之組成曲牌彼此關係並不如其他曲段一般緊密，甚至可以用於兩個情節段落。因此雖然在聯綴形式之表面看來，上小樓與其么篇爲相連之段落，但究其實質卻關係頗爲鬆散，故應了解其套式上的變異，即單用一支上小樓的情形並非例外，亦非同一曲段之不同組成形式，而是該曲段組成曲牌關係鬆散之表現，但因其曲牌聯綴形式上的表現

〔註11〕上小樓與么篇之間不插入賓白者有 a01, a25, a29, a31, a48, a51, a83, a85, b18, b19, b21, b44, b55 等十三本；賓白在一行以內者有 a02, a06, a09, a34, a39, a41, a61, a62, a70, a78, a82, a96, a97, b47, d01, d07, d10, d47, d50, d56, d57, d59 等二十二本；在兩行以上者有 a05, a08, a17, a18, a20, a40, a47, a55, a59, a77, a80, b11, b12, b14, b30, b41, b53, b68, d12, d31, d36, d41, d48 等二十三本。

〔註12〕兩支上小樓可分之劇有 a07, a08, a10, a17, a20, a33, a40, a41, a44, a47, a55, a59, a72, a76, a77, a80, a81, a83, a84, a96, b11, b14, b30, b33, b41, b47, b53, b57, b68, d10, d12, d15, d25, d31, d36, d41, d46, d48, d56 等三十九本。

有特殊之規律現象，仍以視爲一關係鬆散之曲段爲宜，不須將其視爲兩支獨用曲牌的連用。

五、獨立曲牌

此組曲牌在聯套時爲獨立使用之曲，出現位置亦多半較爲自由，有以下諸曲：叫聲、醉春風、迎仙客、紅繡鞋、普天樂、滿庭芳、醉高歌、喜春來、紅芍藥、鬼三台、喬捉蛇、播海令、古竹馬等十三支曲牌。

其中叫聲與紅繡鞋於同一套中可用兩支，其他未見有多用之例。醉春風有兩種用法，一用於 A 曲段中，一用爲獨立曲牌，若同時於一套之中用於 A 曲段，亦用爲獨立曲牌，則可能有兩支醉春風出現於同一套中，如〈魔合羅〉（a79）第四折即爲此例，但就用爲獨立曲牌之用法而言，醉春風亦只見單用之例。

就出現位置而言，此組曲牌皆爲可自由運用，無固定次序之曲牌，但少數幾支曲卻有某些特別常見之出現位置。在使用迎仙客之七十八套中，只有十七例不接於醉春風之後〔註 13〕；滿庭芳共用於六十四套中，其中有三十六套接用於 C 曲段之後，只有二十八套不連用於其後〔註 14〕。另外紅繡鞋亦常用於醉春風或迎仙客之後，比例不如前述之情形，不再詳列其數目。

鬼三台、喬捉蛇、播海令、古竹馬等四曲俱只見孤例用之〔註 15〕，無法明其詳細用法，故暫列於此組曲牌中。

此組曲牌之總稱以 J 代表之。

六、借宮之曲

中呂之借宮以正宮及般涉調爲最多，仙呂、南呂、雙調三者則爲單獨曲牌偶爾借入，以下分別說明。

在一百四十八套中借般涉者有九十一套，不借者反爲少數，有五十七套〔註 16〕。借般涉者所借皆爲 Z 曲段，即（哨遍）－要孩兒－（煞）之曲段，

〔註 13〕此十七例爲 a06, a18, a20, a25, a29, a33, a38, a49, a54, a65, a79, a81, b01, b13, b28, d13, d46。

〔註 14〕此二十八例爲 a06, a13, a16, a18, a20, a21, a28, a32, a40, a82, b07, b13, b14, b29, b65, d01, d07, d13, d16, d17, d30, d45, d47, d50, d56, d57, d59, d61。

〔註 15〕用鬼三台者爲〈魔合羅〉（a79），用喬捉蛇者爲〈西游記〉第四本（b47），用播海令及古竹馬者爲〈㑇㑇旦〉（e03）。

〔註 16〕不借般涉之例爲 a01, a07, a13, a14, a21, a25, a30, a38, a40, a43, a47, a51, a54,

其中煞曲可多用，而在借用 Z 曲段之例中，又以連用煞曲爲常，單借要孩兒者只有二十四例〔註17〕，連用煞曲者有六十七例。就其出現位置而言，亦如正宮套之情形皆用於尾曲之前，其他曲牌之後。

借正宮者有二十四套，借用 H 曲段（白鶴子－么篇）者有九例，借 I 曲段（脫布衫－小梁州－么篇）者有十例，借此二曲段者爲多，借用其他正宮曲者有六例〔註18〕，所借曲牌有倘秀才、滾繡毬、呆骨朵、窮河西、蠻姑兒、六么遍、伴讀書、笑歌賞等八支曲牌。正宮曲借入中呂套時其出現位置並不固定，可在套中自由安排，且不須連用，可與中呂之曲互相錯雜，與中呂之曲借入正宮時情形不同。

借其他宮調之例爲〈後庭花〉（a54）、〈度柳翠〉（a77）、〈貶夜郎〉（b26）借南呂乾荷葉，〈紅梨花〉（a62）借雙調亂柳葉，〈調風月〉（b07）借雙調江兒水，〈箭射雙雕〉（e04）借仙呂六么序么篇；其中〈後庭花〉同借正宮、南呂，〈箭射雙雕〉同借正宮、仙呂，爲同一套中借兩宮調（除般涉外）之二例。〔註19〕

以下除 H、I、Z 三曲段外之借宮曲以 K 代表之。

七、各單位之聯綴次序

在上述之討論中已對中呂各曲段之組成有清楚的說明，但對各曲段之聯綴次序並未有確切的說明。以下即對各曲段之聯綴次序進行討論。

首先 F 曲段（柳青娘－道和）有三劇用之，皆用於尾曲之前，亦即其他

---

a59, a61, a62, a73, a79, a95, a97, b05, b08, b11, b12, b22, b52, b53, b59, b63, c02, d02, d09, d10, d11, d12, d15, d16, d17, d18, d19, d20, d21, d24, d29, d31, d35, d41, d42, d44, d48, d52, d54, d57, d58, d61, e03, e04 等五十七本。

〔註17〕單借要孩兒者爲 a02, a05, a08, a20, a33, a52, a82, a83, b30, b33, b34, b35, b36, b42, b44, b65, b68, d01, d05, d13, d14, d25, d30, d60 等二十四例，其中 b44 要孩兒後用么篇。

〔註18〕借用 H 曲段（即正宮之 E 曲段）之例請參見第二章第二節註七所列，借用 I 曲段者爲 a08, a40, a70, b14, b17, b18, b19, d47, d50, d59 等十劇，其中 a40 只用小梁州－么篇；借用其他曲牌之例爲〈燕青博魚〉（a14）借倘秀才、滾繡毬二曲，〈後庭花〉（a54）借倘秀才、呆骨朵、倘秀才。滾繡毬、伴讀書、笑歌賞六曲，〈魔合羅〉（a79）借滾繡毬、倘秀才、蠻姑兒、窮河西四曲（此劇尚借 H 曲段），〈西游記〉第四本（b47）及〈箭射雙雕〉（e04）借六么遍一曲，〈罟罟旦〉（e03）借窮河西一曲。

〔註19〕《詳解》言〈箭射雙雕〉爲中呂套同借兩宮調僅見之例（見該書頁 111），漏計〈後庭花〉一例。

各曲牌之後；G 曲段（剔銀燈－蔓菁菜）則有九例用之，其出現位置並無規律可循，可定其位置爲 F 曲段與 A 曲段之間。

B（石榴花－鬥鵪鶉）、C（上小樓－么篇）、D（快活三－朝天子）〔註 20〕、E（十二月－堯民歌）四曲段則出現頗有次序之排列，大致而言，此四曲段是按 B－C－D－E 之次序排列。以下分兩曲段同用、三曲段同用、四曲段同用之情形敘述其排列次序。

兩曲段同用之情況如下：

1. B、C 同用於一套之例有二十一，其中十九例按 B－C 之次序排列，二例按 C－B 之次序排列。

2. B、D 同用之例有一，按 B－D 次序排列。

3. B、E 同用之例有六，皆按 B－E 次序排列。

4. C、D 同用之例有十二，其中九例按 C－D 次序排列，三例按 D－C 次序排列。

5. C、E 同用之例有二十，其中十九例按 C－E 次序排列，一例按 E－C 次序排列。

6. D、E 同用之例有二，一按 D－E 次序排列，一按 E－D 次序排列。

三曲段同用之情況如下：

1. B、C、D 同用之例有十三，其中八例按 B－C－D 次序排列，三例按 B－D－C 次序排列，一例按 D－B－C 次序排列，一例按 D－C－B 次序排列。

2. B、C、E 同用之例有十八，其中十七例按 B－C－E 次序排列，一例按 B－E－C 次序排列。

3. B、D、E 同用之例有一，按 B－E－D 次序排列。

4. C、D、E 同用之例有五，其中一例按 C－D－E 次序排列，二例按 C－E－D 次序排列，一例按 E－C－D 次序排列，一例按 E－D－C 次序排列。

四曲段同用之情況如下：

1. B、C、D、E 同用之例有九，其中四例按 B－C－D－E 次序排列，一例按 B－C－E－D 次序排列，二例按 B－D－E－C 次序排列，一例 D

〔註 20〕D 曲段之組成有多種情況，見本節前面之討論，此只舉常見之一種代表。

－C－B－E 次序排列，一例按 E－B－C－D 次序排列。〔註21〕

　　綜合上述各情況，四曲段依序排列之例爲八十四，不合之例爲二十二。其中以 D、E 二曲段之次序關係較模糊，D 在 E 前之例有九，而 E 在 D 前之例有八，若將 D、E 二曲段視爲無相關次序，則不合之例減爲十四，符合之例爲九十二。因此這四個曲段之排列次序雖不如仙呂諸曲段固定，仍有大致之次序存在，較諸南呂諸曲段之次序性高出甚多。

　　明瞭各曲段之次序關係後，結合前述有關借宮曲及獨立曲牌出現位置之說明，即可得知中呂套式之聯綴規律。若以能包含所有套式爲著眼，則除 A、

〔註21〕各情況之劇本列出如下：

　　B－C：a02, a09, a17, a18, a48, a85, a96, a97, b01, b33, b35, b39, b65, d10, d12, d18, d25, d31, d41。

　　C－B：a52, a70。

　　B－D：d05。

　　B－E：b13, b61, d35, d52, d54, d58。

　　C－D：a05, a76, b14, b18, b21, b28, b57, d24, d50。

　　D－C：a08, a54, b53。

　　C－E：a01, a32, a40, a61, b04, b10, b11, b12, b22, b36, b47, b59, d01, d03, d15, d30, d46, d57, d59。

　　E－C：b07。

　　D－E：d42。

　　E－D：d11。

　　B－C－D：a10, a31, a51, a59, b17, b26, b51。

　　B－D－C：a38, d07, e02。

　　D－B－C：b19。

　　D－C－B：d56。

　　B－C－E：a07, a20, a25, a33, a41, a47, a49, a55, b41, b44, d48, a73, a78, a84, e01。

　　B－E－C：a72。

　　B－E－D：b29。

　　C－D－E：a77。

　　C－E－D：a82, a92。

　　E－C－D：a19。

　　E－D－C：a29。

　　B－C－D－E：a34, a43, a81, b55。

　　B－C－E－D：b24。

　　B－D－E－C：a28, a26。

　　D－C－B－E：b50。

　　E－B－C－D：b05。

F、Z、x（代表尾曲）外，均無固定之位置，其聯綴法則可以下式表之：

A－{B、C、D、E、G、H、I、J、K}－（F）－（Z）－x

在 { } 中之單位可以自由排列，亦可用可不用，但中呂本宮曲（即 B、C、D、E、G、J 等）至少須用其一。

若欲顯示其大部份套式在某些曲段及曲牌之聯綴次序上仍相當固定之特性，則可以下式表現這些曲段之次序性：

A－迎仙客－B－C－滿庭芳－{D、E}－F－Z－x

其他 G、H、I 三曲段及 J、K 兩組曲牌可在 A 與 F 之間自由排列，沒有固定之次序限制。

以上即為中呂套式之聯綴次序。

第二節　套式運用規律

上節已對中呂曲牌之聯綴規律做了全面的分析，本節將在聯綴規律之基礎上進一步探討其套式之運用規律。

一、引導曲段

此曲段（A）主要由首二曲組成，其用法與其他宮調之引導曲段並無太大差異。上節已舉出〈薛仁貴〉及〈殺狗勸夫〉略作說明，今以〈爭報恩〉（a10）第二折為例，此折演花榮遭人追趕，逃入趙通判後花園，遇趙妻李千嬌，適趙妾王臘梅與丁都管欲至後花園飲酒作樂，發現李與花榮，喚趙至，花榮逃走時砍傷趙，李因而被誣為姦，至官府屈打成招。此折之始正旦扮李千嬌上場，即唱 A 曲段：

　　（正旦同兒上）（正旦云）自從俺相公上任之後，差夫馬到那權家店上迎取俺們到官，在這後花園中居住，好是幽也呵！（唱）

　　〔中呂粉蝶兒〕我生長在大院深宅。便燒個灰骨兒斷不了我這幽閒體態。儘著他放蕩形骸。我可也萬千事不折證，則我這心兒裡忍耐。遮莫他翻過天來。則你那動人情四般兒不愛。

　　〔醉春風〕我可也不殢酒不貪財。我不爭氣不放歹。那妮子閒言長語我只做耳邊風，那裡也將他來睬。睬。且把那潑賤的休題，便聰明的無益，倒不如老實的常在。

（花榮慌上云）休趕，休趕，一個來，一個死；兩個來，一雙亡。（跳
　牆科云）我跳過這牆來，原來是一所花園，……

在花榮上場之前，李千嬌已唱 A 曲段，敘述自己之心境，也表達了她受到冷
落，及妾王臘梅的刁潑，這些內容一方面聯繫了前面已有的情節，一方面表
明主角現時身處之境況，爲以下情節做了開路工作。此折之主要情節在花榮
進入花園，且與李千嬌相見之後才逐漸展開。可見 A 曲段於此之作用爲一引
導曲段無疑。

　　其他劇例之情形大底與此不殊，不再贅述。

二、鋪敘情節之曲段與獨立曲牌

　　此部份討論中呂五個曲段（B、C、D、E、G）與獨立曲牌（J）之用法，
其基本之用法皆爲情節之鋪敘。在此情況下，獨立曲牌與連用曲組成之曲段
在運用上並無差別。舉例而言，在上節所舉之〈王粲登樓〉（a47）之例，王許
二人之談論共分八個段落，第一個段落用迎仙客，第二個段落用紅繡鞋，第
三個段落用普天樂，第四個段落用 B 曲段（石榴花－鬥鵪鶉），第五個段落用
C 曲段之小上樓，第六個段落用 C 曲段之么篇，第七個段落用滿庭芳，第八
個段落用 E 曲段（十二月－堯民歌），並無任何一個段落特別受到強調，中間
亦無任何重大情節變化，可見在此之 J 組曲牌與其他曲段之用法並無差異。

　　再以〈桃花女〉（a59）爲例，上節亦已指出此例演桃花女與周公鬥法之
過程，折中也是以 J 組曲牌與各曲段共同來鋪敘鬥法過程。新娘出門時用迎仙
客，上轎時用醉高歌，下轎時用 B 曲段，入大門時用 C 曲段之上小樓，入院
時用 C 曲段之么篇，入房門時用普天樂，坐床時用 D 曲段（快活三－鮑老兒），
共七次鬥法，只有最後一次鬥法時，姚花女將白虎轉嫁於周公之女，情節上
稍有大的變化。就全折看來，J 組曲牌之用法與各曲段並無差異。

　　再看〈單刀會〉（b05）第三折之例，此折演關公接獲赴會之請書，關平
擔心對方有詐，關公言已知其謀，有應付之道，不足憂，攜周倉赴會。共用 E、
B、C、D、G（剔銀燈－蔓菁菜）五個曲段，其中除 E 曲段用於下書之人上場
之前以外，其餘四曲段俱用以敘述關公對關平之語，C 曲段分爲兩部份，故共
有五次對答。由此劇配合前述二例，可知各曲段之用法相同，且與 J 組曲牌亦
相同。

　　以上所言爲 J 組曲牌與各曲段之基本用法，所舉各例在情節上並無某一處

較重，而其他較輕之情形。若情節上有明顯輕重之差異時，則宜用曲段表之，因曲段畢竟有較大之空間與份量來表現重要情節。

如〈金線池〉（a72）第三折，此折由正旦扮杜蕊娘，受邀赴金線池飲酒，此會乃由韓輔臣出資，托眾歌妓之名邀杜來會。杜上場先唱 A 曲段，自表心中對書生之負心已經明白，不再執迷。入座後，見金線池風景，觸景傷情，唱 B 曲段。後歌妓敬酒勸其開懷，杜唱普天樂答之，眾歌妓又要杜行個酒令，杜唱醉高歌，言行酒令之法。後來杜因提及韓之名犯令兩次，第一次唱 E 曲段，第二次唱 C 曲段之上小樓，連喝兩次之後，杜不勝酒力而醉，眾妓暗退，換韓上扶之，杜唱 C 曲段之么篇問扶者何人。知其為韓，唱 Z 曲段斥其負心忘義，不願接納韓，結束此折。在此折中，只有普天樂與醉高歌二曲為杜與眾妓對話之曲，其餘諸曲皆與韓之愛情有關，無疑亦為本劇最重要之主題，而此折皆以曲段表之，不與韓之愛情有關者，則以 J 組曲牌表之。由此例即不難看出，在情節輕重有別之時，J 組曲牌宜於補綴穿插，各曲段則宜於表現較重要之情節。

再看〈梧桐雨〉（a21）第二折之例，此折所演即為「漁陽鼙鼓動地來，驚破霓裳羽衣曲」之情節，折中最重要之部份有二，一為貴妃舞霓裳之樂，一為漁陽兵變之驚，前者以 D 曲段演之，後者以 G 曲段演之，其餘情節或為歡樂之前奏，或為驚變之餘波，則以 J 組曲牌演之。亦可為上述說法之證。

合以上所述，可知各曲段（除 F 外）與 J 組曲牌之基本用法相同，皆為鋪敘情節，但在情節輕重有別時，則以曲段表現重要情節為宜，以 J 組曲牌為補綴穿插之用，此為二者用法之別。〔註22〕

三、高潮唱段

Z 曲段為般涉借入之曲，其用法與借入正宮時並無差別，在形成一高潮之唱段，不再多做說明，可參見正宮部份。今仍舉〈金線池〉為例，此例之折尾即唱 Z 曲段，此時正是杜蕊娘酒醉方醒，恍惚中認出韓輔臣之時：

〈韓輔臣云〉是小生韓輔臣。（正旦云）你是韓輔臣，靠後！（唱）

〔耍孩兒〕我為你逼綽了當官令。（帶云）謝你那大尹相公呵，（唱）
煙花簿上除抹了姓名。交絕了怪友和狂朋。打併的戶淨門清。試金

〔註22〕J 組曲牌中之叫聲、迎仙客、紅繡鞋三曲尚可與 A 曲段結合為一較長之引導曲段，其例見第一節註六所列。

石上把你這子弟每從頭兒畫分兩等。上把郎君仔細秤。我立的其身
正。倚仗著我花枝般模樣，愁甚麼錦片也似前程。

〔二煞〕我比那牆賊，蠍螫索自忍。我比那俏郎君，掏摸須噤聲。
那裡也惡茶白賴尋爭競。最不愛打探人七八道貓煞爪，搊扭的三十
馱鬼捏青。看破你傳槽病。摑著手分開雲雨，騰的似線斷風箏。

〔尾煞〕我和你半年多衾枕恩。一片家繾綣情。交明春歲數三十整。
（帶云）我老了也，你要我怎的？（唱）你且把這不志誠的心腸與
我慢慢等。（做摔開科下）

在此之前，杜與眾妓飲酒，無時不自然而然的想起韓輔臣，但韓真正露面時，
卻新愁舊恨湧上心頭，狠心拒之，劇情亦於此到達最高潮，用 Z 曲段加以發
揮，形成此折之高潮唱段，正是此曲段合宜之用法。

　　Z 曲段若單用要孩兒一曲，則多半即無形成高潮唱段之功用，而只是一般
之情節敘述。此情形亦與借入正宮時相同。

　　中呂套式之高潮唱段除以 Z 曲段形成外，尚可以 F 曲段來表現。F 曲段
為柳青娘與道和組成之曲段，其中道和為可大量增句之曲，可以讓劇作者盡
情地發揮文采，讓主唱者展現唱功，並在整個套式中組成夠份量之高潮唱段。
就套式上來看，F 曲段之出現位置皆在尾曲之前，與 Z 曲段之位置相當，且中
呂套中從不與 Z 曲段同時出現〔註23〕，可見此二曲段極可能具有同樣之功能，
故在中呂套中之出現位置相同，並且不同時出現。

　　就實際之劇例來看，賓白俱全之劇有二。〈魔合羅〉（a79）第四折用於張
鼎斷出全案，述己鍥而不捨，終於使全案水落石出，心喜不已；〈小尉遲〉（a30）
第二折用於尉遲恭告徐茂公對方不足懼，己尚未老後，述己來日如何與對方
廝殺，極力鋪張熱鬧之戰況。二例皆為全折結束前之高潮所在，今舉〈小尉
遲〉之曲文如下，更可看出其確為一極力鋪張之高潮唱段：

〔註23〕中呂套用 F 曲段者只有三例：〈小尉遲〉（a30）、〈魔合羅〉（a79）與〈箭射雙
　　　雕〉（e04），皆未用 Z 曲段；但借入正宮之例有四：〈氣英布〉（a74）、〈西游
　　　記〉第五本（b48）、〈東籬賞菊〉（d22）與〈流紅葉〉（e02），其中〈東〉劇
　　　與〈流〉劇於 F 曲段後用 Z 曲段，〈東〉劇只用要孩兒，並非高潮唱段，有問
　　　題者為〈流〉劇，此劇於要孩兒後用煞曲一支，但全劇今已不存，僅存殘折，
　　　據《北曲新譜》，頁 158～161 之說明，此劇 F 曲段之異文甚多，其套式有無
　　　脫誤值得懷疑。若此套不論，則連借入正宮之例亦皆不與做高潮唱段之 Z 曲
　　　段同時出現。

〔柳青娘〕到來日撲鼕鼕的征鼙慢凱。韻悠悠的角聲哀。響噹噹的銅鑼款篩。忽刺刺的繡旗開。黑漫漫殺氣遮了日色。惡哏哏的人離了寨柵。不騰騰馬踐塵埃。磣磕磕的鐙相磨，亂紛紛的槍相截，密匝匝的甲相挨。

〔道和〕那潑奴才。潑奴才。就殺人場裡鬧垓垓。鬥鞭來。教咱教咱生嗔怪。教咱教咱怎擔待。把鋼鞭忙向手中抬。磕叉打的連盔夾腦半斜歪。直遮腮。骨碌碌眼睜開。看承看承似嬰孩。抹著抹著遭殘害。略把略把虎軀側。攢住攢住獅蠻帶。那怕他鐵打形骸。銅鑄胚胎。早活挾過，活挾過這逆逆逆逆賊來。

由以上所引，可以確知 F 曲段為中呂套在結束前的高潮所在，故中呂套之高潮唱段可以用 Z 曲段或 F 曲段來組成，其差別可能在於 Z 曲段之煞曲可以有更多的空間讓劇作者發揮，且其組成較鬆散自由，比 F 曲段之緊密相連有較大的賓白運用餘地，故用 Z 曲段者遠多於 F 曲段。

四、借宮之曲

中呂可借之宮調有般涉、正宮、仙呂、南呂、雙調，般涉之 Z 曲段用法已見前述，以下對其他借宮之曲做一說明。

正宮借入之曲有 H（白鶴子－么篇）、I（脫布衫－小梁州－么篇）兩曲段及其他曲牌。H 曲段之用法已於討論正宮套式時說明，可用於一般情節段落之鋪敘，同其他曲段，在連用兩支么篇以上時便用於反覆敘述之情節段落。

I 曲段之用法與中呂其他用以鋪敘情節之曲段並無不同，皆用於表達某一情節段落，如〈西廂記〉第一本（b17）第二折用此曲段述張生見到紅娘時，對其美貌之讚歎，此之前用 C 曲段（上小樓－么篇），之後用 D 曲段（快活三－朝天子－四邊靜），各自負責表達不同的情節段落。即使將 I 曲段所表現之段落視為此折最重要之段落〔註 24〕，則表現情節較為重要之段落，本亦為各曲段之用法之一，故與各曲段之用法仍無不同。

用正宮其他曲牌或其他三個宮調之曲牌（即 K 組曲牌）者，其用法與中呂之 J 組曲牌其實並無不同，亦皆用於情節之鋪敘。以〈度柳翠〉（a77）第三折為例，月明和尚同柳翠回家，先唱 A 曲段後，月明先後用棋子、雙陸、氣

〔註 24〕此為假設，其實此折之 D 曲段所表現之段落可能比此段落更重要，二者孰重，未必有定論。D 曲段之內容可參見上節對 D 曲段之討論。

毬三樣東西爲喻，欲點化柳翠。以棋子爲喻時，唱南呂乾荷葉；以雙陸爲喻時，唱 C 曲段之上小樓；以氣毬爲喻時，唱 C 曲段之么篇。由此看來，此三支曲牌之用法完全一致。

再看〈魔合羅〉第四折之例，此折以 A 曲段與叫聲組成引導曲段，接以三支 J 組曲牌開始問案，威嚇劉玉娘；再以 H 曲段述詳細詰問之過程，得知與魔合羅有關；接用兩支 J 組曲牌及三支 K 組曲牌（正宮之曲）組成一個段落，述張鼎焚香祭告魔合羅，仔細翻看之後，發現高山之名；再用 D 曲段述拷問高山，得知李文道涉案之過程；最後以 G 曲段（剔銀燈－蔓菁菜）與一支 K 組曲牌（正宮曲）述設計套出李文道父子口供之過程；然後張鼎唱 F 曲段（柳青娘－道和）及尾曲結束全劇。由此劇可以明顯看出 K 組曲牌與中呂之曲共同組成各段落以鋪敍情節，並不與中呂本宮曲有所分別。

因此中呂之借宮與正宮之借宮情形大不相同。此二宮調雖常互相借宮，但正宮借宮在形成劇情之轉變，使一折中，借宮之前後在套式上產生相對之差異，以配合情節之變化。故其借宮曲與本宮曲不相錯雜，且借宮之曲極爲一致，集中於中呂，以形成明顯之宮調（套式）差異。中呂之借宮則並非因劇情前後發生變化，須用不同宮調來配合；只是因爲其他宮調之某些曲牌或曲段在音樂上可以相連，即用入套中，故其用法與本宮曲並無不同，出現位置亦與本宮曲互相錯雜，並不顯出不同宮調之差異。且所借之宮調亦不以正宮爲限，只要樂理相容即可用之。正宮因與中呂笛色相同〔註 25〕，故所借之曲較其他宮調爲多。

第三節　小　結

經由上述兩節之討論，中呂之聯套規律已有完整之說明，本節再對其要點做一敍述。

就曲牌之聯綴規律而言，中呂所有曲牌可以分爲以下各單位：

1. A 曲段：粉蝶兒－醉春風，二曲皆爲必要曲牌。
2. B 曲段：石榴花－鬥鶴鶉，二曲皆爲必要曲牌。
3. C 曲段：上小樓－么篇，么篇可用可不用，且此曲段爲結構鬆散之曲段。

〔註 25〕兩者之笛色俱爲小工或尺字調，見《詳解》該二宮調之〈概說〉。

4. D 曲段：有快活三－朝天子－（四邊靜）、快活三－鮑老兒－（古鮑老）、快活三－（朝天子）－賀聖朝等組成形式，加（　）者即為該形式中之非必要曲牌。

5. E 曲段：十二月－堯民歌，二曲皆為必要曲牌。

6. F 曲段：柳青娘－道和，二曲皆為必要曲牌。

7. G 曲段：剔銀燈－蔓菁菜，二曲皆為必要曲牌。

8. J 組曲牌：共十三支獨立曲牌。其中叫聲與紅繡鞋可用兩次，其他須單用。醉春風則為兩用之曲，可兼用於 A 曲段中。

9. x：即尾曲。

以上各單位中，A 須用於套首，x 須用於套末，F 須用於 x 之前，其他單位無絕對之次序。但 B、C、D、E 四曲段有一大致之次序關係。

再看其借宮之曲。中呂所借之曲以正宮及般涉為多，仙呂、南呂、雙調只有少數之例。其中除般涉 Z 曲段（哨遍－耍孩兒－煞）須用於尾曲之前外，其他借宮之曲無一定之次序，可自由使用於 A 之後，F 或 Z 之前。以上為其曲牌之聯綴規律部份。

以下再述其運用之規律。

1. A 曲段為引導曲段。

2. B、C、D、E、G、H（白鶴子－么篇）、I（脫布衫－小梁州－么篇）等曲段用以鋪敘情節，並宜用於較重要之段落。

3. I 曲段在連用兩支以上之么篇的情況下，用以表現反覆敘述之段落。

4. J、K 兩組曲牌亦用以鋪敘情節，宜用為補綴穿插較不重要之段落。

5. F 與 Z 曲段用以組成高潮唱段。

由以上幾點可以明顯看出，中呂套式可以容納相當多的情節段落，可以使用七個曲段與兩組獨立曲牌，最後才形成高潮。故中呂套式是以眾多之曲段為其主體，亦為其特色。

第五章　越　調

　　在現存元劇中用越調者有八十七本，加上殘劇兩套，共有八十九套，各套所用曲牌請見附錄六。用於第一折者無，用於第二折者二十，用於第三折者五十六，用於第四折者十，用於第五折者一〔註1〕，折次不詳者二，各劇所用折次請見附錄一。

第一節　曲牌聯綴規律

　　越調之套式變化較少，在《詳解》中述及之規律如下：

　　1. 首曲用鬥鵪鶉，次曲須用紫花兒序。

　　2. 麻郎兒必連么篇，禿廝兒後須接聖藥王，綿搭絮後常接拙魯速。

　　3. 劇套無借宮。

　　第1. 所述爲引導曲段之組成，2. 所述爲其他曲段之組成，以下以 A 代表首曲與次曲所組成之引導曲段，以 B 代表禿廝兒與聖藥王組成之曲段，以 C 代表麻郎兒與么篇組成之曲段，以 D 代表綿搭絮與拙魯速組成之曲段。

一、首曲與次曲

　　越調之首曲例用鬥鵪鶉，只有兩劇例外〔註2〕，而次曲則無例外，全用紫花兒序，故從套式上看，兩曲之連用關係極爲明顯。

〔註1〕用於第四折之例中有三例爲五折之劇：b14, d17, d58，故用於尾折者共有八例。

〔註2〕此二例爲〈蕭淑蘭〉（a88）第二折用耍三台，與〈獨角牛〉（b56）第二折用梅花引。

再從情節之段落來看，大部份之劇本此二曲皆為一情節段落，且多為主要情節開始之前，用以引導全折之劇情。如〈鴛鴦被〉（a04）第三折，此折演李玉英不願順從劉員外，劉員外命她開設酒店，張瑞卿前來吃酒，因而相遇之情節。此例即用鬥鵪鶉－紫花兒序二曲於玉英遇見張瑞卿之前，抒寫其心中悲怨：

（正旦云）我本是官宦人家小姐，何等受用快活，今日落在這裡受這般苦楚也呵！（唱）

〔越調鬥鵪鶉〕往常我在畫閣蘭堂，牙床翠屏。燭暗銀臺，香焚寶鼎。百色衣冠，諸般器皿。乍離了普救寺，鑽入這打酒亭。你暢好是性狠也夫人，毒心也那鄭恆。

〔紫花兒序〕今日遠鄉了君瑞，逃走了紅娘，單撇下個鶯鶯。為家私少長無短，我則得忍氣吞聲。（帶云）這也是我父親不是。（唱）分明那白紙上教我畫著黑字兒是怎生。倒留做他家憑證。卻將我宅院良人，生扭做酒店裡驅丁。（云）我在這酒店門首站著，看有甚麼人來。（張瑞卿上）……

此後才展開張探問其妻下落，並冒充為玉英之兄之情節。鬥－紫二曲之內容自成一段落，只在為此折劇情做引導，並未真正進入主要情節。如此劇之例共有六十七例，不合此劇所述之例只有十四。〔註3〕

故從劇情之段落來看，首二曲確為一曲段，且為越調之引導曲段。

二、禿廝兒－聖藥王與麻郎兒－么篇

B曲段之組成為禿廝兒－聖藥王，用此曲段者共八十一例，其中有一例二曲之次序顛倒，六例獨用聖藥王〔註4〕，《詳解》中俱已指出。

〔註3〕以首二曲為引導曲段之例為 a04, a05, a08, a17, a22, a30, a35, a41, a53, a56, a57, a58, a67, a80, a88, a91, a93, a99, b06, b14, b16, b17, b18, b19, b20, b34, b38, b42, b46, b54, b57, b60, b66, b70, d01, d04, d06, d08, d09, d13, d14, d15, d16, d17, d19, d20, d21, d24, d27, d28, d31, d32, d33, d34, d38, d39, d42, d43, d48, d51, d54, d55, d57, d58, d60, d62 等六十七例，以鬥鵪鶉－紫花兒序－小桃紅為引導曲段者為 a52, a66, b41, d48 等四例，以鬥鵪鶉－紫花兒序－金蕉葉為引導曲段者為 b11, b47 等二例。引導曲段無法確定之例為 a10, a18, b21, b25, b56, d07, d30, d48 等八例，其中 b21, b56, d48 等三例之鬥－紫二曲雖無法確定為引導曲段，但仍自為一個段落。上述之例共八十一，不含賓白不全之例。

〔註4〕次序顛倒之例為 a95，獨用聖藥王之例為 a04, b09, b25, b41, b49, b54 等六例，

　　C曲段之組成爲麻郎兒－么篇，用此曲段之例有二十一，其中只有二例獨用麻郎兒，未連用么篇。〔註5〕

　　此二曲段與《詳解》所言俱同，不再贅論。

三、綿搭絮－拙魯速

　　據《詳解》所言，D曲段之組成應爲綿搭絮－拙魯速，在所有套式中此二曲連用之例共有十例，單用拙魯速之例有五，二曲中隔以絡絲娘之例有一〔註6〕。在上述十六例中，拙魯速接用么篇者有八，綿搭絮前用東原樂者有九，單用拙魯速之例亦有一例在拙曲前用東原樂〔註7〕。由套式上看，拙曲之么篇與東曲亦可能爲此曲段之組成曲牌。以下再從情節段落來分析這些曲牌之關係。

　　以〈倩女離魂〉（a41）第二折爲例，此折演倩女之魂追趕王生，王生見之大異，初不願與其同行，欲勸倩女回轉，後倩女細訴其心中之憂，怕王生一去不回，情願隨之，王生爲其深情感動，才允其相隨。倩女對王生訴其心中之憂至王生回心轉意爲一情節段落，即用東－綿－拙－么等四曲演之；之前曲用紫花兒序，所演爲王生勸倩女回家之情節，爲不同之段落。

　　再看〈兩世姻緣〉（a56）第三折，此折見韋皋見轉世爲張尙書之女之玉簫，兩人怳若相識，張疑其中有何暗昧之事，大怒，欲殺韋，韋亦調兵圍張宅，玉簫出勸韋，才平息此紛爭。玉簫出勸之情節即爲東－拙二曲組成一段落演之，與前後之曲分隔極爲清楚，可見此二曲之關係應十分密切。

　　再看〈東牆記〉（b14）第四折，演馬文輔去後，董秀英思念成病，延醫調治後，董連唱東－綿－拙三曲言藥石罔效，只因思念太深所致。此三曲緊

　　其他七十四例爲a07, a10, a17, a18, a22, a35, a41, a52, a53, a56, a57, a58, a66, a67, a80, a88, a91, a93, b11, b14, b16, b17, b18, b19, b20, b21, b28, b29, b31, b32, b34, b38, b42, b46, b47, b51, b60, b66, b70, d01, d04, d06, d07, d08, d09, d13, d14, d15, d16, d17, d19, d20, d21, d24, d27, d28, d30, d31, d32, d33, d34, d38, d39, d42, d43, d48, d51, d54, d57, d58, d60, d62, e01, e02。

〔註5〕用C曲段之二十一例爲a04, a30, a35, a41, a52, a53, a56, a66, a80, b14, b17, b18, b20, b21, b31, b32, b42, b46, b47, d44, e02，其中最後二例獨用麻郎兒，未用么篇。

〔註6〕綿－拙連用之例爲a41, b07, b14, b17, b18, b19, b25, b29, b32, e01等十例，單用拙曲之例爲a56, a93, b46, b47, b49等五例，隔以絡曲之例爲a52。

〔註7〕拙曲用么篇者爲a41, a52, a93, b17, b29, b32, b47, b49等八例，綿曲前接東曲者爲a41, a52, b07, b14, b17, b18, b19, b32, e01等九例，拙曲前接東曲之例爲a56。

密相連，自成一段落，為一曲段無疑。

由以上所舉之例可以看出東－綿－拙－么諸曲關係緊密。觀諸他例，東曲與拙曲之么篇亦皆與綿、拙等曲為情節上之同一段落，惟一例外為〈麗春堂〉（a52）第三折，以絡絲娘隔於綿、拙二曲之間，情節亦分為兩段落，東－綿－絡為一段落，拙－么為一段落。

另有〈西游記〉第三本（b46）第四折用絡－拙二曲為一段落，演哪吒鬥鬼母之情節；〈趙禮讓肥〉（a57）第三折用絡東二曲為一段落，演趙禮謝馬武不殺之恩。此二例之絡絲娘又與此曲段用曲結合，但絡曲此用法為少數，故應視為偶然之情況。

總結上述所言，D曲段之組成應為（東）－（綿）－拙－（么），但至少須用二曲以組成此曲段。

四、獨立曲牌

除了前已述及之曲段用曲與尾曲之外，其他曲牌俱屬獨立曲牌。這些曲牌可以依其出現位置分為三組，一為用於B曲段（禿廝兒－聖藥王）之前者，二為用於B曲段之後者，三為可前可後，無必然關係者。

用於B曲段之前者有金蕉葉、小桃紅、天淨沙、凭欄人、寨兒令、黃薔薇、調笑令、酒旗兒、梨花兒、送遠行等曲。〔註8〕

用於B曲段之後者有耍三台、青山口、絡絲娘、古竹馬、眉兒彎、慶元貞等曲。〔註9〕

其他可用於B曲段之前之後者有鬼三台、紫花兒序、雪裡梅等曲。

就使用次數而言，有紫花兒序、小桃紅、金蕉葉、調笑令、鬼三台、黃薔薇、慶元貞可以不只使用一次。古竹馬有么篇，寨兒令有分出么篇者，有合為一曲者，實為相同之情況（可參見《北曲新譜》，頁 266～267 該曲之說明）。常用之曲多為用於B曲段之前者，如金、小、調、天、寨等曲，其他鬼、紫、絡等曲亦常用，只有絡絲娘為用於B曲段之後者。故可以說越調之獨立曲牌多用於B曲段與A曲段之間，B曲段之後較少用獨立曲牌。

以下以E表此組曲牌，以E1表用於B曲段之前者，以E2表用於B曲段之後者。可兼用於B曲段之前或之後者，則視其實際出現位置，分以E1或

〔註8〕此組曲牌中小桃紅有一例（b20）、天淨沙有一例（b07）、寨兒令有一例（a58）、調笑令有一例（a80）不用於B曲段之前。

〔註9〕此組曲牌中絡絲娘有一例（b41）、慶元貞有一例（a80）用於B曲段之前。

E2 代表之。

五、各單位之聯綴次序

先說明 B、C、D 三曲段之聯綴次序。B、C 同用之例有八，俱按 B－C
次序排列；B、D 同用之例有八，俱按 B－D 次序排列；B、C、D 同用之例有
十，俱按 B－C－D 次序排列〔註10〕。故可以確知，三曲段之次序極爲固定，
且必用 B 曲段之後才可連用 C、D 曲段。

再結合獨立曲牌之聯綴次序可以發現，越調之聯綴次序是按著 A－E1－B
－E2－C－E2－D－E2－x（尾曲）之次序來排列的。由於 E2 曲牌爲少用之曲
牌，而 C、D 曲段之使用數亦遠少於 B 曲段，故可說越調之套式是以 A－E1
－B－x 爲主體而組成，且 B 曲段可以不用（例子極少，僅八例），但未見不
用 E1 曲牌者。

總結以上之討論，可以下式表越調套式：

A－E1－（B）－（E2）－（C）－（E2）－（D）－（E2）－x

其中 A 爲引導曲段，B、C 曲段之組成與《詳解》所述無異，D 曲段則爲東－
綿－拙－么等曲所組成，E 表獨立曲牌。

第二節　套式運用規律

本節進行套式運用規律之討論，先從最常用之 B 曲段與 E 組曲牌組成之
套式形式進行討論，再逐步加入 C、D 曲段。

一、基本形式

越調以 A（鬥鵪鶉－紫花兒序）、B（禿廝兒－聖藥王）、E（獨立曲牌）、
x（尾曲）爲其基本形式之組成單位。A 曲段用爲引導曲段，與其他宮調之用
法相同，且上節已有說明，此不再贅；B 曲段與 E 組曲牌之用大致爲情節之
鋪敘，而以 B 曲段與前後之部份 E 組曲牌結合爲段落之重心，其他 E 組曲牌
則爲補綴之用。以下舉例說明之。

以〈單戰呂布〉（d15）第三折爲例，此折由正末張飛主唱，演張飛一人

〔註10〕用 B－C 之例爲 a04, a35, a53, a66, b21, b31, b42, e02 等劇，用 B－D 之例爲 a57,
　　　　a93, b07, b19, b25, b29, b49, e01 等劇，用 B－C－D 之例爲 a41, a52, a56, b14,
　　　　b17, b18, b20, b32, b46, b47 等劇。

大敗呂布之情節。張一上場先以 A 曲段唱出自己之威風及前面與孫堅賭賽之事，做為此折之引導曲段；之後與呂布相見，兩軍擺開陣勢，開始廝殺之場面，以 E 組曲牌調笑令演張以槍敗呂之戟，再以 E 組曲牌鬼三台演張以鞭敗呂之；最後以 B 曲段述呂布敗走，雙方大混戰，十八諸侯大獲全勝。此折情節簡單，無其他枝節，交戰場面即由兩支 E 組曲牌與 B 曲段演述之，此為越調基本組套形式之用法。

再看〈單鞭奪槊〉（a67）第三折之例，此折由正末唐帥主唱，演李世民遭單雄信追趕，幸尉遲恭來救之情節。此折先用 A 曲段述單追李上場，再以三支 E 組曲牌（鬼三台、調笑令、小桃紅）述徐茂公阻單、單割袍與徐絕交、尉遲上場等次要情節，尉遲戰單之主要情節則由 B 曲段來鋪敘。此例即單由 B 曲段述情節之重心，而由其他 E 組曲牌敘述較次要之情節。

〈來生債〉（a18）第三折演龐居士將家財盡裝於船上，欲沈入大海，但龍神因未得上帝敕令，不敢收其家財入海，故鑿船後船仍不沈；龐居士與家人一起拜求，天使才上場，令龍神收其家財；於是風浪大作，雷電交加，船終於沈海。此折情節之重心即在船沈海之部份，前面之情節都在逐步推向此主要之場面；故船沈之部份以兩支 E 組曲牌（金蕉葉、調笑令）與 B 曲段來敘述，其他部份則以六支 E 組曲牌來敘述。

以上之例皆屬 E 組曲牌用於 B 曲段之前者，以下再舉 B 曲段之後亦用 E 組曲牌之例。

〈岳飛精忠〉（d39）第三折在 A 曲段後，用金蕉葉述岳飛與兀朮叫陣，再以調笑令述岳飛以麻扎刀破金人之拐子馬；兀朮敗走，岳追之，最後兀朮與粘罕、鐵罕合兵，雙方決戰，岳大勝，擒粘罕、鐵罕而回；此主要場面即以 B 曲段加鬼三台述之。此為 E 組曲牌用於 B 曲段之後，與 B 曲段共同敘述主要情節之例。

再如〈存孝打虎〉（b38）演存孝破黃巢之軍。主要之交戰場面有二，先敗張歸霸、張歸厚二將，再追至長安，大破黃圭。此二交戰場面，先以 B 曲段述之，再以三支 E 組曲牌（雪裡梅、古竹馬、么篇）續之，此亦為 B 曲段與 E 組曲牌共同敘述主要情節之例。

再以〈龐掠四郡〉（d13）為例。此例之主要場面為張飛殺假冒龐統為縣令之主簿，此場面以調笑令與 B 曲段共同述之。在 B 曲段之後還有一支 E 組曲牌耍三台，此曲則在敘述黃忠來請龐至金全處為軍師之情節，此情節在此

並非重要情節，其用在聯絡下節之情節。故 B 曲段之後之 E 組曲牌，亦用於次要情節之補述。

　　由以上諸例可了解 E 組曲牌與 B 曲段之用法。僅以此二部份組套之例，場面均較爲簡單，B 曲段在敘述情節之重心；而 E 組曲牌不論用於 B 曲段之前或之後，均可有兩種用法。一爲與 B 曲段結合，共同敘述主要之情節；二爲補述其他次要之情節。

二、麻郎兒－么篇

　　C 曲段之用法大致仍爲情節之鋪敘，有些例子在 B 曲段之後敘述另一段落，有些例子則可明顯看出用於情節轉變處。且亦可與前後之 E 組曲牌結合，共同鋪敘一個段落。

　　以〈謝金吾〉（a35）第三折爲例，此折由正旦扮皇姑主唱。情節大致可分三個段落，第一段落皇姑爲楊家將辯護，言楊家之功，此段落以金蕉葉－寨兒令－么篇三支 E 組曲牌演之；第二段落爲皇姑受辱，大罵王樞密，並動手搶奪法場，此段落以三支 E 組曲牌加上 B 曲段演之；第三段落爲皇姑對王述其家世，及與皇族之親戚血緣，此以 C 曲段與一支 E 組曲牌演之。此例之 C 曲段用以鋪敘情節，但並無明顯之劇情轉變。

　　如〈小尉遲〉（a30）第三折之例，此例演尉遲恭與其失散之子在戰場上相見，其子詐敗誘其追趕，至無人之處與其相認之情節。此折之父子相認爲劇情之重大轉變。相認之前，以三支 E 組曲牌演出尉遲父子交戰之情節；相認之情節正以 C 曲段演之，可見 C 曲段用於劇情轉變之用法。

　　再以〈舉案齊眉〉（a53）第三折爲例，此折以正旦扮孟光主唱。演孟家嬤嬤來探視小姐，孟光對其言己侍夫之心；後有二無賴上場調戲孟光，遭孟光驅出，梁鴻回家後，孟光對梁述此事，梁爲保其妻不受人欺，便向嬤嬤借資赴京應舉。此折之劇情轉變處在二無賴上場處，前面情節以 E 組曲牌加 B 曲段演之，後面情節以 E 組曲牌與 C 曲段演之，此則爲 C 曲段結合 E 組曲牌用於劇情轉變處之例。

　　從以上之例可以明白 C 曲段用於 B 曲段之後，與 E 組曲牌相配合，表達另一情節段落，並可用於劇情轉變之處。

三、東原樂－綿搭絮－拙魯速－么篇

　　此曲段之用法與 C 曲段類似，可用以鋪敘 B 曲段（禿廝兒－聖藥王）之

後的情節段落，此用法與 B、C 曲段皆同，不再舉例說明；另一用法即爲用於劇情轉變處。若與 C 曲段共同使用，則可能以 C 表劇情轉變，亦可能以 D 表之，視劇作家之取捨而定。以下即舉例說明後一用法。

以舉過之〈倩女離魂〉爲例，此折之劇情可以倩女之魂與王生相見之處爲轉變處，之前爲倩女趕路，描寫江景及聽王之琴聲。相見之後，展開王生與倩女之爭論，王生終被感動。此轉變之處此例正用 C 曲段。

再看前亦舉過之〈東牆記〉。此例明顯可分爲董秀英相思成病爲前一場面；延醫治病，董言醫藥無效爲後一場面。場面轉變後此例用的是 D 曲段，C 曲段則與 B 曲段同屬前一場面。

再舉〈西游記〉第三本（b46）第四折爲例。此折演鬼母欲救鬼子，反被擒之情節。在 A 曲段之後，以兩支 E 組曲牌述鬼母與佛之對話，即用一支 E 組曲牌與 B、C 二曲段述鬼母喚眾鬼兵救其鬼子之情節；鬼母與眾鬼兵徒勞無功，佛喚哪吒上場，打敗鬼母，收服之。此例之劇情自以哪吒上場時爲轉變處，正以 E 組曲牌絡絲娘與 D 曲段（此處只用拙魯速）演之。

由以上諸例之說明，D 曲段之用法亦已明白顯現，此曲段不僅可以用於鋪敘一般之情節段落，亦可用以表現劇情之轉變。

四、餘　論

經過上述之討論，可以發現越調套式的一些特點：

1. 套式的變化極少，且多爲短套，因而可以想見在演唱時，凡用越調之折其音樂上之表現必頗爲相近。
2. 從本節的分析可以發現，越調並無用以形成高潮唱段的曲段或曲牌。
3. 用越調之折有約三分之一用於戰爭場面之表演〔註 11〕，其他三分之二的劇例亦多有打鬥、嬉鬧，或類於群戲、鬧場〔註 12〕之表現。

從以上三點可以看出，越調是一音樂表現成份較低之宮調，其音樂組成必較爲簡單，可以容許大量之武打動作或科諢穿插於其中，不同於其他宮調

〔註 11〕此種劇例共有二十九，列出如下：a17, a30, a67, b16, b34, b38, b46, b47, b66, b70, d01, d04, d06, d08, d09, d15, d17, d20, d21, d28, d30, d32, d33, d34, d38, d39, d51, d57, d62，若加上以口述方式唱出戰況之例的 a93, b60，則共有三十一例描述戰爭之場面。而越調賓白俱全之劇只有八十一本，已佔總數之38.27%。

〔註 12〕「群戲」與「鬧場」皆爲借自傳奇排場理論之術語，有關說明可以參見《明清傳奇導論》第四編第一章〈傳奇分場的研究〉。

在音樂方面有較重份量之表現。越調套式大部份都以 E 組曲牌與 B 曲段來組成，亦正與此種特性相合。

第三節　小　結

經過上兩節之討論，越調之聯套規律已有清楚之描述，本節再將其略做整理，述其要點於下。

就曲牌之聯綴規律而言：

1. 所有曲牌可分為 A 曲段（鬥鵪鶉－紫花兒序）、B（禿廝兒－聖藥王）、C（麻郎兒－么篇）、D（東原樂－綿搭絮－拙魯速－么篇）等曲段，獨立（E 組）曲牌及尾曲（x）等單位。

2. E 組曲牌中計有紫花兒序等七支（詳見本章第一節所列）曲可不只使用一次，其他曲限單用一次。

3. 各曲段按 A－B－C－D 之固定次序排列，尾曲固定用於最後。E 組曲牌則可據其與 B 曲段之位置關係區分為三類，一為用於 B 之前者，一為用於 B 之後者，一為可前可後，無必然關係者。

4. C、D 曲段須在 B 曲段已然使用之情況下用之，不可未用 B 而用 C 或 D。

5. A、B、E、x 為越調套之基本組成單位。

再述其運用規律之部份：

1. A 用為引導曲段。

2. B 用於鋪敘情節段落之重心，E 用於輔助 B 之鋪敘功能。

3. C、D 二曲段可用於情節之轉變。

4. 越調並無用以形成高潮唱段的曲段或曲牌。

5. 套式的變化極少，且多為短套，可以想見演唱時，音樂上之表現必頗為相近。

6. 用越調之折多用於戰爭場面、打鬥、嬉鬧之表演，或類於群戲、鬧場之表現。

第六章 商 調

現存元劇用商調者共三十一本，加上殘劇套式二，共三十三套，各套式所用曲牌請見附錄七。用於第一折者一，第二折者十，第三折者十九，第四折者一〔註1〕，折次不詳者二，用於各折之劇本名稱請見附錄一。

第一節 曲牌聯綴規律

本節先論其曲牌聯綴規律。《詳解》中述及之規律如下：

1. 首曲必用集賢賓，次曲多用逍遙樂。

2. 醋葫蘆可以多用，至多有用至十支者；金菊香亦可多用，但限兩三支。

3. 商調以借宮為常格。

4. 借宮曲最常用者為仙呂後庭花，並依例於其後接用柳葉兒或青哥兒；如不用此兩曲，則常接雙雁兒。又可於其間隔以商調曲一支，如雙雁兒、金菊香。

5. 尾曲多用浪裡來煞。

第1. 所述即其引導曲段之組成，以下以 A 代表之；2. 所述為一結構鬆散之曲段，且為商調套式之主體，如正宮之倘秀才、滾繡毬二曲迎互循環組成之曲段一般，以下以 B 代表之；3. 所述為商調與仙呂兩宮調在某些曲牌的使用上互相重覆，以致形成商調套式大都有借宮之情形；4. 所述為一曲段之組成，此曲段為仙呂所共有，以下以 E 代表之；5. 所述為有關尾聲之使用情形，

〔註 1〕 用於第四折之例為〈五侯宴〉（b09），此劇為五折之劇，故第四折非尾折，則商調無用於尾折之例。

以下以 x 代表之。在上述之規律中，未涉及獨立曲牌之說明，以下將補充說明，並以 C 代表之。

一、首曲與次曲

商調亦如已討論過之其他宮調，是以首曲集賢賓與次曲逍遙樂結合爲一引導用之曲段。從套式上看，只有四套在集賢賓後不用逍遙樂〔註2〕。從情節之段落上來看，在接用逍遙樂且賓白俱全之二十七例中，有二十三例〔註3〕是以集賢賓與逍遙樂爲一段落。以〈李逵負荊〉（a87）第三折爲例，此折由正末李逵主唱，演李逵同魯智深、宋江二人至王林處，由王林指認強娶王女之人，發現有人冒魯、宋二人之名等情節。此折以集賢賓－逍遙樂二曲演三人行路之情節，唱完此二曲，三人到達杏花莊王林住處，此後才展開指認之情節。此二曲爲一完整段落，且二曲之內容爲李對魯、宋二人之指責與猜疑，正對往後情節之發展有明顯之引導作用，使得王林否認魯、宋二人爲強娶其女之強人時，李逵之震驚具有更強之戲劇效果。用集賢賓與逍遙樂爲第一個情節段落者皆爲同樣之用法，而不用逍遙樂之四例，有三例則獨以集賢賓爲引導之用，只有〈柳毅傳書〉（a93）用集賢賓－金菊香二曲。

由以上之說明，可確知 A 曲段之組成確爲集賢賓與逍遙樂兩支曲牌，且用爲商調套式之引導曲段。

二、醋葫蘆連用與獨立曲牌

B 曲段爲醋葫蘆一曲之反覆使用，其曲數可以不限，有用至十支者，如〈黃梁夢〉（a45）第二折。此曲段爲商調套式之主體，所有套式中只有三例未用此曲段。其中〈金安壽〉（a63）一例套式怪異，可以不論〔註4〕；另二例則可能

〔註2〕 此四套爲〈兒女團圓〉（a27）第三折與〈柳毅傳書〉（a93）第三折用金菊香、〈衣襖車〉（b59）第三折用仙呂後庭花、〈四馬投唐〉（d23）第三折用醋葫蘆。

〔註3〕 不合此情形之四例爲〈西廂記〉第五本（b21）第一折以集賢賓－逍遙樂－掛金索三曲爲一段落，〈西游記〉第六本（b49）第二折及〈女眞觀〉（d40）第三折以集賢賓自爲一段落，〈金安壽〉（a63）第三折以集賢賓－逍遙樂－（雙調）春歸怨三曲爲一段落。

〔註4〕 〈金〉劇之套式怪異之處除未用 B 曲段且亦未用仙呂之 D1 曲段，即村里迓古等曲外，其借宮之曲多，而且爲他劇所未見，如用雙調之春歸怨、雁兒落、得勝令，正宮之小梁州與么篇，仙呂之河西後庭花與么篇等，中呂之啄木兒尾；再者其所用之商調本宮曲牌亦有多支爲他劇所未見，如賢聖吉、賀聖朝、

因借入仙呂與商調兩收之曲之故，可參見下面有關借宮之曲之說明。

　　此曲段爲一結構鬆散之曲段，可在每支醋葫蘆間插入其他曲段或曲牌，故諸醋葫蘆曲有時集中爲一，有時分裂爲二三段。插入之曲段有二，皆爲仙呂借入者；插入之曲牌則爲商調之獨立曲牌，按使用之次數又可分爲單用與可多用兩類。

　　單用一類有梧葉兒、掛金索、鳳鸞吟、高過浪里來、尙京馬、賢聖吉、望遠行、賀聖朝、牡丹春、涼亭樂等曲。此類常用者事實上只有梧、掛、鳳等曲。

　　可多用一類有金菊香、浪里來二曲。其中浪里來只見〈兩世姻緣〉（a56）第二折用之，金菊香則爲使用頻率僅次於醋葫蘆之曲，故此類曲牌眞正常用於套中者實僅金菊香一曲。

　　以上之獨立曲牌以 C 組曲牌代表之。

三、借宮之曲

　　前已言商調以借宮爲常格，計其未借宮之例只有四〔註5〕，借宮之二十九例中，以借仙呂之後庭花－（柳葉兒）－（青哥兒）與村里迓古－元和令－上馬嬌－（游四門）－（勝葫蘆）兩曲段爲常，借此二曲段之外者只有四例。〔註6〕

　　借村里迓古諸曲所組成之曲段者共有四例〔註7〕，其組成曲牌與聯入仙呂套中之情形無異，不再重覆。且借此曲段者，後必再借後庭花等曲組成之曲段。以下以 D 代表此曲段，以 E 代表後庭花等曲組成之曲段。

　　借 E 曲段之例有二十七，其中曲牌組成與聯入仙呂時無異者爲十三例〔註8〕，其他則以商調之曲加入此曲段中。以後庭花－雙雁兒二曲組成者有十例，以後庭花－柳葉兒－雙雁兒組成者有一例，以後庭花－雙雁兒－柳葉兒

〔註5〕　此四例爲 a75, a00, d23, d35。
〔註6〕　〈金〉之借宮爲例外已言之，另三例爲〈冤家債主〉（a65）第二折借仙呂窮河西，〈灰欄記〉（a64）第二折與〈百花亭〉（a82）第三折借中呂山坡羊。其中〈冤〉劇據《詳解》校其他版本，窮河西應作後庭花，但獨借後庭花而又不接雙雁兒或梧葉兒以組成曲段，亦爲僅見之例。〈灰〉劇與〈百〉劇則借山坡羊外，亦借仙呂後庭花，並與雙雁兒組成曲段。
〔註7〕　此四例爲 a55, d03, d25, e02。
〔註8〕　此十三例爲 a27, a55, a91, a93, b21, b30, b44, b49, b62, d03, d25, d40, e02。
涼亭樂、牡丹春、望遠行等。故此劇套式只能以例外視之，無法計入一般商調套式之例中。

組成者有一例，以後庭花－梧葉兒組成者有一例〔註9〕。除以上諸例外，尚有〈兩世姻緣〉一劇在後庭花與柳葉兒之間隔以金菊香，此例以情節來看，後－金之間爲情節轉變處〔註10〕，此三曲似並非同一曲段。

由以上之說明看來，E 曲段之組成曲牌至少應再加上雙雁兒一曲，且此曲在商調套式中未見用於此曲段之外，爲曲段專用之曲。另用梧葉兒之例可以暫以偶然之例外視之，仍將梧曲視爲獨立曲牌之一。

四、各單位聯綴成套

商調套式結構簡單，各組成單位已如上述，就其聯綴次序而言，除 D 須與 E 連用，且用 D 於 E 之前外，其他則無次序限制。故可以下式表其所有套式之聯綴形式：

A－{(B)、(C)}－(D)－(E)－{(B)、(C)}－x

此式有兩點說明：

1. 其中 {(B)、(C)} 表 B 曲段與 C 組曲牌可以自由穿插，且二者皆可用可不用，但前後兩處之 {(B)、(C)} 不可全部不用，不管 D、E 曲段是否使用。

2. D、E 兩曲段之（　）表其可用可不用，但若用 D 則必須用 E，用 E 則不必用 D。

總歸來說商調是以 B 曲段爲套式主體，其中穿插 C 組曲牌，並可夾入 D、E 兩曲段而成。

第二節　套式運用規律

上節已言 B 曲段（醋葫蘆連用）爲商調套式之主體，而且 B 曲段中常穿插 C 組（獨立）曲牌。以 A－{B、C}－x 套式形式組套者有〈隔江鬥智〉(a75)、〈馮玉蘭〉(a00)、〈四馬投唐〉(d23) 與〈開詔救忠臣〉(d35) 四例。觀此四例，除了 B 曲段之每支醋葫蘆與 C 組曲牌皆獨立敘述各情節段落，看不出其

〔註 9〕 用後－雙者有 a19, a45, a64, a79, a82, a87, a90, b09, b59, e01；用後－柳－雙者爲 a12，用後－雙－柳者爲 a92，用後－梧者爲 a39。

〔註10〕 此劇後－金之間爲卜兒上場之處，此之前爲正旦玉簫自述其思念之情，此之後則爲玉簫自畫其圖像，並作長相思詞交付他人之情節，可見後庭花與金菊香分屬不同之情節段落。

用法上有何特色；但加入後庭花、柳葉兒、青哥兒、雙雁兒等曲所組成之 E
曲段後，在套式運用上即可看出各曲段與曲牌之運用特色，此或亦何以獨用
B、C 組套之例僅有四例，而用 E 曲段之例則多達二十七之故。以下即就加入
E 曲段之後之套式形式進行討論。

一、於套末出現情節轉變或高潮

　　以此套式形式組套之例有十二〔註 11〕，從賓白俱全之劇本觀察，可以發
現此類劇本以 A 曲段為引導曲段，再以 B 曲段與 C 組曲牌進行情節敘述，且
B 曲段之醋葫蘆若反覆使用多支時，多半劇情亦為一反覆進行之形態，如同正
宮與中呂兩用之白鶴子－么篇（可用多支）所組成之曲段的用法；情節進行
到最後，出現情節之轉變或高潮，此則以 E 曲段演之。

　　如上節曾舉之〈李逵負荊〉之例，在 A 曲段之後進入主要之情節，用三
支醋葫蘆。第一支為老王林開門，錯認李為其女兒回來；第二支為李教王林
認宋江，王言非是；第三支為李再教王林認魯智深，王又言非是。三支醋葫
蘆皆述「認人」之情節，反覆出現三次。王林兩次否認後，李逵惱羞成怒，
把王林打了一頓，此為情節轉變之處，正以 E 曲段演之。

　　再看〈救風塵〉（a12）第二折之例。此例在 A 曲段之後，以一支金菊香、
三支醋葫蘆敘述趙盼兒得知宋引章遭打，一再怨其愚昧之情節；後情節轉變，
趙定計救之，即用 E 曲段以演之。

　　再看〈西游記〉第一本（b44）第三折之例，此例演玄奘前往尋母之情節。
在 A 曲段之後，以兩支 C 組曲牌與四支醋葫蘆組成之 B 曲段演其母反覆詢問
玄奘出身，終而相認之情節；相認之後，其母要玄奘回去引其師父來為其報
仇，此情節即以 E 曲段演之。

　　最後再舉〈灰欄記〉（a64）第二折為例。此例以 C 組曲牌〔註 12〕與四支
醋葫蘆演反覆問案之情節，因所有人證皆遭收買，正旦海棠被誣定罪，以 E
曲段演其遭刑之情節。

　　由以上四例之說明，可以清楚看出 B 曲段之反覆敘述的特色，與 E 曲段
用於情節轉變之用法。

〔註 11〕此十二例為 a12, a64, a79, a87, a91, a92, b09, b30, b44, b49, b62, e01。
〔註 12〕此例借中呂山坡羊一支，上節已述之，故在 B 曲段前、A 曲段後共用三支曲
　　　　牌。

二、於套中出現情節轉變或高潮

　　此組套形式是在上一形式 E 曲段之後，再用一以 C 組曲牌與 B 曲段組成之段落，此種劇例共有十一例。〔註13〕

　　若 E 曲段之後僅用一支 C 組曲牌，則此 C 組曲牌只在補綴 E 曲段後末了之餘事。如〈黃粱夢〉（a45）第二折在 E 曲段後再用一支高過浪里來，E 曲段爲解子欲押走呂洞賓及其二孩兒，再用高過浪里來，補充敘述正末院公上去攔阻無效之情節；再如〈勘頭巾〉（a39）第三折用 B 曲段演問案之過程，經反覆詢問後，正末張鼎決定以計騙取劉妻之口供，此騙取過程即以 E 曲段演之；在 E 曲段之後還有一支金菊香，敘述劉妻於招供後發現遭騙之情節，此曲只在補充末了之情節，主要之問案情節俱已在 B、E 曲段中演出。

　　若 E 曲段之後用曲較多，則有些例子以 B 曲段鋪敘大部份之情節，中間以 E 曲段負責較重要之段落；有些例子則依然可以看出 E 曲段之前後有情節之轉變，不僅用以敘述較重要之段落而已。

　　如〈衣襖車〉（b59）第三折，先用 E 曲段於 A 曲段之後，由探子總述戰況，再用六支醋葫蘆分別細述戰況之過程。此例之 E 曲段與 B 曲段之間就無情節之轉變，而只是由 E 曲段於一開始先以較緊湊之描述來敘述戰況，再用 B 曲段以較鬆緩之方式細述過程。

　　〈兒女團圓〉（a27）第三折則爲不同之情況。此例在 A 曲段〔註14〕之後，用兩支 C 組曲牌演正末院公前往學校，接俞循禮拾來養大的小孩添添，卻發現添添使性發怒，已由王獸醫告知其身世，爲韓弘道之妾春梅所生，院公大惱；接著王獸醫引來韓弘道之妻上場，將添添帶走，此爲情節轉變處，即以 E 曲段演之；其後情節再轉變爲俞循禮得知孩兒被奪，一氣而倒，此則用 B 曲段演之。此例之 E 曲段前後，皆有情節之轉變。

　　再看〈女眞觀〉（d40）第三折之例。此例演道姑陳妙常與潘必正偷情致孕，終被觀裡師父發現，將兩人送官之情節。其中師父一再詢問妙常如何偷情之過程以七支醋葫蘆演之，問明之後，即以 E 曲段演欲將其送官之情節，爲劇情衝突之高潮；其後潘赴宴回來，上場爲自已與妙常求告，師父終不允，將二人送官。最後潘上場求告之情節又轉爲以 B 曲段與 C 組曲牌演出，和劇情之變化相配合。

〔註13〕此十一例爲 a19, a27, a39, a45, a56, a82, a90, a93, b21, b59, d40。
〔註14〕此例之引導曲段只用集賢賓一曲，上節已言之。

由以上兩例可以知道 E 曲段夾入 B 曲段與 C 組曲牌之中時，由於其組成為緊密結合之曲段，故與前後之曲段必然產生不同之音樂變化，在劇情上亦當有相應之變化。較含蓄之安排為以 E 曲段敘述較重要之段落，較明顯之安排則為以 E 曲段於劇情之高潮或情節之變化所在。

附帶討論 E 曲段做為高潮唱段之問題。在上述說明中曾提及 E 曲段可用於劇情之高潮，但此劇情上之高潮卻不一定形成鋪張之唱段。此曲段用於仙呂時後庭花、青哥兒皆為大量增句之曲，故形成高潮唱段之情形頗多。用於商調時，卻少用青哥兒，多用商調之雙雁兒，此曲不能增句，故較少形成高潮唱段，只是用於劇情上之高潮。若 E 曲段在商調套式中形成高潮唱段，多半其組成非用雙雁兒；而在 D、E 曲段連用之情形下，E 曲段皆不用商調之曲，故此種劇例亦皆同仙呂之例，用 E 曲段形成高潮唱段。E 曲段在商調形成高潮唱段之情形與仙呂無異，如前舉之〈女真觀〉、〈兒女團圓〉，後面討論 D 曲段時將舉之〈范張雞黍〉、〈龍門隱秀〉等劇皆可為例，不再引錄其曲文。

三、村里迓古諸曲

D 曲段在此之用法也用於敘述情節，至緊接其後之 E 曲段時即形成此段落之高潮。以賓白俱全之三例觀之，〈樂毅圖齊〉（d03）第二折與〈龍門隱秀〉（d25）第三折未用 B 曲段（醋葫蘆），在 A 曲段之後只用一兩支 C 組曲牌便用 D 曲段，因此 D 曲段便成為此二例之主要鋪敘曲段。發展至 E 曲段，形成一高潮之段落，其用法與仙呂套中之用法類同；只是在仙呂套中，村里迓古諸曲常用於劇情變化處，在商調中則未見有此情形，只是用以為大段之情節鋪敘，和 B 曲段之用類似。與 B 曲段比較，B 曲段在商調中一來可以用較為鬆散之方式組成，二來反覆鋪敘之形態比 D 曲段更明顯〔註15〕，此為兩曲段在運用上不同之點，劇作者可視其需要選擇使用。

如以〈范張雞黍〉之運用情形來看，即可明白看出此二曲段之用法上有何差別。此劇第三折以商調演范式於張劭托夢後，千里奔喪；張之棺木本不能移動，范至而哭祭之，棺木遂得以順利下葬之事。此折先以 A 曲段為引導曲段，在 A 曲段之後，范到達張停棺處，情節由此展開。以三支 C 組曲牌演范讀祭文、開棺見張最後一面等情節，此為本折較不重要之部份。以下進入 D

〔註15〕村里迓古諸曲亦有反覆鋪敘之性質，只是未若 B 曲段明顯。其類似反覆鋪敘之用法於仙呂宮之討論中已曾提及，可以參見。此二曲段最大之不同點當仍在其結構之鬆緊上。

曲段，張母問范何以得知張過世之事，張以村里迓古述托夢、以元和令述星墜等靈異；聞眾街坊之言，又以上馬嬌述棺柩不行，再以游四門、勝葫蘆述當場狂風暴起等異事。D 曲段之後以 E 曲段述范澆奠，然後搜動靈車，眾人稱異，形成此折之高潮。下葬完畢，范欲留於墓旁伴張之靈，以 B 曲段與 C 組曲牌述眾人勸范回轉之情節；第一支醋葫蘆述張母勸之不從，第二支醋葫蘆述張母再勸之不從，第三支醋葫蘆述眾街坊勸之不從，再以高過浪里來述眾街坊再勸之，范終於拗不過眾人，唱尾曲後離去。

由上述說明可以進一步了解，此折用用 D 曲段由最早發生之托夢，及於日前在途中所見之星墜，而至眾街坊告范之棺柩不動，再至當時狂風暴起，最後搜動靈車，為一諸多靈異先後逐步發生之過程，故以 D、E 兩次序井然，結構緊密之曲段來敘述，並將劇情推向高潮。下葬後，藉著對范之反覆勸說，連唱三支醋葫蘆及一支高過浪里來，一來借其結構之鬆緩，顯其低沈哀傷之情調，與 D、E 曲段時之激烈情緒有所對照；二來借其反覆之特性，顯其纏綿往復，餘音不絕之情。此劇對商調套式中之各部份皆做了適當之運用，極能突顯商調之特性。

最後說明商調之借宮實亦非宮調之轉換，與中呂常用正宮某些曲段一樣，只是這些曲段與兩個宮調之音樂皆相合而已。《詳解》在仙呂之聯套法則中曾指出村里迓古諸曲為仙呂與商調「兩收之曲」，而後庭花諸曲事實上亦應為兩收之曲，因其可與商調之曲結合為一有固定組成之曲段，必然與商調之曲有相融之關係；再者其於商調之使用比例遠高於在仙呂中之比例〔註 16〕，若反謂此曲段之曲於使用如此之多之宮調中為借宮，則此所謂「借宮」似有主客顛倒之嫌。再者，從其與劇情之搭配來看。若這些曲段在音樂上屬於不同的宮調，則聯套時必因音樂之變異而須於劇情上有相應之轉變，故「移宮換羽」必須有劇情之轉變；但劇情轉變卻不一定須移轉宮調，尚可用其他方式表現之，如用同宮調中不同之曲段〔註 17〕。觀諸商調中 D、E 二曲段之用法並不必然用於劇情之轉變，只是可以用於劇情轉變處，可見其並非轉移宮調之情形。推測其所以稱為「借宮」，蓋因曲牌之創造在先，歸入宮調在後，曲牌之形成並未考慮屬何宮調之問題，故可能出現曲牌創製後，難以歸調之情

〔註 16〕此曲段用於商調中之比例為 81.82%，用於仙呂之比例只有 35.56%。

〔註 17〕就此觀點而言，村里迓古諸曲應反歸為商調才是，因其用於仙呂時須應以劇情之轉變，而用於商調時反不須應以劇情之轉變。

形。而曲牌創製既多，後來之研究者自然必須將之歸納整理。有些難以確分為何宮調之曲，在曲譜上既不須兩列，便任擇一宮調列之。後人見之，同一套中有列於曲譜中不同宮調之曲，遂謂之「借宮」，實則其音樂為相融無間之組合。

第三節　小　結

　　總結上兩節所言之規律，商調套式可有以下之聯套單位：

1. A 曲段，由集賢賓－逍遙樂組成，二曲皆為必要性曲牌。
2. B 為醋葫蘆連用所形成之鬆散曲段。
3. C 為獨立曲牌，除金菊香為可多用之曲外，其他大致皆為單用之曲。
4. D 曲段為仙呂、商調兩收之曲，其組成與仙呂無異，由村里迓古－元和令－上馬嬌－游四門－勝葫蘆－么篇等曲組成。
5. E 曲段由後庭花、柳葉兒、青哥兒、雙雁兒等曲用二或三支組成，其中後庭花為必用之曲，且必用於曲段之首；而青哥兒與雙雁兒不同時使用。前三曲亦為仙呂、商調兩收之曲，但雙雁兒為商調獨有之曲。
6. x 為其尾曲。

　　以上各單位聯套時，A 用於套首，x 用於套末，獨立曲牌與 D、E 二曲段可自由插入於 B 曲段之中、之前、之後。而 D 須在 E 已使用之情形下才可用之，且須連用於 E 之前。

　　就套式之運用而言：

1. A 曲段用為引導曲段。
2. 商調套式亦為一較為簡單之類型，主要以 B 曲段（醋葫蘆反覆運用），組成情節鋪敘之主體，同時亦形成其反覆敘述之特色。
3. C 組曲牌則穿插於套中，以輔助 B 曲段之鋪敘功能。
4. E 曲段用為重要之段落之鋪敘，或用於劇情轉變處，用為高潮唱段之情形較仙呂為少。
5. D 曲段亦用以鋪敘情節，與 B 曲段為不同風格之鋪敘方式，次序較井然，且必然引向 E 曲段之高潮。

第七章　黃鍾宮與大石調

現存元劇中用黃鍾宮者共有十四例，加上殘劇套式一，共存十五套；用大石調者共四例。兩宮調所有套式請見附錄八。黃鍾宮無用於第一折者，用於第二折者二，用於第三折者五，用於第四折者八〔註1〕；大石調用於第一折者一，用於第二折者一，用於第三折者二，無用於第四折者。用於各折次之劇本請見附錄一。

此二宮調之實例極少，大石之例尤甚，且其套式變化又比黃鍾複雜，故只能就僅有之例觀察可掌握之部份。黃鍾套式極為規則，故曲牌聯綴規律可以把握，但套式運用規律仍只能就部份提出說明，做為參考，恐非其全貌。以下以第一節說明黃鍾宮，第二節說明大石調。

第一節　黃鍾宮

黃鍾套式為所有宮調中最為簡單者，以下即分別就其曲牌聯綴規律及套式運用規律分別說明之。

一、曲牌聯綴規律

先引錄《詳解》之說明（見該書頁4）如下：

> 醉花陰、喜遷鶯、出隊子、刮地風、四門子、古水仙子：此六曲照例連用，其後綴以尾聲，七曲成套，是為黃鍾宮聯套之通用基本形式。其有稍加變化者，皆是於古水仙子與尾聲之間加用古寨兒令、

〔註1〕此八例中之〈鎖魔鏡〉（b66）為五折之劇，故黃鍾用於尾折之例只有七。

神仗兒等牌調，上述六曲仍須依次連用。劇套皆照上述法則（不遵
守者只見〈瀟湘雨〉一例）。

此段說明已將黃鍾曲牌聯綴規律之面貌做了頗爲清楚之描述，以下再做一些
補充。

上述「七曲成套」之例共有八〔註2〕，超過總數之半，故謂其爲「基本形
式」。而被指爲例外之〈瀟〉劇（a15）第三折，其套式則爲此七曲，並在出隊
子後用么篇，么篇後再借中呂山坡羊，其他俱同。若將此例與合規之八例併
爲一組，觀察其情節段落，可發現皆爲一個完整段落〔註3〕，可見除尾聲之六
曲應爲一曲段，若以 A 表此六曲連用之曲段，x 表尾曲，則此九例之套式可以
A－x 表之。

〈存孝打虎〉（b38）第四折之套式較奇特，在 A 曲段之後又用一支寨兒
令，此曲當屬另一曲段，見下之說明便知，因此曲在此與 A 曲段同屬一情節
段落，故將此例暫歸於 A－x 之類。

再看其餘之例。〈倩女離魂〉（a41）第四折之情節大致可分爲三個段落：
王生與倩女之魂回家爲第一段落，用 A 曲段等六曲；第二段落爲至倩女家
後，發現倩女並未出門，王生欲殺倩女之魂，用古寨兒令－古神仗兒－么篇
等三曲；第三段落爲倩女正身上場，其魂與其身合而爲一，用掛金索與尾
聲。〔註4〕

〈灰闌記〉（a64）第三折之情節亦大致可分三個段落：海棠於押解途中
遇見其兄，追之，向其訴實情，此爲第一段落，用 A 曲段等六曲；其兄隨解
子與其妹至小店歇息爲第二段落，用古寨兒令－古神仗兒等二曲；第三段落
爲海棠發現仇人趙令史與王臘梅來到，與其兄欲捉之，遭兔脫，用節節高－
掛金索二曲與尾聲。

〈魔合羅〉（a79）第二折之情節可分三個段落：第一段落爲李德昌在廟
中盼其妻來到，用 A 曲段之前五曲；第二段落爲其弟李文道趕來，將其藥殺，

〔註2〕此八例爲 a67, a74, b36, b48, b64, b66, d06, d32。

〔註3〕〈西游記〉第五本（b48）第四折前四曲爲風雨雷電及水部諸神奉命滅火山之
　　　害，刮地風後唐僧等人上場謝之，再唱四門子、古水仙子及尾聲，似分隔爲
　　　兩個段落，較難確定。但此劇一來爲元末明初之作，二來其曲牌名又有誤題
　　　之情形，是否有誤脫，殊爲可疑，故仍以其他例證爲準。

〔註4〕此折尾聲之後有雙調側磚兒－竹枝歌－水仙子三曲，爲散場之曲，不算入套
　　　中，可參見鄭先生所著《景午叢編》上集〈論元人雜劇散場〉一文。

用古水仙子－寨兒令－神仗兒三曲〔註5〕；第三段落爲其弟下場後，李德昌毒發痛苦而死，用節節高－者剌古－掛金索三曲與尾聲。

〈蕭淑蘭〉（a88）第四折之情節可分兩個段落：第一段落爲蕭淑蘭與張世英兩人成親，用 A 曲段前五曲；第二段落爲蕭之兄嫂上場，重新整宴歡慶，用水仙子－古寨兒令－神仗兒等三曲與尾聲。

另一殘劇〈鴛鴦塚〉之例，其套式爲 A 曲段六曲之後再接古寨兒令、古神仗兒、節節高、掛金索四曲與尾聲。

就以上之分析已可清楚看出，在 A 曲段之後，可再用由古寨兒令－古神仗兒－（么篇）三曲組成之曲段，此曲段以 B 代表之；有二例之水仙子雖屬於此曲段，但屬於 A 曲段之例畢竟爲大多數，故仍屬 A 曲段。B 曲段之後尚可再接由節節高－（者剌古）－掛金索（借商調）等曲組成之曲段，此曲段以 C 代表之。

再說明其借宮情形。於上述之討論中已指出，所借之曲只有中呂山坡羊及商調掛金索，山曲僅見一例，掛曲則爲 C 曲段之必要曲牌。故嚴格而言，只有掛曲爲借入之曲。

總結以上所言，黃鍾之套式全由曲段組成，且皆爲由固定曲牌按固定次序組成之緊密曲段。三個曲段中以 A 爲必要性曲段，B、C 可用可不用。且須按一定次序連接。其聯綴形式可以下式表之：

A－（B）－（C）－x

以上即爲黃鍾之曲牌聯綴規律。

二、套式運用規律

在前面幾章所討論之宮調，首曲與次曲都有固定之曲牌，且爲引導曲段之組成曲牌；就劇情觀之，首曲與次曲亦自成一段落，且爲主要情節開始之前用以引導後面劇情發展之情況爲多。黃鍾之首曲與次曲雖亦極爲固定，但此二曲形成類似其他宮調之引導曲段者只有〈蕭淑蘭〉一例，此例正旦蕭淑蘭上場先唱醉花陰、喜遷鶯二曲述將行婚禮之心情與家中熱鬧情況，之後新郎張世英才上場，婚禮場面才眞正展開。其他諸例多半 A 曲段之六曲爲一完整段落，無法看出首二曲獨爲引導曲段，而與其他曲牌分隔。故就劇情之段落來看，黃鍾似乎並非以首二曲爲引導之段落，此亦可能與其首六曲皆極爲

〔註 5〕古水仙子、古寨兒令、古神仗兒等三曲之古字皆可去之，仍指同一曲牌。

固定連用，而非僅首二曲固定連用有關。

　　觀察 A 曲段之用法可以發現，以 A－x 形式組套之例中有七例爲「探子出關目」之情節〔註6〕，A 曲段之六支曲牌即用於探子回報戰果，每支曲牌中間又多由聽報之另一角色夾入一段頗爲整齊之韻白。可以想見其表演場面爲一唱一說，且探子同時在台上有相應之科汎動作，表現戰爭之行動狀況。另同以 A－x 形式組套之例，〈西游記〉第五本以 A 曲段演水部諸神滅火，〈黃花峪〉演魯智深打蔡衙內，〈瀟湘雨〉演張翠鸞起解於雨中趕路之情節；再加上以 A－B－C－x 形式組套之〈倩女離魂〉用 A 曲段演王生與魂旦回家，〈灰欄記〉用 A 曲段演海棠起解趕路之情節。此五例之用法大致亦爲一人主唱，同時加上動作科汎以表示行動之型態。A 曲段之用法觀此諸例可以大明。

　　而 B、C 曲段爲較少用之曲段，其用法應爲用於劇情轉變之處。由上一部份討論曲牌聯綴規律時諸例之說明，已可看出此二曲段不但自成段落，且與 A 曲段之情節都有轉變之情形，此處不再重覆。

　　黃鍾之曲牌無可大量增句者，亦未見煞曲之使用，故並無高潮唱段之運用。

三、小　結

　　總結來說，黃鍾套式由下列曲段所構成：

1. A 曲段：醉花陰－喜遷鶯－出隊子－刮地風－四門子－古水仙子等六支必要曲牌連用。

2. B 曲段：古寨兒令－古神仗兒－么篇等三曲連用，其中么篇可以不用。

3. C 曲段：節節高——者刺古－掛金索等三曲連用，其中者刺古可以不用。掛金索爲商調借入之曲。

　　以上三曲段必須按 A－B－C 之次序使用，且 A 爲必用之曲段。又，黃鍾並無獨立曲牌可以穿插於曲段之間。

　　各曲段之用法如下：

1. 以 A 爲鋪敘之主體，且以表現行動爲多，「探子出關目」之情況爲其典型。

〔註6〕此七劇爲〈單鞭奪槊〉（a67）、〈氣英布〉（a74）、〈老君堂〉（b36）、〈存孝打虎〉（b38）、〈鎖魔鏡〉（b66）、〈暗度陳倉〉（d06）、〈陰山破虜〉（d32）。

2. B、C 曲段為 A 曲段之後劇情轉變時用之。

3. 引導曲段不明，且無高潮唱段之用法。

第二節　大石調

用此調之劇有四：〈燕青博魚〉（a14）第一折、〈黃梁夢〉（a45）第三折、〈㑳梅香〉（a66）第二折、〈西游記〉第三本（b46）第三折。

一、曲牌聯綴規律

大石調為一極少使用之宮調，且套式不如黃鍾之一致，故對其聯套規律之歸納頗為困難。其曲牌聯綴規律於《詳解》中指出兩點：

1. 六國朝須用兩次。可一為首曲，一聯入套中；可皆聯入套中。

2. 歸塞北一套中可用多支。

除此之外，無法確定其是否有固定之首曲與次曲。四例中首曲一用念奴嬌，三用六國朝；次曲一用六國朝，一用歸塞北，兩用喜秋風。

亦無法確定何曲牌為曲段用曲，何曲牌為獨立曲牌。只能懷疑第二支六國朝與雁過南樓兩曲可能關係密切。因四例中此二曲皆連用，不過〈西游記〉第三本一例用六國朝於雁過南樓之前，其他三例用雁曲於六曲之前。另外擂鼓體一曲與歸塞北之關係可能亦頗為密切，〈燕青博魚〉、〈黃梁夢〉）、〈西游記〉第三本三例二曲皆連用，另一例〈㑳梅香〉未用擂曲。但以上所述只能做為推測，不能視為歸納之結果。

《詳解》於套式實例之說明中指出，其借宮僅有〈㑳〉劇借正宮之隨煞尾一例。

以上即為有關大石調曲牌聯綴規律的一些說明。

二、套式運用規律

先對四例之情節段落做一說明。

〈博〉劇第一折之情節大致分為兩個段落：第一段落為燕青眼瞎之後，流落街頭，乞討為生，卻遭楊衙內騎馬撞倒，此用六國朝－喜秋風－歸塞北－雁過南樓－六國朝等曲；第二段落為燕二上場，將燕青帶回，以針灸治好其眼疾，燕青問明方才事情經過，謝燕二之恩，兩人結義，燕青心記楊之仇而去，此用憨貨郎－歸塞北－擂鼓體－歸塞北－尾聲等曲。

　　〈黃〉劇之情節可分爲以下幾個段落：第一個段落用六國朝－歸塞北－初問口－怨別離－歸塞北－么篇等曲述山中大雪之景；第二段落寫樵夫救呂岩父子之情節，用雁過南樓－六國朝兩曲；第三段落寫呂醒後訝異樵夫知其來歷，求其指引，樵夫指引前路之情節，此用歸塞北－攂鼓體－歸塞北－淨瓶兒－玉翼蟬煞等曲。

　　〈儇〉劇之情節變化較多，可分爲以下幾個段落：第一個段落爲樊素往見白敏中，用念奴嬌－六國朝二曲；第二段落爲白托樊爲其帶香囊給小姐，用初問口－歸塞北二曲；第三段落爲樊帶香囊給小姐，小姐怒，此用雁過南樓－六國朝二曲；第四段落演樊用計使小姐露其眞心，求其帶回簡給白，此用喜秋風－歸塞北二曲；第五段落則爲樊帶回簡與白，白喜不自勝，此用怨別離－歸塞北－淨瓶兒－好觀音－隨煞尾等曲。

　　〈西〉劇第三本之情節可分三個段落：第一段落爲劉太公嘆女兒遭妖攝去，心中悲傷，用六國朝－喜秋風二曲；第二段落爲唐僧與行者一行人上場，至劉家莊求宿，劉太公告知女兒之事，此用歸塞北－六國朝－雁過南樓－攂鼓體等四曲；第三段落爲行者救其女回，父母團聚，用歸塞北－好觀音－觀音煞三曲。

　　由以上之說明來看：

1. 只有〈儇〉、〈西〉兩劇之首曲與次曲較合乎引導曲段之用法。
2. 有〈燕〉、〈黃〉、〈儇〉三例在雁過南樓－六國朝之後有劇情之轉變，故此處可能爲一曲段之分隔點，且爲須用於劇情變化處之曲段。其他段落之分隔無法看出有何固定曲段之用法，只好存疑。

　　最後看其高潮唱段之問題。其曲牌中有玉翼蟬煞爲一可以大量增句之曲，但只有〈黃〉劇用之。觀其曲文，似不能十分顯示其有形成高潮唱段之意味。若此曲果能形成高潮唱段，則大石調高潮唱段之形成便爲類同正宮、南呂之以尾曲形成一般；若否，則大石亦爲一不能形成高潮唱段之宮調。

　　對大石調之套式運用規律僅能做如上之擬測。

第八章　雙　調

　　在現存元劇中共有二百一十一本用雙調，其中〈虎頭牌〉（a24）一劇用了兩次，故有二百一十二套，加上殘劇之套有五，共二百一十七套。無用於第一折者，用於第二折者六，用於第三折者二十三，用於第四折者一百七十七，用於第五折者九〔註1〕，折次不詳者二。有關用雙調各例之劇名與折次，請參見附錄一；各套所用曲牌請參見附錄九。

第一節　曲牌聯綴規律

　　本節進行雙調劇套所用曲牌聯綴規律之分析〔註2〕。先列出《詳解》所述之規律如下：

　　1. 首曲用新水令，偶用五供養。〔註3〕
　　2. 次曲用駐馬聽最多，其次爲沈醉東風，其次爲步步嬌。
　　3. 不用尾聲之例甚多，因雙調多用於尾折。
　　4. 可用之尾聲較其他宮調爲多，以鴛鴦煞用者最多。
　　5. 連用曲有五組：雁兒落－得勝令，沽美酒－太平令，甜水令－折桂令，側磚兒－竹枝歌，川撥棹－七弟兄－梅花酒－收江南。

　　以上五點大致爲《詳解》所述之法則。在連用曲方面，《北曲新譜》還指出有月上海棠－么篇、山石榴－么篇、錦上花－么篇、小煞－太清歌－小煞

〔註1〕 用於第四折之例中有〈西廂記〉第二本（b18）爲五折之劇，故用於尾折之例
　　　　 總數爲用於四、五兩折之和減去一，爲一百八十五。
〔註2〕 可用於劇套之曲牌名稱俱列於附錄十，請參閱。
〔註3〕 〈西游記〉第二本（b45）第二折用豆葉黃，《詳解》視爲例外。

一川撥棹〔註4〕等組。以下即以上述規律爲基礎進行討論。

一、首曲與次曲

　　在其他宮調（大石與黃鍾除外）之聯套規律中，首曲與次曲皆爲同一曲段中之必要曲牌，即共同組成各宮調之引導曲段。雙調首曲與次曲之情形卻有所不同。首曲仍相當固定，以新水令爲最常用之曲，五供養與豆葉黃均極爲少用；但次曲則變異極多，與其他宮調極爲固定之情形大不相同。雙調之次曲有二十種曲牌出現於實例中，最常用之曲牌爲駐馬聽，而所佔比例不到一半〔註5〕。再觀察所用之次曲，有些明顯爲與其他曲牌連用之曲，如雁兒

〔註4〕月上海棠一么篇見該書頁 350，山石榴一么篇見頁 334，錦上花一么篇見頁 290，小煞一太清歌一小煞一川撥棹見頁 322。

〔註5〕雙調所用之次曲及用該次曲之劇例如下：

（1）用駐馬聽者共九十一本：a01, a03, a05, a06, a17, a20, a21, a28, a30, a34, a36, a37, a38, a42, a44, a48, a51, a60, a65, a66, a68, a70, a73, a76, a77, a78, a81, a82, a84, a85, a87, a89, a93, a96, a98, a00, b02, b05, b06, b07, b13, b14, b17, b19, b21, b23, b24, b25, b26, b27, b30, b32, b33, b37, b40, b43, b44, b49, b54, b55, b65, b69, d02, d03, d07, d08, d09, d19, d20, d21, d22, d26, d30, d32, d38, d39, d40, d44, d46, d47, d49, d50, d51, d53, d54, d56, d60, d62, e01, e02, e03。

（2）用沈醉東風者三十九本：a02, a10, a13, a14, a16, a18, a23, a24, a46, a47, a53, a54, a56, a57, a58, a59, a62, a72, a75, a86, a92, a95, a99, b15, b34, b35, b36, b63, b68, c01, d11, d14, d17, d24, d29, d31, d37, d41, d42。

（3）用雁兒落者十八本：a61, b16, b42, c02, d01, d04, d06, d15, d18, d28, d33, d43, d45, d48, d52, d58, d59, d61。

（4）用喬牌兒者十四本：a12, a25, a26, a39, a83, b10, b31, b39, b66, b70, d25, d27, d35, d55。

（5）用步步嬌者十本：a04, a43, a64, a69, a90, a94, a97, b12, b20, b62。

（6）用沽美酒者六本：a27, a29, b51, d12, d34, d57。

（7）用水仙子者五本：a71, b04, b08, b57, d05。

（8）用川撥棹者五本：a50, b09, b22, b61, d10。

（9）用甜水令者五本：a32, a35, b60, d23, e05。

（10）用夜行船者三本：b50, b56, e04。

（11）用慶東原者三本：a33, b03, b67。

（12）用殿前歡者三本：a19, b53, b58。

（13）用風入松者兩本：a49, b52。

（14）用慶宣和者一本：a63。

（15）用小將軍者一本：a08。

（16）用折桂令者一本：a11。

（17）用清江引者一本：a22。

（18）用攬箏琶者一本：d13。

落、川撥棹、沽美酒等，絕不可能與首曲共同屬一個曲段。因此，純就套式之表面形式而言，雙調之次曲與首曲是否如其他宮調一般同屬一曲段，已有相當可疑之處。

　　再就劇情之段落來看，其他宮調之首曲與次曲組成引導曲段，為主要情節開始之前的一個段落。雙調賓白俱全之劇套共有二百，其中同於其他宮調之情形者共有五十一例〔註6〕，但僅以首曲表現主要情節開始前之引導段落者卻有一百三十二例〔註7〕，其他情形則有十八例〔註8〕。可見其他宮調引導曲段之功能，在雙調多數情況是僅以首曲來完成，少數情況才連用他曲，因此雙調在正常情況下只用「引導曲牌」，而非引導曲段；亦即雙調之次曲在多數情況並不與首曲同屬一個曲段。以〈賺蒯通〉（a05）第四折為例，此折演隨何

(19) 用落梅風者一本：a40。

(20) 用中呂快活三者一本：d36。

以上所列不包括首曲用五供養與豆葉黃者，共二百一十一例，不用駐馬聽者有一百二十例，多於用駐馬聽之九十一例。

〔註6〕以首曲與次曲組成者有以下五種情形：

(1) 新水令─駐馬聽三十九例：a01, a06, a20, a21, a22, a30, a34, a37, a48, a51, a60, a65, a70, a77, a82, a84, a89, a93, a96, a98, b05, b10, b19, b21, b25, b27, b43, b44, b54, b69, d02, d09, d22, d32, d39, d47, d49, d50, d51。

(2) 新水令─沈醉東風五例：a13, a14, a57, a58, d31。

(3) 新水令─步步嬌五例：a04, a64, a69, a97, b20。

(4) 新水令─風入松一例：a49。

(5) 新水令─水仙子一例：b04。共為五十一例。

〔註7〕用首曲者有以下三種情形：

(1) 用新水令一百二十九例：a02, a03, a05, a08, a10, a11, a12, a16, a17, a18, a19, a23, a24（第三折），a25, a26, a27, a28, a29, a32, a33, a35, a38, a39, a40, a42, a43, a44, a46, a47, a50, a53, a54, a61, a63, a66, a68, a71, a72, a75, a81, a83, a85, a86, a88, a92, a94, a95, a99, a00, b03, b08, b09, b11, b12, b13, b14, b15, b16, b17, b22, b30, b33, b34, b35, b36, b39, b42, b52, b53, b56, b57, b58, b60, b61, b62, b63, b66, b67, b68, b70, c01, c02, d01, d03, d04, d05, d06, d07, d08, d10, d11, d12, d13, d14, d15, d17, d19, d20, d21, d23, d24, d25, d26, d27, d28, d29, d30, d33, d34, d35, d36, d37, d38, d41, d42, d43, d44, d45, d48, d52, d54, d55, d56, d57, d58, d59, d60, d61, d62。

(2) 用五供養二例：a24（第二折）、a52。

(3) 用豆葉黃一例：b45。共為一百三十一例。

〔註8〕其他十八套之情形如下：用新水令─駐馬聽─殿前歡一例：a73；用新水令─駐馬聽─沈醉東風者二例：a78, b55；用新水令─駐馬聽─攪箏琶者一例：a87；用新水令─駐馬聽─喬牌兒者一例：d40；用新水令─步步嬌─沈醉東風─胡十八者一例：a90；難以確定者十二例：a36, a56, a59, a62, a76, b06, b18, b49, b65, d18, d46, d53。

賺來蒯通，與蕭何相見後，蒯通反而說服蕭何承認殺韓信之錯誤，蒯通並受封賞。引其首曲附近曲白如下：

> （隨何云）丞相，小官賺得蒯徹來了也。（蕭相云）令人與我將蒯徹揣近前來。（祇候云）理會的。（正末云）小官蒯徹，今日到來，眼見的無那活的人也呵！（唱）

> 〔雙調新水令〕我想那亂朝歸去漢張良。早賺的個韓元帥一時身喪。苦也波擎天白玉柱，痛也波架海紫金梁。那些個展土開疆。生扭做歹勾當。

> （云）令人報復去，道有蒯徹在於門首。（祇候報科云）有蒯徹在於明首。（蕭相云）著他過來。（見科）……

由上所引可以看出在蒯徹見蕭何之前所唱之新水令是為以後本折劇情預作引導，卻並未進入主要情節，即蒯徹說服蕭何之經過，此經過明顯為蒯與蕭相見後才開始的。次曲駐馬聽所唱已為蒯開始說服蕭之情節，並非引導的用法，而是情節之一般鋪敘。因此雙調劇情之引導功能是由單一曲牌——即首曲來完成，而非用曲段來表現；也因此首曲與次曲並無其他宮調明顯之連用關係。次曲既非與首曲同一曲段，則首曲之後自然無一定之次曲，可能為其他曲段之曲牌，或某些獨立曲牌。

雙調之次曲極不固定的現象，事實上為其用引導曲牌，而非引導曲段之特性的反映。配合情節段落的分析，更可以確定此種特性。以下即以 a 代表此引導曲牌。

二、各曲段

已知的連用曲共有九組，現分別給予下列的曲段代號：B（雁兒落－得勝令）、C（甜水令－折桂令）、D（沽美酒－太平令）、E（錦上花－么篇）、F（川撥棹－七弟兄－梅花酒－收江南）、G（側磚兒－竹枝歌）、H（月上海棠－么篇）、I（山石榴－么篇）、J（小煞－太清歌－小煞－川撥棹）。在上列諸曲段中，用 G 曲段者有三例，用 H 曲段者有二例，用 I 曲段者有三例，用 J 曲段者有三例〔註9〕，組成曲牌均極為一致〔註10〕，無其他問題，不多贅述。以下

〔註 9〕用 G 曲段者為 a10, a35, a00，用 H 曲段者為 a38, b18，用 I 曲段者為 a24, a52, a63，用 J 曲段者為 a21, a29, a51。

〔註10〕用 J 曲段之例中，〈青衫淚〉（a51）第三折將第一支小煞與太清歌併，而將第

就其他曲段做說明。

　　首先討論 E 曲段。錦上花後接用么篇並無例外，然此曲段之組成曲牌似乎並不只有此二曲。因用此二曲者有十一例，而八例後接清江引，二例後接碧玉簫，一例後接清江引，再接碧玉簫〔註 11〕。碧玉簫在雙調套中共出現六次，除上述三例外，餘三例皆接於清江引之後〔註 12〕。由此看來，錦上花－么篇－清江引－碧玉簫四曲次序井然，且關係密切。再從劇情之段落來看，錦上花與其么篇俱屬同一段落，而後接清江引時，有三例清江引可與前二曲分開〔註 13〕；接用碧玉簫或接用清江引－碧玉簫之情況，則與前二曲俱屬同一段落〔註 14〕。由於清江引別有六例爲獨立曲牌之用法，因此上述不與 E 曲段同屬一段落之例可視爲獨立曲牌之用法，但恰用於 E 曲段之後；而其他同屬一段落之例則可視爲第二種用法，即用爲 E 曲段之組成曲牌之一。照上述說法，則 E 曲段之組成曲牌應有四，其中錦上花與么篇爲必要性曲牌，清江引與碧玉簫爲非必要曲牌，可以錦上花－么篇－（清江引）－（碧玉簫）表之。

　　F 曲段之四曲連用者有七十五例，不用川撥棹者有五例，在七弟兄與梅花酒之間插入搗練子一曲者有一例，用川撥棹與收江南二曲者有一例，另有獨用川撥棹或收江南之例，此種情形應爲此二曲之獨立曲牌用法，應非此曲段之例〔註 15〕。用 D 曲段者，沽美酒、太平令二曲皆用爲九十八例，只有二例

二支小煞與川撥棹併題爲二煞，實仍用此四曲；〈鐵拐李〉第三折將第一支煞與太清歌併，而刪去第二支小煞，獨用川撥棹，但對照元刊本即知第二支小煞爲《元曲選》所刪，原亦有之，可參見《北曲新譜》，頁 322～323 之說明。故 J 曲段仍用此四曲。

〔註 11〕接清江引者爲 a04, a17, a81, a95, b19, b20, b21, d51，接碧玉簫者爲 a75, b17，接清江引，再接碧玉簫者爲 a76。

〔註 12〕此三例爲 a08, a22, e02。

〔註 13〕此三例爲〈鴛鴦被〉（a04）第四折、〈對玉梳〉（a81）第四折、〈望江亭〉（a95）第四折。〈鴛〉劇以錦上花與么篇寫責打劉員外，再用清江引寫張瑞卿與李玉英成親；〈對〉劇用錦上花與么篇寫荊楚臣與顧玉香重逢後歡喜飲酒，後來顧以前之媯兒上場討錢，再用清江引寫打媯兒之情節；〈望〉劇用錦上花與么篇於御史下斷之前，寫譚記兒求御史公平下斷，下斷後，再以清江引感謝之。〈鴛〉、〈望〉二劇俱以清江引代尾聲。

〔註 14〕其中〈西廂記〉第一本（b18）第四折用錦上花－么篇－碧玉簫三曲，分由鶯鶯、紅娘、張生三人唱出，看似可分，但其實爲同一段落，俱寫張生與鶯鶯在追薦法事上顧盼生情，只是分別由不同角色之角度來敘寫，並非轉入另一情節段落。

〔註 15〕用川－七－梅－收四曲者如下：a01, a11, a16, a20, a26, a29, a34, a39, a40, a42, a48, a49, a50, a51, a58, a59, a60, a61, a62, a63, a69, a70, a71, a72, a73, a76, a84,

獨用太平令〔註16〕。用 B 曲段者，雁兒落、得勝令二曲皆用爲一百三十六例，其中有三例兩用此曲段；獨用得勝令有一例，可以例外視之；獨用雁兒落有十六例，此則應爲雁兒落之獨立曲牌用法，不必計入此曲段之例〔註17〕。以上諸曲段之組成曲牌大致如《詳解》所言，曲段中某些曲牌因有兩種用法，一用於曲段中，一用爲獨立曲牌，故須分別計算，其用爲獨立曲牌之用法，可參見有關獨立曲牌之說明。

　　最後看 C 曲段，此曲段之情形較爲分歧。甜水令、折桂令二曲連用之例有五十八，獨用折桂令之例有二十三，獨用甜水令之例有六〔註18〕。由於套式上之情況分歧，不連用之例甚多，因此疑爲關係較鬆散之曲段，但統計其

a85, a86, a92, a96, b04, b09, b13, b14, b22, b23, b24, b25, b26, b27, b36, b37, b39, b43, b44, b45, b53, b55, b56, b61, b67, b69, b70, c01, d02, d07, d10, d18, d19, d22, d24, d28, d33, d38, d40, d42, d49, d53, d57, d58, d61, e01, e03, e04；用七一梅一收三曲者爲 a27, a36, a97, b10, d34 等五例；在川一七與梅一收之間插入搗練子者 a90；用川一收二曲者爲 b62；獨用收江南者有三例，獨用川撥棹者有十例，此類應爲獨立曲牌之用法，非 F 曲段之變例。

〔註16〕沽美酒、太平令二曲皆用者有 a02, a03, a04, a05, a08, a12, a17, a19, a20, a21, a23, a24（第三折），a26, a27, a28, a29, a30, a37, a44, a50, a51, a52, a52, a54, a56, a57, a60, a65, a66, a69, a72, a73, a75, a78, a83, a84, a90, a92, a93, a94, a97, a98, a99, b03, b04, b08, b09, b11, b12, b14, b21, b26, b30, b32, b42, b57, b63, b65, b67, b68, c01, c02, d03, d04, d05, d06, d07, d08, d09, d11, d12, d13, d15, d17, d20, d27, d28, d29, d31, d32, d34, d35, d37, d39, d40, d41, d43, d47, d48, d50, d51, d52, d54, d55, d57, e01, e03, e04, e05 等九十八例；獨用太平令者爲 a42, b07。

〔註17〕用雁兒落一得勝令者爲 a01, a02, a03, a04, a05, a06, a08, a10, a11, a12, a16, a18, a20, a22, a24（第三折），a25, a28, a29, a30, a32, a33, a34, a38, a39, a43, a46, a47, a48, a49, a50, a52, a53, a54, a56, a57, a59, a60, a61, a62, a64, a65, a66, a68, a69, a77, a78, a82, a83, a84, a85, a86, a88, a89, a93, a94, a95, a96, a98, a99, a00, b03, b05, b06, b07, b10, b11, b12, b13, b14, b16, b17, b18, b19, b20, b21, b24, b25, b27, b30, b32, b33, b35, b37, b39, b40, b42, b43, b44, b50, b51, b52, b66, b68, b70, c02, d01, d03, d04, d06, d07, d08, d13, d15, d17, d20, d21, d23, d24, d25, d26, d27, d28, d29, d32, d33, d39, d40, d41, d43, d44, d45, d46, d47, d48, d50, d52, d53, d56, d58, d59, d60, d61, d62, e01, e03, e04, e05 等例，其中 b21, d47, d50 爲用兩次 B 曲段之例；獨用得勝令者 a40。

〔註18〕用甜水令一折桂令者爲 a06, a14, a17, a19, a20, a23, a25, a32, a33, a35, a38, a46, a47, a49, a50, a53, a56, a60, a64, a66, a68, a78, a81, a83, a98, b07, b10, b17, b18, b19, b20, b21, b25, b26, b31, b32, b34, b39, b42, b43, b50, b55, b60, b68, d04, d08, d23, d27, d35, d45, d49, d56, e02, e05 等五十四例；獨用折桂令者爲 a11, a18, a88, a97, b12, b14, b16, b57, b65, b70, c02, d01, d15, d17, d22, d25, d31, d40, d43, d46, d47, d50, e04 等二十三例；獨用甜水令者 a40, d14, d39, d54, d60, d62 等六例。

插入之賓白，在賓白俱全之四十七例中，無插入賓白者爲十四例，不到一行者爲二十一例，在兩行以上者僅爲八例〔註 19〕，並不顯出二曲之間趨向插入較多之賓白；再看二曲間在情節上是否可分，亦只有八例可分〔註 20〕。如此看來，此曲段仍爲關係緊密之曲段（如上述諸曲段），則其諸多獨用之例，只好視爲其組成曲牌之另一種用法，即獨立曲牌之用法。

從以上說明可以得知，雙調有極多之曲段可以運用，其中以 B、C、D、F 最爲常用，E 曲段次之，其他曲段則較爲罕用。諸曲段皆爲關係緊密之曲段，而常用之曲段其組成曲牌中多有亦可用爲獨立曲牌者，如 B、C、F。就使用次數而言，B 曲段又可以使用兩次。

三、獨立曲牌

在這個部份將討論除首曲、尾曲與連用曲之外的所有曲牌。照理，除了引導曲段（曲牌）與尾曲之外，用於套式之中的曲牌大多數只有兩種情況，一爲用於曲段中之連用曲，二爲自成運用單位之獨立曲牌；但雙調所用曲牌甚多，有些曲牌因使用次數過少，及出現情況特殊，不能定其究爲何種用法，只好暫歸於獨立曲牌中；又有些曲牌不只有一種用法，可能可用於曲段中，或用爲首曲，亦可用爲獨立曲牌，此種曲牌雙調亦較其他宮調爲多，也使雙調獨立曲牌之內容更爲複雜。

現將此部份討論之曲牌分爲四組。

第一組爲一般性之獨立曲牌，不用於其他用途者。此類曲牌有駐馬聽、沈醉東風、喬牌兒、攬箏琶、步步嬌、落梅風、喬木查、慶宣和、水仙子、慶東原、夜行船、掛玉鉤、小將軍、撥不斷、鎮江迴、風入松、胡十八、亂柳葉、搗練子、殿前歡、殿前喜、一緺兒麻等二十二章。其中鎮江迴、亂柳葉、搗練子、殿前喜、一緺兒麻四曲之用皆只見孤例〔註 21〕，搗練子雖用於 F 曲段中，但未見其他例證，未能確定其爲曲段中用曲，故仍列於此類。大部

〔註 19〕甜水令與折桂令之間插入賓白之情形如下：無插入賓白者有 a06, a20, a25, a38, a47, a49, a68, a81, a83, b17, b19, b20, b21, d56 等十四例；插入賓白在一行以內者有 a14, a32, a35, a46, a50, a56, a60, a66, a78, a98, b10, b18, b25, b34, b39, b43, b60, b68, d04, d45, d49 等二十一例；插入賓白在兩行以上者有 a17, a19, a23, a53, a64, b55, d27, d35 等八例。

〔註 20〕情節可分之例爲 a17, a19, a23, a53, a56, b42, b55, d27 等八例。

〔註 21〕用鎮江迴者爲 b02，用搗練子、亂柳葉者爲 a90，用殿前喜者爲 a08，用一緺兒麻者爲 b45。

份曲牌均爲單用，僅喬牌兒、掛玉鉤、落梅風與沈醉東風見兩用之例。

　　第二組爲有兩種用法而兼用爲獨立曲牌者。可用爲首曲者有新水令、豆葉黃二曲，其中新水令可接用么篇；可用爲曲段連用曲者有雁兒落、清江引、碧玉簫、川撥棹、收江南、折桂令、甜水令等七章，其中雁兒落可兩用〔註22〕。本組曲牌兩種用法可同時於一套中出現者爲雁兒落與川撥棹，其他則否。

　　第三組曲牌則爲可能由金人胡曲傳入之曲牌。此類曲牌集中出現於三個套式中，即〈虎頭牌〉（a24）第二折、〈麗春堂〉（a52）第四折、〈金安壽〉（a63）第四折，此三套套式極爲類似，其中之曲牌有些爲其他套式亦可見之曲，但大部份爲其他套式所未見使用之曲，彷彿雙調之曲牌分爲兩類各自聯套，此三套自成其中一類一般。這些曲牌爲阿納忽、一錠銀、早鄉子、石竹子、小拜門、大拜門、慢金盞、相公愛、醉娘子、小喜人心、月兒彎、風流體、古都白、唐兀歹等十四章。由曲名直接推測，有些明顯爲胡語之音譯；再由劇情上看，此三劇所演皆爲女眞人之故事，故其所用曲牌與他劇套式顯有不同時，可以推測其爲胡曲之運用，以表現女眞族之情調。此組曲牌中可能有些爲連用之曲段用曲，但因套式過少，不能歸納其中規律，暫列於獨立曲牌中，自成一組。〔註23〕

　　第四組曲牌與第三組曲牌情況類似，但此組曲牌可能爲佛曲傳入，僅見〈雙林坐化〉（d36）第四折用之，有華嚴海會、八焦延世、錦雞啼等三曲。由曲文、劇情可以明顯看出所唱皆爲經咒之文，而如華嚴海會之名，亦極可能爲佛曲之名。因例證過少，故亦暫列爲獨立曲牌之一組，其中八焦延世可以兩用。

　　上述四組曲牌中，只有第一、二組曲牌有足夠之例證，可推論出其用法，大致有四種：一爲獨立使用，不論第一、二組曲牌皆可如此用；二爲與首曲結合爲一較長之引導段落，此爲第一組曲牌中某些曲牌之用法；三爲與某一曲段共同組成一段落，此爲第一組曲牌之用法；四爲第一、二組曲牌互相結合組成一段落。獨立使用之情況甚多，與首曲結合之例亦於討論首曲之時列

〔註22〕此處所謂「兩用」並非指某一曲牌於一套式中出現兩次，乃指其在用爲獨立曲牌之情況下，於同一套式中使用兩次。若某一曲牌於一套式中用於曲段中一次，再用爲獨立曲牌一次，並不符合此處兩用之條件。

〔註23〕此三套中皆用山石榴與么篇，此二曲因曲譜中已指明須連用，故可斷定爲一曲段，未列於此組曲牌中。其他曲牌則未見有類似說明，無法確定，只能暫列於獨立曲牌。

出，不再舉例說明。

　　今以〈兩世姻緣〉（a56）第四折爲例，說明第三種用法。此折演玉簫死後投胎爲張延賞駙馬之女，韋皋身爲元帥之職，皇帝問明其中緣故後，爲二人配婚，但韋與張二人爲前有齟齬，難以接受，玉簫勸韋拜張爲丈人：

　　　（駕云）韋元帥，就此謝了駙馬作岳父者。（旦扯末科）（末云）臣
　　官居一品，位列三公，何處求婚不遂，怎肯拜他？（正旦唱）

　　　〔落梅風〕可知可知賣弄那金花誥。（扯張科云）過來，過來。（唱）
　　休觸抹著玉鏡臺。秀才價做的來虀鹽黃菜。溫太眞更做道情性乖。
　　怎敢向晉明行大驚小怪。

　　　（末云）他誇他家勳貴，卻又棄嫌老夫，倘事不濟，倒惹的旁人恥
　　笑。（正旦唱）

　　　〔沽美酒〕你麟閣上論戰策。鳳池裡試文才。（帶云）元帥，你煩惱
　　怎麼？（唱）搖椿廝挺春風門下客。更怕甚宋弘事不諧。放心波，
　　今上自裁劃。

　　　（張延賞云）則是我養女兒的不氣長也，我與你做個丈人，便一拜
　　也落不的你哩！（正旦唱）

　　　〔太平令〕也是他買了個陪錢貨無如之奈。笑你個強項侯不服燒埋。
　　那壁似狼吃了樸頭般寧耐。這壁如草地裡毬兒般打快。不索你插釵。
　　下財。納采。有甚消不的你展腳伸腰兩拜。

　　　（旦共末謝科）（駕云）既是婚姻已就，各自歸家做慶喜筵席，朕回
　　宮去也。……

在此即用落梅風於 D 曲段之前，與 D 曲段共同表達玉簫勸夫的情節段落，可見獨立曲牌有與曲段共同表現之用法。再看〈忍字記〉（a61）第三折，此折即用獨立曲牌於曲段之後，與曲段結合，共同表達一個情節段落：

　　　……（首座云）劉均佐睡著了也，著他見個境頭，疾！此人魔頭至
　　也。（旦兒同倈兒上云）自家劉均佐渾家便是，我自員外去。（見科
　　云）員外。（正末云）大嫂，你那裡來？（旦兒云）員外，我領著孩
　　兒望你來。（正末云）大嫂，則被你想殺我也！（唱）

　　　〔雁兒落〕不由我不感傷。不由我添悲愴。咱須是美姻眷，爭奈有

這村和尚。（旦兒云）你怕他做甚麼？（正末云）大嫂，你那裡知道。
（唱）

〔得勝令〕他則待輪棒打鴛鴦。那裡肯吹玉引鸞凰。（旦兒云）則被
你苦痛殺我也！（正末云）你道是痛苦何時盡，我將這恩情每日想。
（印忍字旦兒手上科）（旦兒云）你看我手上印下個忍字也。（正末
唱）我這裡斟量恰便似刀刃在心頭上放。不由我參詳。大嫂也，這
的是絕恩情的海上方。

（旦兒云）兩個孩兒都在這裡看你來也。（正末云）孩兒也，想殺我
也！（唱）

〔水仙子〕眉尖眼角恰才湯。（做印忍字俫兒眉額上科）（唱）也似
我少吉多兇歹字樣。更做道壺中日月如翻掌。大嫂也，我則看你手
梢頭，不覷手背上。（見忍字科）（唱）如今這天台上差配了劉郎。
孩兒印在眉尖上。女兒印在眼角傍。（看忍字科）（唱）忍的也你生
割斷了俺子父的情腸。（首座云）速退。（旦兒同俫兒下）……

整個「境頭」由 B 曲段與一支水仙字共同組成，此為獨立曲牌用於曲段之後，
與曲段結合共同表達一個情節段落之例。

接下來說明第四種用法。此種用法又可分為第一組曲牌與第一組曲牌結
合及第一組曲牌與第二組曲牌結合兩種。〔註24〕

先看第一組曲牌自相結合之例，如〈救孝子〉（a44）第四折，以喬牌兒
－水仙子寫衙役李萬欲騙正旦李氏畫押，被另一衙役張千說破，李氏深怪李
萬不該做此等事。此二曲緊密相連，且曲文連貫，明顯為一段落。再看〈蝴
蝶夢〉（a37）第四折，以夜行船－掛玉鉤同寫王母見王大王二背上屍體，認屍
而哭的情節；〈兩世姻緣〉第四折以喬牌兒－水仙子同寫玉簫於朝班中認出韋
皋之情節；〈舉案齊眉〉（a53）第四折以沈醉東風－慶宣和寫梁鴻得官，將天
子所賜之五花官誥，金冠霞披與孟光穿戴，孟光喜而謝恩之情節；〈李逵負
荊〉（a87）第四折以喬牌兒－殿前歡寫李逵與魯智深追打冒名歹徒之情節；

〔註24〕按理，還有第二組曲牌與第二組曲牌結合之例，但第二組曲牌為可兼用為曲
　　　　段用曲者，若結合之曲為用於同一曲段者，即形成該曲段，不能算入獨立曲
　　　　牌用法之內；若結合之曲不是用於同一曲段者，只有〈雙獻功〉（a40）第三
　　　　折一例，為甜水令接得勝令。就劇情來看，雖二曲的確同表一情節段落，但
　　　　既為孤例，仍暫時存疑，不另算一種用法，而以例外之情況視之。

〈蕭淑蘭〉（a88）第三折以慶宣和－殿前歡寫蕭淑蘭驚夢張世英之情節。以上諸例充分顯現出第一組曲牌可以互相結合共同表達情節段落之用法，只是其結合之曲牌並不如真正曲段之固定，故雖有曲段之實，卻不能有曲段之名。其中以喬牌兒與掛玉鉤連用之例有十三為最多，賓白俱全之例皆為二曲同一段落〔註25〕，但用喬牌兒與掛玉鉤之例甚多，二曲結合為一段落之情形畢竟只是少數，因此仍須將此二曲牌算為獨立曲牌。

再看第二組曲牌與第一組曲牌結合的情況。〈合汗衫〉（a08）第四折以小將軍－清江引－碧玉簫三曲結合為一段落，敘述張員外與趙興孫相認，張員外告訴趙如何家破人散之經過，其中小將軍為第一組獨立曲牌，清江引與碧玉簫為兼用於 E 曲段之曲牌。〈東堂老〉（a13）第四折用雁兒落與水仙子結合一段落，寫東堂老還揚州奴家產之情節；又以川撥棹與殿前歡結合為一段落，寫東堂老趕柳隆卿、胡子傳二人，恐再將揚州奴帶壞；此例中雁兒落為兼用於 B 曲段之曲，川撥棹為兼用於 F 曲段之曲，水仙子與殿前歡則為第一組獨立曲牌。〈東牆記〉第五折以水仙子與折桂令寫馬文輔得官而回後，董秀英喜與馬團圓之心情，此例則為第一組曲牌與兼用於 C 曲段之曲結合之例。

由以上諸例可以知道第二組曲牌與第一組曲牌結合之情況，和第一組曲牌與第一組曲牌結合之情況正相類似，只是第二組曲牌可以兼用於曲段之中。就此用法與第二組曲牌之獨立用法來看，可以發現這些曲牌為何須視為兩種用法之曲牌，而不僅僅視為曲段用曲，或將其他用法視為例外，或者同一曲段之不同形式。因為這些用法與第一組獨立曲牌之用法如出一轍，若將其視為例外，則不能顯示其與獨立曲牌具有相同特性之事實；若以同一曲段之不同形式視之，須將獨立曲牌互相結合之情形亦視為曲段用法，則將增加許多少用之新曲段，且許多曲段之組成形式可能極為多變，難以歸納其組成形式。故合理之做法是將這些曲牌視為兩用之曲，一來可以解決上述問題，二來其他宮調亦有兩用之曲，只是未若雙調之多。

以上為獨立曲牌之分類與各種用法（指聯綴形式上之用法）之說明。以下以 K 來代表獨立曲牌，並以 K1、K2、K3、K4 分別代表第一、二、三、四組曲牌。

〔註25〕 此十三例為 a05, a06, a25, a53, a57, b02, b07, b32, b60, d53, d55, e02，其中 a06 一劇用了兩次，b02 為掛玉鉤在喬牌兒之前，其他俱為喬牌兒在掛玉鉤之前。

四、借宮之曲

在《詳解》中所列出之借宮只有三例，〈麗春堂〉（a52）第四折及〈西游記〉第六本（b49）第四折借南呂金字經，〈羅李郎〉（a90）第四折借南呂乾荷葉（見該書頁 179）。另有〈雙獻功〉（a40）第三折用兩支歸塞北，但與大石之歸塞北不合，未知何調，未予計入借宮之例（見頁數同上）。由於借宮之例過少，故《詳解》認為雙調可視為無借宮。〔註26〕

在本文討論範圍內，還有〈破天陣〉（d36）第三折借中呂快活三、鮑老兒、柳青娘、道和四曲。此套共用六曲，除首曲與尾曲外，均用中呂，為一夾套形式。討論正宮套式時已言，夾套與一般之借宮不同，故此例可不計為借宮之例；再者，此劇為元明之間無名氏所作，極可能為入明後之變例，可以例外視之，故《詳解》之說仍可成立，即雙調無借宮。

五、聯綴次序

雙調之各曲段與獨立曲牌之聯綴次序與中呂之情形頗為類似，獨立曲牌可以自由出現於首曲與尾曲之間〔註27〕，各曲段亦然，且中呂之 F（柳青娘—道和）與 Z 曲段（般涉煞曲）必然出現於尾曲之前，其他曲牌之後，但雙調之中卻無如此位置固定之曲段。然而，正如中呂常用之曲段雖無絕對之次序，但有一較常出現之次序一般，雙調較常用之曲段 B（雁兒落—得勝令）、C（甜水令—折桂令）、D（沽美酒—太平令）、F（川撥棹—七弟兄—梅花酒—收江南）四者亦較常按此次序出現，其比率較中呂稍低。以下列出四曲段中二者同用、三者同用、四者皆用之各種情況中實例數目。

二曲段同用之情況如下：

1. B、C 同用者：按 B－C 次序者有十一例，按 C－B 次序者有九例。
2. B、D 同用者：按 B－D 次序者有二十九例，按 D－B 次序者有五例。
3. C、D 同用者：皆按 C－D 次序，共四例。
4. B、F 同用者：皆按 B－F 次序，共二十三例。
5. C、F 同用者：按 C－F 次序者有一例，按 F－C 次序者一例。
6. D、F 同用者：按 D－F 次序者有十一例，按 F－D 次序者有五例。

〔註26〕在《詳解》雙調之概說中指借金字經之例僅有〈西游記〉第六本（見頁 152），當為誤記，在後面之劇套實例中，即列出含〈麗春堂〉之兩劇。

〔註27〕只有駐馬聽出現位置大致是在首曲之後，其他曲牌之前，較為固定。

合乎 B－C－D－F 次序者共七十九例，不合者共二十例。

三曲段同用之情況如下：

1. B、C、D 同用者：按 B－C－D 次序者有六例，按 C－B－D 次序者有四例，按 B－D－C 次序者有一例，按 D－C－B 次序者有一例。

2. B、C、F 同用者：按 B－C－F 次序者有一例，按 C－B－F 次序者有一例，按 C－F－B 次序者有三例。

3. B、D、F 同用者：按 B－D－F 次序者有五例，按 D－B－F 次序者有二例，按 D－F－B 次序者有一例。

4. C、D、F 同用者：僅一例，按 D－C－F 次序；合乎 B－C－D－F 次序者共十二例，不合者共十四例。

四曲段同用之情況如下：

1. 按 B－D－C－F 次序者有一例，按 D－F－B－C 次序者有一例，按 F－B－C－D 次序者有一例。

以上三例皆不合次序。〔註 28〕

〔註 28〕各種情況之劇例如下：

B－C：a25, a33, a38, a46, a53, a68, b17, b18, b50, d45, d56。
C－B：a06, a32, a47, a64, b07, b19, b20, d23, e02。
B－D：a02, a03, a04, a05, a12, a28, a52, a57, a94, a99, b11, b12, b30, c02, d03, d06, d13, d15, d17, d20, d29, d32, d39, d41, d43, d47, d48, d50, d52。
D－B：a08, a24, a30, a65, a93。
B－F：a01, a11, a16, a34, a39, a48, a59, a61, a62, a85, a86, a96, b13, b24, b27, b37, b44, b70, d24, d33, d53, d58, d61。
C－D：a17, a19, a23, a35。
C－F：d49。
F－C：b55。
D－F：a27, a51, a72, a73, a92, a97, b67, c01, d34, d57, e04。
F－D：a26, a80, b04, b09, d28。
B－C－D：a56, a83, b42, b68, d04, d27。
C－B－D：a66, a98, d08, e05。
B－D－C：a78。
D－C－B：b32。
B－C－F：b43。
C－B－F：a49。
C－F－B：b10, b25, b39。
B－D－F：b14, d07, d40, e01, e03。
D－B－F：a29, a84。

　　總計所有合乎次序之例共有九十一，不合者共有三十七。與中呂比較可以發現中呂之次序性高於雙調〔註29〕，且中呂各曲段之使用比例皆較雙調爲高〔註30〕。同一套式中使用之曲段越多，次序性隨之降低，而雙調降低之情形更爲明顯，同用三曲段以上時（含三曲段），不合之例即多於合乎次序之例。由以上這些情形看來，雙調之曲段雖多，但在使用比率及次序性上都不如中呂，可見兩宮調之間頗有差異。

第二節　套式運用規律

　　本節進行雙調套式運用規律之討論。雙調之曲段雖多，但其用法卻大致相同，皆在鋪敘情節，而情節變化處又無一定之曲段來表現，故各曲段之功能並無差別，僅 F（川撥棹－七弟兄－梅花酒－收江南）與 J 曲段（小煞－太清歌－小煞－川撥棹）在少數情況下用爲抒情的高潮唱段。再看獨立曲牌之用法，除了與首曲結合，成爲引導功能之段落的情況外，當其獨立使用，或結合成段落（與各曲段或獨立曲牌第一、二兩組曲牌皆然），亦皆用以鋪敘情節，用法與各曲段亦相同。故雙調套式之功能遂集中於情節之鋪敘上，其眾多之曲段與獨立曲牌使其具有非常強大的鋪敘容量，且由於獨立曲牌在結合成段落之功能上極爲自由，故其實際可以用來敘述情節之段落，遠超過其曲段之數目，這也是雙調套式的特色。以下即分兩部份討論，先舉實例說明各

　　　　D－F－B：a69。

　　　　D－C－F：b26。

　　　　B－D－C－F：a60。

　　　　D－F－B－C：a20。

　　　　F－B－C－D：a50。

　　　　另有一例爲 B 曲段兩用之例，按 B－C－B－D 次序排列，未計入上述諸例中。

〔註29〕中呂合乎次序之例共有八十四，不合者共二十二，合乎次序者佔總數之79.25%，若照 D、E 二曲段次序不論之法計算，則合乎次序之例有九十二，佔總數之 86.79%。雙調合乎次序之例佔總數之 71.09%。

〔註30〕中呂各曲段之使用比例如下：B（48.65%）、C（73.65%）、D（33.11%）、E（47.97%）、F（2.03%）、G（6.08%）、H（6.08%）、I（6.76%）、Z（61.49%）；雙調各曲段之使用比例如下：B（62.50%）、C（25.00%）、D（45.37%）、E（5.09%）、F（34.72%）、G（1.39%）、H（0.93%）、I（1.39%）、J（1.39%）。中呂 B、C、D、E 四曲段之平均使用率爲 50.85%，雙調 B、C、D、F 四曲段之平均使用率爲 41.90%。

曲段與獨立曲牌第一組（K1）、第二組（K2）組曲牌鋪敘情節之功能，再說明少數 F 與 J 曲段用爲高潮唱段之情形。

一、情節鋪敘

先以〈單刀會〉（b05）第四折爲例，此折即演出有名之「刀會」情節。首先以新水令與駐馬聽組成引導之段落，由正末關公在江上所唱，新水令唱赴會之心情，駐馬聽唱對江景興起的英雄感懷，以下進入刀會之主要情節；關公與魯肅相之初，先把酒寒暄，此以胡十八演之；魯開始借故說入討荊州之事，爲關所斥，魯忙陪笑，此以慶東原演之；後魯又重提荊州之事，關言其劍界響脅之，並言天下莫非漢土駁之，此以沈醉東風演之；接著關公之劍界再響，關公言其劍之神威，若魯再索荊州，必斬之，此以 B 曲段（雁兒落－得勝令）演之；魯見情況不對，發動埋伏，關公先發制人，怒起劫魯而退，此以攪箏琶演之；關平又領軍來接應，關公順利上船而去，在船上唱尾曲離亭宴帶歇拍煞。此例以四支 K1 組曲牌獨立使用，加上 B 曲段與尾曲分別敷演六個情節段落，其中劇情最大之轉變在魯發動埋伏時，此例以 K1 組曲牌演之。

再看〈牆頭馬上〉（a20）第三折，此折由正旦李千金主唱，在引導之段落後，情節上大致分爲以下幾個段落，第一個段落爲老院公與李千金互戒勿讓裴尚書發現一對兒女，要兩個小孩勿亂跑；第二個段落爲小孩在園中玩耍，裴尚書來到，正好撞見，事情拆穿；第三個段落爲裴尚書逼問李千金，李千金自承爲裴少俊之妻，爲己辯白；第四段落爲尚書轉而詢問院公、少俊及夫人等，少俊爲求恕，願寫休書；第五段落爲李千金磨簪求恕，簪折；第六段落爲李千金以游絲繫瓶汲水，瓶墜；第七段落，即最後一個段落，爲少俊與休書，母子夫妻分離。第一段落唱喬牌兒－么篇，第二段落唱豆葉黃－掛玉鉤，第三段落唱 D 曲段（沽美酒－太平令），第四段落唱 F 曲段之川撥棹與七弟兄，第五段落唱 F 曲段之梅花酒與收江南，第六段落唱 B 曲段，第七段落唱沈醉東風－C 曲段（甜水令－折桂令）－尾曲（鴛鴦煞）。第一、二段落用的是 K1 組曲牌結合成的段落，第三、四、五、六是用曲段，第七段落用的是 K1 組曲牌與曲段結合成的段落，其鋪敘情節之功能則一。就情節變化來看，尚書撞入與李千金被休之處應爲較大之轉變，此例分以 K1 組曲牌結合之段落、K1 組曲牌與 C 曲段結合之段落演之。

　　〈東堂老〉（a13）第四折共用七支曲牌，首二支爲引導之段落，由新水令－沈醉東風組成；第二段落爲東堂老告知揚州奴其父所託，還其家產，由雁兒落－水仙子組成；第三段落爲眾人飲酒慶賀，揚州奴並謝東堂老之恩，由一支喬牌兒組成；最後爲趕走柳隆卿、胡子傳二人之情節，由川撥棹－殿前歡組成。第二、四段落都用 K1 與 K2 組曲牌結合之段落，第三段落則爲 K1 組曲牌獨立使用，二者之用法實同，但此例中第二、四段落爲較重要之情節。

　　〈爭報恩〉（a10）第四折在首曲之後用兩支 K1 組曲牌分別敘述正旦李千嬌思念兒女及報仇之心，爲第一、二段落；再用 B 曲段述梁山英雄押仇人至，李千嬌喜能報仇，爲第三段落；第四段落則用 G 曲段（側磚兒－竹枝歌），述李千嬌爲兒女原諒其夫之情節。由此例可知 G 曲段之用法亦與其他段落無別，皆在表組成情節鋪敘之段落。此例情節轉變較大之處在李千嬌回心轉意原諒其夫之處，以 G 曲段演之。

　　〈伍員吹簫〉（a38）第四折在引導曲牌新水令之後大致可分爲七個情節段落，第一段落用 K1 組曲牌駐馬聽，第二段落用 B 曲段，第三段落用 C 曲段，第四段落用 H 曲段（月上海棠－么篇），第五段落用 K1 組曲牌喬牌兒，第六段落用 K2 組曲牌清江引，最後段落所用爲隨尾。此例可以看出 H 曲段之用法與 K2 組曲牌獨立使用時，功能與其他曲段及獨立曲牌無異。此例劇情變化較大之處應在第五段落用喬牌兒之處，此時伍員因爲恩人之子以死相脅，故改變心意，不出兵伐鄭。

　　再看〈鴛鴦被〉（a04）第四折，此折在首二曲組成之引導段落之後，情節大致分爲三個段落，分別用 B、D、E（錦上花－么篇）三個曲段演之，故知 E 曲段之功能亦在情節之鋪敘。此折劇情之轉變在 D、E 曲段之間，即劉員外告官之處，則劇情轉變後所用之曲段爲 E。〔註31〕

　　經過以上眾多劇例的說明，已可了解雙調各曲段（J 曲段除外）與獨立曲牌之各種結合形式之用法，皆用以鋪敘情節；至於劇情轉變之處所用之曲牌或曲段則並不固定，可用曲段，可用獨立曲牌，亦可用獨立曲牌結合成的段落，因此可以說雙調並無專用於劇情轉變之曲牌或曲段，其原因應與其聯綴規律有密切關係。雙調之獨立曲牌可以結合爲與曲段無異之段落，而其曲段

─────────────────────────

〔註31〕此處劇情轉變處應在 D、E 曲段間之大段賓白，故 E 曲段爲用於劇情已發生轉變之後，而非在劇情發生轉變之時。

之用曲又多與獨立曲牌相涉，而且獨立曲牌也可與曲段結合為更大之段落，可見雙調曲牌曲段用曲與獨立用曲之分別極小。甚而可說其用法幾乎相同，只是某些曲牌因接連使用之比例較高而被歸為曲段用曲，其他曲牌則比例較低而被歸為獨立曲牌。若與聯套形式同以眾多曲段為主體之中呂比較，中呂之曲段用曲即與獨立曲牌不相混雜，可見其確為兩類不同性質的曲牌。由於雙調曲牌在性質上的接近，用法上的類同，故遂無法在劇情發生轉變時與其有相對之固定用曲，此亦為其套式運用上的特點之一。

二、高潮唱段

此部份要說明其高潮唱段之組成與用法。

在上部份的討論中，只有 J 曲段（小煞－太清歌－小煞－川撥棹）未曾說明。用 J 曲段的三個例子中，〈梧桐雨〉（a21）第三折用於貴妃死後，明皇痛哭，抒發其心中悲痛；〈青衫淚〉（a51）第三折用於裴興奴逃出，至白居易船上，船開後喜此後可以與白相聚，不再受苦，抒發其心中喜悅所唱。二例皆不用來推展情節，而用來抒發主角之情緒，且在曲文上亦可看出劇作者之刻意鋪張，應為高潮唱段之用法。但上述二例皆結合其他曲牌來形成整個唱段，〈梧〉劇結合鴛鴦煞，〈青〉劇結合水仙子與鴛鴦煞二曲。以下舉〈青〉劇為例：

> ……（元微之云）樂天，等小官回朝奏知聖人，取你上京，先奏辦此事，決得與興奴明白完聚。（白樂天云）微之，若得如此，咱兩個感恩非淺。（正旦唱）
>
> 〔水仙子〕再不見洞庭秋月浸玻璃。再不見鴉噪漁村落照低。再不聽晚鐘煙寺催鷗起。再不愁平沙落雁悲。再不怕江天暮雪霏霏。再不愛山市晴嵐翠。再不被瀟湘暮雨催。再不盼遠浦帆歸。
>
> （白樂天云）誰想今日又重相會，使初心得遂，實天所賜也。（正旦唱）
>
> 〔太清歌〕莫不是片帆飽得西風力。怎能夠謝安攜出東山妓。此行不為鱸魚膾。成就了佳期。無個外人知。那廝正茶船上和衣兒睡。黑婁婁地鼻息如雷。比及楊柳岸，秋風喚起。人已過畫橋西。
>
> 〔二煞〕咱兩個離愁雖似茶煙溼。歸心更比江流急。離江州謝天地。

出煙波漁父國，遮莫他耳聽春雷。茶吐鎗旗。著那廝直趕到五嶺三湘建溪。乾相思九萬里。〔註32〕

（白樂天云）開了船去罷！（正旦唱）

〔鴛鴦煞〕若不是浮梁茶客十分醉。怎奈何江州司馬千行淚。早則你低首無言，仰面悲啼。暢道情血痕多，青衫淚溼。不因這一曲琵琶成佳配。淚似把推。險添滿潯陽半江水。（同下）

由以上所引，可以看出從水仙子之後，劇情實際上已無進一步之發展，所用四曲皆為正旦情感之抒發，乃劇作者刻意製造之唱段。

另一用J曲段之例為〈鐵拐李〉（a29）第三折，與前二例不同處在此劇之高潮唱段似為F（川撥棹－七弟兄－梅花酒－收江南）與J曲段二者結合而成，F曲段唱正末岳孔目還魂後心中懼其妻改嫁之憂慮，J曲段則接唱昔日為吏曾欺心害理，今心中後悔。兩曲段皆為主角心理之描寫，但F曲段之鋪張程度遠超過J曲段。故從寬泛之角度看，此例之高潮唱段為二曲段共同組成；從嚴格之度角看，此例之高潮唱段則為F曲段。F曲段之用法在上一部份已有論及，為一般之情節鋪敘，此一用法為較常見之用法，用為高潮唱段之用法除上述一例外，尚有十五例〔註33〕。F曲段之組成曲牌中，梅花酒為可以大量增句之曲，但其格律頗為紛亂，增句之情形有多種形式，真正足以大量增句，提供高潮唱段足夠之鋪張程度者，為在末句之後大量增用六乙句之方式（請參見《北曲新譜》，頁312～316）。

F曲段作為高潮唱段之最好劇例當然是《元曲選》之首〈漢宮秋〉之第三折，用以抒唱漢元帝與王昭君分別時之悲情，今另舉〈薦福碑〉（a34）第四折一例以說明之。此例以F曲段寫張鎬拿住冒其名之張浩，痛斥之，抒發心中憤恨：

（宋公序云）哥哥，不知您兄弟路上拿住一個假張浩也。（范仲淹云）在那裡？拿將過來。（正末云）張仲澤，我和你有甚冤仇，著人殺壞我來？（淨云）知之知為知之，不知為不知。（正末唱）

〔川撥棹〕你道你便老實。你不知為不知。你只會拽耙扶犁。抱甕澆

〔註32〕J曲段之組成曲牌為小煞－太清歌－小煞－川撥棹，此劇將前二曲合題為太清歌，後二曲合題為二煞。

〔註33〕此十五例為a01, a26, a27, a34, a48, a60, a61, a63, a71, a72, b04, b25, b43, d34, d49。此十五例乃以賓白俱全之劇本為準。

哇。萬言策誰人做的。你待要狐假虎威。哎！你個賈長沙省氣力。

〔七弟兄〕就裡。端的。現放著試金石。這是萬邦取則魚龍地。對金鑾壯志吐虹霓。不比你那看青山滿眼騎驢背。

〔梅花酒〕呀！張仲澤你忒下得。說小生當日。正波逆流移。無處可也依棲。他倚恃著黃金浮世在，我險些兒白髮故人稀。當日在，村莊裡。村莊裡，教學的。教學的，謝天地。謝天地，遂風雷。遂風雷，脫白衣。脫白衣，上丹墀。上丹墀，帝王知。帝王知，我身虧。我身虧，那一日。那一日，便心裡。便心裡，得便宜。

〔收江南〕呀！你今日討便宜翻做了落便宜。你待將漚麻坑索換我那鳳凰池。（淨云）可憐見我父親年紀高大，又有病哩！（正末唱）你道你父親年老更殘疾。他也不是個好的。常言道老而不死是為賊。

正末張鎬藉著 F 曲段，尤其是梅花酒一曲，盡力地抒發其心中感受，同時也形成此折之高潮唱段。由以上所引，可以明白看出 F 曲段做為高潮唱段之情形。

不論是用 F 曲段或 J 曲段，雙調套式高潮唱段之運用有兩個特點，一為用高潮唱段之例極少，二為用以形成高潮唱段之曲段不如其他宮調具有充足之份量。第一個特點當是由第二個特點而來。

就 F 曲段之組成來看，F 曲段之川撥棹與收江南皆為兩用曲牌，非專用於曲段之曲牌，故此曲段之構成與其他用於情節鋪之曲段、曲牌相比，並無更加緊密之處，甚且更為鬆散。故其用於推展情節可能更為適合，用於高潮唱段，恐非其最適合之用法。故就 F 曲段之組成來看，並非適用於高潮唱段之曲段，但因其畢竟為雙調最長之曲段，且含有可以增句之曲，故在比較之下，仍以 F 曲段較為合適。

再看 J 曲段。此曲段雖包含兩支煞曲，但與其他宮調之煞曲相差極為大。J 曲段之煞為「小煞」，體製短小，且各附屬於川撥棹與太清歌兩曲，故常有將 J 曲段併題二曲或三曲者。川撥棹與太清歌皆非可以增句之曲，其抒寫之空間自然有限。即令在實例中，J 曲段多結合他曲來形成高潮唱段，但比起其他宮調之連用數支煞曲畢竟有所不如；且連用他曲也同時失去同曲重覆之加強效果，亦同時失去了連用煞曲以形成高潮唱段之特色。

既然雙調用以形成高潮唱段之曲段皆非適用於高潮唱段者，而是勉強用其可用者之情形，就無怪乎雙調使用高潮唱段之例並不多了。尤其與常用之仙呂、正宮、中呂、南呂等宮調相比，雙調用高潮唱段之例更明顯嫌少，此當為雙調套式運用上之另一特點。

第三節 小 結

經過上述兩節之討論可將雙調之聯套規律歸納為以下幾點：

1. 雙調之次曲不與首曲同屬一曲段，首曲獨用為引導曲牌。
2. 雙調共有九個曲段可用。B：雁兒落－得勝令、C：甜水令－折桂令、D：沽美酒太平令、E：錦上花－么篇－（清江引）－（碧玉簫）、F：川撥棹－七弟兄－梅花酒－收江南、G：側磚兒－竹枝歌、H：月上海棠－么篇、I：山石榴－么篇、J：小煞－太清歌－小煞－川撥棹。
3. E、G、H、I、J等五個曲段均極少用。常用之B、C、D、F大致按B－C－D－F之次序排列，但其使用率及次序性都較中呂為低。
4. 雙調之獨立曲牌極多，可分為K1（單用為獨立曲牌者）、K2（兼用為獨立曲牌者）、K3（由胡曲而來者）、K4（由佛曲而來者）等四組。K1與K2用法可與其他曲牌或曲段相結合，亦可獨立使用，詳細用法見前所述。K3曲牌常自行成套式，不與其他曲牌、曲段相混。
5. 以x表尾聲，在用於尾折之情形下，可以不用x。以上即為雙調之曲牌聯綴規律。

以下再述簡雙調套式之運用。

雙調雖擁有為數眾多之曲牌及曲段，但在用法上，卻是最簡單的。其特點大致有以下三點：

1. 主要情節開始之前，僅以首曲做引導，少數情形才以兩曲以上連用。
2. 由於曲段用曲與獨立曲牌在雙調並無明顯之區分，故除J曲段外，各曲段與獨立曲牌皆可用於情節段落之鋪敘，且情節之轉變並無專門適用之曲牌或曲段。
3. 高潮唱段較為少見，少數之例是由F與J二曲段為之。

故雙調是一個適用於交代情節，但不適用於突顯劇情變化，也不適用於抒發高亢情緒之宮調。

第九章　結論──元雜劇聯套之規律

　　在前面八章的討論中，一一針對各別宮調之聯套規律進行分析。本章則在各宮調之聯套規律既明之後，以整個元劇爲著眼點，做一全面性之討論，以期能掌握整個北曲套式格律的特色，及各宮調之間的差異，並探討各宮調之聲情與劇情之間的關係。

　　第一節先討論聯套單位（即曲牌與曲段）此一層次，第二節則討論完整套式此一層次，第三節討論聲情與劇情的問題，第四節則爲本文之結語。

第一節　曲牌與曲段

　　套式並非完全直接由曲牌組成，而是先由曲牌組成聯套單位－曲段與獨立曲牌，再由曲段與獨立曲牌組成套式。套式之特點由組成之單位及組成之方式決定，而聯套單位之特點則由其組成曲牌之性質與組成方式來決定。各曲段之組成方式及組成曲牌之性質如何形成各曲段之特色爲本節之討論主題。

一、四項要素──曲牌聯綴規律之描述

　　就曲牌而言，每支曲牌在套式中之特性可以由四項要素來決定，此已見〈緒論〉之說明。在各宮調之規律都已詳細討論之後，本部份再大致做一概述。

　　第一項要素爲獨用或連用。就此要素可將所有用於元劇套式中之曲牌區分爲三類：

　　第一類爲限於獨用者，此即用爲獨立曲牌之曲，如仙呂金盞兒。另外雙

調之首曲及大部份宮調之尾曲亦為獨用。

第二類為限於連用者，此即各曲段之用曲，大部份宮調之首曲及次曲亦為此類。〔註1〕

第三類為可以兩用之曲牌，此類曲牌可以用為獨立曲牌，但亦可用為曲段中用曲，如仙呂後庭花、正宮醉太平等曲，而雙調此類曲牌尤多。

各宮調之曲牌分屬此三類之曲為何，於各章均已說明，此處不再詳列。

第二項要素為是否一定使用，即必要性曲牌與非必要曲牌之分。大部份獨用曲皆為非必要曲牌，除了用於尾折之外的尾曲；曲段中用曲則有必要性曲牌，亦有非必要曲牌，而以必要性曲牌稍多。就曲段做為聯套單位而言，也有必要與非必要之分，如大部份宮調之引導曲段即為必要性曲段，大部份用於套中之曲段則為非必要曲段。

第三項要素為使用次數。

就用於曲段中之曲而言，可有以下幾種情況：(1)只能單用，即限用一次者，此類曲甚多。(2)必須用兩次者，此即須連用么篇之曲，如仙呂之六么序、越調之麻郎兒、正宮小梁州。(3)可以用兩次者，此即么篇可用可不用之曲，如仙呂寄生草、中呂上小樓，與正宮與南呂之煞曲。(4)可以不限次數的使用，如商調醋葫蘆、正宮端正好、滾繡毬與般涉之煞。

就曲段而言，大部份之曲段皆為單用，雙調之 B 曲段（雁兒落－得勝令）可以用兩次為少見之情況。

就獨用之曲牌而言，可以分為兩類。一類為單用之曲，一類為可多用之曲。

第四項要素即最為人所注意之次序一項。

就曲段中之用曲而言，大部份為有固定次序之曲牌，在曲段中各曲牌須按一定次序聯接。

就獨用曲牌而言，尾曲當然為次序固定之曲，聯入套中之獨立曲牌則以並無固定次序之曲牌為多，可用於套中任何位置。有些曲牌可能有一定之次序範圍，在此範圍中可以用於任意位置，但不可用於此範圍之外，如越調之獨立曲牌即分為 E1、E2 兩組 E1 須用於 B 曲段（禿廝兒－聖藥王）之前，E2

〔註1〕 曲段若依其結構狀況來分，可有緊密與鬆散兩類，在鬆散一類曲段中可以插入其他聯套單位，如正宮之 B 曲段（倘秀才、滾繡毬組成）、商調之 B 曲段（醋葫蘆及么篇組成），則有可能同一曲段用曲並未連用，但此情況仍算入連用之中。

須用於其後,仙呂之獨立曲牌亦集中於 D（村里迓古等曲或六么序－么篇）、F 曲段（後庭花－柳葉兒－青哥兒）之間。

就各曲段而言,引導曲段當然為次序固定,須用於所有曲段之前;煞曲組成之曲段亦為次序固定之曲段,須用於尾曲之前,其他曲牌之後。聯入套中之曲段中,則有些曲段之次序極為固定,如仙呂、黃鍾之各曲段;有些曲段雖有某種程度之次序性,但並非絕對固定,如中呂與雙調之大部份曲段;有些則並無次序之限制,如南呂各曲段。最特殊的一種曲段次序,則為內外之次序,非一般之前後次序,如正宮 B 曲段（倘秀才與滾繡毬循環使用）與商調之 B 曲段（醋葫蘆連用）可讓其他曲段用於其中,此因二曲段為結構鬆散之曲段,與其他結構緊密之曲段有所不同。

以上即為各聯套單位四項要素之說明。就聯綴規律而言,大致皆可由此四項要素來包涵。

二、各曲段組成之特色

經過上述四項聯綴規律要素的說明,可以了解每項要素都不只有一種情況,而各要素不同情況的結合必然造成各曲段組成上之差異。本部份的討論,將探討各曲段之組成有何差異,此種差異是否形成其運用時的某種特點。

《中國古代音樂史稿》（以下簡稱《音樂史稿》）第二十三章〈雜劇的音樂〉論及套數時曾提及元劇套式中七種曲牌聯接的形態:(1)一般的單曲連接;(2)參用兩曲循環相間的手法;(3)么篇－同曲變體的連用;(4)煞－結尾前同曲變體的連用;(5)隔尾;(6)一曲的著重運用;(7)轉調。此七種方式與本部份討論有關者為前四項,後三項所述之內容須至討論整個套式之組成特色時才涉及。(1)所述據其之解釋,為承自「纏令」之形式,即不同曲牌之連用,加上引子與尾聲;(2)所述為「迎互循環」之形式,由「纏達」而來;(3)(4)所述則視其標題即知。

曲段之組成亦可比照上述之形式先粗分為三類,一為異曲連用,二為兩曲迎互循環,三為同曲連用。

異曲連用之曲段為最常見之曲段組成方式。此類曲段組成之曲牌大多次序固定,且不容其他曲牌插入,多為單用曲,必要性曲牌亦較多,多為結構緊密之曲段。

兩曲迎互循環組成之曲段只有正宮之 B 曲段。就必要性一項而言,兩曲

皆非絕對必要，只須任用其一；就使用次數而言，可以多用，不特定幾次；就次序而言，二曲循環相間，並無前後之分〔註2〕，又容許其他曲段與曲牌之插入。此爲結構鬆散之曲段。

同曲連用組成之曲段則有兩種，一爲么篇連用，一爲煞曲連用。煞曲連用爲結構緊密之曲段，么篇連用則有不同之情況：限連用一支，且必須連用者應爲結構緊密之曲段；而使用之次數不限，或限連用一支，但不一定使用者，如中呂之C曲段（上小樓及么篇），皆爲結構鬆散之曲段。

上述三種組成形態之外，尚有兼用異曲連用與同曲連用（指么篇連用之類）之曲段，如仙呂之D1曲段（村里迓古－元和令－上馬嬌－游四門－勝葫蘆－么篇）與正宮之C曲段（脫布衫－小梁州－么篇）。此種情況須視曲段中各曲牌（含連用之么篇）在必要性、次數、次序等項要素之組合情況，若必要性曲牌多、次序固定、多爲單用，則應屬緊密一類；若否，必要性曲牌少、多爲可多用曲牌、次序不固定、甚至容許其他曲牌插入，則應屬結構鬆散之類。

上述之討論，就曲段之曲牌組成形態分爲四大類，再就每一類之各項要素，討論其結構，可知組成方式影響曲段之結構。其組成方式與結構之鬆緊，又影響曲段之用法與功能。下一部份即在此基礎上，加上各曲段組成曲牌之性質，討論各曲段在用法上的異同。

三、聯套單位之運用

在討論各宮調之套式運用規律時，已提出過各種曲段與曲牌之用法，大致有以下幾種：

1. 用爲一般情節段落之鋪敘。
2. 用於劇情轉變之鋪敘。
3. 用於反覆式之情節鋪敘。
4. 用於平緩之情節鋪敘。
5. 用於情節鋪敘之穿插補綴。
6. 用爲全折音樂與劇情之引導。
7. 用爲高潮唱段。

〔註2〕就引導曲段之後所用之曲多爲倘秀才來看，似乎倘秀才應用於滾繡毬之前，但就B曲段本身來看，二曲之前後關係實並不明顯。

8. 在音樂上用以收束前面所用曲牌，劇情上區隔前後場面。

以下就上述各項加以說明：

第 8. 所述之用法有兩種情況，一為用於套式之尾，則即為各宮調尾聲之用法，在音樂上收束全折，在劇情上區隔的是前後兩折；一為用於套式中間，此即南呂宮隔尾之用法，在音樂上只收束套中一部份曲牌，在劇情上區隔一折中不同的場面。這種用法只限於獨用之曲牌，且須以散板演唱，故其用法主要當由其曲牌本身之音樂特性而來。

第 6. 所述之用法亦與音樂有關，在全套之首用以引導後面所有曲牌之用，類似南曲之「引子」，可用曲段，如仙呂、正宮、中呂、越調、商調之引導曲段；或單獨用一支曲牌，如雙調之駐馬聽。《音樂史稿》曾言（出處同上）：

> 雜劇曲牌中雖不正式引用「引子」的名稱，但如點絳唇等曲牌，經
>
> 常用散板歌唱，實際上起著引子的作用。

同書第二十二章〈雜劇〉中曾列出所有現存元雜劇之樂譜，其中全套曲譜俱存者仙呂有十三套、正宮十二套、南呂八套、中呂十九套、越調十套、商調七套、黃鍾一套、大石兩套、雙調十六套。其中套式之首用散板之曲，仙呂、正宮、南呂、中呂、越調、商調等以首曲與次曲為多，其他情況有用三曲者、用一曲者、不用散板者，俱不如用首二曲者之數；而雙調則以用首曲者為多〔註3〕。黃鍾僅有一套，首曲一曲用散板，大石兩套中一套首曲用散

〔註3〕 以下為該書所列各宮調現存譜完整之套曲、出處（《九》表《九宮大成南北詞宮譜》、《納》表《納書楹曲譜》、《集》表《集成曲譜》、《西》表《納書楹西廂記全譜》）、及其套式之首用散板之曲：

仙呂宮共十三套。

〈西廂記〉第一、二、四本（b17, b18, b20）之第一折（《西》）、〈馬陵道〉（a43）第一折（《納》正集卷二）、〈漁樵記〉（a50）第一折（《納》續集卷二、《集》振集卷一）、〈勘頭巾〉（a39）第一折（以下俱見《九》卷六）、〈兩世姻緣〉（a56）第一折、〈金錢記〉（a02）第一折、〈岳陽樓〉（a36）第一折、〈黃粱夢〉（a45）第一折、〈望江亭〉（a95）第一折，以上十一套點一混二曲俱用散板。

〈氣英布〉（a74）第一折（《九》卷六、《納》正集卷二）、〈西廂記〉第三本（b19）第一折（《西》卷下），以上兩套未用散板，自首曲即上板。

正宮共十二套。

〈張天師〉（a11）第三折、〈虎頭牌〉（a24）第四折、〈舉案齊眉〉（a53）第二折、〈流紅葉〉（e01）第二折（以上俱見《九》卷三十四）、〈西廂記〉第二本（b18）第二折（《西》卷上）、〈西廂記〉第四本（b20）第三折（《西》卷下），

以上六套端一滾二曲用散板。

〈凍蘇秦〉（a26）第二折、〈雙獻功〉（a40）第一折（以上見《九》卷三十四）、〈風雲會〉（b43）第三折（《納》正集卷二、《集》金集卷一），以上三套端一滾一倘三曲用散板。

〈任風子〉（a96）第二折（《九》卷三十四）、〈漁樵記〉（a50）第二折（《納》外集卷一），以上兩套端一滾一倘一滾四曲用散板。

〈梧桐雨〉（a21）第四折（《九》卷三十四），此一套端一么一滾一倘四曲用散板。

南呂宮八套。

〈蝴蝶夢〉（a37）第二折、〈謝天香〉（a09）第二折、〈金安壽〉（a63）第二折、〈鴛鴦塚〉（e02）折次不詳（以上俱見《九》卷五十三），以上四套一一梁二曲用散板。

〈紅梨花〉（a62）第二折（《九》卷五十三）、〈連環計〉（a89）第二折（《九》卷五十三、《納》續集卷二），以上二套一一梁一隔三曲用散板。

〈岳陽樓〉（a36）第二折（《九》卷五十三），此套一枝花及梁州第七前半用散板。

〈貨郎旦〉（a94）第四折（《九》卷五十三、《納》續集卷二），此套一一梁二曲及九轉貨郎第一支用散板。

中呂宮十九套。

〈薛仁貴〉（a19）第三折、〈牆頭馬上〉（a20）第四折、〈合汗衫〉（a08）第三折、〈箭射雙雕〉（e04）折次不詳（以上俱見《九》卷十四）、〈紅梨花〉（a62）第三折（《九》卷十四、《納》正集卷二）、〈馬陵道〉（a43）第四折、〈蘇武還朝〉（e02）第三折（以上見《納》正集卷二）、〈東窗事犯〉（b29）第二折（《納》正集卷二、《集》金集卷一）、〈單刀會〉（b05）第三折（《納》續集卷二、《集》玉集卷一）、〈追韓信〉（b37）第三折（《納》續集卷二）、〈十面埋伏〉（《九》卷十五，此劇未見於現存元雜劇之目）、〈西廂記〉第一本第二折、第二本第三折（以上見《西》卷上）、第五本第二折（《西》卷下），以十四套粉一醉二曲用散板。

〈梧桐雨〉（a21）第二折（《九》卷十四），此套粉一叫一醉三曲用散板。

〈漢宮秋〉（a01）第四折（《九》卷十四），此套粉一醉一叫三曲用散板。

〈倩女離魂〉（a41）第三折（《九》卷十四），此套粉一醉一迎三曲用散板。

〈後庭花〉（a54）第四折（《九》卷十四），此套僅粉蝶兒用散板。

〈西廂記〉第三本第三折（《西》卷下），此套自首曲即上板。

越調十套。

〈麗春堂〉（a52）第三折、〈合汗衫〉（a08）第二折、〈赤壁賦〉（b54）第三折（以上見《九》卷二十八）、〈西廂記〉第二本第五折（《西》卷上），以上四套鬥一紫二曲用散板。

〈來生債〉（a18）第三折（《九》卷二十八）、〈西廂記〉第五本第三折（《西》卷下），以上兩套鬥一紫一天三曲用散板。

〈不伏老〉（b42）第三折（《九》卷二十八、《納》正集卷二、《集》金集卷一），此套鬥一紫一小一金四曲用散板。

〈西廂記〉第一本第三折（《西》卷上）、第四本第二折（《西》卷下），此二

板，一套不用散板。此二宮調暫且不論，其他宮調板式之統計與前面各章劇情之分析結果相合，仙呂等六個宮調用的是引導曲段，而雙調則用獨用之曲牌。

　　引導用曲與上一項收束用曲在音樂上同用散板，但引導多用曲段，而收束皆獨用曲牌，其故安在？蓋因引導曲段除了音樂上的作用外，尚有極重要之情節上的引導作用，須於主要情節開展之前，對主角性情、時空背景或前後情節做一描述，以利其後情節之推展，故須用曲段；尾曲則無此用，可

套鬥一紫一金三曲用散板。

〈西廂記〉第三本第四折（《西》卷下），此套自首曲即上板。

商調七套。

〈范張雞黍〉（a55）第三折、〈百花亭〉（a82）第三折、〈冤家債主〉（a65）（以上見《九》卷六十），此三套集一逍二曲用散板。

〈柳毅傳書〉（a93）第三折（《九》卷六十），此套集一金二曲用散板。

〈西廂記〉第五本第一折（《西》卷下）、〈兩世姻緣〉（a56）第二折（《納》正集卷二、《集》振集卷一），以上二套僅集賢賓一曲用散板。

〈翫江樓〉（e01）折次不詳（《九》卷六十），此套自首曲即上板。

〈兩世姻緣〉一劇除見上述二譜外，《九》卷六十亦收此套，但用散板之曲為集一逍一尚三曲。

雙調十六套。

〈秋胡戲妻〉（a32）第四折、〈兩世姻緣〉（a56）第四折、〈合汗衫〉（a08）第四折（以上見《九》卷六十七）、〈唐三藏〉折次不詳（《九》卷六十七、《納》續集卷二、《集》振集卷一，此劇不見現存元劇之目）、〈蘇武還朝〉（e05）第四折（《納》補遺卷一）、〈西廂記〉第四折第四本（《西》卷下），以上六套僅新水令一曲用散板。

〈馮玉蘭〉（a00）第四折（《九》卷六十七）、〈追韓信〉（b37）第二折（《納》續集卷二）、〈單刀會〉（b05）第四折（《納》正集卷二、《集》玉集卷一）、〈西廂記〉第一本第四折（《西》卷上）、第五本第四折（《西》卷下），以上五套新一駐二曲用散板。

〈昊天塔〉（a48）第四折（《納》正集卷二、《集》聲集卷一），此套新一駐一步三曲用散板。

〈馬陵道〉（a43）第三折（《納》正集卷二、《集》聲集卷一），此套新一步一沈三曲用散板。

〈虎頭牌〉（a24）第二折（《九》卷六十七）、〈西廂記〉第二本第四折（《西》卷上）、第三本第二折（《西》卷下），以上三套自首曲即上板。

另有黃鍾宮一套，〈蕭淑蘭〉（a88）第四折（《九》卷七十四），首曲醉花陰用散板。

大石調兩套，〈㑇梅香〉（a66）第二折（《九》卷四十六），此套首曲念奴嬌用散板。

〈燕青博魚〉（a14）第一折（《九》卷二十一），此套自首曲即上板。

以獨用一曲收束音樂。言及此，當亦可說明何以仙呂常用較長之引導段落〔註4〕，因仙呂之引導段落不獨為一折之引導，且為全劇之引導，故常增長其段落，為全劇做一足夠之描述；並「先聲奪人」，在音樂上也可有相當引人入勝的效果。反觀雙調因多用於末折，情節之高潮大多已過，此折只用於收拾情節，故其引導用曲重要性隨之減低，故只須用單曲以滿足音樂上的需用即可。

第7.所述之高潮唱段則有以下幾個曲段及曲牌可作此用：仙呂之D2（六么序－么篇）、F曲段（後庭花－柳葉兒－青哥兒）、正宮之煞曲、般涉煞、煞尾、南呂之煞曲、尾曲、鬥蝦蟆、中呂之F（柳青娘－道和）、般涉煞、商調之E曲段（後庭花等曲）、雙調之F（川撥棹－七弟兄－梅花酒－收江南）、J曲段（小煞－太清歌－小煞－川撥棹）。除南呂之外，同一宮調中上述曲段與曲牌若非不同時出現，便是必須相連使用，也就是說，除南呂外，各宮調若有高潮唱段，多數只用一個。就出現位置而言，中呂及正宮必出現於套式之尾，即尾曲之前，其他宮調則可出現於他處。

上述曲段或曲牌所以能形成高潮唱段，乃因其有可以大量增句之特性，或為煞曲連用之曲段。所謂「高潮唱段」若加以細分可有兩種出現的時機，一為劇中情節到達一激烈的衝突點，或主角本身已有非常強烈之情感，於是用一高潮唱段對此情感深入的刻劃，極力的表現，使得劇情之衝突與主角之情感得到充分的描寫與抒發，用於套中之高潮唱段大多為此情況；另一時機為全折之末，主角經歷此折之種種情節，可能於此適亦到達一劇情上的衝突點，亦可能未必，而主角皆可對全折做一總結性的抒唱，在結束此折時製造一個夠份量的結尾。不管是大量增句，或煞曲的連用，皆在提供足夠的描寫空間，且為同樣的句法（或曲式）的重覆，正可與同一情感不斷逐步深入刻劃的需要相配合；也就是說，藉著大量增句及煞曲連用的方法，使得被刻劃的情感，能夠不斷的被強調。增句與連曲在文詞上表現出來的鋪張，正意謂情感波瀾之壯與入人之深。

附帶一提的是，仙呂A曲段之混江龍亦為可大量增句之曲，但其作用於元劇中在形成較長之引導曲段，而引導曲段多用在每折主要情節開始之前，

〔註4〕仙呂之引導段落以用A曲段者為最多，但較諸其他宮調，則其與下一曲段（B曲段）結合為一較長之引導段落的情形比例甚高，其最長之引導段落可連用三曲段（A－B－C），共八支曲牌，且A曲段之混江龍可大量增句，更增其引導段落之長度。

上述兩種使用高潮唱段之時機皆不可能出現，故即使大量增句並不算高潮唱段的情況。

　　1.～5. 所述皆為有關情節鋪敘之用法。情節的內容可能段落分明，也可能渾然一體，段落不明顯。就後者而言，可用結構鬆散之曲段，如正宮與商調之 B 曲段（倘秀才與滾繡毬二曲循環與醋葫蘆么篇之連用），即 4. 所述平緩鋪敘之曲段；或甚至用獨立曲牌多支綴成此段落。

　　可用於平緩鋪敘之曲段或曲牌，若其所鋪敘之情節為相同或類似之情節的反覆，即形成 3. 所述之反覆鋪敘之用法，但此用法只有同曲反覆中之么篇連用（且須連用三支以上），及迎互循環形成之曲段才能做此用。故只有正宮之 B 曲段、中呂之 H 曲段（白鶴子－么篇，同正宮之 E 曲段）、商調之 B 曲段、及仙呂 E 組曲牌中之金盞兒、後庭花、醉中天三曲迎互循環時可形成反覆鋪敘之用法。

　　若情節之段落分明，則為一般結構緊密之曲段適用之時機，此即 1. 所述之用法。若不同的情節段落之間有悲喜、靜鬧之明顯劇情轉變，或有時空轉移、重要角色上場等情形，此即 2. 所述之用法。各宮調可為此用法之曲段有：仙呂之 D1（村里迓古諸曲）、F（後庭花－柳葉兒－青哥兒），正宮之 C（脫布衫－小梁州－么篇）、D（伴讀書－笑歌賞），南呂之各曲段，中呂各曲段，越調之 C（麻郎兒－么篇）、D（東原樂－綿搭絮－拙魯速－么篇），商調之 E（即仙呂之 F），黃鍾之 C（古寨兒令－古神仗兒－么篇）、D（節節高－者刺古－掛金索）等曲段。

　　劇作者安排情節有輕重之別，重要情節視其段落結構情形按上述之用法配用各曲段，而次要之枝節即以獨立曲牌應之，這些獨立曲牌可能穿插於套中，也可能附綴於重要情節的前後。此為 5. 所述之用法。

　　對上述五種情節鋪敘之用法做一觀察，即可發現適用各種用法的曲段或曲牌，其用法差異多與組成形式有關。段落分明之情節以結構緊密之曲段應之，段落不分明則以結構鬆散之曲段應之，反覆鋪敘之曲段則以么篇連用或迎互循環之曲段應之，情節之補綴穿插則以自由聯綴、單獨使用之獨立曲牌應之。至於用於情節變化處之曲段，音樂上可能與前面所用之曲段及曲牌有異，也可能由於其與前面所用之曲段或曲牌為不同之結構方式。故總結來說，用於情節鋪敘之曲段與曲牌，其用法差異固然應與其音樂之性質有關，但亦與其組成形式有極密切之關係。

討論過各種用法之後，可以發現由曲牌本身性質可將各曲段與曲牌分爲三大類，一爲用於全折之起結，一爲用於高潮唱段，一爲用於情節之鋪敘。用於情節鋪敘之曲又依組成形式之差異，可分爲五種用法。故各聯套單位之用法，於緒論中已指出，是由曲牌本身之性質與組成形式來決定的。

第二節　套式與宮調

從曲牌到曲段此一層次之聯綴要素、組成形式、用法特色俱已說明如上節，其間之密切關係亦確然不移。本節將以此部份之結果爲基礎，進而討論聯成套式以後，各宮調之套式在組成形式與用法上的特色。

元雜劇所用之宮調有九，但大石之套式數目過少，實在不足以顯示其宮調在聯綴上或運用上之規律，故其特色自亦無從探討起。因此，本節討論以仙呂、正宮、南呂、中呂、越調、商調、黃鍾、雙調等八個宮調爲限。

一、次序性與常用單位

聯套單位用於套式之中一樣有使用之必要性、次數、次序三項要素。就次序一項來觀察，八個宮調之套式可以依次序性之高低做以下之區分：

1. 仙呂、越調、黃鍾可爲一組。此組之各曲段皆有一定之次序，幾無例外之套式，獨立曲牌亦有一定之範圍。仙呂之 E 組曲牌大多用於 D、F 曲段之間；越調之 E1 組曲牌大多用於 A、B 曲段間，E2 組曲牌大多用於 B 曲段與 x 曲之間；黃鍾則無獨立曲牌。

2. 中呂、雙調可爲一組。此組宮調之常用曲段有一大致之次序關係，但可略做變動，不常用之曲段則多爲次序不定。獨立曲牌亦多無固定之次序。

3. 正宮、商調可爲一組。此組之宮調以一結構鬆散之曲段（B）爲主體，其他曲段與獨立曲牌則可用於 A 曲段與 x 曲之間，包括用於 B 之內，並無次序之限制。

4. 南呂自爲一組。此宮調除 A 曲段與 X 曲段、x 曲之外，各曲段與獨立曲牌均無次序限制，爲次序性最低之宮調。

就使用次數而言，大部份曲段皆爲單用，獨立曲牌則可多用之曲較多，此一要素各宮調之套式差異不大。

就必要性一項而言，各宮調除引導曲段（雙調與黃鍾爲獨用曲）與尾曲（用於尾折除外）爲必要之單位外，大都無絕對必要之單位〔註5〕。但各宮調明顯有較常使用之單位，如同該宮調之主要聯套單位，亦成各宮調形式上的特色之一，故必要性的討論可以各單位之出現比例較高者代替之：

1. 仙呂最常用之單位即 B（油葫蘆－天下樂）、C 曲段（那吒令－鵲踏枝－寄生草－么篇）。
2. 正宮最常用之單位即 B 曲段（倘秀才、滾繡毬二曲循環使用）。
3. 南呂最常用之單位爲隔尾、牧羊關兩曲牌。
4. 中呂最常用爲 B（石榴花－鬥鵪鶉）、C（上小樓－么篇）、D（快活三－朝天子）、E（十二月－堯民歌）、Z（般涉煞曲）等曲段。
5. 越調最常用爲 B 曲段（禿廝兒－聖藥王）與 E1 組獨立曲牌。
6. 商調最常用爲 B 曲段（醋葫蘆么篇連用）。
7. 黃鍾最常用爲 A 曲段（醉花陰－喜遷鶯－出隊子－刮地風－四門子－古水仙子）。
8. 雙調最常用爲 B（雁兒落－得勝令）、C（甜水令－折桂令）、D（沽美酒－太平令）、F（川撥棹－七弟兄－梅花酒－收江南）等曲段。

上述結果與次序性之結果有若合符節的相應情形。仙呂、越調、黃鍾三個宮調最常用之單位皆爲緊接於引導單位之後者〔註6〕，中呂、雙調皆爲眾多之曲段，正宮、商調皆爲允許其他單位插入之鬆散曲段，而南呂則獨以獨用之曲牌爲其常用單位。以下即就此現象將八個宮調分爲四組，比較其套式之特色。

二、仙呂、越調、黃鍾

黃鍾爲三個宮調中聯套形式最簡單者，其式如下：

A－B－C－x

其中 A 爲主要之使用單位，且須用 A 之後才能用 B，用 B 之後才能用 C；故 A 之使用比例爲 100%。B、C 曲段用於劇情變化處，但使用比例與 A 曲段相比則甚低。B 有六例用之，佔 40%，C 有四例用之，佔 26.67%。可見用黃鍾

〔註5〕只有越調所有套式皆用 E1 組曲牌，黃鍾宮必用 A 曲段。
〔註6〕黃鍾之引導單位究爲曲段或曲牌在第七章中並未下定論，此處乃以上節之板式情況來看，用散板之曲僅首曲一曲，故暫以首曲爲其引導單位。

之劇套多只用 A 曲段，劇情渾然一體，中間較無明顯之段落區隔，而劇情變化的情形亦少。值得注意的是，黃鍾之聯套單位中，並無獨立曲牌，也就是說，黃鍾在套式的運用上，沒有用於補綴穿插之單位，使得上述特性更為突顯。

再看仙呂各聯套單位聯綴次序如下：

A－B－C－D－E－F－x

E 為獨立曲牌，A 為引導曲段，B、C 為主要之使用單位，用於情節段落之鋪敘，D1（村里迓古諸曲）用於情節變化，F（後庭花－柳葉兒青哥兒）及 D2（六么序－么篇）用於高潮唱段。B 之使用比例為 96.23%〔註7〕，C 之使用比例為 56.07%，F 之使用比例為 35.56%，D 之使用比例為 25.52%，其中 D1 之使用比例為 14.64%，D2 之使用比例為 10.88%。由上述比例之分析可以看出仙呂用於情節變化之比例，較諸黃鍾尤低。

仙呂之主要使用單位為 B、C 曲段，此二曲段適用於平鋪直敘之情節，更可見出仙呂宜於情節較少變化之情節形態。再者，此二曲段可以與 A 曲段結合為一較長之引導曲段，此於第一章時已曾提及，尤其是 B 曲段與 A 曲段結合之例更多，使得仙呂套式又有一宜用較長之引導曲段的特性。以上兩個特性反映於聯綴形式上，即為 A、B、C 三曲段之大量連用，並次序固定的現象。

再看越調之套式，可以下式表之：

A－E1－B－E2－C－E2－D－E2－x

除了 A 與 x 之外，B 之使用比例為 91.01%，C（麻郎兒－么篇）之比例為 23.60%，D（東原樂－綿搭絮－拙魯速－么篇）之比例為 17.98%〔註8〕，E 為獨立曲牌，比例不計。其中用於情節變化之曲段為 C、D 二曲段，不僅比例偏低，而且須在使用 B 之先決條件下，才可使用 C 或 D。可見此宮調亦少用於前後劇情有明顯之段落區隔者。

由以上三個宮調之說明看來，各單位次序固定的宮調有一共同點，即皆用於情節較無變化，較無段落區隔之形態。

〔註7〕仙呂套總數為 239，以下皆以此數為基數與各曲段之使用數目比較，用 B 曲段者有 230，用 C 之例有 135，用 D1 之例有 35，用 D2 之例有 26，用 F 之例有 85。請見第一章第一節。

〔註8〕越調套式總數為 89，用 B 之例有 81，用 C 之例有 21，用 D 之例有 16。請見第五章第一節。

　　進一步，再看此三個宮調的差異何在。由上述對仙呂的說明，已可知其為一宜於用較長引導曲段之宮調；上節又已指出，仙呂之 A 曲段為一可大量增句之曲段，故其引導曲段有相當多之例為一長的唱段。再看其套中高潮唱段應用之比例，即 D2 及 F 之比例和，為 46.44%，約佔一半，可見在套中也有相當多之例有長的唱段出現。不難想見，仙呂為一極重唱工之宮調，常有大唱特唱的場面出現。

　　黃鍾之曲段在表現上就有所不同，其主要使用單位在所有十五例中，除去賓白不存之一例，有七例用於探子回報戰果，於第七章中已論及，此時場中之探子應為且舞且唱；還有三例為趕路之情節，此時場中人物亦應為且舞且唱，不過此時之「舞」用以表趕路，適才之「舞」用以表戰況〔註9〕。由以上所說看來，可見黃鍾之聯套單位主在演出此種且唱且舞之特定表演形態，而「探子出關目」之例可為其典型。

　　越調之主要使用單位則在表演武戲、群戲、鬧場等形態，可參見第五章第二節之結論。則其表演之主體在動作科汎，非在唱工，其音樂可能較「粗」，在聆賞上不是非常精緻；在情調上，可能較不適於強烈、細膩的抒情。其表演形態可以兩軍交戰之「群戲武場」為典型。

　　以上從主要使用單位在表演上的不同重點，比較三個宮調的不同。仙呂以唱為主，越調以動作及群戲為主，黃鍾則為一歌舞並重之形態。

三、中呂與雙調

　　此二宮調皆以眾多曲段為其主要之使用單位。常用之眾曲段有一大致之次序，但可以變動，不常用之曲段則並無明確之次序。中呂之曲段次序如下式：

　　　A－B－C－D－E－F－Z－x

無固定次序之聯套單位為 H、I、J 曲段與 J、K 兩組曲牌。雙調之曲段次序如下式：

　　　A－B－C－D－F－x

無固定次序之單位為 E、G、H、I、J 等曲段與 K 組曲牌。兩宮調各曲段之使用比例請見第八章第一節註三十，中呂之次序性及各曲段之使用比例皆高於

〔註 9〕還有一例（〈黃花峪〉第四折）用於廝打，疑此例並非一般之武打場面，而是一類似表演舞蹈之場面，由主唱者魯智深與搭配之蔡淨共同演出，並非其他武戲一般，旨在表演武功之動作。

雙調。

　　此二宮調由於有眾多的曲段可供使用，劇情上必然具有眾多之段落。而其次序可以變動的特性，也顯示了各曲段間之關係與前述三個宮調有所不同，此二宮調各曲段只用於各自的情節段落，並不結合為一較長段落，同時情節的推展亦非平鋪直敘的形式，而有較多的劇情變化。因此這兩個宮調的次序性比上一部份的三個宮調要低，而其劇情段落的變化亦隨而增高，此兩類宮調之差異大致即在一表情節變化較少之劇情形態，一表情節變化較多之劇情形態；前者之段落較少，後者之段落可能極多。

　　中呂與雙調皆適用劇情變化多之形態，二者之差異究竟何在？

　　比較中呂與雙調之不同須從其獨立曲牌之差異來看，在第八章中曾對雙調之特性作過說明，言雙調之獨立曲牌極多，且曲段用曲與獨立曲牌之分別不明顯。獨立曲牌可以結合為與曲段同樣之單位敘述情節段落，而曲段用曲有多支為亦可用為獨立曲牌者。反觀中呂之獨立曲牌與曲段用曲分別明顯，獨立曲牌少有結合成類似曲段之單位，而曲段用曲亦不見用為獨立曲牌之用法。上節已言，獨立曲牌之用法在情節之穿插補綴，而曲段則用於主要情節中之段落，二者之差別即在輕重之別。若一套中，曲段與獨立曲牌無所分別，即無法顯明何者所述為重要之情節段落，何者所述為情節之枝節。換言之，在中呂之套式中，劇情能清楚的顯出一個又一個的段落，但雙調在劇情上雖亦可有多變的情節，其套式卻泯滅段落與段落的界限。中呂的套式特點使情節如峰峰相連，由一個段落進行至下一個段落；而雙調有如江河奔瀉，支支曲牌通成一體。故此二宮調之套式在音樂上的表現，中呂應該有極高的層次與段落性，而雙調則可能較為輕快流利。此為中呂與雙調二者同在多變之劇情形態下，各自仍有不同之表現特點。

　　另外一提的是，中呂具有多種鋪敘功能之曲段，可借正宮之平緩鋪敘與反覆敘述的曲段，也有借一般涉用於高潮唱段的曲段，不但有助於其眾多段落之劇情形態的表現，更使得中呂之音樂與情節充滿變化〔註 10〕。雙調即無

〔註10〕中呂賓白俱全之例共一百三十二，其中具有較多之段落，或劇情紛雜多變者有八十九例：a02, a06, a07, a08, a09, a10, a13, a14, a16, a17, a19, a20, a21, a25, a28, a29, a31, a32, a33, a34, a38, a40, a41, a43, a44, a47, a48, a49, a51, a52, a54, a59, a61, a62, a70, a72, a73, a76, a77, a78, a79, a80, a81, a82, a83, a84, a85, a92, a95, a96, a97, b04, b05, b08, b10, b11, b13, b14, b17, b19, b21, b22, b30, b33, b34, b39, b41, b52, b53, b55, b57, b59, b63, d01, d05, d07, d11, d12, d16, d21, d35, d41, d44, d45, d48, d50, d56, d59。

這些曲段可用。

四、南　呂

南呂之套式特點最爲人所熟悉，即其隔尾之運用，此當因其各聯套單位彼此之關係較其他宮調爲鬆散，形成分離之特性，此亦其套式之次序性爲各宮調中最低者之原因。其適用之劇情形態亦爲情節段落區隔最明顯者。中呂之劇情固然多變，但與南呂之特性相較，則其特性毋寧在「多」，而南呂才是在「變」，其「變」已到前後有「隔」之地步。故若段落之間的變化過大，如時空的完全移轉，或情緒的重大變化，而全折之段落不是太多，以用南呂爲宜；若段落較多，變化之程度略緩，或雖大，但可不必加以強調者，宜用中呂。

五、正宮與商調

此兩宮調之次序性又與上述三類有所不同，此類爲內外之次序，而非前述皆爲前後之次序。所謂「內外」之次序關係，指的是因其主要聯套單位爲一鬆散曲段，其他單位可插用於其曲段之中，故而形成單位之中更有單位之情形。

此種鬆散曲段之結構介於獨立曲牌與緊密曲段之間，適用於劇情較鬆散之形態。第一類之三個宮調劇情雖簡單，但卻並不鬆散；第二類之二宮調，劇情既不鬆散而且多變；第三類之南呂由於各單位過於區隔，但所用之曲段仍爲緊密曲段，故各區隔之場面可能有鬆散之性質，但各場面之情節卻並不鬆散。正宮與商調適用之鬆散劇情，其形態爲一變化較緩，逐步推進的形態，全體似爲一段落，但嫌其長，無法單獨用一緊密曲段應之。用多個曲段，又形成多個段落，不合其原來劇情形態。此種形態最宜以可多次反覆使用之鬆散曲段應之，既有足夠之長度，又不破壞其爲一段落之特性。而在整個鬆散段落的進行中，有可能出現一較小之段落，或有一較重要之部份須強調，但仍爲整個大段落所包含，此即可插用其他曲段以應之。這種鬆散之大段落最典型之情節即爲對話、問案〔註11〕之類，就全體來看，爲類似的情節不斷出

〔註11〕張庚〈北雜劇聲腔的形成與衰落〉一文中論及套數的特點時指出：「各不同宮調的套數組成，往往因其中曲子的特性而具有特殊的格式，元雜劇的作者往往利用他們來加強戲劇性。」並舉例：「……在正宮和中呂宮裡，都有白鶴子一曲，往往在問案坐堂，以及不作大段抒情時重覆使用。」而白鶴子與其么

現，似可分爲許多小段落，但前後又有其理路相連，難以區隔，故適以此類宮調應之。

正宮與商調之差異可能有兩點。其一，爲音樂上的差別，正宮可能較偏於陽剛一面，而商調可能較偏於陰柔一面。此推測乃因正宮之笛色與中呂相同，且常通借曲牌，故音樂之性質應較相近，中呂既可用於多變之情節形態，具有許多結構緊密之曲段，其音樂當亦較爲高亢多變，不應過於低緩；正宮之音樂當然不可能極爲高亢，但若與中呂有相近之處，必較商調略爲高亢。《詳解》論及商調所用折次時，曾云其「調門太低」〔註 12〕，可見其音樂之低緩必較正宮爲甚。故商調所用之劇情形態可能偏於哀傷一類〔註 13〕，而正宮則無此限。

再就其套式之形式來看，正宮之用法亦較多變，可適用較多之情節形態，其可用之曲段較多，且借宮亦較自由，有般涉、中呂、雙調等宮調可通借，而商調本身無其他曲段可用，又只能自仙呂借入 D（村里迓古諸曲）、E（後庭花諸曲）兩曲段，故正宮可由平緩之情節轉入多變緊密之情節，而商調則否。商調較正宮適用者，則爲其主要使用單位之 B 曲段，反覆鋪敘之功能比正宮之 B 曲段更爲明顯，故偏向於悲情一類之反覆敘述之形態，以用商調爲宜；偏於振奮剛強一類情緒者，或劇情轉爲多變緊密者，則須用正宮。

六、餘　論

經過以上的討論，可以發現各宮調之套式在運用上的特點與其套式之組成單位之性質與組成方式有密切關係。根據組成方式的差異，即聯綴次序上的差異，可以區分出其適用之劇情形態大概爲四：一爲簡單無變化者，一爲多變者，一爲區隔者，一爲鬆散者。再據其可用之單位（尤其是主要使用單位）在用法上之特性，進一步區分同類情節形態各宮調之差異，乃使得所有

篇組之曲段事實上只是正宮與中呂套式中的一個組成單位而已，且使用比例不高，並非其整個套式運用上的特色。商調則以醋葫蘆與么篇組成之曲段爲套式之主體。故雖然商調賓白俱全之總例只有三十三，與正宮、中呂之超過一百不可相比，但其用於問案之例即多過正宮與中呂之例，有 a39, a64, a79, d35, d40 等五例，而雖非問案，但主角反覆追問或述說某事之例則有 a45, a55, a87, a00, b09, b44, b49, b59 等八例。

〔註 12〕因商調無用於尾折之例，《詳解》認爲其調門太低，不適於做全劇之結束。

〔註 13〕觀諸商調現存之例，亦的確無用於歡喜或振奮之情緒者，而正宮則可用於較正面之情緒。

宮調之用法皆可加以區分。

　　最後強調一點，上述之區分，只是就其套式之組成上的因素尋找各宮調的適用特色，並非意謂該宮調只限如是用。劇情之變化亦不可能以幾種形態加以限定，但各宮調有其最適用之「典型」當無疑；只是劇情未必皆能與宮調之適用形態密合無間，有時可能與任一宮調皆不甚合，則只能取其不合處少者用之；有時可能與不只一種宮調相合，則只能取其合者較多者用之。劇作者運用之妙，存乎一心，若有一劇情相同之折，而兩作者擇不同之宮調用之，實為情理之中。而宮調之適用有限，劇情之變化無窮，借宮乃至夾套之法可能即為此而生。〔註14〕

第三節　聲情與劇情

　　上節已就各宮調之套式在應用上的特點做一說明，本節將以這些特點來說明各宮調在運用之折次上所呈現之對應關係，及其與舊有宮調聲情說之異同。

一、由折次看應用之宮調

　　首先從折次之觀點來看，第一折幾乎皆用仙呂，第四折（或尾折）幾乎皆用雙調，中間兩折則由其他宮調分用，呈現首尾固定，中間變化之形態。就中間兩折之情況來看，第二折以南呂八十二為最多，其他依次為正宮六十三、中呂五十一、越調二十、商調十、雙調六、黃鍾二、仙呂一、大石一；第三折以中呂七十二最多，其他依次為越調五十六、正宮四十四、雙調二十三、商調十九、南呂十三、黃鍾五、大石二。

　　首尾固定，中間變化之情形顯然與雜劇之首尾二折劇情變化少，中間兩折劇情變化大有關。

　　第一折幾乎皆用仙呂，其因大概為以下幾點：(1)仙呂宜用於劇情變化少之形態；(2)第一折就全劇而言，為一引導性折次，如同每套之引導曲段一般，而仙呂可有一較長之引導曲段，最適用於第一折；(3)仙呂之表演形態以

〔註14〕夾套之例有正宮夾中呂之〈東坡夢〉（a71）第三折、〈飛刀對箭〉（b60）第二折，南呂夾正宮之〈貨郎旦〉（a94）第四折，雙調夾中呂之〈破天陣〉（d36）第三折。疑此種用法即想借夾套形式結合原有兩種宮調之特性，以濟原有宮調適用形態之不足。

唱工爲主，音樂之可賞性高，可在劇情上之高潮未出現之初，提供觀眾一有足夠吸引力的開場；(4)仙呂雖不以情節變化爲主，但每劇之情節不盡相同，必然有各種情節形態出現，而仙呂所擁有的聯套單位，其用法卻爲各宮調中最齊全者，尤其獨立（E組）曲牌具有各種情節鋪敘的功能。故在前面主要之情節演出後，若須附綴任何形態之演出﹝註15﹞，仙呂可謂「五臟俱全」，足能應付。故可施用於任何劇本。其他若非表演形態過於受限，如黃鍾、越調；即爲情節形態以「變」爲主，不合第一折之形態，如中呂、雙調、南呂。正宮、商調、大石各有一例用於第一折，大石之例不論，正宮、商調之例推測可能因爲其劇情與音樂皆較平緩，故雖無上述仙呂之各種條件，但可偶一用之。

尾折多用雙調，當因其一方面有眾多曲段與曲牌可用以收拾情節，一方面其段落的泯除，可以不再突顯劇情變化，順利導向全劇的結束。元劇在最後常有「謝恩」、或「喜慶筵席」的場面，而上節曾述及，雙調在音樂上可能有單支曲牌互相連接，輕決流利的特性，此一方面當利於情節的順暢敘述，一方面當亦有利於最後歡樂場面的演出。

尾折大都用以收拾情節，無甚高潮，故雙調少用高潮唱段之特性亦與之相合；但此並非一概如是，元劇有一些在最後異峰突起的例子，因而用其他宮調之情形第較第一折稍多，且除大石外，每種宮調皆有使用之例。

第二折則以南呂爲最多，蓋因其適用於劇情轉變之形態，中呂雖亦適用於轉變，但上節已言，中呂與南呂相較更適用於劇情紛多之形態，而第二折多只是劇情變化開始，第三折才是全劇劇情高潮迭起，變化多端之時，故第二折多用南呂，而第三折多用中呂。就音樂上推測，南呂由於全套之單位彼此之間結合較爲鬆散，故音樂應不致太過強烈高亢，可以做仙呂之後的承接，再推入第三折的高潮。故南呂爲一可以突顯劇情變化而音樂又不過於激亢的宮調，正宜於做第二折的承轉。中呂雖亦可用於第二折，但畢竟不如南呂適用。

第二折以正宮爲次多，當因其音樂亦較平緩，而套式上又可有相當之情節變化。商調雖然亦爲平緩之宮調，但卻太過低緩，其表現出之情調恐亦過於極端，故不如正宮適用。

﹝註15﹞E組曲牌之用法極多，請見第一章第二節，其不能演出之表演形態大概只有武場群戲，而元劇第一折即出現此種表演需要者恐怕極爲少有。

第三折以中呂最多，其理已言之。其次以越調爲多，理亦至明。因越調多用於戰爭、打鬥之情節，而一劇若有武戲之情節（尤其戰爭），多即爲此劇之重心，故出現於第三折爲當然之事。

二、由宮調看應用之折次

以上從折次之角度觀各宮調之運用情形，以下再從宮調之角度，觀察其與折次之間的關係。

仙呂與雙調運用於折次之情形極爲固定，大石例少，皆不再列出；其他各宮調用於第一折之情形亦不再列。南呂用於第二、三、四折之例分別爲八十二、十三、四，正宮分爲六十三、四十四、十七，中呂分爲五十一、七十二、二十一，越調分爲二十、五十六、十一，商調分爲十、十九、一，黃鍾分爲二、五、八。〔註16〕

由上述所列看來，南呂集中於第二折，越調集中於第三折，其理同上一部份所述，不再多贅。

正宮與中呂兩宮調的使用情形較其他宮調平均，其理應爲此二宮調俱有多種用法的聯套單位，各種情節的鋪敘形態，如平緩鋪敘、反覆鋪敘、一般之緊密段落鋪敘，正宮與中呂皆有可用之單位，亦有可組成高潮唱段之單位，尚有靈活的借宮用法。可以想見若有一折之劇情形態並不明顯適用於何宮調，劇作者多半會選擇運用較靈活自由的宮調，亦即中呂與正宮。其他宮調的可用單位皆較少，也因而運用上不如正宮與中呂平均。

商調少用於第四折，《詳解》言因其調門太低，前已指出。

黃鍾多用於三、四折，尤以四折爲多，理亦至明。其不適於情節變化之折次，而又多爲探子之敘唱，當然在戰爭場面之後，而越調多用於第三折，黃鍾當然多用於第四折。

以上分從兩個角度討論宮調與折次的關係，二者之間的對應現象，皆與各宮調之運用特色有關，因元劇受限於體製，故各折情節之組合有一定之形態，各宮調須視適用之形態用之，自不宜隨意而爲。

三、《唱論》聲情說之檢討

《唱論》對各宮調所下之聲情描述，自來襲用者甚多，然而很少有人對

〔註16〕有些宮調有用於第五折之例，在此皆計入第四折之例中。

其舉出具體的說明，當然對各宮調之聲情分別是否存在，懷疑者亦大有人在，《音樂史稿》即持反對之論。其意見大致有以下幾點：

1. 《唱論》所言之宮調有許多在元雜劇中根本不見使用。
2. 感情分類不合理，所用之標準不一，包含「感情內容」、「表達形式」、「藝術風格」三者。
3. 各宮調之感情與實際劇例情形不合。
4. 若照《唱論》之說，則所有元雜劇凡用仙呂與中呂之折（佔總數 46.5%）皆與思想感情無關。
5. 同折中之感情必有變化，不可能局限於一種感情，故宮調之感情不能以此說來概括。
6. 「宮調」並不等於樂理上的「調」或「調式」，「它們只是依高低音域之不同，把許多適於在同一調中歌唱的曲調，作為一類，放在一起；其作用只在便於利用現成舊曲改創新曲者，可以從同一類中揀取若干曲，把它們聯接起來，在用同一個調歌唱之時，不致在各曲音域的高低之間產生矛盾而已。」〔註17〕

第 6. 點事實上是其對宮調之解釋，而非對舊說之反駁。宮調究竟是樂理上的「調」或「調式」，或根本只是適用於同一類，可互相聯接之曲牌分類，皆不必然決定宮調不能有各自的感情特點。

5. 所述同一折中之情感必有變化確為實情，但此與可否用一詞語來描述全折之情感並不衝突，因全折之情感雖有變化，但必然有輕有重，且全折之結合亦應有一綜合之情感效果出現。若云一折中之情節有變化，則不能以一詞語作概括之描述，何來悲喜劇之區分，是否悲劇即須從頭悲到尾，不容有其他情緒於劇中出現？故其說不能否定宮調之情感。

2. 與 4. 所述實為相關之問題，《唱論》對各宮調情感之描述正確與否姑且不論，應先認清一點，其說本即非一絕對嚴格之理論系統，用不同之標準來描述宮調之情感是絕對可能之事。我國舊有之文藝評論本即非如現代之各種理論系統，有嚴密的前提與一定之標準來建立一家之言，多半都是經驗累積出來的片斷成果，加以作簡單之筆記，流傳下來，故今人研讀須做較寬容的理解與推想。故仙呂與中呂之描述可能不是所謂的「感情內容」，而是「表達

〔註17〕此六點為根據其說重新所作之整理，原文甚長，請見該書頁 3.115～3.127。

形式」或「藝術風格」，但並不意謂這兩個宮調沒有感情內容，只是可能這兩個宮調的「表達形式」或「藝術風格」較具特色，故《唱論》描述這方面的特色來加以強調，不能以此推論這些宮調即沒有「情感內容」。〔註18〕

3. 所述與實際劇例是否相合之問題，應先有兩點體認。第一，《唱論》言「仙呂宮唱清新綿邈」，意指仙呂宮「必須」唱清新綿邈，抑指仙呂宮「宜」唱清新綿邈？在《元曲選》所附之《唱論》中，各宮調後即有「宜」字，則《唱論》只在說出各宮調理論上適用於何種情感；而非指出各宮調皆須用於何種情感，或實際上各宮調用於何種情感。第二，上節之結論已言，各宮調適用形態有限，而實際之劇情變化無窮；若各宮調之情感果如《唱論》所言，亦不可能滿足所有之劇情需要。實際運用時，必然有合者，有不合者，各劇之差參程度必然不一。故任擇幾例言其不合宮調之情感，即言此宮調必非表現此種情感，並非合理之做法。

1. 所述之問題較難解決，究竟《唱論》是前有所承，因而保留了以前的宮調感情說；抑當時十七宮調俱存，只是可用於雜劇之曲只有部份宮調；抑根本其他宮調皆已不存，《唱論》挾古自重，將古樂之宮調名摻入，並自撰其感情內容，實難擬測，只好留俟智者。

總結以上之討論，應有以下幾點認知：(1)《唱論》之描述並非絕對嚴密之理論；(2)《唱論》可能從不同角度描述宮調之特色；(3)《唱論》所述應為各宮調較適用之情感，並非意謂各宮調只能用於該情感；(4)宮調如《音樂史稿》所述，並非「調」或「調式」之分別，而是曲牌之分類。〔註19〕

四、由套式特色再論宮調之聲情

《唱論》所言是否為真，可從兩個層次來探討。其一，各宮調究竟有無自身表現上特殊之情感；其二，若上一問題得到肯定之答案，則《唱論》所言各宮調之情感是否正確。

就第一個層次來看，宮調既為曲牌之分類，各類曲牌又非樂理上「調」或「調式」之分別，其分別之據當為各曲牌類別於實際運用上用法的區別；

〔註18〕此處之三個標準及沿用《音樂史稿》之用語，但此三個標準是否恰當亦頗有爭論，誰云「清新綿邈」不是一種「感情內容」，而一定是「藝術風格」；「高下閃賺」不是一種「感情內容」，而一定是「表達形式」？

〔註19〕《音樂史稿》已在樂理上對各宮調之樂曲做過分析，證明「宮調」並非「調」或「調式」，請參見其書，頁次同註3。

否則若實際之運用上又無差別，分類即無意義。從上節對各宮調套式特色之分析，可看出各宮調在形式上之特色，進而得知各宮調有其適用之劇情形態，再從本節宮調與折次之使用關係來看，各宮調在實際運用上，於表現形式及劇情內容兩方面皆有各自之特色，且兩方面有密切之關連。因此各宮調自具特色之說法應爲可信，而此特色又應同時爲形式與內容兩方面的，任何藝術其形式與內容之不可分割爲必然之理，元雜劇之宮調當不例外。

其次，《唱論》對各宮調之描述是否正確。以下僅就本文對各宮調特色之分析，做一印證。

1. 仙呂唱「清新綿邈」：仙呂爲一宜於表現唱工之宮調，且劇情變化少，故其表現之重點即在音樂之悅耳動聽，不在劇情之曲折起伏，所謂「清新綿邈」或即指此。

2. 中呂唱「高下閃賺」：中呂既宜於表現多變紛雜之情節，其音樂之形態亦極可能爲鬆散相間，段落起伏，言其「高下閃賺」是極爲適合的。觀諸實際劇例，每劇情節變化最繁之折多用中呂，而中呂所用之折亦多爲劇情變動不居，或情節段落較多者。

3. 雙調唱「健捷激裊」：「健捷激裊」疑非《音樂史稿》所謂之「剛健」，而是指其在劇情形態上可以順利的交代情節，而音樂上又不如中呂的段落起伏，而是較爲整體相連，輕快流利的。

4. 南呂唱「感嘆傷悲」：南呂宜於表現劇情前後之巨大轉變，而劇中之轉變在前半部多由悲變喜，南呂多用於第二折，此或即其宜唱傷悲之情之原因。但有時情節之巨大轉折並不一定有悲傷之情出現，故可找到甚多反例，此並不足奇；然南呂應用於情節場面分隔最明顯之形態，當無疑問。南呂雖強調劇情之變，但其套式結構是較爲鬆散的，故音樂上應不如中呂之強烈，情調上屬於「感傷」之較平緩的類型，而非較激動之類型，也是合理的。

5. 商調唱「悽愴怨慕」：商調本即宜於表現低緩哀傷之劇情形態，又有適用於反覆敘述之曲段，則反覆的敘述哀傷之情，言其「悽愴怨慕」極爲合宜。

6. 正宮唱「惆悵雄壯」：正宮與商調同爲平緩鋪敘之形態，但正宮可以用於較陽剛之類型，而整個套式之高下起伏不是非常強烈，有雄渾之氣，故名之曰「雄壯」；若用爲較陰柔之類型，則亦不致如商調之悲悽，亦

不如南呂之變化劇大，故爲「惆悵」之情尚未至「悽愴」或「傷悲」之地。

7. 越調唱「陶寫冷笑」：以此四字形容戰爭場面恐不甚合，然越調有甚多用於打鬧之劇情，即合此形容。用於較文靜之情節時，亦常帶有諧鬧之趣，如〈西廂〉（b20）之拷紅折、〈㑇梅香〉（a66）第三折等，則《唱論》所言亦非無據。再者，疑越調之曲近南曲之粗曲爲多，故其音樂之動聽不如其他宮調，表現情致之功能當亦略遜，觀其他宮調之描述，多有較深之情感意味，而此獨云其「冷」，當非無因。

8. 黃鍾唱「富貴纏綿」：此與黃鍾適用之情節形態較無關連，有一情況或許可以略做輔證。黃鍾多用於探子報告軍情，而探子報告軍情之情節不用黃鍾者另有三折〔註20〕，此三折皆爲戰敗一方之探子所唱，用黃鍾之折皆爲勝利一方之探子所唱，故最後探子皆得賞賜，且大謝聖恩，慶天下太平，一片喜氣。故推測其音樂可能頗宜於表現喜慶場面，此或所以言其「富貴」之故。何以言其「纏綿」則不得而知。

　　由以上之討論可以大致肯定《唱論》所言並非完全空穴來風，就各宮調之套式特色觀之，頗有相合之處，當然有些地方亦略有參差。無論如何，各宮調有其特別適用之形態應爲可信之事，但必須了解實際之應用有許多變數，不可以過苛之標準要求絕大多數劇例均呈現一致之劇情形態，若果眞如此，則元劇絕大多數劇本豈不皆成多餘。由於各宮調適用之劇情類型，及套式運用規律之規範，故中國戲曲呈現一定之程式性，但在程式之中，仍有極大之變化空間。更何況還有許多違例乖律之作，求實例之盡合，不如求其最適用之典型，而再分其層次，觀其運用之變化，至於與套式組成之理相違過甚者，即可定爲乖律之作。如此方能正確掌握北曲宮調在運用上的實際狀況。

第四節　結　語

　　經過前八章對於各宮調之聯套規律做詳細之討論後，本章前面幾節亦對整個北曲之規律做一整體性之探討。最後，再對本文之研究成果做一總結，

〔註20〕分別爲〈柳毅傳書〉（a93）第二折、〈飛刀對箭〉（b60）第三折用越調，〈衣襖車〉（b59）第三折用商調。

並說明對我國古典戲曲研究可能產生之影響。

一、各宮調之聯套規律

本文之研究成果當然首為元雜劇中各宮調之聯套規律。以下簡述各宮調規律之要點：

仙呂宮可分為六個曲段，一組獨曲牌與尾曲等聯套單位，各單位之聯綴次序極為固定。各種情節之鋪敘與高潮唱段之用法皆俱備。以平鋪直敘之情節鋪敘段落為其套式之主要組成單位，故不宜於強調情節之變化；可組成較長之引導曲段，宜用於第一折；其表現以「唱工」為主，有甚多可組成大量唱段之單位。

正宮以迎互循環之倘秀才、滾繡毬組成之鬆散曲段為套式主體，故形成「內外」之聯綴次序。可借宮，以中呂、般涉為多，借宮曲例在本宮曲之後。其套式以表現平緩鋪敘之情節為主，但較商調可以表現較多之劇情變化，因其有較多之曲段與借宮之用法。

南呂宮可分為五個曲段，一組獨立曲牌與尾曲等單位。其套式特色為隔尾之使用，且各單位皆無一定之次序（除引導曲段與尾曲外）。宜於表現劇情有重大轉變或分隔之形態。可用為高潮唱之單位頗多，同一套中可以不只一次使用高潮唱段。

中呂宮可分為七個曲段，加上正宮、般涉借入之曲段，共有十個曲段可以使用，故其套式特色即在眾多之曲段。常用之曲段有一大致之次序關係，不常用之曲段與獨立曲牌則無。宜用於劇情最紛雜，段落最多之形態。可借宮，以正宮、般涉為多，但除般涉之曲須用於尾曲之前外，其他借宮之情形無固定使用次序。

越調之聯套單位有四個曲段、獨立曲牌與尾曲等，其中獨立曲牌可依其出現位置區分為三類。各單位之聯綴次序極為固定。多用於表現群戲、武戲、鬧場等場面，戰爭之場面尤多。

商調以醋葫蘆么篇連用所形成之鬆散曲段為套式主體，故亦為「內外」之聯綴次序。除引導曲段與尾外，本宮調之曲只有醋葫蘆組成之曲段與獨立曲牌，聯套時多用仙呂借入之二曲段。宜用於平緩鋪敘之形態，且較正宮更適於反覆敘述之情節，其感情亦較偏向悲傷一類。

黃鍾宮可分為三個曲段與尾曲等聯套單位，次序極為固定。適用於且唱

且舞之表演場面，以「探子出關目」之情節爲最多。

大石調因套式實例過少，無從明其規律，故不論。

雙調可分爲九個曲段，常用之曲段亦有一大致之次序關係，但其次序性略低於中呂。獨立曲牌眾多，可分爲四組。曲段用曲與獨立曲牌用法類同，而兼用爲二者之曲又多，故其曲段之特性亦不明顯，與中呂不同，宜用於收拾情節，不突顯劇情變化之形態。其引導之段落只用首曲，未如其他宮調用曲段。多用於尾折，不用尾曲之例亦最多。

以上之結果乃由二百多本現存之元人作品中，經詳細具體之分析比較而得。其中當然有些作品爲庸劣作家所作，然合乎規範之作當爲多數，而各宮調之規律得以獲致相當之結論，即爲現存作品大多合律之最好證明。故雖有某些劇例不能盡合，但既有大半之例相合，則當可定爲規律無疑。

二、元雜劇聯套規律體系的建立

前人對聯套規律之研究多偏於表面現象片斷之描述，未能建立一完整之體系，並對「聯套規律」究應包含那些內容也未有清楚的認知。經過本文之研究，元雜劇聯套規律之體系乃有初步之建構，對聯套規律之描述乃可有一系統以供掌握。

元劇之聯套規律可大分爲兩個部份，一爲曲牌聯綴規律，偏於曲牌組成套式之形式上的描述；二爲套式運用規律，偏於套式運用於劇情時，兩者配合關係的描述。二者又皆可區分爲兩個層次，曲牌聯綴規律可區分爲聯套單位之組成與整個套式之組成，套式運用規律亦可區分爲聯套單位之運用與整個套式之運用。就曲牌聯綴規律而言，其內容有四項要素－獨用與連用、次序、次數、必要性；就套式運用規律而言，各聯套單位可能有八種不同的用法（見本章第一節：三、聯套單位之運用），各宮調之套式亦有其適用之劇情形態。在套式運用規律中，聯套單位之運用特色與其組成之曲牌與組成方式有密切關連，各宮調套式適用之劇情形態與其組成單位與組成方式有密切相關；換言之，套式運用規律與曲牌聯綴規律二者之間關係密切，討論套式運用規律之特色須以曲牌聯綴規律爲基礎。

由於上述體系的建立，因此在聯套規律的研究上，能對前人所述形式方面（即本文之曲牌聯綴規律）之規律做一補充與修正，並兼及所有曲牌，而非只針對部份曲牌做描述。其次，對於向來未有人深入探索之雜劇情節與套

式之關係，亦有相當完整之描述，使元雜劇之格律更爲完備。由此而進一步求得各宮調適用之劇情形態，又得以對宮調與折次之關係及宮調聲情說提出新的、具體的解釋，使爭論已久之問題得到另一思考的角度，或有助於問題之解決。

三、北曲排場說的建立

在元劇音樂已經消亡之今日，若相信元劇之音樂與劇情存在相應之關聯，則其中道理之探求，惟有透過套式與情節之比對分析，才能揭開此聲情與劇情相應之奧秘。明白元劇此中道理，則元劇排場之理論才能建立成形。曾師永義於《說戲曲》一書中〈評騭中國古典戲劇的態度與方法〉一文即指出：

> 傳奇分場較爲明晰可循，而元雜劇每折由一套北曲加上賓白和科汎組成，則向來無人注意其排場。其實元雜劇每折皆包含若干場次，仔細考按，條理脈絡還是很清楚。

可見元雜劇之排場仍須講究。排場之組成須以情節關目與套式互相配合：

> 所謂「排場」是指中國戲劇的角色在「場上」所表演的一個段落，它是以關目情節的輕重爲基礎，再調配適當的角色、安排相稱的套式、穿戴合適的穿關，通過演員唱作念打而展現出來。（見《中國古典戲劇的認識與欣賞》〈說排場〉一節，頁202～203）

則欲明元劇之排場，必先明套式與情節之搭配關係；排場之規律得以大明，然後北曲之律方可稱備。對元人雜劇之成就、作品之品評亦能有更深入之認識與了解。

前人對元雜劇之成就評價，每每推崇其文詞上之成就，而置其排場於不顧〔註21〕，即因北曲之律未有排場方面之說明，無從明其套式與情節之搭配是否合宜，自不能論其得失。若有劇作之文詞未見出色之處，而其排場卻極妥貼，就戲劇而言，其實際呈現出來之成就當勝過家具文詞之美，而排場拙劣之劇作。故對劇作之正確評價，實須恃排場理論之建立，始可得之。本文之研究相信對於北曲排場理論之建立能有相當之幫助。

〔註21〕如王國維之《宋元戲曲考》於〈十二・元劇之文章〉，吉川幸次郎之《元雜劇研究》於〈下編・元雜劇之文學〉之〈第三、四章・元雜劇的文章〉中，皆推崇元雜劇文詞上之成就，對於排場皆未觸及。

四、我國戲曲套式體系之研究

　　經過本文之研究，北曲套式規律之體系已有清楚的說明，若以之與南曲之套式相比較，即可發現南北曲在套式體系上顯有不同。

　　舉例而言，在北曲中用爲引導之用的曲段或曲牌，各宮調都極爲固定，且多只有一種曲段或曲牌可用〔註22〕，故觀北曲套式之首曲即可知其爲何宮調之套式；但南曲之「引子」卻不論何宮調皆有多種不同曲牌可用，在一般南曲譜中所列之「引曲」與「慢詞」兩類中之曲牌皆可做引子之用〔註23〕；且必用一曲爲單位，絕不用曲段爲之；某些引子可兼用爲尾聲；凡此皆爲北曲之引導曲段或曲牌所無之現象，則南北曲之引導段落其使用之概念是否相同，其規律是否爲同一體系，頗值得探究。

　　再就套式之組成來看，北曲各宮調之套式大致爲同一規律下組成之不同變異形式，故同宮調之套式皆相去不遠，欲尋兩完全相異之套式幾不可得，必有相同之曲牌或曲段，且前後排列次序皆按同樣之規律組成。南曲則不然，同一宮調之套式其組成方式與組成之曲牌皆可能完全相異。故北曲之宮調與套式之間的對應關係不如南曲之複雜，同一宮調之套式大致爲同一類型；南曲之宮調與套式之關係則較爲複雜，同一宮調中可能包含多種套式之類型。

　　既然南曲之宮調與套式之關係不同於北曲，則北曲之宮調聲情說當亦不能完全適用於南曲。《曲律易知‧卷上‧論過曲節奏》云：

> 古人論曲所云「仙呂清新綿邈、南呂感歎傷悲……」等語，此專指
> 北曲而言耳。……若南曲則微有不同也，茲略爲分別言之。仙呂、
> 南呂、仙呂入雙調，慢曲較多，宜於男女言情之作。所謂清新綿邈、
> 宛轉悠揚均兼而有之；正宮、黃鍾、大石，近於典雅端重，間寓雄
> 壯；越調、商調，多寓悲傷怨慕，商調尤宛轉，至中呂、雙調，宜
> 用於過脈短套居多；然此但言其大較耳。……（見頁86～87）

故南北曲之宮調聲情絕不相同，且南曲之聲情是否如北曲可以用各宮調之適用劇情形態來解釋亦爲一疑問。

〔註22〕少數宮調之首曲有兩種曲牌可用，如仙呂宮偶用八聲甘州，雙調偶用五供
　　　　養，但比例極少，故北曲之引導曲段或曲牌大致可視爲固定使用一種曲段或
　　　　曲牌。
〔註23〕慢詞多半爲少用之曲，見《曲律易知》，頁61〈論引子〉之說明。

　　以上略舉數端即可見南北曲在套式規律之體系上，不論是形式上之聯綴規律，或與情節搭配之運用規律皆有極大之不同。但此兩種體系之不同必經由北曲之體系建立後才得以有較情楚而具體之比較，且進一步亦激發吾人對套式體系之思索－南北曲套式體系之不同當然會影響南北曲聲情與劇情之搭配，二者在戲曲藝術上之特色亦必因此而有所不同。無疑的，北雜劇與南傳奇為我國古典戲曲中最重要之成就，對此二者之套式體系加以研究了解，是建立整個中國戲曲套式體系之重要課題。惟有對套式體系之充分了解，才能使中國戲曲講求聲情與劇情互相配合之原理得到顯揚，對「戲曲」這種文學類型所蘊含的美學觀念才能有進一步，更具體而系統的認識。本文對北曲套式體系的研究成果或許可以對此一探索工作有少許促發之助，使戲曲的研究能在既有之基礎上更上層樓。

　　以上對本文之研究成果做一簡要之回顧，並對其可能產生之影響做一探討。若本文之成果對往後元雜劇之詮讀與評價能有少許參考之價值，或在整個戲曲研究的發展上能略助促發之力，實是個人至深的期盼與莫大的喜悅。同時應將此些許所得之成果歸功於前人的辛勤耕耘，使本文的研究能在前人的基礎上順利完成，同時亦衷心期盼能得到更多意見以匡正己失。

附　錄

附錄一：各劇名稱、作者、折數、所用宮調及編號

　　以下列出本文所討論之所有劇本名稱、作者、折數、及各折所用宮調，並賦予每本劇本一個編號，每個編號以一個小寫英文字母與兩個阿拉伯數字組成。英文字母表該劇為何書所收，a 表《元曲選》，b 表《元曲選外編》，c 表 a、b 不收，而見於《全元雜劇初、二、三編》者，d 表《全元雜劇外編》所收之劇。數字則表該劇於原書中之次序，數字小者居前，大者居後，惟 a00 之 00 表《元曲選》之第一百本，非第零本。

編號	劇　　名	作　者	折數	各折所用宮調
a01	破幽夢孤雁漢宮秋（漢宮秋）	馬致遠	4	仙南雙中
a02	李太白匹配金錢記（金錢記）	喬　吉	4	仙正中雙
a03	包待制陳州糶米（陳州糶米）		4	仙正南雙
a04	玉清庵錯送鴛鴦被（鴛鴦被）		4	仙正越雙
a05	隨何賺風魔蒯通（賺蒯通）		4	仙中越雙
a06	溫太眞玉鏡臺（玉鏡臺）	關漢卿	4	仙南中雙
a07	楊氏女殺狗勸夫（殺狗勸夫）		4	仙正南中
a08	相國寺公孫合汗衫（合汗衫）	張國賓	4	仙越中雙
a09	錢大尹智寵謝天香（謝天香）	關漢卿	4	仙南正中
a10	爭報恩三虎下山（爭報恩）		4	仙中越雙
a11	張天師斷風花雪月（張天師）	吳昌齡	4	仙南正雙

a12	趙盼兒風月救風塵（救風塵）	關漢卿	4	仙商正雙
a13	東堂老勸破家子弟（東堂老）	秦簡夫	4	仙正中雙
a14	同樂院燕青博魚（燕青博魚）	李文蔚	4	大仙中雙
a15	臨江驛瀟湘秋夜雨（瀟湘雨）	楊顯之	4	仙南黃正
a16	李亞仙花酒曲江池（曲江池）	石君寶	4	仙南中雙
a17	楚昭公疏者下船（楚昭公）	鄭廷玉	4	仙越中雙
a18	龐居士誤放來生債（來生債）		4	仙中越雙
a19	薛仁貴榮歸故里（薛仁貴）	張國賓	4	仙商中雙
a20	裴少俊牆頭馬上（牆頭馬上）	白　樸	4	仙南雙中
a21	唐明皇秋夜梧桐雨（梧桐雨）	白　樸	4	仙中雙正
a22	散家財天賜老生兒（老生兒）	武漢臣	4	仙正越雙
a23	硃砂擔滴水浮漚記（硃砂擔）		4	仙南正雙
a24	便宜行事虎頭牌（虎頭牌）	李直夫	4	仙雙雙正
a25	包龍圖智賺合同文字（合同文字）		4	仙正中雙
a26	凍蘇秦衣錦還鄉（凍蘇秦）		4	仙正南雙
a27	翠紅鄉兒女兩團圓（兒女團圓）	楊文奎	4	仙南商雙
a28	李素蘭風月玉壺春（玉壺春）	武漢臣	4	仙南中雙
a29	呂洞賓度鐵拐李岳（鐵拐李）	岳伯川	4	仙正雙中
a30	小尉遲將鬥將認父歸朝（小尉遲）		4	仙中越雙
a31	陶學士醉寫風光好（風光好）	戴善夫	4	仙南正中
a32	魯大夫秋胡戲妻（秋胡戲妻）	石君寶	4	仙正中雙
a33	神奴兒大鬧開封府（神奴兒）		4	仙南中雙
a34	半夜雷轟薦福碑（薦福碑）	馬致遠	4	仙正中雙
a35	謝金吾詐拆清風府（謝金吾）		4	仙南越雙
a36	呂洞賓三醉岳陽樓（岳陽樓）	馬致遠	4	仙南正雙
a37	包待制三勘蝴蝶夢（蝴蝶夢）	關漢卿	4	仙南正雙
a38	說鱄諸伍員吹簫（伍員吹簫）	李壽卿	4	仙南中雙
a39	河南府張鼎勘頭巾（勘頭巾）	孫仲章	4	仙南商雙
a40	黑旋風雙獻功（雙獻功）	高文秀	4	正仙雙中
a41	迷青瑣倩女離魂（倩女離魂）	鄭德輝	4	仙越中黃
a42	西華山陳摶高臥（陳摶高臥）	馬致遠	4	仙南正雙

a43	龐涓夜走馬陵道（馬陵道）		4	仙正雙中
a44	救孝子賢母不認屍（救孝子）	王仲文	4	仙正中雙
a45	邯鄲道醒悟黃梁夢（黃梁夢）	馬致遠	4	仙商大正
a46	杜牧之詩酒揚州夢（揚州夢）	喬　吉	4	仙正南雙
a47	醉思鄉王粲登樓（王粲登樓）	鄭德輝	4	仙正中雙
a48	昊天塔孟良盜骨（昊天塔）	朱　凱	4	仙中正雙
a49	包待制智斬魯齋郎（魯齋郎）	關漢卿	4	仙南中雙
a50	朱買臣風雪漁樵記（漁樵記）		4	仙正中雙
a51	江州司馬青衫淚（青衫淚）	馬致遠	4	仙正雙中
a52	四丞相高會麗春堂（麗春堂）	王實甫	4	仙中越雙
a53	孟德耀舉案齊眉（舉案齊眉）		4	仙正越雙
a54	包龍圖智勘後庭花（後庭花）	鄭庭玉	4	仙南雙中
a55	死生交范張雞黍（范張雞黍）	宮大用	4	仙南商中
a56	玉簫女兩世姻緣（兩世姻緣）	喬　吉	4	仙商越雙
a57	宜秋山趙禮讓肥（趙禮讓肥）	秦簡夫	4	仙正越雙
a58	鄭孔目風雪酷寒亭（酷寒亭）	楊顯之	4	仙越南雙
a59	桃花女破法嫁周公（桃花女）	王　曄	4	仙正中雙
a60	陳季卿誤上竹葉舟（竹葉舟）	范子安	4	仙雙南正
a61	布袋和尚忍字記（忍字記）	鄭廷玉	4	仙南雙中
a62	謝金蓮詩酒紅梨花（紅梨花）	張壽卿	4	仙南中雙
a63	鐵拐李度金童玉女（金安壽）	賈仲名	4	仙南商雙
a64	包待制智賺灰闌記（灰闌記）	李行道	4	仙商黃雙
a65	崔府君斷冤家債主（冤家債主）	鄭廷玉	4	仙商中雙
a66	㑳梅香騙翰林風月（㑳梅香）	鄭德輝	4	仙大越雙
a67	尉遲恭單鞭奪槊（單鞭奪槊）	尚仲賢	4	仙正越黃
a68	呂洞賓三度城南柳（城南柳）	谷子敬	4	仙正南雙
a69	須賈大夫誶范叔（誶范叔）	高文秀	4	仙南正雙
a70	李雲英風送梧桐葉（梧桐葉）	李唐賓	4	仙正中雙
a71	花間四友東坡夢（東坡夢）	吳昌齡	4	仙南正雙
a72	杜蕊娘智賞金線池（金線池）	關漢卿	4	仙南中雙
a73	王月英元夜留鞋記（留鞋記）		4	仙正中雙

a74 漢高皇濯足氣英布（氣英布）	尚仲賢	4	仙南正黃
a75 兩軍師隔江鬥智（隔江鬥智）		4	仙中商雙
a76 馬丹陽度脫劉行首（劉行首）	楊景賢	4	仙正中雙
a77 月明和尚度柳翠（度柳翠）	李壽卿	4	仙南中雙
a78 劉晨阮肇誤入桃源（誤入桃源）	王子一	4	仙正中雙
a79 張孔目智勘魔合羅（魔合羅）	孟漢卿	4	仙黃商中
a80 玎玎璫璫盆兒鬼（盆兒鬼）		4	仙中越正
a81 荊楚臣重對玉梳記（對玉梳）	賈仲名	4	仙正中雙
a82 逞風流王煥百花亭（百花亭）		4	仙中商雙
a83 秦脩然竹塢聽琴（竹塢聽琴）	石子章	4	仙中正雙
a84 金水橋陳琳抱粧盒（抱粧盒）		4	仙南雙中
a85 趙氏孤兒大報仇（趙氏孤兒）	紀君祥	5	仙南雙中正
a86 感天動地竇娥冤（竇娥冤）	關漢卿	4	仙南正雙
a87 梁山泊李逵負荊（李逵負荊）	康進之	4	仙正商雙
a88 蕭淑蘭情寄菩薩蠻（蕭淑蘭）	賈仲名	4	仙越雙黃
a89 錦雲堂美女連環計（連環計）		4	仙南正雙
a90 羅李郎大鬧相國寺（羅李郎）	張國賓	4	仙南商雙
a91 看錢奴買冤家債主（看錢奴）	鄭廷玉	4	仙正商越
a92 都孔目風雨還牢末（還牢末）	李致遠	4	仙商雙中
a93 洞庭湖柳毅傳書（柳毅傳書）	尚仲賢	4	仙越商雙
a94 風雨像生貨郎旦（貨郎旦）		4	仙雙正南
a95 望江亭中秋切鱠（望江亭）	關漢卿	4	仙中越雙
a96 馬丹陽三度任風子（任風子）	馬致遠	4	仙正中雙
a97 薩眞人夜斷碧桃花（碧桃花）		4	仙中正雙
a98 沙門島張生煮海（張生煮海）	李好古	4	仙南正雙
a99 包待制智賺生金閣（生金閣）	武漢臣	4	仙越南雙
a00 馮玉蘭夜月泣江舟（馮玉蘭）		4	仙正商雙

以上為《元曲選》所收之劇。

b01 關張雙赴西蜀夢（雙赴夢）	關漢卿	4	仙南中正
b02 閨怨佳人拜月亭（拜月亭）	關漢卿	4	仙南正雙
b03 山神廟裴度還帶（裴度還帶）	關漢卿	4	仙南正雙

b04	鄧夫人苦痛哭存孝（哭存孝）	關漢卿	4	仙南中雙
b05	關大王獨赴單刀會（單刀會）	關漢卿	4	仙正中雙
b06	錢大尹智勘緋衣夢（緋衣夢）	關漢卿	4	仙南越雙
b07	詐妮子調風月（調風月）	關漢卿	4	仙中越雙
b08	狀元堂陳母教子（陳母教子）	關漢卿	4	仙南中雙
b09	劉夫人慶賞五侯宴（五侯宴）	關漢卿	5	仙南正商雙
b10	好酒趙元遇上皇（遇上皇）	高文秀	4	仙南中雙
b11	劉玄德獨赴襄陽會（襄陽會）	高文秀	4	仙越中雙
b12	保成公徑赴澠池會（澠池會）	高文秀	4	仙中正雙
b13	宋上皇御斷金鳳釵（金鳳釵）	鄭廷玉	4	仙中南雙
b14	董秀英花月東牆記（東牆記）	白　樸	5	仙正中越雙
b15	張子房圯橋進履（圯橋進履）	李文蔚	4	仙南正雙
b16	破苻堅蔣神靈應（蔣神靈應）	李文蔚	4	仙南越雙
b17	張君瑞鬧道場（西廂記一）	王實甫	4	仙中越雙
b18	崔鶯鶯夜聽琴（西廂記二）	王實甫	5	仙正中雙越
b19	張君瑞害相思（西廂記三）	王實甫	4	仙中雙越
b20	草橋店夢鶯鶯（西廂記四）	王實甫	4	仙越正雙
b21	張君瑞慶團圓（西廂記五）	王實甫	4	商中越雙
b22	呂蒙正風雪破窰記（破窰記）	王實甫	4	仙正中雙
b23	尉遲恭三奪槊（三奪槊）	尚仲賢	4	仙南雙正
b24	諸宮調風月紫雲庭（紫雲庭）	石君寶	4	仙南中雙
b25	蘇子瞻風雪貶黃州（貶黃州）	費唐臣	4	仙正越雙
b26	李太白貶夜郎（貶夜郎）	王伯成	4	仙正中雙
b27	老莊周一枕夢蝴蝶（莊周夢）	史九敬	4	仙南正雙
b28	晉文公火燒介子推（介子推）	狄君厚	4	仙南中越
b29	地藏王證東窗事犯（東窗事犯）	孔文卿	4	仙中越正
b30	降桑椹蔡順奉母（降桑椹）	劉唐卿	5	仙商中正雙
b31	嚴子陵垂釣七里灘（七里灘）	宮大用	4	仙越正雙
b32	輔成王周公攝政（周公攝政）	鄭德輝	4	仙中越雙
b33	虎牢關三戰呂布（三戰呂布）	鄭德輝	4	仙雙中正
b34	鍾離春智勇定齊（智勇定齊）	鄭德輝	4	仙中越雙

b35	立成湯伊尹耕莘（伊尹耕莘）	鄭德輝	4	仙中正雙
b36	程咬金斧劈老君堂（老君堂）	鄭德輝	4	仙中黃雙
b37	蕭何月夜追韓信（追韓信）	金仁傑	4	仙雙中正
b38	雁門關存孝打虎（存孝打虎）	陳以仁	4	仙南越黃
b39	晉陶母剪髮待賓（剪髮待賓）	秦簡夫	4	仙正中雙
b40	承明殿霍光鬼諫（霍光鬼諫）	楊梓	4	仙中正雙
b41	忠義士豫讓吞炭（豫讓吞炭）	楊梓	4	仙正越中
b42	功臣宴敬德不伏老（敬德不伏老）	楊梓	4	仙中越雙
b43	宋太祖龍鳳雲會（風雲會）	羅貫中	4	仙南正雙
b44	西游記第一本	楊景賢	4	仙中商雙
b45	西游記第二本	楊景賢	4	仙雙南正
b46	西游記第三本	楊景賢	4	仙南大越
b47	西游記第四本	楊景賢	4	仙中正越
b48	西游記第五本	楊景賢	4	仙南正黃
b49	西游記第六本	楊景賢	4	仙商越雙
b50	鯁直張千替殺妻（替殺妻）		4	仙正中雙
b51	小張屠焚兒救母（小張屠）		4	仙越中雙
b52	諸葛亮博望燒屯（博望燒屯）		4	仙南雙中
b53	關雲長千里獨行（千里獨行）		4	仙南中雙
b54	蘇子瞻醉寫赤壁賦（醉寫赤壁賦）		4	仙南越雙
b55	鄭月蓮秋夜雲窗夢（雲窗夢）		4	仙正中雙
b56	劉千病打獨角牛（獨角牛）		4	仙越正雙
b57	施仁義劉弘嫁婢（劉弘嫁婢）		4	仙中越雙
b58	劉玄德醉走黃鶴樓（黃鶴樓）	朱凱	4	仙正雙南
b59	狄青復奪衣襖車（衣襖車）		4	仙南商中
b60	摩利支飛刀對箭（飛刀對箭）		4	仙正越雙
b61	瘸李岳詩酒翫江亭（翫江亭）		4	仙南中雙
b62	海門張仲村樂堂（村樂堂）		4	仙南商雙
b63	十探子大鬧延安府（延安府）		4	仙正中雙
b64	魯智深喜賞黃花峪（黃花峪）		4	仙南正黃
b65	龍濟山野猿聽經（猿聽經）		4	仙南中雙

b66	二郎神醉射鎖魔鏡（鎖魔鏡）		5	仙南越黃雙
b67	漢鍾離度脫藍采和（藍采和）		4	仙南正雙
b68	趙匡義智娶符金錠（符金錠）		4	仙南中雙
b69	張公藝九世同居（九世同居）		4	仙南正雙
b70	閥閱舞射柳捶丸記（射柳捶丸）		4	仙南越雙

以上爲《元曲選外編》所收之劇。

c01	十樣錦諸葛論功（十樣錦）	尙仲賢	4	仙南雙正

此劇見於《全元雜劇初編》

c02	守貞節孟母三移（孟母三移）	4	仙正中雙

此劇見於《全元雜劇三編》

d01	十八國臨潼鬥寶（臨潼鬥寶）	4	仙越中雙
d02	田穰苴伐晉興齊（伐晉興齊）	4	仙正雙中
d03	後七國樂毅圖齊（樂毅圖齊）	4	仙商中雙
d04	吳起敵秦掛帥印（吳起敵秦）	4	仙正越雙
d05	運機謀隨何騙英布（騙英布）	4	仙南中雙
d06	韓元帥暗度陳倉（暗度陳倉）	4	仙越黃雙
d07	司馬相如題橋記（題橋記）	4	仙中雙越
d08	馬援撾打聚獸牌（聚獸牌）	4	仙正越雙
d09	雲臺門聚二十八將（雲臺門）	4	仙中越雙
d10	鄧禹定計捉彭寵（捉彭寵）	4	仙中正雙
d11	曹操夜走陳倉路（陳倉路）	5	仙中正南雙
d12	陽平關五馬破曹（五馬破曹）	4	仙正中雙
d13	走鳳雛龐掠四郡（龐掠四郡）	4	仙中越雙
d14	周公瑾得志取小喬（取小喬）	4	仙中越雙
d15	張翼德單戰呂布（單戰呂布）	4	仙中越雙
d16	莽張飛大鬧石榴園（石榴園）	4	仙南中越
d17	關雲長單刀劈四寇（劈四寇）	5	仙正中越雙
d18	壽亭侯怒斬關平（怒斬關平）	4	仙南中雙
d19	劉關張桃園三結義（桃園三結義）	4	仙越中雙
d20	張翼德三出小沛（三出小沛）	4	仙中越雙

d21 張翼德大破杏林莊（杏林莊）	4	仙中越雙
d22 陶淵明東籬賞菊（東籬賞菊）	4	仙南正雙
d23 長安城四馬投唐（四馬投唐）	4	仙正商雙
d24 立功勳慶賞端陽（慶賞端陽）	4	仙中越雙
d25 賢達婦龍門隱秀（龍門隱秀）	4	仙中商雙
d26 招涼亭賈島破風詩（破風詩）	4	仙南正雙
d27 眾僚友喜賞浣花溪（浣花溪）	4	仙正越雙
d28 魏徵改詔風雲會（魏徵改詔）	4	仙越南雙
d29 徐茂功智降秦叔寶（智降秦叔寶）	4	仙正中雙
d30 尉遲恭鞭打單雄信（鞭打單雄信）	4	仙中越雙
d31 十八學士登瀛洲（登瀛洲）	4	仙中越雙
d32 唐李靖陰山破虜（陰山破虜）	4	仙越黃雙
d33 李嗣源復奪紫泥宣（紫泥宣）	4	仙正越雙
d34 壓關樓疊掛午時牌（午時牌）	4	仙南越雙
d35 八大王開詔救忠臣（開詔救忠臣）	4	仙中商雙
d36 楊六郎調兵破天陣（破天陣）	4	仙中雙正
d37 關雲長大破蚩尤（大破蚩尤）	4	仙南正雙
d38 焦光贊活拿蕭天佑（活拿蕭天佑）	4	仙正越雙
d39 宋大將岳飛精忠（岳飛精忠）	4	仙南越雙
d40 張于湖誤宿女眞觀（女眞觀）	4	仙正商雙
d41 女學士明講春秋（女學士）	4	仙正中雙
d42 趙匡胤打董達（打董達）	5	仙越中正雙
d43 穆陵關上打韓通（打韓通）	4	仙正越雙
d44 女姑姑說法陞堂記（陞堂記）	4	仙越雙中
d45 清廉官長勘金環（勘金環）	4	仙南中雙
d46 若耶溪漁樵閒話（漁樵閒話）	4	仙中正雙
d47 徐伯株貧富興衰記（貧富興衰）	4	仙正中雙
d48 薛苞認母	4	仙越中雙
d49 王文秀渭塘奇遇記（渭塘奇遇）	4	仙南正雙
d50 秦月娥誤失金環記（誤失金環）	4	仙中南雙
d51 釋迦佛雙林坐化（雙林坐化）	4	仙正越雙

d52 觀音菩薩魚籃記（魚籃記）　　　　　　　4　　　　仙南中雙

d53 呂翁三化邯鄲店（三化邯鄲）　　　　　　4　　　　仙正南雙

d54 呂純陽點化度黃龍（度黃龍）　　　　　　4　　　　仙中越雙

d55 太乙仙夜斷桃符記（桃符記）　　　　　　4　　　　仙正越雙

d56 時眞人四聖鎖白猿（鎖白猿）　　　　　　4　　　　仙南中雙

d57 二郎神鎖齊天大聖（齊天大聖）　　　　　4　　　　仙中越雙

d58 梁山五虎大劫牢（大劫牢）　　　　　　　5　　　　仙中正越雙

d59 梁山七虎鬧銅臺（鬧銅臺）　　　　　　　5　　　　仙中正南雙

d60 王矮虎大鬧東平府（東平府）　　　　　　4　　　　仙中越雙

d61 宋公明排九宮八卦陣（九宮八卦陣）　　　4　　　　仙正中雙

d62 伍子胥鞭伏柳盜跖（鞭伏柳盜跖）　　　　4　　　　仙南越雙

以上為《全元雜劇外編》所收之劇。

附錄二：仙呂所有套式

今列所有仙呂宮套式如下：

a01 點絳唇、混江龍、油葫蘆、天下樂、醉中天、金盞兒、醉扶歸、金盞兒、賺煞。

a02 點絳唇、混江龍、油葫蘆、天下樂、那吒令、鵲踏枝、寄生草、金盞兒、後庭花、醉扶歸、金盞兒、醉中天、賺煞尾。

a03 點絳唇、混江龍、油葫蘆、天下樂、金盞兒、村里迓古、元和令、上馬嬌、勝葫蘆、後庭花、青哥兒、賺煞尾。

a04 點絳唇、混江龍、油葫蘆、天下樂、後庭花、柳葉兒、青哥兒、寄生草、賺煞。

a05 點絳唇、混江龍、油葫蘆、天下樂、那吒令、鵲踏枝、寄生草、金盞兒、賺煞尾。

a06 點絳唇、混江龍、油葫蘆、天下樂、那吒令、鵲踏枝、寄生草、么篇、六么序、么篇、醉扶歸、金盞兒、醉中天、賺煞尾。

a07 點絳唇、混江龍、油葫蘆、天下樂、那吒令、鵲踏枝、寄生草、金盞兒、後庭花、青哥兒、柳葉兒、賺煞。

a08 點絳唇、混江龍、油葫蘆、天下樂、後庭花、青哥兒、賺煞尾。

a09 點絳唇、混江龍、油葫蘆、天下樂、金盞兒、醉中天、金盞兒、醉扶歸、

賺煞。

a10 點絳唇、混江龍、油葫蘆、天下樂、村里迓古、元和令、上馬嬌、勝葫蘆、么篇、賺煞尾。

a11 點絳唇、混江龍、油葫蘆、天下樂、鵲踏枝、河西後庭花、一半兒、金盞兒、醉扶歸、醉中天、賺煞尾。

a12 點絳唇、混江龍、油葫蘆、天下樂、那吒令、鵲踏枝、寄生草、村里迓古、元和令、上馬嬌、遊四門、勝葫蘆、么篇、賺煞。

a13 點絳唇、混江龍、油葫蘆、天下樂、那吒令、鵲踏枝、寄生草、六么序、么篇、一半兒、賺煞。

a14 點絳唇、混江龍、那吒令、金盞兒、油葫蘆、醉中天、醉扶歸、後庭花、金盞兒、賺煞尾。

a15 點絳唇、混江龍、油葫蘆、天下樂、醉中天、金盞兒、賺煞。

a16 點絳唇、混江龍、油葫蘆、天下樂、那吒令、鵲踏枝、寄生草、醉中天、金盞兒、青哥兒、賺煞。

a17 點絳唇、混江龍、油葫蘆、天下樂、那吒令、鵲踏枝、寄生草、么篇、金盞兒、醉扶歸、賺煞。

a18 點絳唇、混江龍、油葫蘆、天下樂、那吒令、鵲踏枝、寄生草、六么序、么篇、醉扶歸、賺煞。

a19 點絳唇、混江龍、油葫蘆、天下樂、那吒令、鵲踏枝、寄生草、金盞兒、賺煞尾。

a20 點絳唇、混江龍、油葫蘆、天下樂、那吒令、鵲踏枝、寄生草、么篇、金盞兒、後庭花、么篇、賺煞。

a21 八聲甘州、混江龍、油葫蘆、天下樂、醉中天、金盞兒、憶王孫、勝葫蘆、金盞兒、醉扶歸、後庭花、金盞兒、醉中天、賺煞尾。

a22 點絳唇、混江龍、油葫蘆、天下樂、那吒令、鵲踏枝、寄生草、後庭花、青哥兒、賺煞尾。

a23 點絳唇、混江龍、醉中天、後庭花、青哥兒、醉扶歸、金盞兒、四季花、賺煞尾。

a24 點絳唇、混江龍、油葫蘆、天下樂、醉中天、金盞兒、一半兒、金盞兒、賺煞。

a25 點絳唇、混江龍、油葫蘆、天下樂、那吒令、鵲踏枝、柳葉兒、青哥兒、

寄生草、賺煞尾。

a26 點絳唇、混江龍、油葫蘆、天下樂、元和令、上馬嬌、後庭花、青哥兒、
賺煞尾。

a27 點絳唇、混江龍、油葫蘆、天下樂、那吒令、鵲踏枝、寄生草、賺煞
尾。

a28 點絳唇、混江龍、油葫蘆、天下樂、那吒令、鵲踏枝、寄生草、六么序、
么篇、後庭花、柳葉兒、賺煞。

a29 點絳唇、混江龍、油葫蘆、天下樂、金盞兒、醉扶歸、金盞兒、後庭花、
金盞兒、賺煞尾。

a30 點絳唇、混江龍、油葫蘆、天下樂、村里迓古、元和令、上馬嬌、遊四
門、勝葫蘆、後庭花、柳葉兒、賺煞尾。

a31 點絳唇、混江龍、油葫蘆、天下樂、後庭花、金盞兒、醉中天、金盞兒、
後庭花、賺煞。

a32 點絳唇、混江龍、油葫蘆、天下樂、村里迓古、元和令、上馬嬌、遊四
門、勝葫蘆、後庭花、柳葉兒、賺煞。

a33 點絳唇、混江龍、後庭花、油葫蘆、天下樂、那吒令、鵲踏枝、寄生草、
後庭花、柳葉兒、賺煞尾。

a34 點絳唇、混江龍、後庭花、油葫蘆、天下樂、那吒令、鵲踏枝、寄生草、
么篇、六么序、么篇、金盞兒、醉扶歸、賺煞。

a35 點絳唇、混江龍、油葫蘆、天下樂、那吒令、鵲踏枝、寄生草、村里迓
古、元和令、青哥兒、賺煞。

a36 點絳唇、混江龍、油葫蘆、天下樂、那吒令、鵲踏枝、寄生草、么篇、
後庭花、金盞兒、醉中天、憶王孫、金盞兒、賺煞。

a37 點絳唇、混江龍、油葫蘆、天下樂、那吒令、鵲踏枝、寄生草、金盞兒、
醉中天、金盞兒、後庭花、柳葉兒、賺煞。

a38 點絳唇、混江龍、油葫蘆、天下樂、村里迓古、元和令、上馬嬌、勝葫
蘆、么篇、賺煞。

a39 點絳唇、混江龍、油葫蘆、天下樂、醉中天、金盞兒、賺煞。

a40 點絳唇、混江龍、油葫蘆、天下樂、醉扶歸、一半兒、後庭花、醉扶歸、
賺煞尾。

a41 點絳唇、混江龍、油葫蘆、天下樂、那吒令、鵲踏枝、寄生草、村里迓

古、元和令、上馬嬌、遊四門、勝葫蘆、後庭花、柳葉兒、賺煞。

a42 點絳唇、混江龍、油葫蘆、天下樂、醉中天、後庭花、金盞兒、後庭花、金盞兒、醉中天、金盞兒、賺煞。

a43 點絳唇、混江龍、油葫蘆、天下樂、醉中天、後庭花、金盞兒、賺煞尾。

a44 點絳唇、混江龍、油葫蘆、天下樂、憶王孫、醉中天、後庭花、青哥兒、賺煞尾。

a45 點絳唇、混江龍、油葫蘆、天下樂、金盞兒、後庭花、醉中天、金盞兒、醉雁兒、後庭花、醉中天、一半兒、金盞兒、賺煞。

a46 點絳唇、混江龍、油葫蘆、天下樂、那吒令、鵲踏枝、寄生草、么篇、後庭花、青哥兒、賺煞尾。

a47 點絳唇、混江龍、油葫蘆、天下樂、那吒令、鵲踏枝、寄生草、六么序、么篇、金盞兒、賺煞。

a48 點絳唇、混江龍、油葫蘆、天下樂、後庭花、青哥兒、寄生草、賺煞尾。

a49 點絳唇、混江龍、油葫蘆、天下樂、金盞兒、後庭花、青哥兒、賺煞。

a50 點絳唇、混江龍、油葫蘆、天下樂、村里迓古、元和令、上馬嬌、勝葫蘆、寄生草、後庭花、青哥兒、賺煞。

a51 點絳唇、混江龍、油葫蘆、天下樂、醉扶歸、後庭花、金盞兒、後庭花、金盞兒、賺煞。

a52 點絳唇、混江龍、油葫蘆、天下樂、那吒令、鵲踏枝、賞花時、勝葫蘆、么篇、賺煞。

a53 點絳唇、混江龍、油葫蘆、天下樂、村里迓古、元和令、上馬嬌、勝葫蘆、么篇、後庭花、柳葉兒、賺煞。

a54 點絳唇、混江龍、油葫蘆、天下樂、醉中天、金盞兒、一半兒、後庭花、青哥兒、賺煞。

a55 點絳唇、混江龍、油葫蘆、天下樂、那吒令、鵲踏枝、寄生草、么篇、六么序、么篇、金盞兒、醉中天、金盞兒、賺煞。

a56 點絳唇、混江龍、油葫蘆、天下樂、那吒令、鵲踏枝、寄生草、么篇、得勝樂、醉中天、後庭花、青哥兒、賺煞。

a57 點絳唇、混江龍、油葫蘆、天下樂、那吒令、鵲踏枝、寄生草、醉扶歸、後庭花、青哥兒、賺煞尾。

a58 點絳唇、混江龍、油葫蘆、天下樂、醉中天、後庭花、金盞兒、賺煞尾。

a59 點絳唇、混江龍、油葫蘆、天下樂、寄生草、後庭花、柳葉兒、尾聲。

a60 點絳唇、混江龍、油葫蘆、天下樂、那吒令、鵲踏枝、寄生草、醉中天、金盞兒、賺煞。

a61 點絳唇、混江龍、油葫蘆、天下樂、那吒令、鵲踏枝、寄生草、醉中天、河西後庭花、金盞兒、河西後庭花、憶王孫、金盞兒、賺煞。

a62 點絳唇、混江龍、油葫蘆、天下樂、那吒令、鵲踏枝、寄生草、後庭花、金盞兒、醉中天、賺煞。

a63 八聲甘州、寄生草、村里迓古、元和令、上馬嬌、勝葫蘆、么篇、後庭花、青哥兒、金盞兒、賺煞尾。

a64 點絳唇、混江龍、油葫蘆、天下樂、那吒令、鵲踏枝、寄生草、後庭花、青哥兒、賺煞。

a65 點絳唇、混江龍、油葫蘆、天下樂、那吒令、鵲踏枝、寄生草、賺煞。

a66 點絳唇、混江龍、油葫蘆、天下樂、那吒令、鵲踏枝、寄生草、么篇、六么序、么篇、賺煞。

a67 點絳唇、混江龍、油葫蘆、天下樂、那吒令、鵲踏枝、寄生草、後庭花、青哥兒、賺煞。

a68 點絳唇、混江龍、油葫蘆、天下樂、金盞兒、么篇、醉中天、後庭花、醉扶歸、賺煞。

a69 點絳唇、混江龍、油葫蘆、天下樂、那吒令、鵲踏枝、寄生草、金盞兒、醉扶歸、金盞兒、賺煞。

a70 點絳唇、混江龍、油葫蘆、天下樂、那吒令、鵲踏枝、寄生草、金盞兒、醉中天、後庭花、青哥兒、賺煞。

a71 點絳唇、混江龍、油葫蘆、天下樂、金盞兒、後庭花、醉中天、金盞兒、金盞兒、賺煞。

a72 點絳唇、混江龍、油葫蘆、天下樂、醉扶歸、金盞兒、醉中天、寄生草、賺煞。

a73 點絳唇、混江龍、油葫蘆、天下樂、那吒令、鵲踏枝、寄生草、金盞兒、後庭花、柳葉兒、賺煞尾。

a74 點絳唇、混江龍、油葫蘆、天下樂、那吒令、鵲踏枝、寄生草、玉花秋、

後庭花、金盞兒、雁兒、賺煞。

a75 點絳唇、混江龍、油葫蘆、天下樂、鵲踏枝、元和令、後庭花、青哥兒、
　　　賺煞。

a76 點絳唇、混江龍、油葫蘆、天下樂、醉中天、一半兒、金盞兒、醉中天、
　　　後庭花、賺煞。

a77 點絳唇、混江龍、油葫蘆、天下樂、那吒令、鵲踏枝、寄生草、後庭花、
　　　金盞兒、賺煞尾。

a78 點絳唇、混江龍、油葫蘆、天下樂、那吒令、鵲踏枝、寄生草、么篇、
　　　醉中天、金盞兒、後庭花、青哥兒、賺煞。

a79 點絳唇、混江龍、油葫蘆、天下樂、醉中天、醉扶歸、一半兒、金盞兒、
　　　後庭花、賺煞。

a80 點絳唇、混江龍、油葫蘆、天下樂、那吒令、鵲踏枝、寄生草、六么序、
　　　么篇、金盞兒、賺煞。

a81 點絳唇、混江龍、油葫蘆、天下樂、村里迓古、元和令、上馬嬌、遊四
　　　門、勝葫蘆、么篇、後庭花、青哥兒、賺煞尾。

a82 點絳唇、混江龍、油葫蘆、天下樂、醉中天、金盞兒、醉扶歸、後庭花、
　　　一半兒、賺煞。

a83 點絳唇、混江龍、村里迓古、元和令、上馬嬌、勝葫蘆、么篇、後庭花、
　　　金盞兒、賺煞。

a84 點絳唇、混江龍、油葫蘆、天下樂、那吒令、鵲踏枝、寄生草、金盞兒、
　　　賺煞。

a85 點絳唇、混江龍、油葫蘆、天下樂、河西後庭花、金盞兒、醉中天、金
　　　盞兒、醉扶歸、青哥兒、賺煞尾。

a86 點絳唇、混江龍、油葫蘆、天下樂、一半兒、後庭花、青哥兒、寄生草、
　　　賺煞。

a87 點絳唇、混江龍、醉中天、油葫蘆、天下樂、賞花時、金盞兒、賺煞。

a88 八聲甘州、混江龍、油葫蘆、天下樂、那吒令、鵲踏枝、寄生草、金盞
　　　兒、後庭花、醉中天、賺煞。

a89 點絳唇、混江龍、油葫蘆、天下樂、後庭花、那吒令、鵲踏枝、寄生草、
　　　金盞兒、賺煞。

a90 點絳唇、混江龍、油葫蘆、天下樂、後庭花、醉中天、一半兒、醉扶歸、

後庭花、金盞兒、賺煞。

a91 點絳唇、混江龍、油葫蘆、天下樂、那吒令、鵲踏枝、寄生草、六么序、
么篇、賺煞。

a92 點絳唇、混江龍、油葫蘆、天下樂、那吒令、鵲踏枝、寄生草、醉中天、
後庭花、青哥兒、賺煞。

a93 點絳唇、混江龍、油葫蘆、天下樂、鵲踏枝、寄生草、么篇、賺煞。

a94 點絳唇、混江龍、油葫蘆、天下樂、那吒令、鵲踏枝、寄生草、後庭花、
柳葉兒、金盞兒、賺煞。

a95 點絳唇、混江龍、村里迓古、元和令、上馬嬌、勝葫蘆、么篇、柳葉兒、
賺煞尾。

a96 點絳唇、混江龍、油葫蘆、天下樂、那吒令、鵲踏枝、寄生草、金盞兒、
賺煞尾。

a97 點絳唇、混江龍、油葫蘆、天下樂、那吒令、鵲踏枝、寄生草、醉中天、
金盞兒、後庭花、柳葉兒、賺煞尾。

a98 點絳唇、混江龍、油葫蘆、天下樂、那吒令、鵲踏枝、寄生草、六么序、
么篇、金盞兒、後庭花、青哥兒、賺煞。

a99 點絳唇、混江龍、油葫蘆、天下樂、金盞兒、醉扶歸、金盞兒、後庭花、
青哥兒、賺煞。

a00 點絳唇、混江龍、油葫蘆、天下樂、那吒令、鵲踏枝、後庭花、青哥兒、
賺煞。

b01 點絳唇、混江龍、油葫蘆、天下樂、醉中天、金盞兒、醉中天、金盞兒、
尾。

b02 點絳唇、混江龍、油葫蘆、天下樂、醉扶歸、後庭花、金盞兒、醉扶歸、
金盞兒、賺尾。

b03 點絳唇、混江龍、油葫蘆、天下樂、那吒令、鵲踏枝、寄生草、後庭花、
青哥兒、尾聲。

b04 點絳唇、混江龍、油葫蘆、天下樂、節節高、元和令、遊四門、勝葫蘆、
後庭花、柳葉兒、尾聲。

b05 點絳唇、混江龍、油葫蘆、天下樂、那吒令、鵲踏枝、寄生草、金盞兒、
金盞兒、尾聲。

b06 點絳唇、混江龍、油葫蘆、天下樂、後庭花、青哥兒、賺煞。

b07 點絳唇、混江龍、油葫蘆、天下樂、那吒令、鵲踏枝、寄生草、么篇、
村里迓古、元和令、上馬嬌、勝葫蘆、么篇、後庭花、柳葉兒、尾。

b08 點絳唇、混江龍、油葫蘆、天下樂、醉扶歸、金盞兒、後庭花、柳葉兒、
尾聲。

b09 點絳唇、混江龍、油葫蘆、天下樂、金盞兒、尾聲。

b10 點絳唇、混江龍、油葫蘆、天下樂、那吒令、鵲踏枝、寄生草、醉中天、
金盞兒、遊四門、柳葉兒、賞花時、么篇、賺煞。

b11 點絳唇、混江龍、油葫蘆、天下樂、那吒令、鵲踏枝、寄生草、醉扶歸、
金盞兒、尾聲。

b12 點絳唇、混江龍、油葫蘆、天下樂、金盞兒、醉扶歸、河西後庭花、尾
聲。

b13 點絳唇、混江龍、油葫蘆、天下樂、那吒令、鵲踏枝、寄生草、金盞兒、
醉中天、後庭花、金盞兒、賺煞。

b14 點絳唇、混江龍、油葫蘆、天下樂、那吒令、鵲踏枝、寄生草、么篇、
後庭花、柳葉兒、青哥兒、賺煞。

b16 點絳唇、混江龍、油葫蘆、天下樂、金盞兒、醉中天、尾聲。

b17 點絳唇、混江龍、油葫蘆、天下樂、村里迓古、元和令、上馬嬌、勝葫
蘆、么篇、後庭花、柳葉兒、寄生草、賺煞。

b18 八聲甘州、混江龍、油葫蘆、天下樂、那吒令、鵲踏枝、寄生草、六么
序、么篇、後庭花、柳葉兒、青哥兒、賺煞。

b19 點絳唇、混江龍、油葫蘆、天下樂、村里迓古、元和令、上馬嬌、勝葫
蘆、么篇、後庭花、青哥兒、寄生草、煞尾。

b20 點絳唇、混江龍、油葫蘆、天下樂、那吒令、鵲踏枝、寄生草、村里迓
古、元和令、上馬嬌、勝葫蘆、么篇、後庭花、柳葉兒、青哥兒、寄生
草、煞尾。

b22 點絳唇、混江龍、油葫蘆、天下樂、金盞兒、醉中天、尾聲。

b23 點絳唇、混江龍、油葫蘆、天下樂、醉扶歸、後庭花、金盞兒、賞花時、
么篇、勝葫蘆、么篇、金盞兒、醉扶歸、尾。

b24 點絳唇、混江龍、油葫蘆、天下樂、醉中天、金盞兒、醉扶歸、金盞兒、
後庭花、賞花時、么篇、賺尾。

b25 點絳唇、混江龍、油葫蘆、天下樂、那吒令、鵲踏枝、寄生草、么篇、

金盞兒、賺煞。

b26 點絳唇、混江龍、油葫蘆、天下樂、那吒令、鵲踏枝、寄生草、么篇、
　　六么序、么篇、金盞兒、醉扶歸、金盞兒、後庭花、尾。

b27 點絳唇、混江龍、油葫蘆、天下樂、那吒令、鵲踏枝、寄生草、醉中天、
　　金盞兒、後庭花、青哥兒、賺煞。

b28 點絳唇、混江龍、油葫蘆、天下樂、那吒令、鵲踏枝、寄生草、六么序、
　　么篇、尾。

b29 點絳唇、混江龍、油葫蘆、天下樂、那吒令、鵲踏枝、寄生草、村里迓
　　古、元和令、上馬嬌、遊四門、勝葫蘆、寄生草、賺煞。

b30 點絳唇、混江龍、油葫蘆、天下樂、醉中天、那吒令、鵲踏枝、寄生草、
　　金盞兒、尾聲。

b31 點絳唇、混江龍、油葫蘆、天下樂、那吒令、鵲踏枝、寄生草、六么序、
　　么篇、後庭花、青哥兒、賺煞尾。

b32 點絳唇、混江龍、油葫蘆、天下樂、那吒令、鵲踏枝、寄生草、么篇、
　　六么序、么篇、賺尾。

b33 點絳唇、混江龍、油葫蘆、天下樂、那吒令、鵲踏枝、寄生草、河西後
　　庭花、尾聲。

b34 點絳唇、混江龍、油葫蘆、天下樂、寄生草、尾聲。

b35 點絳唇、混江龍、油葫蘆、天下樂、醉中天、金盞兒、醉中天、尾聲。

b36 點絳唇、混江龍、油葫蘆、天下樂、那吒令、鵲踏枝、寄生草、么篇、
　　金盞兒、么篇、尾聲。

b37 點絳唇、混江龍、油葫蘆、天下樂、那吒令、鵲踏枝、寄生草、么篇、
　　村里迓古、元和令、上馬嬌、遊四門、勝葫蘆、後庭花、柳葉兒、尾。

b38 點絳唇、混江龍、油葫蘆、天下樂、那吒令、鵲踏枝、么篇、寄生草、
　　寄生草、後庭花、柳葉兒、賺煞。

b39 點絳唇、混江龍、油葫蘆、天下樂、那吒令、鵲踏枝、寄生草、金盞兒、
　　醉扶歸、賺煞。

b40 點絳唇、混江龍、油葫蘆、天下樂、那吒令、鵲踏枝、寄生草、六么序、
　　么篇、後庭花、青哥兒、賺煞尾。

b41 點絳唇、混江龍、油葫蘆、天下樂、那吒令、鵲踏枝、寄生草、醉扶歸、
　　金盞兒、賺煞。

b42 點絳唇、混江龍、油葫蘆、天下樂、那吒令、鵲踏枝、寄生草、六么序、么篇、尾聲。（寄生草後之二曲原作二前腔，然北曲例無作前腔者，且校之曲譜，此二曲亦非寄生草，《元曲選外編》所據爲金貂記附刻本，另有脈望館鈔本此二曲題作六么序及么篇，校之曲譜亦合，故改之。）

b43 點絳唇、混江龍、油葫蘆、天下樂、醉中天、那吒令、鵲踏枝、寄生草、醉扶歸、金盞兒、賺煞。

b44 點絳唇、混江龍、油葫蘆、天下樂、村里迓古、元和令、上馬嬌、么篇、遊四門、勝葫蘆、後庭花、青哥兒、尾聲。

b45 點絳唇、混江龍、油葫蘆、天下樂、醉中天、金盞兒、賞花時、么篇、尾聲。

b46 八聲甘州、混江龍、油葫蘆、天下樂、村里迓古、元和令、上馬嬌、勝葫蘆、么篇、後庭花、青哥兒、尾。

b47 點絳唇、么篇、混江龍、油葫蘆、天下樂、穿窗月、寄生草、金盞兒、三犯後庭花、賺煞尾。

b48 點絳唇、混江龍、油葫蘆、天下樂、那吒令、鵲踏枝、寄生草、么篇、六么序、么篇、金盞兒、尾。

b49 點絳唇、混江龍、油葫蘆、天下樂、那吒令、鵲踏枝、醉中天、金盞兒、醉中天、金盞兒、煞尾。

b50 點絳唇、混江龍、油葫蘆、天下樂、村里迓古、元和令、上馬嬌、遊四門、勝葫蘆、么篇、後庭花、青哥兒、尾聲。

b51 點絳唇、混江龍、油葫蘆、天下樂、那吒令、鵲踏枝、寄生草、醉扶歸、金盞兒、後庭花、青哥兒、賺煞尾。

b52 點絳唇、混江龍、醉中天、油葫蘆、天下樂、金盞兒、醉中天、尾聲。

b53 點絳唇、混江龍、油葫蘆、天下樂、金盞兒、尾聲。

b54 點絳唇、混江龍、油葫蘆、天下樂、那吒令、鵲踏枝、寄生草、么篇、村里迓古、元和令、上馬嬌、遊四門、勝葫蘆、後庭花、柳葉兒、尾聲。

b55 點絳唇、混江龍、油葫蘆、天下樂、那吒令、鵲踏枝、寄生草、村里迓古、元和令、上馬嬌、遊四門、勝葫蘆、么篇、後庭花、柳葉兒、賺煞。

b56 點絳唇、混江龍、油葫蘆、天下樂、那吒令、鵲踏枝、寄生草、單雁兒、

尾聲。

b57 點絳唇、混江龍、油葫蘆、天下樂、那吒令、鵲踏枝、寄生草、醉中天、
尾聲。

b58 點絳唇、混江龍、油葫蘆、天下樂、後庭花、金盞兒、尾聲。

b59 點絳唇、混江龍、油葫蘆、天下樂、那吒令、鵲踏枝、寄生草、尾聲。

b60 點絳唇、混江龍、油葫蘆、天下樂、那吒令、鵲踏枝、寄生草、後庭花、
青哥兒、尾聲。

b61 點絳唇、混江龍、金盞兒、醉中天、金盞兒、尾聲。

b62 點絳唇、混江龍、油葫蘆、天下樂、村里迓古、元和令、上馬嬌、遊四
門、勝葫蘆、後庭花、柳葉兒、單雁兒、尾聲。

b63 點絳唇、混江龍、油葫蘆、天下樂、寄生草、六么序、尾聲。

b64 點絳唇、混江龍、油葫蘆、天下樂、醉中天、醉扶歸、金盞兒、尾聲。

b65 點絳唇、混江龍、油葫蘆、天下樂、醉扶歸、村里迓古、元和令、上馬
嬌、後庭花、柳葉兒、尾聲。

b66 點絳唇、混江龍、油葫蘆、天下樂、醉扶歸、金盞兒、尾聲。

b67 點絳唇、混江龍、油葫蘆、天下樂、那吒令、鵲踏枝、寄生草、賺煞。

b68 點絳唇、混江龍、油葫蘆、天下樂、那吒令、鵲踏枝、寄生草、醉中天、
金盞兒、賺煞尾。

b69 點絳唇、混江龍、油葫蘆、天下樂、那吒令、鵲踏枝、寄生草、么篇、
六么序、么篇、賺煞尾。

b70 點絳唇、混江龍、油葫蘆、天下樂、那吒令、鵲踏枝、寄生草、尾聲。

c01 點絳唇、混江龍、油葫蘆、天下樂、後庭花、柳葉兒、尾聲。

c02 點絳唇、混江龍、油葫蘆、天下樂、那吒令、鵲踏枝、寄生草、金盞兒、
尾聲。

d01 點絳唇、混江龍、油葫蘆、天下樂、那吒令、鵲踏枝、寄生草、六么序、
么篇、尾聲。

d02 點絳唇、混江龍、油葫蘆、天下樂、醉扶歸、金盞兒、醉中天、金盞兒、
尾聲。

d03 點絳唇、混江龍、油葫蘆、天下樂、那吒令、鵲踏枝、寄生草、金盞兒、
醉扶歸、尾聲。

d04 點絳唇、混江龍、油葫蘆、天下樂、那吒令、鵲踏枝、寄生草、金盞兒、

尾聲。

d05 點絳唇、混江龍、油葫蘆、天下樂、金盞兒、後庭花、賞花時、么篇、
尾聲。

d06 點絳唇、混江龍、油葫蘆、天下樂、那吒令、鵲踏枝、寄生草、尾聲。

d07 點絳唇、混江龍、油葫蘆、天下樂、那吒令、鵲踏枝、寄生草、六么序、
么篇、賺煞。

d08 點絳唇、混江龍、油葫蘆、天下樂、那吒令、鵲踏枝、寄生草、金盞兒、
尾聲。

d09 點絳唇、混江龍、油葫蘆、天下樂、那吒令、鵲踏枝、寄生草、金盞兒、
醉中天、尾聲。

d10 點絳唇、混江龍、油葫蘆、天下樂、金盞兒、寄生草、尾聲。

d11 點絳唇、混江龍、油葫蘆、天下樂、那吒令、鵲踏枝、寄生草、尾聲。

d12 點絳唇、混江龍、油葫蘆、天下樂、那吒令、鵲踏枝、寄生草、尾聲。

d13 點絳唇、混江龍、油葫蘆、天下樂、寄生草、六么序、么篇、尾聲。

d14 點絳唇、混江龍、油葫蘆、天下樂、那吒令、鵲踏枝、醉扶歸、金盞兒、
尾聲。

d15 點絳唇、混江龍、油葫蘆、天下樂、金盞兒、寄生草、尾聲。

d16 點絳唇、混江龍、油葫蘆、天下樂、金盞兒、後庭花、青哥兒、尾聲。

d17 點絳唇、混江龍、油葫蘆、天下樂、金盞兒、寄生草、尾聲。

d18 點絳唇、混江龍、油葫蘆、天下樂、節節高、元和令、上馬嬌、遊四門、
勝葫蘆、尾聲。

d19 點絳唇、混江龍、油葫蘆、天下樂、醉扶歸、金盞兒、尾聲。

d20 點絳唇、混江龍、油葫蘆、天下樂、寄生草、尾聲。

d21 點絳唇、混江龍、油葫蘆、天下樂、金盞兒、醉扶歸、金盞兒、尾聲。

d22 點絳唇、混江龍、油葫蘆、天下樂、那吒令、鵲踏枝、寄生草、六么序、
尾聲。

d23 點絳唇、混江龍、那吒令、鵲踏枝、金盞兒、尾聲。

d24 點絳唇、混江龍、油葫蘆、天下樂、醉中天、醉扶歸、金盞兒、尾聲。

d25 點絳唇、混江龍、油葫蘆、天下樂、那吒令、鵲踏枝、寄生草、六么序、
么篇、尾聲。

d26 點絳唇、混江龍、油葫蘆、天下樂、醉中天、那吒令、鵲踏枝、寄生草、

尾聲。

d27 點絳唇、混江龍、油葫蘆、天下樂、那吒令、鵲踏枝、寄生草、賺煞。

d28 點絳唇、混江龍、油葫蘆、天下樂、那吒令、鵲踏枝、寄生草、醉中天、
　　金盞兒、尾聲。

d29 點絳唇、混江龍、油葫蘆、天下樂、金盞兒、寄生草、尾聲。

d30 點絳唇、混江龍、油葫蘆、天下樂、那吒令、鵲踏枝、寄生草、尾聲。

d31 點絳唇、混江龍、油葫蘆、天下樂、那吒令、鵲踏枝、寄生草、尾聲。

d32 點絳唇、混江龍、油葫蘆、天下樂、那吒令、鵲踏枝、寄生草、金盞兒、
　　尾聲。

d33 點絳唇、混江龍、油葫蘆、天下樂、那吒令、鵲踏枝、寄生草、尾聲。

d34 點絳唇、混江龍、那吒令、鵲踏枝、寄生草、金盞兒、尾聲。

d35 點絳唇、混江龍、油葫蘆、天下樂、那吒令、鵲踏枝、寄生草、尾聲。

d36 點絳唇、混江龍、油葫蘆、天下樂、後庭花、金盞兒、尾聲。

d37 點絳唇、混江龍、油葫蘆、天下樂、後庭花、青哥兒、尾聲。

d38 點絳唇、混江龍、油葫蘆、天下樂、那吒令、鵲踏枝、寄生草、尾聲。

d39 點絳唇、混江龍、油葫蘆、天下樂、那吒令、鵲踏枝、寄生草、醉中天、
　　金盞兒、尾聲。

d40 點絳唇、混江龍、油葫蘆、天下樂、那吒令、鵲踏枝、寄生草、么篇、
　　後庭花、青哥兒、賺煞。

d41 點絳唇、混江龍、油葫蘆、天下樂、那吒令、鵲踏枝、寄生草、後庭花、
　　柳葉兒、賺煞。

d42 點絳唇、混江龍、油葫蘆、天下樂、醉中天、金盞兒、醉扶歸、尾聲。

d43 點絳唇、混江龍、油葫蘆、天下樂、金盞兒、寄生草、尾聲。

d44 點絳唇、混江龍、村里迓古、元和令、上馬嬌、遊四門、勝葫蘆、尾
　　聲。

d45 點絳唇、混江龍、油葫蘆、天下樂、後庭花、青哥兒、尾聲。

d46 點絳唇、混江龍、油葫蘆、天下樂、那吒令、鵲踏枝、寄生草、么篇、
　　後庭花、柳葉兒、村里迓古、元和令、勝葫蘆、上馬嬌、四門子、賺
　　煞。

d47 點絳唇、混江龍、油葫蘆、天下樂、那吒令、鵲踏枝、寄生草、么篇、
　　後庭花、青哥兒、賺煞。

d48 點絳唇、混江龍、油葫蘆、天下樂、那吒令、鵲踏枝、寄生草、尾聲。

d49 點絳唇、混江龍、油葫蘆、天下樂、那吒令、鵲踏枝、寄生草、後庭花、柳葉兒、賺煞。

d50 點絳唇、混江龍、油葫蘆、天下樂、那吒令、鵲踏枝、寄生草、么篇、後庭花、青哥兒、賺煞。

d51 點絳唇、混江龍、油葫蘆、天下樂、那吒令、鵲踏枝、寄生草、後庭花、青哥兒、賺煞。

d52 點絳唇、混江龍、油葫蘆、天下樂、醉扶歸、金盞兒、後庭花、青哥兒、尾聲。

d53 點絳唇、混江龍、油葫蘆、天下樂、醉中天、穿窗月、寄生草、後庭花、柳葉兒、賺煞。

d54 點絳唇、混江龍、油葫蘆、天下樂、那吒令、鵲踏枝、寄生草、尾聲。

d55 點絳唇、混江龍、油葫蘆、天下樂、醉扶歸、金盞兒、賺煞。

d56 點絳唇、混江龍、油葫蘆、天下樂、那吒令、鵲踏枝、寄生草、後庭花、青哥兒、尾聲。

d57 點絳唇、混江龍、油葫蘆、天下樂、金盞兒、醉扶歸、金盞兒、尾聲。

d58 點絳唇、混江龍、油葫蘆、天下樂、醉扶歸、後庭花、柳葉兒、尾聲。

d59 點絳唇、混江龍、油葫蘆、天下樂、鵲踏枝、寄生草、么篇、金盞兒、尾聲。

d60 點絳唇、混江龍、油葫蘆、天下樂、那吒令、鵲踏枝、寄生草、尾聲。

d61 點絳唇、混江龍、油葫蘆、天下樂、後庭花、柳葉兒、尾聲。

d62 點絳唇、混江龍、油葫蘆、天下樂、那吒令、鵲踏枝、寄生草、尾聲。

以下為全劇不存之殘折套式：

e01 點絳唇、混江龍、油葫蘆、天下樂、那吒令、鵲踏枝、寄生草、賺煞。（趙彥輝《春衫記》）

e02 點絳唇、混江龍、油葫蘆、天下樂、那吒令、鵲踏枝、寄生草、么篇、後庭花、青哥兒、賺煞尾。（無名氏《千里獨行》）

e03 點絳唇、混江龍、油葫蘆、天下樂、那吒令、鵲踏枝、寄生草、賞花時、勝葫蘆、醉中天、金盞兒、賺煞。（石子章《竹窗雨》）

e04 點絳唇、混江龍、油葫蘆、天下樂、村里迓古、元和令、上馬嬌、遊四門、勝葫蘆、么篇、後庭花、柳葉兒、尾聲。（無名氏《杜鵑啼》）

e05 點絳唇、混江龍、油葫蘆、天下樂、村里迓古、元和令、上馬嬌、遊四門、勝葫蘆、么篇、後庭花、柳葉兒、寄生草、賺煞。（王實甫《芙蓉亭》）

e06 點絳唇、混江龍、油葫蘆、天下樂、那吒令、鵲踏枝、寄生草、後庭花、青哥兒。（紀君祥《松陰夢》）

e07 點絳唇、混江龍、油葫蘆、天下樂、那吒令、鵲踏枝、寄生草、節節高、元和令、上馬嬌、勝葫蘆、么篇、後庭花、青哥兒。（李壽卿《嘆骷髏》）

附錄三：正宮所有套式

正宮所有套式如下：

a02 端正好、滾繡毬、倘秀才、滾繡毬、醉太平、呆骨朵、滾繡毬、倘秀才、叨叨令、煞尾。

a03 端正好、滾繡毬、倘秀才、滾繡毬、呆骨朵、脫布衫、小梁州、么篇、耍孩兒、煞尾。

a04 端正好、滾繡毬、脫布衫、小梁州、么篇、伴讀書、笑和尚、倘秀才、滾繡毬、黃鍾尾。

a07 端正好、滾繡毬、倘秀才、滾繡毬、呆骨朵、倘秀才、滾繡毬、貨郎兒、脫布衫、醉太平、伴讀書、笑和尚、叨叨令、耍孩兒、二煞、三煞、四煞、五煞、六煞、煞尾。（此套之醉太平原誤題為太平令，按太平令應為雙調之曲，而醉太平又名太平年，與太平令相近而誤題。）

a09 端正好、滾繡毬、倘秀才、滾繡毬、倘秀才、窮河西、滾繡毬、倘秀才、呆骨朵、倘秀才、醉太平、二煞、一煞、煞尾。

a11 端正好、滾繡毬、倘秀才、叫聲、上小樓、石榴花、鬥鵪鶉、滿庭芳、紅繡鞋、快活三、鮑老兒、煞尾。

a12 端正好、滾繡毬、倘秀才、滾繡毬、么篇、倘秀才、脫布衫、小梁州、么篇、二煞、黃鍾尾。

a13 端正好、滾繡毬、倘秀才、滾繡毬、倘秀才、滾繡毬、倘秀才、三煞、二煞、一煞、煞尾。

a15 端正好、滾繡毬、伴讀書、笑和尚、快活三、鮑老兒、貨郎兒、醉太平、尾煞。

a21 端正好、么篇、滾繡毬、倘秀才、呆骨朵、白鶴子、么篇、么篇、么篇、倘秀才、芙蓉花、伴讀書、笑和尚、倘秀才、雙鴛鴦、蠻姑兒、滾繡毬、

叨叨令、倘秀才、滾繡毬、三煞、二煞、黃鍾煞。

a22　端正好、滾繡毬、倘秀才、呆骨朵、脫布衫、小梁州、么篇、倘秀才、滾繡毬、煞尾。

a23　端正好、滾繡毬、倘秀才、呆骨朵、倘秀才、伴讀書、笑和尚、醉太平、煞尾。

a24　端正好、滾繡毬、伴讀書、笑和尚、川撥棹、七弟兄、梅花酒、收江南、煞尾。

a25　端正好、滾繡毬、倘秀才、呆骨朵、倘秀才、滾繡毬、倘秀才、滾繡毬、煞尾。

a26　端正好、滾繡毬、倘秀才、伴讀書、笑和尚、滾繡毬、朝天子、四邊靜、煞尾。

a29　端正好、滾繡毬、倘秀才、叨叨令、倘秀才、滾繡毬、脫布衫、小梁州、么篇、倘秀才、滾繡毬、倘秀才、滾繡毬、三煞、二煞、煞尾。

a31　端正好、滾繡毬、倘秀才、滾繡毬、叨叨令、滾繡毬、倘秀才、滾繡毬、三煞、二煞、黃鍾煞。

a32　端正好、滾繡毬、呆骨朵、倘秀才、滾繡毬、脫布衫、醉太平、叨叨令、煞尾。

a34　端正好、滾繡毬、叨叨令、滾繡毬、倘秀才、醉太平、倘秀才、滾繡毬、呆骨朵、倘秀才、滾繡毬、煞尾。

a36　端正好、滾繡毬、倘秀才、滾繡毬、叨叨令、倘秀才、滾繡毬、伴讀書、笑和尚、煞尾。

a37　端正好、滾繡毬、倘秀才、脫布衫、醉太平、笑和尚、叨叨令、上小樓、么篇、快活三、朝天子、尾煞。

a40　端正好、滾繡毬、倘秀才、伴讀書、笑和尚、耍孩兒、一煞、二煞、三煞、哨遍、煞尾。

a42　端正好、滾繡毬、倘秀才、滾繡毬、倘秀才、叨叨令、倘秀才、滾繡毬、倘秀才、滾繡毬、倘秀才、三煞、二煞、煞尾。

a43　端正好、滾繡毬、倘秀才、滾繡毬、白鶴子、脫布衫、醉太平、倘秀才、滾繡毬、二煞、煞尾。

a44　端正好、滾繡毬、倘秀才、滾繡毬、倘秀才、滾繡毬、叨叨令、四煞、三煞、二煞、煞尾。

a45 端正好、滾繡毬、倘秀才、叨叨令、倘秀才、滾繡毬、笑和尚、叨叨令、
　　倘秀才、滾繡毬、煞尾。

a46 端正好、滾繡毬、倘秀才、滾繡毬、醉太平、脫布衫、小梁州、么篇、
　　一煞、煞尾。

a47 端正好、滾繡毬、倘秀才、滾繡毬、呆骨朵、倘秀才、滾繡毬、煞尾。

a48 端正好、滾繡毬、倘秀才、倘秀才、滾繡毬、煞尾。

a50 端正好、滾繡毬、倘秀才、滾繡毬、快活三、朝天子、脫布衫、醉太平、
　　三煞、二煞、隨煞尾。

a51 端正好、滾繡毬、倘秀才、滾繡毬、呆骨朵、倘秀才、滾繡毬、叨叨令、
　　倘秀才、滾繡毬、醉太平、一煞、二煞、三煞、四煞、尾煞。

a53 端正好、滾繡毬、笑和尚、醉春風、石榴花、鬥鵪鶉、上小樓、么篇、
　　十二月、堯民歌、耍孩兒、煞尾。

a57 端正好、滾繡毬、倘秀才、脫布衫、小梁州、么篇、倘秀才、滾繡毬、
　　呆骨朵、倘秀才、滾繡毬、二煞、一煞、隨煞尾。

a59 端正好、滾繡毬、倘秀才、滾繡毬、叨叨令、呆骨朵、伴讀書、笑和尚、
　　煞尾。

a60 端正好、滾繡毬、倘秀才、滾繡毬、倘秀才、滾繡毬、叨叨令、十二月、
　　堯民歌、煞尾。

a67 端正好、滾繡毬、倘秀才、脫布衫、小梁州、么篇、上小樓、么篇、隨
　　煞尾。

a68 端正好、滾繡毬、倘秀才、滾繡毬、脫布衫、小梁州、么篇、滾繡毬、
　　白鶴子、么篇、快活三、鮑老兒、啄木兒尾。

a69 端正好、滾繡毬、叨叨令、滾繡毬、倘秀才、伴讀書、笑和尚、滾繡毬、
　　呆骨朵、滾繡毬、三煞、二煞、煞尾。

a70 端正好、滾繡毬、倘秀才、滾繡毬、倘秀才、呆骨朵、叨叨令、伴讀書、
　　笑和尚、三煞、二煞、煞尾。

a71 端正好、滾繡毬、叫聲、上小樓、么篇、滿庭芳、十二月、堯民歌、耍
　　孩兒、煞尾。

a73 端正好、滾繡毬、倘秀才、滾繡毬、叨叨令、滾繡毬、呆骨朵、煞尾。

a74 端正好、滾繡毬、倘秀才、滾繡毬、脫布衫、小梁州、么篇、叨叨令、
　　剔銀燈、蔓菁菜、柳青娘、道和、啄木兒尾。

a76 端正好、滾繡毬、倘秀才、滾繡毬、倘秀才、滾繡毬、叨叨令、脫布衫、
　　小梁州、么篇、伴讀書、笑和尚、煞尾。

a78 端正好、滾繡毬、倘秀才、滾繡毬、倘秀才、滾繡毬、呆骨朵、脫布衫、
　　醉太平、倘秀才、滾繡毬、叨叨令、三煞、二煞、隨煞尾。

a80 端正好、滾繡毬、叨叨令、醉高歌、紅繡鞋、小梁州、么篇、快活三、
　　朝天子、四邊靜。

a81 端正好、滾繡毬、倘秀才、滾繡毬、倘秀才、滾繡毬、脫布衫、醉太平、
　　倘秀才、滾繡毬、塞鴻秋、三煞、二煞、黃鍾煞。

a83 端正好、滾繡毬、么篇、叨叨令、倘秀才、滾繡毬、尾煞。

a85 端正好、滾繡毬、倘秀才、笑和尚、脫布衫、小梁州、么篇、黃鍾尾。

a86 端正好、滾繡毬、倘秀才、叨叨令、快活三、鮑老兒、耍孩兒、二煞、
　　一煞、煞尾。

a87 端正好、滾繡毬、倘秀才、滾繡毬、倘秀才、叨叨令、一煞、黃鍾尾。

a89 端正好、滾繡毬、伴讀書、笑和尚、滾繡毬、叨叨令、快活三、鮑老兒、
　　耍孩兒、二煞、煞尾。

a91 端正好、滾繡毬、倘秀才、滾繡毬、倘秀才、滾繡毬、倘秀才、滾繡毬、
　　倘秀才、塞鴻秋、隨煞。

a94 端正好、滾繡毬、倘秀才、上小樓、么篇、十二月、堯民歌、隨尾。

a96 端正好、滾繡毬、倘秀才、滾繡毬、倘秀才、窮河西、叨叨令、三煞、
　　二煞、煞尾。

a97 端正好、滾繡毬、呆骨朵、倘秀才、滾繡毬、倘秀才、滾繡毬、倘秀才、
　　隨煞尾。

a98 端正好、滾繡毬、倘秀才、滾繡毬、脫布衫、小梁州、么篇、笑和尚、
　　尾聲。

a00 端正好、滾繡毬、倘秀才、滾繡毬、倘秀才、呆骨朵、伴讀書、笑和尚、
　　煞尾。

b01 端正好、滾繡毬、倘秀才、滾繡毬、叨叨令、倘秀才、呆骨朵、倘秀才、
　　滾繡毬、三煞、二煞、尾。

b02 端正好、滾繡毬、倘秀才、呆骨朵、倘秀才、滾繡毬、伴讀書、笑和尚、
　　倘秀才、叨叨令、倘秀才、呆骨朵、三煞、二煞、尾。

b03 端正好、滾繡毬、醉太平、倘秀才、呆骨朵、倘秀才、脫布衫、小梁州、

　　么篇、叨叨令、塞鴻秋、倘秀才、滾繡毬、煞、尾聲。

b05　端正好、滾繡毬、倘秀才、滾繡毬、倘秀才、滾繡毬、倘秀才、滾繡毬、
　　　尾聲。

b09　端正好、滾繡毬、倘秀才、倘秀才、呆骨朵、啄木兒尾聲。

b12　端正好、滾繡毬、倘秀才、滾繡毬、倘秀才、滾繡毬、塞鴻秋、伴讀書、
　　　笑和尚、尾聲。

b14　端正好、滾繡毬、倘秀才、滾繡毬、倘秀才、呆骨朵、脫布衫、小梁州、
　　　么篇、上小樓、么篇、滿庭芳、耍孩兒、四煞、三煞、二煞、尾聲。

b15　端正好、滾繡毬、倘秀才、滾繡毬、倘秀才、呆骨朵、貨郎兒、脫布衫、
　　　醉太平、尾聲。

b18　端正好、滾繡毬、叨叨令、倘秀才、滾繡毬、白鶴子、么篇、么篇、耍
　　　孩兒、二煞、收尾。

b20　端正好、滾繡毬、叨叨令、脫布衫、小梁州、么篇、上小樓、么篇、滿
　　　庭芳、快活三、朝天子、四邊靜、耍孩兒、五煞、四煞、三煞、二煞、
　　　一煞、收尾。

b22　端正好、滾繡毬、倘秀才、倘秀才、倘秀才、尾聲。

b23　端正好、滾繡毬、倘秀才、滾繡毬、倘秀才、呆骨朵、叨叨令、伴讀書、
　　　笑和尚、倘秀才、滾繡毬、快活三、鮑老兒。

b25　端正好、么篇、滾繡毬、倘秀才、滾繡毬、叨叨令、倘秀才、滾繡毬、
　　　呆骨朵、五煞、四煞、三煞、二煞、煞尾。

b26　端正好、滾繡毬、倘秀才、滾繡毬、脫布衫、醉太平、倘秀才、叨叨令、
　　　喜春來、堯民歌、四煞、三煞、二煞、尾。

b27　端正好、滾繡毬、倘秀才、滾繡毬、倘秀才、滾繡毬、呆骨朵、倘秀才、
　　　滾繡毬、煞尾。

b29　端正好、滾繡毬、呆骨朵、倘秀才、滾繡毬、倘秀才、叨叨令、倘秀才、
　　　滾繡毬、倘秀才、滾繡毬、二煞、尾。

b30　端正好、滾繡毬、倘秀才、叨叨令、脫布衫、小梁州、么篇、尾聲。

b31　端正好、滾繡毬、倘秀才、滾繡毬、倘秀才、滾繡毬、倘秀才、滾繡毬、
　　　脫布衫、小梁州、么篇、耍孩兒、二煞、三煞、四煞、尾。

b33　端正好、滾繡毬、倘秀才、脫布衫、小梁州、么篇。

b35　端正好、滾繡毬、倘秀才、滾繡毬、呆骨朵、脫布衫、小梁州、么篇、

尾聲。

b37 端正好、滾繡毬、收尾。

b39 端正好、滾繡毬、倘秀才、滾繡毬、倘秀才、呆骨朵、脫布衫、醉太平、尾聲。

b40 端正好、滾繡毬、倘秀才、呆骨朵、倘秀才、滾繡毬、倘秀才、滾繡毬、三煞、二煞、收尾煞。

b41 端正好、滾繡毬、倘秀才、笑和尚、倘秀才、滾繡毬、倘秀才、滾繡毬、倘秀才、滾繡毬、尾聲。

b43 端正好、滾繡毬、倘秀才、呆骨朵、倘秀才、滾繡毬、倘秀才、滾繡毬、倘秀才、滾繡毬、倘秀才、滾繡毬、脫布衫、醉太平、二煞、收尾。

b45 端正好、滾繡毬、倘秀才、滾繡毬、呆骨朵、笑和尚、伴讀書、尾。

b47 端正好、蠻姑兒、滾繡毬、叨叨令、伴讀書、笑和尚、倘秀才、滾繡毬、尾。

b48 端正好、滾繡毬、倘秀才、滾繡毬、叨叨令、白鶴子、快活三、鮑老兒、古鮑老、柳青娘、道和、尾。(此套之柳青娘與道和原次序顛倒,但道和未見用於柳青娘之前,對照曲譜後,實爲原書誤題。)

b50 端正好、滾繡毬、倘秀才、滾繡毬、倘秀才、滾繡毬、倘秀才、滾繡毬、叨叨令、尾聲。

b55 端正好、滾繡毬、倘秀才、呆骨朵、脫布衫、醉太平、醉太平、倘秀才、滾繡毬、叨叨令、滾繡毬、二煞、煞尾。

b56 端正好、滾繡毬、倘秀才、白鶴子、白鶴子、倘秀才、伴讀書、笑和尚、尾聲。

b58 端正好、滾繡毬、叨叨令、倘秀才、貨郎兒、尾聲。

b60 端正好、滾繡毬、快活三、朝天子、四邊靜、齊天樂、紅衫兒、尾聲。

b63 端正好、滾繡毬、呆骨朵、倘秀才、滾繡毬、倘秀才、一煞、尾聲。

b64 端正好、滾繡毬、倘秀才、倘秀才、滾繡毬、倘秀才、叨叨令、鮑老兒、尾聲。

b67 端正好、滾繡毬、倘秀才、滾繡毬、快活三、朝天子、尾聲。

b69 端正好、滾繡毬、倘秀才、脫布衫、小梁州、么篇、醉太平、叨叨令、隨煞尾。

c01 端正好、滾繡毬、倘秀才、脫布衫、小梁州、么篇、呆骨朵。

c02　端正好、滾繡毬、倘秀才、滾繡毬、脫布衫、小梁州、么篇、呆骨朵、
　　　尾聲。

d02　端正好、滾繡毬、倘秀才、滾繡毬、呆骨朵、伴讀書、笑和尚、貨郎兒、
　　　尾聲。

d04　端正好、滾繡毬、倘秀才、呆骨朵、脫布衫、小梁州、么篇、醉太平、
　　　尾聲。

d08　端正好、滾繡毬、倘秀才、叨叨令、呆骨朵、脫布衫、小梁州、么篇、
　　　伴讀書、笑和尚、啄木兒煞。

d10　端正好、滾繡毬、倘秀才、脫布衫、小梁州、么篇、尾聲。

d11　端正好、滾繡毬、倘秀才、滾繡毬、倘秀才、呆骨朵、伴讀書、笑和尚、
　　　尾聲。

d12　端正好、滾繡毬、倘秀才、倘秀才、脫布衫、小梁州、么篇、快活三、
　　　鮑老兒、尾聲。

d17　端正好、滾繡毬、倘秀才、脫布衫、小梁州、么篇、醉太平、尾聲。

d22　端正好、滾繡毬、倘秀才、叨叨令、白鶴子、白鶴子、紅繡鞋、快活三、
　　　鮑老兒、古鮑老、柳青娘、道和、耍孩兒、尾聲。

d23　端正好、滾繡毬、倘秀才、滾繡毬、脫布衫、小梁州、么篇、笑和尚、
　　　尾聲。（按此套之小梁州之後應有么篇，原漏題，今校曲譜補之。）

d26　端正好、滾繡毬、倘秀才、滾繡毬、滾繡毬、倘秀才、倘秀才、脫布衫、
　　　小梁州、么篇、尾聲。

d27　端正好、滾繡毬、倘秀才、叨叨令、脫布衫、小梁州、么篇、尾聲。

d29　端正好、滾繡毬、倘秀才、脫布衫、小梁州、么篇、尾聲。

d33　端正好、滾繡毬、倘秀才、呆骨朵、脫布衫、小梁州、么篇、尾聲。

d36　端正好、滾繡毬、倘秀才、脫布衫、小梁州、么篇。

d37　端正好、滾繡毬、倘秀才、倘秀才、滾繡毬、伴讀書、笑和尚、二煞、
　　　尾聲。

d38　端正好、滾繡毬、倘秀才、呆骨朵、脫布衫、小梁州、么篇、尾聲。

d40　端正好、滾繡毬、倘秀才、滾繡毬、倘秀才、呆骨朵、叨叨令、脫布衫、
　　　小梁州、么篇、醉太平、二煞、二煞、煞尾。

d41　端正好、滾繡毬、呆骨朵、滾繡毬、脫布衫、小梁州、么篇、醉太平、
　　　尾聲。

d42 端正好、滾繡毬、倘秀才、叨叨令、伴讀書、笑和尚、尾聲。

d43 端正好、滾繡毬、倘秀才、呆骨朵、脫布衫、醉太平、尾聲。

d46 端正好、滾繡毬、倘秀才、滾繡毬、塞鴻秋、醉太平、滾繡毬、呆骨朵、倘秀才、滾繡毬、呆骨朵、醉太平、倘秀才、滾繡毬、倘秀才、隨煞。

d47 端正好、滾繡毬、倘秀才、滾繡毬、倘秀才、滾繡毬、倘秀才、滾繡毬、尾聲。

d49 端正好、滾繡毬、倘秀才、呆骨朵、倘秀才、滾繡毬、脫布衫、小梁州、么篇、尾聲。

d51 端正好、滾繡毬、倘秀才、叨叨令、脫布衫、小梁州、么篇、尾。

d53 端正好、滾繡毬、倘秀才、滾繡毬、倘秀才、滾繡毬、脫布衫、小梁州、么篇、三煞、二煞、尾聲。

d55 端正好、滾繡毬、倘秀才、滾繡毬、倘秀才、塞鴻秋、倘秀才、脫布衫、小梁州、么篇、尾聲。

d58 端正好、滾繡毬、倘秀才、呆骨朵、伴讀書、笑和尚、尾聲。

d59 端正好、滾繡毬、叨叨令、倘秀才、么篇、么篇、尾聲。

d61 端正好、滾繡毬、倘秀才、脫布衫、小梁州、么篇、尾聲。

以下爲全劇不存之殘折套式：

e01 端正好、滾繡毬、倘秀才、叨叨令、白鶴子、么篇、快活三、紅繡鞋、鮑老兒、古鮑老、牆頭花、柳青娘、道和、耍孩兒、煞、尾聲。（白樸《流紅葉》第二折）

e02 端正好、滾繡毬、倘秀才、醉春風、迎仙客、十二月、堯民歌、朝天子、上小樓、紅繡鞋、快活三、鮑老兒、剔銀燈、耍孩兒、煞、尾聲。（李取進《欒巴噀酒》第三折）

e03 端正好、滾繡毬、倘秀才、滾繡毬、倘秀才、滾繡毬、塞鴻秋、脫布衫、小梁州、么篇、白鶴子、快活三、朝天子、四邊靜、上小樓、滿庭芳、十二月、堯民歌、耍孩兒、煞、煞尾。（鮑天祐《秦少游》折次不詳）

附錄四：南呂所有套式

南呂所有套式如下：

a01 一枝花、梁州第七、隔尾、牧羊關、賀新郎、鬥蝦蟆、哭皇天、烏夜啼、

三煞、二煞、黃鍾尾。

a03 一枝花、梁州第七、牧羊關、隔尾、哭皇天、烏夜啼、牧羊關、黃鍾煞尾。

a06 一枝花、梁州第七、牧羊關、隔尾、四塊玉、牧羊關、賀新郎、隔尾、紅芍藥、菩薩梁州、煞尾。

a07 一枝花、梁州第七、隔尾、罵玉郎、感皇恩、採茶歌、牧羊關、么篇、煞尾。

a09 一枝花、梁州第七、隔尾、賀新郎、牧羊關、二煞、煞尾。

a11 一枝花、梁州第七、牧羊關、罵玉郎、感皇恩、採茶歌、三煞、二煞、黃鍾尾。

a15 一枝花、梁州第七、牧羊關、隔尾、哭皇天、烏夜啼、黃鍾煞。

a16 一枝花、梁州第七、隔尾、牧羊關、罵玉郎、感皇恩、採茶歌、黃鍾煞。

a20 一枝花、梁州第七、牧羊關、罵玉郎、感皇恩、採茶歌、隔尾、紅芍藥、菩薩梁州、牧羊關、三煞、二煞、黃鍾尾。

a23 一枝花、梁州第七、賀新郎、牧羊關、隔尾、牧羊關、黃鍾尾。

a26 一枝花、梁州第七、賀新郎、隔尾、鬥蝦蟆、牧羊關、么篇、黃鍾尾。

a27 一枝花、梁州第七、牧羊關、哭皇天、烏夜啼、賀新郎、罵玉郎、感皇恩、採茶歌、黃鍾尾。

a28 一枝花、梁州第七、牧羊關、隔尾、賀新郎、四塊玉、隔尾、罵玉郎、感皇恩、採茶歌、牧羊關、二煞、黃鍾尾。

a31 一枝花、梁州第七、賀新郎、牧羊關、隔尾、牧羊關、紅芍藥、菩薩梁州、三煞、二煞、煞尾。

a33 一枝花、梁州第七、四塊玉、隔尾、牧羊關、罵玉郎、感皇恩、採茶歌、黃鍾尾。

a35 一枝花、梁州第七、牧羊關、罵玉郎、感皇恩、採茶歌、哭皇天、烏夜啼、尾聲。

a36 一枝花、梁州第七、賀新郎、梧桐樹、隔尾、牧羊關、紅芍藥、菩薩梁州、哭皇天、烏夜啼、三煞、二煞、黃鍾尾。

a37 一枝花、梁州第七、賀新郎、隔尾、鬥蝦蟆、牧羊關、隔尾、牧羊關、紅芍藥、菩薩梁州、水仙子、黃鍾尾。

a38 一枝花、梁州第七、牧羊關、罵玉郎、哭皇天、烏夜啼、煞尾。

a39 一枝花、梁州第七、牧羊關、賀新郎、牧羊關、隔尾、黃鍾煞。

a42 一枝花、梁州第七、隔尾、牧羊關、紅芍藥、菩薩梁州、隔尾、牧羊關、賀新郎、牧羊關、哭皇天、烏夜啼、黃鍾煞。

a46 一枝花、梁州第七、隔尾、罵玉郎、感皇恩、採茶歌、牧羊關、一煞、黃鍾尾。

a49 一枝花、梁州第七、牧羊關、四塊玉、罵玉郎、感皇恩、採茶歌、黃鍾尾。

a54 一枝花、梁州第七、牧羊關、賀新郎、牧羊關、哭皇天、烏夜啼、鬥蝦蟆、黃鍾尾。

a55 一枝花、梁州第七、隔尾、牧羊關、隔尾、罵玉郎、感皇恩、採茶歌、哭皇天、烏夜啼、三煞、二煞、黃鍾尾。

a58 一枝花、梁州第七、賀新郎、紅芍藥、菩薩梁州、罵玉郎、感皇恩、採茶歌、哭皇天、烏夜啼、黃鍾尾。

a60 一枝花、梁州第七、隔尾、賀新郎、罵玉郎、感皇恩、採茶歌、牧羊關、哭皇天、烏夜啼、三煞、二煞、黃鍾尾。

a61 一枝花、梁州第七、罵玉郎、感皇恩、採茶歌、牧羊關、哭皇天、烏夜啼、紅芍藥、菩薩梁州、牧羊關、黃鍾尾。

a62 一枝花、梁州第七、隔尾、哭皇天、烏夜啼、賀新郎、四塊玉、罵玉郎、感皇恩、採茶歌、一煞、尾煞。

a63 一枝花、梁州第七、四塊玉、罵玉郎、感皇恩、採茶歌、側磚兒、竹枝歌、哭皇天、烏夜啼、黃鍾尾。

a68 一枝花、梁州第七、隔尾、牧羊關、隔尾、牧羊關、罵玉郎、感皇恩、採茶歌、哭皇天、烏夜啼、賀新郎、煞尾。

a69 一枝花、梁州第七、隔尾、牧羊關、隔尾、牧羊關、紅芍藥、菩薩梁州、隔尾、牧羊關、黃鍾尾。

a71 一枝花、梁州第七、隔尾、牧羊關、罵玉郎、感皇恩、採茶歌、賀新郎、哭皇天、烏夜啼、黃鍾尾。

a72 一枝花、梁州第七、牧羊關、罵玉郎、感皇恩、採茶歌、三煞、二煞、尾煞。

a74 一枝花、梁州第七、隔尾、牧羊關、哭皇天、烏夜啼、罵玉郎、感皇恩、

採茶歌、煞尾。

a77　一枝花、梁州第七、隔尾、么篇、牧羊關、么篇、隔尾、牧羊關、罵玉
　　　郎、感皇恩、採茶歌、黃鍾尾。

a84　一枝花、梁州第七、隔尾、牧羊關、隔尾、牧羊關、賀新郎、隔尾、紅
　　　芍藥、菩薩梁州、罵玉郎、感皇恩、採茶歌、二煞、黃鍾煞尾。

a85　一枝花、梁州第七、隔尾、牧羊關、紅芍藥、菩薩梁州、三煞、二煞、
　　　煞尾。

a86　一枝花、梁州第七、隔尾、賀新郎、鬥蝦蟆、隔尾、牧羊關、罵玉郎、
　　　感皇恩、採茶歌、黃鍾尾。

a89　一枝花、梁州第七、隔尾、四塊玉、罵玉郎、感皇恩、採茶歌、鬥蝦蟆、
　　　牧羊關、隔尾、哭皇天、烏夜啼、黃鍾尾。

a90　一枝花、梁州第七、四塊玉、紅芍藥、菩薩梁州、牧羊關、梧桐樹、隔
　　　尾、牧羊關、尾煞。

a94　一枝花、梁州第七、轉調貨郎兒、二轉、三轉、四轉、五轉、六轉、七
　　　轉、八轉、九轉、煞尾。

a98　一枝花、梁州第七、牧羊關、罵玉郎、感皇恩、採茶歌、黃鍾煞尾。

a99　一枝花、梁州第七、牧羊關、賀新郎、牧羊關、哭皇天、烏夜啼、黃鍾
　　　尾。

b01　一枝花、梁州第七、隔尾、牧羊關、賀新郎、牧羊關、收尾。

b02　一枝花、梁州第七、牧羊關、賀新郎、牧羊關、鬥蝦蟆、哭皇天、烏夜
　　　啼、三煞、二煞、收尾。

b03　一枝花、梁州第七、隔尾、牧羊關、罵玉郎、感皇恩、採茶歌、賀新郎、
　　　哭皇天、烏夜啼、煞、尾聲。

b04　一枝花、梁州第七、牧羊關、紅芍藥、菩薩梁州、罵玉郎、感皇恩、採
　　　茶歌、尾聲。

b06　一枝花、梁州第七、四塊玉、罵玉郎、感皇恩、採茶歌、尾聲。

b08　一枝花、梁州第七、紅芍藥、菩薩梁州、牧羊關、賀新郎、鬥蝦蟆、尾
　　　聲。

b09　一枝花、梁州第七、隔尾、賀新郎、尾聲。

b10　一枝花、梁州第七、牧羊關、隔尾、感皇恩、採茶歌、紅芍藥、菩薩梁
　　　州、尾聲。

b13 一枝花、梁州第七、隔尾、賀新郎、罵玉郎、感皇恩、採茶歌、鬥蝦蟆、
　　牧羊關、紅芍藥、菩薩梁州、二煞、煞尾。

b15 一枝花、梁州第七、隔尾、牧羊關、四塊玉、牧羊關、哭皇天、烏夜啼、
　　鵪鶉兒、尾聲。

b16 一枝花、梁州第七、牧羊關、隔尾、罵玉郎、感皇恩、採茶歌、尾聲。

b23 一枝花、梁州第七、賀新郎、牧羊關、隔尾、牧羊關、隔尾、鬥鵪鶉、
　　哭皇天、烏夜啼、尾。

b27 一枝花、梁州第七、牧羊關、么篇、么篇、么篇、罵玉郎、感皇恩、採
　　茶歌、煞尾。

b28 一枝花、梁州第七、牧羊關、四塊玉、罵玉郎、感皇恩、採茶歌、牧羊
　　關、尾。

b38 一枝花、梁州第七、隔尾、牧羊關、賀新郎、哭皇天、烏夜啼、二煞、
　　尾聲。

b43 一枝花、梁州第七、牧羊關、賀新郎、隔尾、哭皇天、烏夜啼、紅芍藥、
　　菩薩梁州、二煞、尾。

b45 一枝花、梁州第七、牧羊關、隔尾、牧羊關、鬥蝦蟆、尾。

b46 一枝花、梁州第七、隔尾、牧羊關、罵玉郎、感皇恩、採茶歌、哭皇天、
　　烏夜啼、么篇、紅芍藥、菩薩梁州、尾。

b48 玉交枝、么篇、么篇、么篇、醉鄉春、小將軍、清江引、碧玉霄、隨
　　尾。

b52 一枝花、梁州第七、四塊玉、牧羊關、賀新郎、隔尾、紅芍藥、菩薩梁
　　州、尾聲。

b53 一枝花、梁州第七、紅芍藥、菩薩梁州、罵玉郎、感皇恩、採茶歌、尾
　　聲。

b54 一枝花、梁州第七、牧羊關、賀新郎、牧羊關、哭皇天、烏夜啼、三煞、
　　二煞、尾聲。(原三煞誤題爲要孩兒，見《詳解》，頁 82。)

b58 一枝花、梁州第七、隔尾、隔尾、鬥蝦蟆。

b59 一枝花、梁州第七、牧羊關、哭皇天、烏夜啼、牧羊關、尾聲。

b61 一枝花、梁州第七、隔尾、牧羊關、紅芍藥、菩薩梁州、賀新郎、尾聲。

b62 一枝花、梁州第七、賀新郎、梧桐樹、四塊玉、哭皇天、烏夜啼、尾
　　聲。

b64 一枝花、梁州第七、哭皇天、烏夜啼、牧羊關、鬥蝦蟆、尾聲。

b65 一枝花、梁州第七、四塊玉、隔尾、牧羊關、罵玉郎、感皇恩、採茶歌、
尾聲。

b66 一枝花、梁州第七、隔尾、牧羊關、罵玉郎、感皇恩、採茶歌、尾聲。

b67 一枝花、梁州第七、賀新郎、鬥蝦蟆、哭皇天、烏夜啼、尾聲。

b68 一枝花、梁州第七、隔尾、牧羊關、罵玉郎、感皇恩、採茶歌、煞。

b69 一枝花、梁州第七、隔尾、牧羊關、么篇、紅芍藥、菩薩梁州、罵玉郎、
感皇恩、採茶歌、煞尾。

b70 一枝花、梁州第七、四塊玉、哭皇天、烏夜啼、尾聲。

c01 一枝花、梁州第七、牧羊關、四塊玉、罵玉郎、感皇恩、採茶歌、尾
聲。

d05 一枝花、梁州第七、隔尾、賀新郎、牧羊關、罵玉郎、感皇恩、採茶歌、
尾聲。

d11 一枝花、梁州第七、隔尾、隔尾、牧羊關、罵玉郎、感皇恩、採茶歌、
尾聲。

d16 一枝花、梁州第七、牧羊關、尾聲。

d18 一枝花、梁州第七、隔尾、賀新郎、牧羊關、尾聲。

d22 一枝花、梁州第七、隔尾、牧羊關、隔尾、賀新郎、紅芍藥、菩薩梁州、
尾聲。

d26 一枝花、梁州第七、隔尾、罵玉郎、感皇恩、採茶歌、尾聲。

d28 一枝花、梁州第七、四塊玉、罵玉郎、感皇恩、採茶歌、賀新郎、紅芍
藥、菩薩梁州、尾聲。

d34 一枝花、梁州第七、哭皇天、烏夜啼、尾聲。

d37 一枝花、梁州第七、哭皇天、烏夜啼、尾聲。

d39 一枝花、梁州第七、牧羊關、隔尾、賀新郎、牧羊關、尾聲。

d45 一枝花、梁州第七、牧羊關、哭皇天、烏夜啼、鵪鶉兒、尾聲。

d49 一枝花、梁州第七、隔尾、四塊玉、鬥蝦蟆、牧羊關、尾聲。

d50 一枝花、梁州第七、隔尾、罵玉郎、感皇恩、採茶歌、尾聲。（原隔尾題
作尾聲。）

d52 一枝花、梁州第七、隔尾、牧羊關、罵玉郎、感皇恩、採茶歌、尾聲。

d53 一枝花、梁州第七、隔尾、罵玉郎、感皇恩、採茶歌、賀新郎、哭皇天、

烏夜啼、牧羊關、尾聲。

d56　一枝花、梁州第七、賀新郎、牧羊關、隔尾、牧羊關、罵玉郎、感皇恩、採茶歌、尾聲。

d59　一枝花、梁州第七、隔尾、罵玉郎、感皇恩、採茶歌、尾聲。

d62　一枝花、梁州第七、隔尾、牧羊關、罵玉郎、感皇恩、採茶歌、尾聲。

以下爲全劇不存之殘折套式：

e01　一枝花、梁州第七、隔尾、牧羊關、賀新郎、牧羊關、鬥蝦蟆、尾聲。（李取進《孌巴噢酒》第二折）

e02　一枝花、梁州第七、牧羊關、罵玉郎、感皇恩、採茶歌、哭皇天、烏夜啼、尾聲。（邾經《鴛鴦塚》折次未詳）

e03　一枝花、梁州第七、牧羊關、賀新郎、隔尾、牧羊關、鬥蝦蟆、三煞、二煞、隔尾。（高文秀《誤魯肅》第二折）

附錄五：中呂所有套式

中呂所有套式如下：

a01　粉蝶兒、醉春風、叫聲、剔銀燈、蔓菁菜、白鶴子、么篇、上小樓、么篇、滿庭芳、十二月、堯民歌、隨煞。

a02　粉蝶兒、醉春風、迎仙客、白鶴子、么篇、普天樂、紅繡鞋、石榴花、鬥鵪鶉、上小樓、么篇、滿庭芳、耍孩兒、煞尾。

a05　粉蝶兒、醉春風、上小樓、么篇、快活三、朝天子、耍孩兒、煞尾。

a06　粉蝶兒、紅繡鞋、迎仙客、醉高歌、醉春風、紅繡鞋、普天樂、滿庭芳、上小樓、么篇、耍孩兒、四煞、三煞、二煞、煞尾。

a07　粉蝶兒、醉春風、紅繡鞋、石榴花、鬥鵪鶉、上小樓、么篇、十二月、堯民歌、尾煞。

a08　粉蝶兒、醉春風、快活三、朝天子、四邊靜、普天樂、上小樓、么篇、脫布衫、小梁州、么篇、耍孩兒、煞尾。

a09　粉蝶兒、醉春風、石榴花、鬥鵪鶉、上小樓、么篇、哨遍、耍孩兒、二煞、隨尾。

a10　粉蝶兒、醉春風、迎仙客、紅繡鞋、石榴花、鬥鵪鶉、上小樓、么篇、快活三、朝天子、耍孩兒、二煞、煞尾。

a13　粉蝶兒、醉春風、叫聲、剔銀燈、蔓菁菜、紅繡鞋、滿庭芳、尾煞。

a14　粉蝶兒、叫聲、醉春風、倘秀才、叫聲、滾繡球、么篇、煞尾。

a16　粉蝶兒、醉春風、十二月、堯民歌、滿庭芳、耍孩兒、三煞、二煞、尾煞。

a17　粉蝶兒、醉春風、迎仙客、紅繡鞋、石榴花、鬥鵪鶉、普天樂、上小樓、么篇、滿庭芳、耍孩兒、二煞、煞尾。

a18　粉蝶兒、醉春風、紅繡鞋、迎仙客、醉高歌、滿庭芳、石榴花、鬥鵪鶉、上小樓、么篇、耍孩兒、二煞、煞尾。

a19　粉蝶兒、醉春風、十二月、堯民歌、上小樓、滿庭芳、快活三、紅芍藥、鮑老兒、耍孩兒、一煞、煞尾。

a20　粉蝶兒、醉春風、滿庭芳、普天樂、迎仙客、石榴花、鬥鵪鶉、上小樓、么篇、十二月、堯民歌、耍孩兒、煞尾。

a21　粉蝶兒、叫聲、醉春風、迎仙客、紅繡鞋、快活三、鮑老兒、古鮑老、紅芍藥、剔銀燈、蔓菁菜、滿庭芳、普天樂、啄木兒尾。

a25　粉蝶兒、醉春風、紅繡鞋、普天樂、迎仙客、石榴花、鬥鵪鶉、上小樓、么篇、滿庭芳、十二月、堯民歌、收尾。

a28　粉蝶兒、醉春風、迎仙客、紅繡鞋、滿庭芳、石榴花、鬥鵪鶉、快活三、鮑老兒、十二月、堯民歌、上小樓、么篇、耍孩兒、四煞、三煞、二煞、煞尾。

a29　粉蝶兒、醉春風、十二月、堯民歌、紅繡鞋、喜春來、迎仙客、普天樂、快活三、鮑老催、上小樓、么篇、耍孩兒、二煞、煞尾。

a30　粉蝶兒、醉春風、迎仙客、紅繡鞋、快活三、鮑老兒、柳青娘、道和、隨尾。

a31　粉蝶兒、醉春風、迎仙客、石榴花、鬥鵪鶉、上小樓、么篇、快活三、鮑老兒、哨遍、耍孩兒、三煞、二煞、煞尾。

a32　粉蝶兒、醉春風、普天樂、滿庭芳、上小樓、十二月、堯民歌、耍孩兒、二煞、三煞、尾煞。

a33　粉蝶兒、醉春風、紅繡鞋、迎仙客、石榴花、鬥鵪鶉、上小樓、么篇、十二月、堯民歌、耍孩兒、煞尾。

a34　粉蝶兒、醉春風、石榴花、鬥鵪鶉、普天樂、紅繡鞋、上小樓、么篇、滿庭芳、快活三、鮑老兒、十二月、堯民歌、耍孩兒、二煞、一煞、煞尾。

a38 粉蝶兒、醉春風、石榴花、鬥鵪鶉、迎仙客、快活三、朝天子、上小樓、
滿庭芳、尾聲。

a40 粉蝶兒、醉春風、上小樓、么篇、小梁州、么篇、滿庭芳、十二月、堯
民歌、隨尾。

a41 粉蝶兒、醉春風、迎仙客、紅繡鞋、普天樂、石榴花、鬥鵪鶉、上小樓、
么篇、十二月、堯民歌、哨遍、耍孩兒、四煞、三煞、二煞、尾煞。

a43 粉蝶兒、醉春風、石榴花、鬥鵪鶉、上小樓、么篇、快活三、朝天子、
十二月、堯民歌、煞尾。

a44 粉蝶兒、醉春風、迎仙客、紅繡鞋、普天樂、上小樓、么篇、滿庭芳、
耍孩兒、五煞、四煞、三煞、二煞、尾煞。

a47 粉蝶兒、醉春風、迎仙客、紅繡鞋、普天樂、石榴花、鬥鵪鶉、上小樓、
么篇、滿庭芳、十二月、堯民歌、煞尾。

a48 粉蝶兒、醉春風、紅繡鞋、石榴花、鬥鵪鶉、上小樓、么篇、耍孩兒、
三煞、二煞、煞尾。

a49 粉蝶兒、醉春風、紅繡鞋、迎仙客、紅繡鞋、石榴花、鬥鵪鶉、上小樓、
么篇、十二月、堯民歌、耍孩兒、二煞、尾煞。

a50 粉蝶兒、醉春風、迎仙客、喜春來、上小樓、么篇、滿庭芳、哨遍、耍
孩兒、一煞、煞尾。

a51 粉蝶兒、醉春風、迎仙客、石榴花、鬥鵪鶉、上小樓、么篇、紅芍藥、
紅繡鞋、喜春來、普天樂、快活三、鮑老兒、叫聲、剔銀燈、蔓菁菜、
隨煞。

a52 粉蝶兒、醉春風、迎仙客、紅繡鞋、上小樓、么篇、滿庭芳、石榴花、
鬥鵪鶉、耍孩兒、尾聲。

a54 粉蝶兒、迎仙客、快活三、朝天子、紅繡鞋、剔銀燈、蔓菁菜、乾荷葉、
上小樓、滿庭芳、倘秀才、呆骨朵、倘秀才、滾繡球、伴讀書、笑歌賞、
煞尾。

a55 粉蝶兒、醉春風、紅繡鞋、石榴花、鬥鵪鶉、上小樓、么篇、十二月、
堯民歌、耍孩兒、二煞、一煞、煞尾。

a59 粉蝶兒、醉春風、迎仙客、醉高歌、石榴花、鬥鵪鶉、上小樓、么篇、
普天樂、快活三、鮑老兒、尾煞。

a61 粉蝶兒、醉春風、迎仙客、上小樓、么篇、滿庭芳、十二月、堯民歌、

煞尾。

a62　粉蝶兒、醉春風、迎仙客、紅繡鞋、石榴花、鬥鵪鶉、快活三、鮑老兒、
十二月、堯民歌、亂柳葉、上小樓、么篇、煞尾。

a65　粉蝶兒、醉春風、紅繡鞋、迎仙客、白鶴子、么篇、上小樓、么篇、耍
孩兒、二煞、煞尾。

a70　粉蝶兒、醉春風、迎仙客、紅繡鞋、普天樂、上小樓、么篇、脫布衫、
小梁州、么篇、石榴花、鬥鵪鶉、耍孩兒、三煞、二煞、煞尾。

a72　粉蝶兒、醉春風、石榴花、鬥鵪鶉、普天樂、醉高歌、十二月、堯民歌、
上小樓、么篇、耍孩兒、二煞、尾煞。

a73　粉蝶兒、醉春風、迎仙客、紅繡鞋、石榴花、鬥鵪鶉、上小樓、滿庭芳、
十二月、堯民歌、煞尾。

a75　粉蝶兒、醉春風、迎仙客、普天樂、十二月、堯民歌、耍孩兒、三煞、
二煞、煞尾。

a76　粉蝶兒、醉春風、迎仙客、紅繡鞋、普天樂、上小樓、么篇、滿庭芳、
快活三、鮑老兒、耍孩兒、三煞、二煞、煞尾。

a77　粉蝶兒、醉春風、乾荷葉、上小樓、么篇、滿庭芳、快活三、鮑老兒、
十二月、堯民歌、耍孩兒、三煞、二煞、煞尾。

a78　粉蝶兒、醉春風、迎仙客、紅繡鞋、醉高歌、普天樂、石榴花、鬥鵪鶉、
上小樓、么篇、滿庭芳、十二月、堯民歌、耍孩兒、五煞、四煞、三煞、
二煞、尾煞。

a79　粉蝶兒、醉春風、叫聲、喜春來、紅繡鞋、迎仙客、白鶴子、么篇、么
篇、么篇、么篇、么篇、叫聲、醉春風、滾繡球、倘秀才、蠻姑兒、快
活三、鮑老兒、鬼三台、剔銀燈、蔓菁菜、窮河西、柳青娘、道和、煞
尾。

a80　粉蝶兒、醉春風、迎仙客、上小樓、么篇、滿庭芳、耍孩兒、二煞、一
煞、尾煞。

a81　粉蝶兒、醉春風、紅繡鞋、迎仙客、石榴花、鬥鵪鶉、上小樓、么篇、
滿庭芳、普天樂、快活三、朝天子、十二月、堯民歌、耍孩兒、一煞、
二煞、煞尾。

a82　粉蝶兒、醉春風、迎仙客、紅繡鞋、滿庭芳、上小樓、么篇、普天樂、
十二月、堯民歌、快活三、鮑老催、耍孩兒、隨尾煞。

a83　粉蝶兒、醉春風、紅繡鞋、石榴花、鬥鵪鶉、上小樓、么篇、快活三、
　　鮑老兒、耍孩兒、尾聲。

a84　粉蝶兒、醉春風、石榴花、鬥鵪鶉、普天樂、上小樓、么篇、十二月、
　　堯民歌、耍孩兒、二煞、尾煞。

a85　粉蝶兒、醉春風、迎仙客、紅繡鞋、石榴花、鬥鵪鶉、普天樂、上小樓、
　　么篇、耍孩兒、二煞、一煞、煞尾。

a92　粉蝶兒、醉春風、上小樓、十二月、堯民歌、快活三、朝天子、耍孩兒、
　　二煞、煞尾。

a95　粉蝶兒、醉春風、紅繡鞋、普天樂、十二月、堯民歌、煞尾。

a96　粉蝶兒、醉春風、紅繡鞋、石榴花、鬥鵪鶉、上小樓、么篇、滿庭芳、
　　普天樂、耍孩兒、二煞、三煞、四煞、五煞、煞尾。

a97　粉蝶兒、醉春風、紅繡鞋、普天樂、石榴花、鬥鵪鶉、上小樓、么篇、
　　滿庭芳、煞尾。

b01　粉蝶兒、醉春風、紅繡鞋、迎仙客、石榴花、鬥鵪鶉、上小樓、么篇、
　　哨遍、耍孩兒、三煞、二煞、收尾。

b04　粉蝶兒、醉春風、上小樓、么篇、十二月、堯民歌、耍孩兒、三煞、二
　　煞、尾聲。

b05　粉蝶兒、醉春風、十二月、堯民歌、石榴花、鬥鵪鶉、上小樓、么篇、
　　快活三、鮑老兒、剔銀燈、蔓菁菜、尾聲。（原漏題蔓菁菜，併於剔銀燈，
　　今據譜改之。）

b07　粉蝶兒、醉春風、紅繡鞋、滿庭芳、十二月、堯民歌、江兒水、上小樓、
　　么篇、哨遍、耍孩兒、五煞、四煞、三煞、二煞、尾。

b08　粉蝶兒、醉春風、紅繡鞋、醉高歌、普天樂、啄木兒煞。

b10　粉蝶兒、醉春風、迎仙客、上小樓、么篇、十二月、堯民歌、耍孩兒、
　　二煞、尾聲。

b11　粉蝶兒、醉春風、紅繡鞋、上小樓、么篇、白鶴子、十二月、堯民歌、
　　尾聲。

b12　粉蝶兒、醉春風、迎仙客、紅繡鞋、普天樂、上小樓、么篇、十二月、
　　堯民歌、尾聲。

b13　粉蝶兒、醉春風、紅繡鞋、迎仙客、石榴花、鬥鵪鶉、普天樂、滿庭芳、
　　十二月、堯民歌、耍孩兒、三煞、二煞、煞尾。

b14　粉蝶兒、醉春風、脫布衫、小梁州、么篇、上小樓、么篇、快活三、賀
　　　聖朝、滿庭芳、耍孩兒、五煞、四煞、三煞、二煞、尾煞。

b17　粉蝶兒、醉春風、迎仙客、石榴花、鬥鵪鶉、上小樓、么篇、脫布衫、
　　　小梁州、么篇、快活三、朝天子、四邊靜、哨遍、耍孩兒、五煞、四煞、
　　　三煞、二煞、尾。

b18　粉蝶兒、醉春風、脫布衫、小梁州、么篇、上小樓、么篇、滿庭芳、快
　　　活三、朝天子、四邊靜、耍孩兒、四煞、三煞、二煞、收尾。

b19　粉蝶兒、醉春風、普天樂、快活三、朝天子、四邊靜、脫布衫、小梁州、
　　　么篇、石榴花、鬥鵪鶉、上小樓、么篇、滿庭芳、耍孩兒、四煞、三煞、
　　　二煞、煞尾。

b21　粉蝶兒、醉春風、迎仙客、上小樓、么篇、滿庭芳、白鶴子、么篇、么
　　　篇、么篇、么篇、快活三、朝天子、賀聖朝、耍孩兒、二煞、三煞、四
　　　煞、尾。

b22　粉蝶兒、醉春風、上小樓、普天樂、十二月、堯民歌、尾聲。

b24　粉蝶兒、醉春風、迎仙客、紅繡鞋、石榴花、鬥鵪鶉、上小樓、么篇、
　　　十二月、堯民歌、快活三、鮑老兒、耍孩兒、四煞、三煞、二煞、收
　　　尾。

b26　粉蝶兒、醉春風、迎仙客、醉高歌、石榴花、鬥鵪鶉、普天樂、乾荷葉、
　　　上小樓、么篇、滿庭芳、快活三、鮑老兒、哨遍、五煞、四煞、三煞、
　　　二煞、尾。

b28　粉蝶兒、醉春風、喜春來、普天樂、迎仙客、上小樓、么篇、醉高歌、
　　　紅繡鞋、快活三、朝天子、耍孩兒、三煞、二煞、尾。

b29　粉蝶兒、醉春風、迎仙客、石榴花、鬥鵪鶉、紅繡鞋、十二月、堯民歌、
　　　滿庭芳、快活三、鮑老兒、耍孩兒、三煞、二煞、收尾。

b30　粉蝶兒、醉春風、迎仙客、紅繡鞋、上小樓、么篇、耍孩兒、尾聲。

b32　粉蝶兒、醉春風、迎仙客、上小樓、么篇、滿庭芳、普天樂、耍孩兒、
　　　么篇、三煞、二煞、尾。

b33　粉蝶兒、醉春風、迎仙客、紅繡鞋、石榴花、鬥鵪鶉、上小樓、么篇、
　　　滿庭芳、耍孩兒、尾聲。

b34　粉蝶兒、醉春風、紅繡鞋、石榴花、鬥鵪鶉、耍孩兒、尾聲。

b35　粉蝶兒、醉春風、迎仙客、石榴花、鬥鵪鶉、上小樓、么篇、耍孩兒、

尾聲。

b36 粉蝶兒、醉春風、上小樓、十二月、堯民歌、耍孩兒、尾聲。

b37 粉蝶兒、醉春風、石榴花、鬥鵪鶉、剔銀燈、蔓菁菜、十二月、堯民歌、
上小樓、么篇、耍孩兒、么篇、三煞、二煞、尾。

b39 粉蝶兒、醉春風、迎仙客、石榴花、鬥鵪鶉、上小樓、么篇、耍孩兒、
二煞、尾聲。

b40 粉蝶兒、醉春風、紅繡鞋、剔銀燈、蔓菁菜、石榴花、鬥鵪鶉、上小樓、
么篇、耍孩帶四煞、三煞、二煞、收尾煞。

b41 粉蝶兒、醉春風、迎仙客、石榴花、鬥鵪鶉、上小樓、么篇、十二月、
堯民歌、耍孩兒、三煞、二煞、尾聲。

b42 粉蝶兒、醉春風、迎仙客、紅繡鞋、滿庭芳、尾聲。

b44 粉蝶兒、醉春風、迎仙客、石榴花、鬥鵪鶉、上小樓、么篇、十二月、
堯民歌、耍孩兒、么篇、尾聲。

b47 粉蝶兒、六么遍、上小樓、么篇、喬捉蛇、十二月、堯民歌、耍孩兒、
煞、尾聲。

b50 粉蝶兒、醉春風、快活三、朝天子、上小樓、么篇、滿庭芳、石榴花、
鬥鵪鶉、十二月、堯民歌、耍孩兒、二煞、三煞、四煞、尾聲。

b51 粉蝶兒、醉春風、迎仙客、石榴花、鬥鵪鶉、上小樓、么篇、滿庭芳、
普天樂、快活三、朝天子、耍孩兒、二煞、煞、尾聲、煞尾。

b52 粉蝶兒、醉春風、迎仙客、剔銀燈、蔓菁菜、十二月、堯民歌。

b53 粉蝶兒、醉春風、紅繡鞋、快活三、朝天子、上小樓、么篇、尾聲。

b55 粉蝶兒、醉春風、迎仙客、紅繡鞋、石榴花、鬥鵪鶉、普天樂、上小樓、
么篇、快活三、鮑老兒、十二月、堯民歌、哨遍、耍孩兒、四煞、三煞、
二煞、尾煞。

b57 粉蝶兒、醉春風、普天樂、白鶴子、么篇、上小樓、么篇、快活三、朝
天子、耍孩兒、四煞、三煞、二煞、尾聲。

b59 粉蝶兒、醉春風、紅繡鞋、上小樓、十二月、堯民歌、尾聲。

b61 粉蝶兒、醉春風、石榴花、鬥鵪鶉、十二月、堯民歌、耍孩兒、二煞、
尾聲。

b63 粉蝶兒、醉春風、迎仙客、白鶴子、白鶴子、白鶴子、白鶴子、白鶴子、
快活三、朝天子、啄木兒尾聲。

b65　粉蝶兒、醉春風、紅繡鞋、石榴花、鬥鵪鶉、滿庭芳、上小樓、耍孩兒、
　　　尾聲。

b68　粉蝶兒、醉春風、迎仙客、紅繡鞋、上小樓、么篇、耍孩兒、煞尾。

c02　粉蝶兒、醉春風、迎仙客、紅繡鞋、十二月、堯民歌、尾聲。

d01　粉蝶兒、醉春風、醉高歌、紅繡鞋、滿庭芳、普天樂、上小樓、么篇、
　　　十二月、堯民歌、耍孩兒、尾聲。

d02　粉蝶兒、醉春風、石榴花、上小樓、十二月、堯民歌。

d03　粉蝶兒、叫聲、醉春風、紅繡鞋、上小樓、十二月、堯民歌、耍孩兒、
　　　二煞、尾聲。

d05　粉蝶兒、醉春風、迎仙客、石榴花、鬥鵪鶉、乾荷葉、快活三、朝天子、
　　　耍孩兒、尾聲。

d07　粉蝶兒、醉春風、紅繡鞋、石榴花、鬥鵪鶉、滿庭芳、快活三、朝天子、
　　　上小樓、么篇、耍孩兒、三煞、二煞、一煞、尾聲。

d09　粉蝶兒、醉春風、紅繡鞋、上小樓、滿庭芳、尾聲。

d10　粉蝶兒、醉春風、迎仙客、紅繡鞋、鬥鵪鶉、上小樓、么篇、尾聲。

d11　粉蝶兒、醉春風、十二月、堯民歌、普天樂、快活三、鮑老兒、尾聲。

d12　粉蝶兒、醉春風、迎仙客、普天樂、石榴花、鬥鵪鶉、上小樓、么篇、
　　　尾聲。

d13　粉蝶兒、醉春風、醉高歌、普天樂、迎仙客、滿庭芳、耍孩兒、尾聲。

d14　粉蝶兒、醉春風、迎仙客、醉高歌、石榴花、鬥鵪鶉、耍孩兒、尾聲。

d15　粉蝶兒、醉春風、迎仙客、上小樓、么篇、滿庭芳、十二月、堯民歌、
　　　尾聲。

d16　粉蝶兒、醉春風、醉高歌、紅繡鞋、迎仙客、紅繡鞋、尾聲。

d17　粉蝶兒、醉春風、迎仙客、紅繡鞋、滿庭芳、尾聲。

d18　粉蝶兒、醉春風、紅繡鞋、石榴花、鬥鵪鶉、上小樓、尾聲。

d19　粉蝶兒、醉春風、紅繡鞋、石榴花、鬥鵪鶉、上小樓、滿庭芳、十二月、
　　　堯民歌、尾聲。

d20　粉蝶兒、醉春風、迎仙客、紅繡鞋、石榴花、鬥鵪鶉、尾聲。

d21　粉蝶兒、醉春風、紅繡鞋、剔銀燈、蔓菁菜、十二月、堯民歌、尾聲。

d24　粉蝶兒、醉春風、紅繡鞋、普天樂、上小樓、么篇、快活三、鮑老兒、
　　　尾聲。

d25　粉蝶兒、醉春風、迎仙客、紅繡鞋、石榴花、鬥鵪鶉、上小樓、么篇、
滿庭芳、耍孩兒、尾聲。

d29　粉蝶兒、醉春風、迎仙客、紅繡鞋、十二月、堯民歌、尾聲。

d30　粉蝶兒、醉春風、紅繡鞋、滿庭芳、上小樓、十二月、堯民歌、尾聲。

d31　粉蝶兒、醉春風、迎仙客、紅繡鞋、石榴花、鬥鵪鶉、上小樓、么篇、
滿庭芳、尾聲。

d35　粉蝶兒、醉春風、紅繡鞋、石榴花、鬥鵪鶉、十二月、堯民歌、尾聲。

d36　粉蝶兒、醉春風、迎仙客、上小樓、上小樓、耍孩兒、二煞、尾聲。

d41　粉蝶兒、醉春風、紅繡鞋、石榴花、鬥鵪鶉、上小樓、么篇、滿庭芳、
尾聲。

d42　粉蝶兒、醉春風、紅繡鞋、普天樂、快活三、鮑老兒、十二月、堯民歌、
尾聲。

d44　粉蝶兒、醉春風、紅繡鞋、十二月、堯民歌。

d45　粉蝶兒、醉春風、紅繡鞋、滿庭芳、十二月、堯民歌、耍孩兒、一煞、
尾聲。

d46　粉蝶兒、醉春風、普天樂、迎仙客、紅繡鞋、上小樓、么篇、滿庭芳、
十二月、堯民歌、耍孩兒、八煞、七煞、六煞、五煞、四煞、三煞、二
煞、一煞、尾聲。

d47　粉蝶兒、醉春風、脫布衫、小梁州、么篇、上小樓、么篇、紅繡鞋、滿
庭芳、耍孩兒、三煞、二煞、一煞、尾聲。

d48　粉蝶兒、醉春風、石榴花、鬥鵪鶉、紅繡鞋、上小樓、么篇、十二月、
堯民歌、尾聲。

d50　粉蝶兒、醉春風、脫布衫、小梁州、么篇、上小樓、么篇、紅繡鞋、快
活三、朝天子、滿庭芳、耍孩兒、五煞、四煞、三煞、二煞、一煞、煞
尾。

d52　粉蝶兒、醉春風、紅繡鞋、石榴花、鬥鵪鶉、十二月、堯民歌、尾聲。

d54　粉蝶兒、醉春風、迎仙客、紅繡鞋、石榴花、鬥鵪鶉、十二月、堯民歌、
尾聲。

d56　粉蝶兒、醉春風、滿庭芳、快活三、朝天子、上小樓、么篇、白鶴子、
白鶴子、石榴花、鬥鵪鶉、耍孩兒、三煞、二煞、尾聲。

d57　粉蝶兒、醉春風、迎仙客、紅繡鞋、滿庭芳、上小樓、么篇、十二月、

堯民歌、尾聲。

d58 粉蝶兒、醉春風、紅繡鞋、石榴花、鬥鵪鶉、十二月、堯民歌、尾聲。

d59 粉蝶兒、醉春風、紅繡鞋、滿庭芳、上小樓、么篇、脫布衫、小梁州、么篇、十二月、堯民歌、耍孩兒、一煞、尾聲。

d60 粉蝶兒、醉春風、紅繡鞋、普天樂、快活三、朝天子、耍孩兒、尾聲。

d61 粉蝶兒、醉春風、迎仙客、紅繡鞋、滿庭芳、十二月、堯民歌、尾聲。

以下爲全劇不存之殘折套式：

e01 粉蝶兒、醉春風、迎仙客、石榴花、鬥鵪鶉、上小樓、么篇、十二月、堯民歌、耍孩兒、二煞、尾聲。（王實甫《販茶船》折次不詳）

e02 粉蝶兒、醉春風、迎仙客、石榴花、鬥鵪鶉、快活三、朝天子、上小樓、么篇、耍孩兒、四煞、三煞、二煞、一煞、煞尾。（周文質《蘇武還鄉》第三折）

e03 粉蝶兒、醉春風、紅繡鞋、窮河西、播海令、古竹馬。（無名氏《咢咢旦》第三折）

e04 粉蝶兒、醉春風、快活三、朝天子、快活三、六么遍、六么序么篇、鮑老兒、古鮑老、剔銀燈、蔓菁菜、柳青娘、道和、尾聲。（白樸《箭射雙雕》折次未詳）

附錄六：越調所有套式

越調所有套式如下：

a04 鬥鵪鶉、紫花兒序、小桃紅、調笑令、鬼三台、聖藥王、麻郎兒、么篇、收尾。（原鬼三台誤題爲耍三台）

a05 鬥鵪鶉、紫花兒序、小桃紅、金蕉葉、鬼三台、調笑令、禿廝兒、聖藥王、收尾。

a08 鬥鵪鶉、紫花兒序、小桃紅、鬼三台、紫花兒序、調笑令、絡絲娘、么篇、耍三台、青山口、收尾。

a10 鬥鵪鶉、紫花兒序、小桃紅、鬼三台、金蕉葉、調笑令、禿廝兒、聖藥王、收尾。

a17 鬥鵪鶉、紫花兒序、調笑令、小桃紅、金蕉葉、天淨沙、禿廝兒、聖藥王、收尾。

a18 鬥鵪鶉、紫花兒序、天淨沙、鬼三台、紫花兒序、凭欄人、寨兒令、么篇、金蕉葉、調笑令、禿廝兒、聖藥王、收尾。

a22 鬥鵪鶉、紫花兒序、調笑令、小桃紅、鬼三台、紫花兒序、禿廝兒、聖藥王、收尾。

a30 鬥鵪鶉、紫花兒序、小桃紅、鬼三台、調笑令、麻郎兒、么篇、絡絲娘、收尾。

a35 鬥鵪鶉、紫花兒序、金蕉葉、寨兒令、么篇、鬼三台、調笑令、雪裡梅、禿廝兒、聖藥王、麻郎兒、么篇、慶元貞、收尾。

a41 鬥鵪鶉、紫花兒序、小桃紅、調笑令、禿廝兒、聖藥王、麻郎兒、么篇、絡絲娘、雪裡梅、紫花兒序、東原樂、綿搭絮、拙魯速、么篇、收尾。

a52 鬥鵪鶉、紫花兒序、小桃紅、金蕉葉、調笑令、禿廝兒、聖藥王、麻郎兒、么篇、東原樂、綿搭絮、絡絲娘、拙魯速、么篇、收尾。

a53 鬥鵪鶉、紫花兒序、金蕉葉、調笑令、禿廝兒、聖藥王、鬼三台、麻郎兒、么篇、絡絲娘、收尾。

a56 鬥鵪鶉、紫花兒序、金蕉葉、調笑令、小桃紅、鬼三台、禿廝兒、聖藥王、麻郎兒、么篇、絡絲娘、東原樂、拙魯速、收尾。

a57 鬥鵪鶉、紫花兒序、凭欄人、調笑令、禿廝兒、聖藥王、絡絲娘、東原樂、收尾。

a58 鬥鵪鶉、紫花兒序、小桃紅、天淨沙、調笑令、禿廝兒、聖藥王、寨兒令、么篇、收尾。

a66 鬥鵪鶉、紫花兒序、小桃紅、鬼三台、金蕉葉、調笑令、禿廝兒、聖藥王、麻郎兒、么篇、絡絲娘、雪裡梅、青山口、收尾。

a67 鬥鵪鶉、紫花兒序、鬼三台、調笑令、小桃紅、禿廝兒、聖藥王、收尾。
（原鬼三台誤題為要三台）

a80 鬥鵪鶉、紫花兒序、小桃紅、天淨沙、寨兒令、么篇、黃薔薇、慶元貞、黃薔薇、慶元貞、禿廝兒、聖藥王、鬼三台、調笑令、麻郎兒、么篇、收尾。

a88 要三台、紫花兒序、小桃紅、金蕉葉、鬼三台、調笑令、禿廝兒、聖藥王、絡絲娘、雪裡梅、收尾。

a91 鬥鵪鶉、紫花兒序、小桃紅、鬼三台、調笑令、么篇、天淨沙、禿廝兒、

聖藥王、收尾。

a93 鬥鵪鶉、紫花兒序、小桃紅、紫花兒序、鬼三台、調笑令、禿廝兒、聖藥王、拙魯速、么篇、收尾。

a95 鬥鵪鶉、紫花兒序、金蕉葉、調笑令、鬼三台、聖藥王、禿廝兒、絡絲娘、收尾。

a99 鬥鵪鶉、紫花兒序、小桃紅、凭欄人、鬼三台、寨兒令、么篇、金蕉葉、調笑令、收尾。

b06 鬥鵪鶉、紫花兒序、寨兒令、鬼三台、調笑令、尾聲。

b07 鬥鵪鶉、紫花兒序、么篇、梨花兒、紫花兒序、小桃紅、調笑令、聖藥王、鬼三台、天淨沙、東原樂、綿搭絮、拙魯速、尾。

b11 鬥鵪鶉、紫花兒序、金蕉葉、寨兒令、么篇、調笑令、禿廝兒、聖藥王、尾聲。（原禿廝兒誤題爲耍孩兒）

b14 鬥鵪鶉、紫花兒序、小桃紅、天淨沙、調笑令、禿廝兒、聖藥王、麻郎兒、么篇、絡絲娘、東原樂、綿搭絮、拙魯速、尾聲。

b16 鬥鵪鶉、紫花兒序、調笑令、禿廝兒、聖藥王、尾聲。

b17 鬥鵪鶉、紫花兒序、金蕉葉、調笑令、小桃紅、禿廝兒、聖藥王、麻郎兒、么篇、絡絲娘、東原樂、綿搭絮、拙魯速、么篇、尾。

b18 鬥鵪鶉、紫花兒序、小桃紅、天淨沙、調笑令、禿廝兒、聖藥王、麻郎兒、么篇、絡絲娘、東原樂、綿搭絮、拙魯速、尾。

b19 鬥鵪鶉、紫花兒序、天淨沙、調笑令、小桃紅、鬼三台、禿廝兒、聖藥王、東原樂、綿搭絮、拙魯速、煞尾。（原拙魯速誤題爲綿搭絮之么篇）

b20 鬥鵪鶉、紫花兒序、金蕉葉、調笑令、鬼三台、禿廝兒、聖藥王、麻郎兒、么篇、絡絲娘、小桃紅、小桃紅、東原樂、收尾。

b21 鬥鵪鶉、紫花兒序、天淨沙、小桃紅、金蕉葉、調笑令、禿廝兒、聖藥王、麻郎兒、么篇、絡絲娘、收尾。

b25 鬥鵪鶉、紫花兒序、小桃紅、天淨沙、鬼三台、紫花兒序、金蕉葉、聖藥王、鬼三台、紫花兒序、綿搭絮、么篇、尾聲。

b28 鬥鵪鶉、紫花兒序、小桃紅、金蕉葉、調笑令、寨兒令、鬼三台、禿廝兒、聖藥王、收尾。

b29 鬥鵪鶉、紫花兒序、小桃紅、鬼三台、紫花兒序、金蕉葉、調笑令、禿廝兒、聖藥王、絡絲娘、綿搭絮、拙魯速、么篇、收尾。

b31 鬥鵪鶉、紫花兒序、金蕉葉、調笑令、鬼三台、禿廝兒、聖藥王、麻郎兒、么篇、絡絲娘、尾。

b32 鬥鵪鶉、紫花兒序、小桃紅、雪裡梅、鬼三台、金蕉葉、調笑令、禿廝兒、聖藥王、麻郎兒、么篇、絡絲娘、東原樂、綿搭絮、拙魯速、么篇、收尾。（原拙魯速誤題爲綿搭絮之么篇，拙魯速之么篇作始調。）

b34 鬥鵪鶉、紫花兒序、調笑令、鬼三台、禿廝兒、聖藥王、尾聲。

b38 鬥鵪鶉、紫花兒序、金蕉葉、調笑令、禿廝兒、聖藥王、雪裡梅、古竹馬、么篇、尾聲。

b41 鬥鵪鶉、紫花兒序、小桃紅、東原樂、雪裡梅、紫花兒序、絡絲娘、酒旗兒、調笑令、鬼三台、聖藥王、眉兒彎、耍三台、尾聲。

b42 鬥鵪鶉、紫花兒序、小桃紅、金蕉葉、調笑令、禿廝兒、聖藥王、麻郎兒、么篇、絡絲娘、耍三台、么篇、尾聲。

b46 鬥鵪鶉、紫花兒序、小桃紅、調笑令、禿廝兒、聖藥王、麻郎兒、么篇、絡絲娘、拙魯速、尾。（原禿廝兒誤題爲鬼三台，聖藥王誤題爲禿廝兒。）

b47 鬥鵪鶉、紫花兒序、金蕉葉、調笑令、禿廝兒、聖藥王、麻郎兒、么篇、拙魯速、么篇、尾。

b49 鬥鵪鶉、紫花兒序、小桃紅、金蕉葉、調笑令、聖藥王、鬼三台、拙魯速、么篇、尾。

b51 鬥鵪鶉、紫花兒序、金蕉葉、調笑令、金蕉葉、調笑令、小桃紅、鬼三台、寨兒令、禿廝兒、聖藥王、尾。

b54 鬥鵪鶉、紫花兒序、小桃紅、金蕉葉、調笑令、鬼三台、聖藥王、煞、尾聲。（原鬼三台誤題爲耍三台）

b56 鬥鵪鶉、紫花兒序、耍三台、絡絲娘、紫花兒序、么篇、尾聲。（原漏題紫花兒序之么篇）

b57 鬥鵪鶉、紫花兒序、凭欄人、鬼三台、調笑令、尾聲。

b60 鬥鵪鶉、紫花兒序、寨兒令、么篇、鬼三台、禿廝兒、聖藥王、尾聲。

b66 鬥鵪鶉、紫花兒序、金蕉葉、調笑令、禿廝兒、聖藥王、雪裡梅、古竹馬、么篇、尾聲。

b70 鬥鵪鶉、紫花兒序、調笑令、禿廝兒、聖藥王、尾聲。

d01 鬥鵪鶉、紫花兒序、鬼三台、調笑令、禿廝兒、聖藥王、尾聲。

d04 鬥鵪鶉、紫花兒序、寨兒令、調笑令、鬼三台、禿廝兒、聖藥王、尾聲。

d06 鬥鵪鶉、紫花兒序、寨兒令、金蕉葉、調笑令、禿廝兒、聖藥王、尾聲。

d07 鬥鵪鶉、紫花兒序、寨兒令、小桃紅、金蕉葉、調笑令、小桃紅、鬼三台、禿廝兒、聖藥王、青山口、尾聲。

d08 鬥鵪鶉、紫花兒序、小桃紅、鬼三台、調笑令、禿廝兒、聖藥王、尾聲。

d09 鬥鵪鶉、紫花兒序、調笑令、禿廝兒、聖藥王、鬼三台、尾聲。

d13 鬥鵪鶉、紫花兒序、天淨沙、寨兒令、鬼三台、調笑令、禿廝兒、聖藥王、耍三台、尾聲。

d14 鬥鵪鶉、紫花兒序、小桃紅、調笑令、禿廝兒、聖藥王、尾聲。

d15 鬥鵪鶉、紫花兒序、調笑令、鬼三台、禿廝兒、聖藥王、尾聲。

d16 鬥鵪鶉、紫花兒序、調笑令、禿廝兒、聖藥王、尾聲。

d17 鬥鵪鶉、紫花兒序、調笑令、鬼三台、禿廝兒、聖藥王、尾聲。

d19 鬥鵪鶉、紫花兒序、金蕉葉、小桃紅、調笑令、禿廝兒、聖藥王、尾聲。

d20 鬥鵪鶉、紫花兒序、調笑令、禿廝兒、聖藥王、尾聲。

d21 鬥鵪鶉、紫花兒序、金蕉葉、調笑令、禿廝兒、聖藥王、尾聲。

d24 鬥鵪鶉、紫花兒序、小桃紅、調笑令、禿廝兒、聖藥王、尾聲。

d27 鬥鵪鶉、紫花兒序、小桃紅、金蕉葉、調笑令、禿廝兒、聖藥王、尾聲。

d28 鬥鵪鶉、紫花兒序、小桃紅、鬼三台、黃薔薇、調笑令、禿廝兒、聖藥王、尾聲。

d30 鬥鵪鶉、紫花兒序、金蕉葉、調笑令、禿廝兒、聖藥王、尾聲。

d31 鬥鵪鶉、紫花兒序、凭欄人、金蕉葉、調笑令、禿廝兒、聖藥王、尾聲。

d32 鬥鵪鶉、紫花兒序、調笑令、禿廝兒、聖藥王、鬼三台、尾聲。

d33 鬥鵪鶉、紫花兒序、金蕉葉、調笑令、禿廝兒、聖藥王、尾聲。

d34 鬥鵪鶉、紫花兒序、調笑令、禿廝兒、聖藥王、尾聲。

d38 鬥鵪鶉、紫花兒序、金蕉葉、調笑令、禿廝兒、聖藥王、尾聲。

d39 鬥鵪鶉、紫花兒序、金蕉葉、調笑令、禿廝兒、聖藥王、鬼三台、尾聲。

d42 鬥鵪鶉、紫花兒序、金蕉葉、小桃紅、調笑令、禿廝兒、聖藥王、尾聲。

d43 鬥鵪鶉、紫花兒序、寨兒令、調笑令、鬼三台、禿廝兒、聖藥王、尾聲。

d44 鬥鵪鶉、紫花兒序、調笑令、鬼三台、金蕉葉、寨兒令、麻郎兒、絡絲娘、尾聲。

d48 鬥鵪鶉、紫花兒序、調笑令、禿廝兒、聖藥王、慶元貞、尾聲。

d51 鬥鵪鶉、紫花兒序、調笑令、禿廝兒、聖藥王、雪裡梅、尾聲。

d54 鬥鵪鶉、紫花兒序、金蕉葉、小桃紅、調笑令、禿廝兒、聖藥王、尾聲。

d55 鬥鵪鶉、紫花兒序、小桃紅、金蕉葉、調笑令、鬼三台、尾聲。

d57 鬥鵪鶉、紫花兒序、鬼三台、調笑令、禿廝兒、聖藥王、尾聲。

d58 鬥鵪鶉、紫花兒序、小桃紅、調笑令、禿廝兒、聖藥王、尾聲。

d60 鬥鵪鶉、紫花兒序、金蕉葉、調笑令、禿廝兒、聖藥王、尾聲。

d62 鬥鵪鶉、紫花兒序、小桃紅、金蕉葉、調笑令、禿廝兒、聖藥王、尾聲。

以下為全劇不存之殘折套式：

e01 鬥鵪鶉、紫花兒序、送遠行、寨兒令、小桃紅、鬼三台、金蕉葉、調笑令、禿廝兒、聖藥王、紫花兒序、東原樂、綿搭絮、拙魯速、收尾。（鄭光祖《月夜聞箏》折次不詳）

e02 鬥鵪鶉、紫花兒序、小桃紅、鬼三台、調笑令、禿廝兒、聖藥王、麻郎兒、慶元貞、尾聲。（無名氏《後堯婆》折次不詳）

附錄七：商調所有套式

商調所有套式如下：

a12 集賢賓、逍遙樂、金菊香、醋葫蘆、么篇、么篇、後庭花、柳葉兒、雙雁兒、浪里來煞。

a19 集賢賓、逍遙樂、梧葉兒、後庭花、雙雁兒、醋葫蘆、么篇、浪里來

煞。

a27　集賢賓、金菊香、梧葉兒、後庭花、青哥兒、柳葉兒、醋葫蘆、浪里來
煞。(原醋葫蘆誤題爲油葫蘆，據《詳解》改之。)

a39　集賢賓、逍遙樂、醋葫蘆、么篇、么篇、掛金索、醋葫蘆、么篇、後庭
花、梧葉兒、金菊香、浪里來煞。

a45　集賢賓、逍遙樂、金菊香、醋葫蘆、么篇、么篇、么篇、么篇、么篇、
么篇、么篇、么篇、么篇、後庭花、雙雁兒、高過浪來裡、隨調煞。

a55　集賢賓、逍遙樂、金菊香、梧葉兒、掛金索、村里迓古、元和令、上馬
嬌、遊四門、勝葫蘆、後庭花、青哥兒、柳葉兒、醋葫蘆、么篇、么篇、
高過浪來裡、隨調煞。

a56　集賢賓、逍遙樂、尚京馬、梧葉兒、醋葫蘆、金菊香、浪里來、後庭花、
金菊香、柳葉兒、浪里來、高過隨調煞。

a63　集賢賓、逍遙樂、春歸怨、雁兒落、得勝令、賢聖吉、河西後庭花、么
篇、雙雁兒、望遠行、梧葉兒、賀聖朝、鳳鸞吟、牡丹春、涼亭樂、小
梁州、么篇、啄木兒尾。

a64　集賢賓、逍遙樂、梧葉兒、山坡羊、金菊香、醋葫蘆、么篇、么篇、么
篇、後庭花、雙雁兒、浪里來煞。

a65　集賢賓、逍遙樂、梧葉兒、醋葫蘆、么篇、么篇、窮河西、鳳鸞吟、浪
里來煞。

a75　集賢賓、逍遙樂、梧葉兒、金菊香、醋葫蘆、么篇、么篇、浪里來煞。

a79　集賢賓、逍遙樂、金菊香、醋葫蘆、么篇、金菊香、醋葫蘆、么篇、么
篇、後庭花、雙雁兒、浪里來煞。

a82　集賢賓、逍遙樂、掛金索、山坡羊、梧葉兒、金菊香、醋葫蘆、後庭
花、雙雁兒、青哥兒、醋葫蘆、金菊香、醋葫蘆、金菊香、醋葫蘆、浪
里來煞。

a87　集賢賓、逍遙樂、醋葫蘆、么篇、么篇、後庭花、雙雁兒、浪里來煞。

a90　集賢賓、逍遙樂、梧葉兒、後庭花、雙雁兒、金菊香、么篇、么篇、醋
葫蘆、么篇、么篇、浪里來煞。

a91　集賢賓、逍遙樂、金菊香、醋葫蘆、梧葉兒、後庭花、柳葉兒、高過浪
來裡煞。

a92　集賢賓、逍遙樂、醋葫蘆、么篇、梧葉兒、後庭花、雙雁兒、柳葉兒、

浪里來煞。

a93　集賢賓、金菊香、梧葉兒、後庭花、柳葉兒、醋葫蘆、金菊香、浪里來煞。

a00　集賢賓、逍遙樂、金菊香、醋葫蘆、金菊香、醋葫蘆、么篇、梧葉兒、浪里來煞。

b09　集賢賓、逍遙樂、醋葫蘆、醋葫蘆、後庭花、雙雁兒、尾聲。

b21　集賢賓、逍遙樂、掛金索、金菊香、醋葫蘆、么篇、梧葉兒、後庭花、青哥兒、醋葫蘆、金菊香、浪里來煞。

b30　集賢賓、逍遙樂、梧葉兒、醋葫蘆、後庭花、青哥兒、尾聲。

b44　集賢賓、逍遙樂、金菊香、梧葉兒、醋葫蘆、么篇、么篇、么篇、後庭花、柳葉兒、浪里來煞。

b49　集賢賓、逍遙樂、梧葉兒、醋葫蘆、么篇、么篇、么篇、么篇、後庭花、青哥兒、浪里來煞。

b59　集賢賓、後庭花、雙雁兒、醋葫蘆、么篇、么篇、么篇、么篇、么篇、尾聲。

b62　集賢賓、逍遙樂、醋葫蘆、么篇、么篇、後庭花、柳葉兒、尾聲。

d03　集賢賓、逍遙樂、梧葉兒、金菊香、節節高、元和令、上馬嬌、游四門、勝葫蘆、後庭花、柳葉兒、浪里來煞。

d23　集賢賓、醋葫蘆、醋葫蘆、醋葫蘆、醋葫蘆、尾聲。

d25　集賢賓、逍遙樂、梧葉兒、村里迓古、元和令、上馬嬌、游四門、後庭花、青哥兒、尾聲。

d35　集賢賓、逍遙樂、金菊香、梧葉兒、醋葫蘆、浪里來煞。

d40　集賢賓、逍遙樂、醋葫蘆、么篇、梧葉兒、醋葫蘆、么篇、么篇、么篇、么篇、么篇、么篇、後庭花、青哥兒、醋葫蘆、掛金索、醋葫蘆、浪里來煞。（原青哥兒後之醋葫蘆誤題為醉葫蘆。）

以下為全劇不存之殘折套式

e01　集賢賓、逍遙樂、金菊香、梧葉兒、醋葫蘆、么篇、么篇、么篇、么篇、後庭花、雙雁兒、浪來里煞。（戴善夫《翫江樓》折次不詳）

e02　集賢賓、逍遙樂、梧葉兒、金菊香、醋葫蘆、么篇、金菊香、村里迓古、元和令、上馬嬌、游四門、勝葫蘆、後庭花、柳葉兒、尾聲。（無名氏《望思臺》折次不詳）

附錄八：黃鍾與大石所有套式

黃鍾所有套式如下：

a15 醉花陰、喜遷鶯、出隊子、么篇、山坡羊、刮地風、四門子、古水仙子、隨尾。

a41 醉花陰、喜遷鶯、出隊子、刮地風、四門子、古水仙子、古寨兒令、古神仗兒、么篇、掛金索、尾聲。

a64 醉花陰、喜遷鶯、出隊子、刮地風、四門子、古水仙子、古寨兒令、古神仗兒、節節高、掛金索、尾聲。

a67 醉花陰、喜遷鶯、出隊子、刮地風、四門子、古水仙子、煞尾。

a74 醉花陰、喜遷鶯、出隊子、刮地風、四門子、古水仙子、尾聲。

a79 醉花陰、喜遷鶯、出隊子、刮地風、四門子、古水仙子、寨兒令、神仗兒、節節高、者刺古、掛金索、尾。

a88 醉花陰、喜遷鶯、出隊子、刮地風、四門子、水仙子、古寨兒令、神仗兒、尾聲。

b36 醉花陰、喜遷鶯、出隊子、刮地風、四門子、古水仙子、尾聲。

b38 醉花陰、喜遷鶯、出隊子、刮地風、四門子、古水仙子、寨兒令、尾。

b48 醉花陰、喜遷鶯、出隊子、刮地風、四門子、古水仙子、尾聲。(原刮地風誤題爲四門子，四門子誤題爲寨兒令，古水仙子誤題爲神仗兒，據《詳解》改定。)

b64 醉花陰、喜遷鶯、出隊子、刮地風、四門子、古水仙子、尾聲。

b66 醉花陰、喜遷鶯、出隊子、刮地風、四門子、古水仙子、尾聲。

d06 醉花陰、喜遷鶯、出隊子、刮地風、四門子、古水仙子、尾聲。

d32 醉花陰、喜遷鶯、出隊子、刮地風、四門子、古水仙子、尾聲。

以下爲全劇不存之殘折套式：

e01 醉花陰、喜遷鶯、出隊子、刮地風、四門子、古水仙子、古寨兒令、古神仗兒、節節高、掛金索、尾聲。(邾經《鴛鴦塚》第二折)

大石所有套式如下：

a14 六國朝、喜秋風、歸塞北、雁過南樓、六國朝、憨貨郎、歸塞北、擂鼓體、歸塞北、尾聲。(原擂鼓體及其後之歸塞北誤合題爲初問口，據《詳解》改定。)

a45 六國朝、歸塞北、初問口、怨別離、歸塞北、么篇、雁過南樓、六國朝、歸塞北、擂鼓體、歸塞北、淨瓶兒、玉翼蟬煞。

a66 念奴嬌、六國朝、初問口、歸塞北、雁過南樓、六國朝、喜秋風、歸塞北、怨別離、歸塞北、淨瓶兒、好觀音、隨煞尾。

b46 六國朝、喜秋風、歸塞北、六國朝、雁過南樓、擂鼓體、歸塞北、好觀音、觀音煞。

附錄九：雙調所有套式

雙調所有套式如下：

a01 新水令、駐馬聽、步步嬌、落梅風、殿前歡、雁兒落、得勝令、川撥棹、七弟兄、梅花酒、收江南、鴛鴦煞。

a02 新水令、沈醉東風、喬牌兒、水仙子、雁兒落、得勝令、沽美酒、太平令。

a03 新水令、駐馬聽、雁兒落、得勝令、沽美酒、太平令、殿前歡。

a04 新水令、步步嬌、雁兒落、得勝令、沽美酒、太平令、錦上花、么篇、清江引。

a05 新水令、駐馬聽、喬牌兒、掛玉鉤、雁兒落、得勝令、沽美酒、太平令、鴛鴦煞。

a06 新水令、駐馬聽、喬牌兒、掛玉鉤、川撥棹、豆葉黃、喬牌兒、掛玉鉤、水仙子、甜水令、折桂令、雁兒落、得勝令、鴛鴦煞。

a08 新水令、小將軍、清江引、碧玉簫、沽美酒、太平令、雁兒落、得勝令、殿前喜。

a10 新水令、沈醉東風、喬牌兒、雁兒落、得勝令、側磚兒、竹枝歌、隨尾。

a11 新水令、折桂令、雁兒落、得勝令、川撥棹、七弟兄、梅花酒、收江南。

a12 新水令、喬牌兒、慶東原、落梅風、雁兒落、得勝令、沽美酒、太平令、收尾。

a13 新水令、沈醉東風、雁兒落、水仙子、喬牌兒、川撥棹、殿前歡。

a14 新水令、沈醉東風、攬箏琶、喬木查、甜水令、折桂令、離亭宴帶歇指煞。

a16 新水令、沈醉東風、雁兒落、得勝令、川撥棹、七弟兄、梅花酒、收江南、鴛鴦煞。

a17 新水令、駐馬聽、沈醉東風、落梅風、甜水令、折桂令、沽美酒、太平令、錦上花、么篇、清江引、收尾。

a18 新水令、沈醉東風、雁兒落、得勝令、喬牌兒、殿前歡、折桂令。

a19 新水令、殿前歡、甜水令、折桂令、收江南、沽美酒、太平令。

a20 新水令、駐馬聽、喬牌兒、么篇、豆葉兒、掛玉鉤、沽美酒、太平令、川撥棹、七弟兄、梅花酒、收江南、雁兒落、得勝令、沈醉東風、甜水令、折桂令、鴛鴦煞。

a21 新水令、駐馬聽、沈醉東風、慶東原、步步嬌、沈醉東風、雁兒落、撥不斷、攪箏琶、風入松、胡十八、落梅風、殿前歡、沽美酒、太平令、三煞、太清歌、二煞、川撥棹、鴛鴦煞。

a22 新水令、清江引、碧玉簫、落梅風、水仙子、雁兒落、得勝令。

a23 新水令、沈醉東風、喬牌兒、甜水令、折桂令、落梅風、沽美酒、太平令、收尾。

a24 五供養、落梅風、阿那忽、慢金盞、石竹子、大拜門、山石榴、么篇、相公愛、小拜門、也不羅、小喜人心、醉也摩娑、月兒彎、風流體、忽都白、唐兀歹、離亭宴煞。（山石榴之么篇本誤題作醉娘子，據《北曲新譜》，頁 334 校改之。）

a24 新水令、沈醉東風、攪箏琶、胡十八、慶宣和、步步嬌、沽美酒、太平令、雁兒落、得勝令、鴛鴦煞。

a25 新水令、喬牌兒、掛玉鉤、雁兒落、得勝令、甜水令、折桂令、水仙子。

a26 新水令、步步嬌、川撥棹、七弟兄、梅花酒、收江南、沽美酒、太平令、鴛鴦煞。

a27 新水令、沽美酒、太平令、七弟兄、梅花酒、收江南、尾聲。

a28 新水令、駐馬聽、水仙子、落梅風、雁兒落、得勝令、沽美酒、太平令。

a29 新水令、沽美酒、太平令、雁兒落、得勝令、慶東原、川撥棹、七弟兄、梅花酒、收江南、太清歌、川撥棹、鴛鴦煞。

a30 新水令、駐馬聽、沽美酒、太平令、雁兒落、得勝令。

a32　新水令、甜水令、折桂令、喬牌兒、豆葉黃、川撥棹、殿前歡、雁兒落、
　　　得勝令、鴛鴦煞。

a33　新水令、慶東原、攪箏琶、雁兒落、得勝令、沈醉東風、甜水令、折桂
　　　令、收江南。

a34　新水令、駐馬聽、雁兒落、得勝令、落梅風、水仙子、川撥棹、七弟兄、
　　　梅花酒、收江南、鴛鴦煞。

a35　新水令、甜水令、折桂令、喬牌兒、水仙子、側磚兒、竹枝歌、清江
　　　引。

a36　新水令、駐馬聽、沈醉東風、七弟兄、梅花酒、收江南、水仙子、收
　　　尾。

a37　新水令、駐馬聽、夜行船、掛玉鉤、沽美酒、太平令、風入松、川撥棹、
　　　殿前歡、水仙子、鴛鴦煞。

a38　新水令、駐馬聽、雁兒落、得勝令、甜水令、折桂令、月上海棠、么篇、
　　　喬牌兒、清江引、隨尾。

a39　新水令、喬牌兒、雁兒落、得勝令、川撥棹、七弟兄、梅花酒、收江
　　　南。

a40　新水令、落梅風、夜行船、甜水令、得勝令、歸塞北、雁兒落、川撥棹、
　　　七弟兄、梅花酒、收江南、歸塞北、雁兒落、小將軍、鴛鴦煞。

a42　新水令、駐馬聽、步步嬌、沈醉東風、攪箏琶、雁兒落、川撥棹、七弟
　　　兄、梅花酒、收江南、水仙子、太平令、離亭宴帶歇指煞。

a43　新水令、步步嬌、沈醉東風、攪箏琶、雁兒落、得勝令、掛玉鉤、殿前
　　　歡、離亭宴帶鴛鴦煞。

a44　新水令、駐馬聽、喬牌兒、水仙子、沽美酒、太平令、收江南。

a46　新水令、沈醉東風、水仙子、雁兒落、得勝令、甜水令、折桂令、鴛鴦
　　　煞。

a47　新水令、沈醉東風、喬牌兒、水仙子、甜水令、折桂令、雁兒落、得勝
　　　令、離亭宴煞。

a48　新水令、駐馬聽、步步嬌、雁兒落、水仙子、雁兒落、得勝令、川撥棹、
　　　七弟兄、梅花酒、收江南。

a49　新水令、風入松、甜水令、折桂令、雁兒落、得勝令、川撥棹、七弟兄、
　　　梅花酒、收江南、收尾。

a50　新水令、川撥棹、七弟兄、梅花酒、收江南、雁兒落、得勝令、甜水令、
　　折桂令、落梅風、沽美酒、太平令、鴛鴦煞尾。

a51　新水令、駐馬聽、步步嬌、攪箏琶、雁兒落、小將軍、沈醉東風、撥不
　　斷、掛搭沽、沽美酒、太平令、川撥棹、七弟兄、梅花酒、收江南、水
　　仙子、太清歌、二煞、鴛鴦煞。

a52　五供養、喬木查、一錠銀、相公愛、醉娘子、金字經、山石榴、么篇、
　　落梅風、雁兒落、得勝令、風流體、古都白、唐兀歹、攪箏琶、沽美酒、
　　太平令。

a53　新水令、沈醉東風、慶宣和、雁兒落、得勝令、喬牌兒、掛玉鉤、甜水
　　令、折桂令、鴛鴦煞。

a54　新水令、沈醉東風、風入松、胡十八、雁兒落、掛玉鉤、川撥棹、夜行
　　船、殿前歡、沽美酒、太平令、鴛鴦煞。

a56　新水令、沈醉東風、喬牌兒、水仙子、攪箏琶、雁兒落、得勝令、甜水
　　令、折桂令、落梅風、沽美酒、太平令、絡絲娘煞尾。

a57　新水令、沈醉東風、喬牌兒、掛玉鉤、雁兒落、得勝令、沽美酒、太平
　　令。

a58　新水令、沈醉東風、落梅風、喬牌兒、川撥棹、七弟兄、梅花酒、收江
　　南、鴛鴦煞。

a59　新水令、沈醉東風、雁兒落、得勝令、川撥棹、七弟兄、梅花酒、收江
　　南、鴛鴦煞尾。

a60　新水令、駐馬聽、雁兒落、得勝令、掛玉鉤、沽美酒、太平令、甜水令、
　　折桂令、川撥棹、七弟兄、梅花酒、收江南、鴛鴦煞尾。

a61　新水令、雁兒落、得勝令、水仙子、川撥棹、七弟兄、梅花酒、收江南、
　　鴛鴦煞。

a62　新水令、沈醉東風、雁兒落、得勝令、掛玉鉤、川撥棹、七弟兄、梅花
　　酒、收江南、水仙子。

a63　新水令、慶宣和、早鄉詞、掛搭沽、石竹子、山石榴、么篇、醉也摩娑、
　　相公愛、胡十八、一錠銀、阿那忽、不拜門、慢金盞、大拜門、也不羅、
　　喜人心、風流體、忽都白、唐兀歹、川撥棹、七弟兄、梅花酒、收江南、
　　鴛鴦煞。

a64　新水令、步步嬌、喬牌兒、甜水令、折桂令、雁兒落、得勝令、掛玉鉤、

慶宣和、水仙子。

a65 新水令、駐馬聽、沽美酒、太平令、水仙子、雁兒落、得勝令。

a66 新水令、駐馬聽、喬牌兒、豆葉黃、滴滴金、折桂令、雁兒落、得勝令、
落梅風、沽美酒、太平令。

a68 新水令、駐馬聽、喬牌兒、雁兒落、得勝令、水仙子、落梅風、滴滴金、
折桂令、隨尾。

a69 新水令、步步嬌、沈醉東風、沽美酒、太平令、川撥棹、七弟兄、梅花
酒、收江南、清江引、雁兒落、得勝令、收尾。

a70 新水令、駐馬聽、喬牌兒、沈醉東風、川撥棹、七弟兄、梅花酒、收江
南、鴛鴦煞。

a71 新水令、水仙子、落梅風、風入松、川撥棹、七弟兄、梅花酒、收江南、
鴛鴦煞尾。

a72 新水令、沈醉東風、沽美酒、太平令、川撥棹、七弟兄、梅花酒、收江
南。

a73 新水令、駐馬聽、殿前歡、沽美酒、太平令、川撥棹、七弟兄、梅花酒、
收江南。

a75 新水令、沈醉東風、沽美酒、太平令、錦上花、么篇、碧玉簫、收尾。

a76 新水令、駐馬聽、風入松、撥不斷、雁兒落、水仙子、錦上花、么篇、
江兒水、碧玉簫、川撥棹、七弟兄、梅花酒、收江南。

a77 新水令、駐馬聽、殿前歡、掛玉鉤、雁兒落、得勝令、鴛鴦煞。

a78 新水令、駐馬聽、沈醉東風、殿前歡、雁兒落、得勝令、沽美酒、太平
令、落梅風、甜水令、折桂令。

a81 新水令、駐馬聽、落梅風、水仙子、甜水令、折桂令、錦上花、么篇、
清江引、離亭宴煞。

a82 新水令、駐馬聽、雁兒落、得勝令、風入松、喬牌兒、水仙子、殿前歡、
鴛鴦尾煞。

a83 新水令、喬牌兒、雁兒落、得勝令、甜水令、折桂令、沽美酒、太平令、
離亭宴煞。

a84 新水令、駐馬聽、沽美酒、太平令、雁兒落、得勝令、川撥棹、七弟兄、
梅花酒、收江南、鴛鴦尾煞。

a85 新水令、駐馬聽、雁兒落、得勝令、水仙子、川撥棹、七弟兄、梅花酒、

收江南、鴛鴦煞。

a86　新水令、沈醉東風、喬牌兒、雁兒落、得勝令、川撥棹、七弟兄、梅花酒、收江南、鴛鴦煞尾。

a87　新水令、駐馬聽、攪箏琶、沈醉東風、步步嬌、喬牌兒、殿前歡、離亭宴煞。

a88　五供養、落梅風、喬牌兒、折桂令、慶宣和、殿前歡、雁兒落、得勝令、鴛鴦煞。

a89　新水令、駐馬聽、步步嬌、胡十八、雁兒落、得勝令、掛玉鉤、水仙子。

a90　新水令、步步嬌、沈醉東風、胡十八、川撥棹、七弟兄、搗練子、梅花酒、收江南、乾荷葉、沽美酒、太平令、川撥棹、亂柳葉、水仙子、收尾。

a92　新水令、沈醉東風、胡十八、喬牌兒、落梅風、沽美酒、太平令、川撥棹、七弟兄、梅花酒、收江南、鴛鴦煞。

a93　新水令、駐馬聽、夜行船、沽美酒、太平令、雁兒落、得勝令、鴛鴦尾煞。

a94　新水令、步步嬌、雁兒落、得勝令、沽美酒、太平令、川撥棹、殿前歡、水仙子、鴛鴦尾煞。

a95　新水令、沈醉東風、雁兒落、得勝令、錦上花、么篇、清江引。

a96　新水令、駐馬聽、川撥棹、雁兒落、得勝令、川撥棹、七弟兄、梅花酒、收江南、尾。

a97　新水令、步步嬌、折桂令、沽美酒、太平令、豆葉黃、七弟兄、梅花酒、收江南。

a98　新水令、駐馬聽、滴滴金、折桂令、雁兒落、得勝令、沽美酒、太平令、收尾。

a99　新水令、沈醉東風、慶東原、雁兒落、得勝令、沽美酒、太平令。

a00　新水令、駐馬聽、喬牌兒、雁兒落、得勝令、側磚兒、竹枝歌、水仙子。

b02　新水令、駐馬聽、慶東原、鎮江迴、步步嬌、雁兒落、水仙子、胡十八、掛玉鉤、喬牌兒、夜行船、么篇、殿前歡、沽美酒、太平令。（太平令原誤題爲阿忽令，據《北曲新譜》，頁 304 改之。）

b03 新水令、慶東原、川撥棹、殿前歡、喬牌兒、水仙子、雁兒落、得勝令。

b04 新水令、水仙子、慶東原、川撥棹、七弟兄、梅花酒、收江南、沽美酒、太平令。

b05 新水令、駐馬聽、胡十八、慶東原、沈醉東風、雁兒落、得勝令、攪箏琶、離亭宴帶歇指煞。

b06 新水令、喬牌兒、雁兒落、得勝令。

b07 新水令、駐馬聽、甜水令、折桂令、水仙子、殿前歡、喬牌兒、掛玉鉤、落梅風、雁兒落、得勝令、太平令。（太平令原誤題為阿古令，據《北曲新譜》，頁 304 改之。）

b08 新水令、水仙子、沽美酒、太平令。

b09 新水令、川撥棹、七弟兄、梅花酒、收江南、沽美酒、太平令。

b10 新水令、喬牌兒、甜水令、折桂令、七弟兄、梅花酒、收江南、雁兒落、得勝令。

b11 新水令、雁兒落、得勝令、沽美酒、太平令。

b12 新水令、步步嬌、沈醉東風、落梅風、殿前歡、水仙子、雁兒落、得勝令、沽美酒、太平令、折桂令。

b13 新水令、駐馬聽、沈醉東風、雁兒落、得勝令、川撥棹、七弟兄、梅花酒、收江南、雁兒落、水仙子。

b14 新水令、駐馬聽、雁兒落、得勝令、水仙子、折桂令、沽美酒、太平令、川撥棹、七弟兄、梅花酒、收江南、鴛鴦煞。

b15 新水令、沈醉東風、水仙子。

b16 新水令、雁兒落、得勝令、折桂令。

b17 新水令、駐馬聽、沈醉東風、雁兒落、得勝令、喬牌兒、甜水令、折桂令、錦上花、么篇、碧玉簫、鴛鴦煞。（原錦上花與么篇誤合為一章，今據譜分之。）

b18 五供養、新水令、么篇、喬木查、攪箏琶、慶宣和、雁兒落、得勝令、甜水令、折桂令、月上海棠、么篇、喬牌兒、江兒水、殿前歡、離亭宴帶歇指煞。

b19 新水令、駐馬聽、喬牌兒、攪箏琶、沈醉東風、喬牌兒、甜水令、折桂令、錦上花、么篇、清江引、雁兒落、得勝令、離亭宴帶歇指煞。（原錦

上花與么篇誤合爲一章，今據譜分之。）

b20 新水令、步步嬌、落梅風、喬木查、攬箏琶、錦上花、么篇、清江引、
慶宣和、喬牌兒、甜水令、折桂令、水仙子、雁兒落、得勝令、鴛鴦煞。
（原錦上花與么篇誤合爲一章，今據譜分之。）

b21 新水令、駐馬聽、喬牌兒、雁兒落、得勝令、慶東原、喬木查、攬箏琶、
沈醉東風、落梅風、甜水令、折桂令、雁兒落、得勝令、落梅風、沽美
酒、太平令、錦上花、么篇、清江引、隨尾。（原錦上花與么篇誤合爲一
章，今據譜分之。）

b22 新水令、川撥棹、七弟兄、梅花酒、收江南、水仙子。

b23 新水令、駐馬聽、步步嬌、攬箏琶、沈醉東風、川撥棹、七弟兄、梅花
酒、收江南、尾。

b24 新水令、駐馬聽、落梅風、水仙子、雁兒落、得勝令、川撥棹、七弟兄、
梅花酒、收江南。

b25 新水令、駐馬聽、落梅風、水仙子、甜水令、折桂令、川撥棹、七弟兄、
梅花酒、收江南、雁兒落、得勝令。

b26 新水令、駐馬聽、沈醉東風、沽美酒、太平令、殿前歡、甜水令、折桂
令、夜行船、川撥棹、七弟兄、梅花酒、收江南、後庭花、柳葉兒。

b27 新水令、駐馬聽、雁兒落、得勝令、川撥棹、七弟兄、梅花酒、收江南。
（七弟兄與梅花酒二曲原互相誤題，今據譜校改之。）

b30 新水令、駐馬聽、雁兒落、得勝令、沽美酒、太平令。

b31 新水令、喬牌兒、滴滴金、折桂令、喬牌兒、殿前歡、水仙子、落梅風、
離亭宴煞。

b32 新水令、駐馬聽、喬牌兒、掛玉鉤、川撥棹、水仙子、沽美酒、太平令、
甜水令、折桂令、雁兒落、得勝令、落梅風。

b33 新水令、駐馬聽、雁兒落、得勝令、夜行船、尾聲。

b34 新水令、沈醉東風、甜水令、折桂令。

b35 新水令、沈醉東風、雁兒落、得勝令。

b36 新水令、沈醉東風、掛玉鉤、川撥棹、七弟兄、梅花酒、收江南。

b37 新水令、駐馬聽、沈醉東風、水仙子、雁兒落、得勝令、夜行船、掛玉
鉤、川撥棹、七弟兄、梅花酒、收江南、尾。

b39 新水令、喬牌兒、甜水令、折桂令、川撥棹、七弟兄、梅花酒、收江南、

雁兒落、得勝令、尾聲。

b40　新水令、駐馬聽、雁兒落、得勝令、雁兒落、掛玉鉤、落梅風。

b42　新水令、雁兒落、得勝令、甜水令、折桂令、沽美酒、太平令、尾聲。（原漏題太平令一曲之名，與沽美酒併爲一曲，今據譜分之。）

b43　新水令、駐馬聽、落梅風、沈醉東風、慶東原、水仙子、雁兒落、得勝令、甜水令、折桂令、川撥棹、七弟兄、梅花酒、收江南、尾。

b44　新水令、駐馬聽、雁兒落、得勝令、川撥棹、七弟兄、梅花酒、收江南。

b45　豆葉黃、一綯兒麻、喬牌兒、新水令、雁兒落、川撥棹、七弟兄、梅花酒、收江南、隨煞。

b49　新水令、駐馬聽、雁兒落、金字經、么篇、沽美酒、太平令。

b50　新水令、夜行船、雁兒落、得勝令、落梅風、甜水令、折桂令、水仙子。

b51　新水令、沽美酒、雁兒落、得勝令、水仙子。

b52　新水令、風入松、雁兒落、得勝令、鴛鴦煞尾。

b53　新水令、殿前歡、川撥棹、七弟兄、梅花酒、收江南、掛玉鉤。（原無梅花酒，但其七弟兄一曲實爲七弟兄全曲與半支梅花酒合成，故原應有梅花酒，因後來脫誤半支，而誤併於七弟兄，可參見《詳解》，頁178所言。）

b54　新水令、駐馬聽、攪箏琶、雁兒落、掛玉鉤、水仙子。

b55　新水令、駐馬聽、沈醉東風、夜行船、川撥棹、七弟兄、梅花酒、收江南、甜水令、折桂令。

b56　新水令、夜行船、川撥棹、七弟兄、梅花酒、收江南。

b57　新水令、水仙子、沽美酒、太平令、折桂令。

b58　新水令、殿前歡、夜行船、水仙子、尾聲。

b60　新水令、甜水令、折桂令、喬牌兒、掛玉鉤。

b61　新水令、川撥棹、七弟兄、梅花酒、收江南。

b62　新水令、步步嬌、殿前歡、川撥棹、收江南。

b63　新水令、沈醉東風、沽美酒、太平令。

b65　新水令、駐馬聽、沈醉東風、沽美酒、太平令、折桂令、殿前歡。

b66　新水令、喬牌兒、雁兒落、得勝令。

b67　新水令、慶東原、沽美酒、太平令、川撥棹、七弟兄、梅花酒、收江

南。

b68 新水令、沈醉東風、雁兒落、得勝令、甜水令、折桂令、沽美酒、太平令。

b69 新水令、駐馬聽、殿前歡、川撥棹、七弟兄、梅花酒、收江南、鴛鴦煞。

b70 新水令、喬牌兒、雁兒落、得勝令、川撥棹、七弟兄、梅花酒、收江南、折桂令。

c01 新水令、沈醉東風、喬牌兒、落梅風、沽美酒、太平令、川撥棹、七弟兄、梅花酒、收江南、尾聲。

c02 新水令、雁兒落、得勝令、沽美酒、太平令、折桂令。

d01 新水令、雁兒落、得勝令、折桂令。

d02 新水令、駐馬聽、喬牌兒、攪箏琶、川撥棹、七弟兄、梅花酒、收江南、尾聲。

d03 新水令、駐馬聽、沈醉東風、雁兒落、得勝令、沽美酒、太平令。

d04 新水令、雁兒落、得勝令、甜水令、折桂令、沈醉東風、落梅風、沽美酒、太平令。

d05 新水令、水仙子、沽美酒、太平令。

d06 新水令、雁兒落、得勝令、落梅風、沈醉東風、沽美酒、太平令。

d07 新水令、駐馬聽、沈醉東風、撥不斷、慶東原、雁兒落、得勝令、沽美酒、太平令、川撥棹、七弟兄、梅花酒、收江南、尾聲。

d08 新水令、駐馬聽、甜水令、折桂令、雁兒落、得勝令、沽美酒、太平令。

d09 新水令、駐馬聽、沽美酒、太平令。

d10 新水令、川撥棹、七弟兄、梅花酒、收江南。

d11 新水令、沈醉東風、沽美酒、太平令。

d12 新水令、沽美酒、太平令、殿前歡。

d13 新水令、攪箏琶、掛玉鉤、雁兒落、得勝令、沽美酒、太平令。

d14 新水令、沈醉東風、慶東原、喬牌兒、滴滴金。

d15 新水令、雁兒落、得勝令、折桂令、沽美酒、太平令。

d17 新水令、沈醉東風、雁兒落、得勝令、沽美酒、太平令、折桂令。

d18 新水令、雁兒落、掛玉鉤、川撥棹、七弟兄、梅花酒、收江南。

d19 新水令、駐馬聽、川撥棹、七弟兄、梅花酒、收江南、殿前歡。

d20 新水令、駐馬聽、雁兒落、得勝令、沽美酒、太平令。

d21 新水令、駐馬聽、沈醉東風、落梅風、雁兒落、得勝令。

d22 新水令、駐馬聽、喬牌兒、水仙子、折桂令、川撥棹、七弟兄、梅花酒、收江南。

d23 新水令、甜水令、折桂令、雁兒落、得勝令。

d24 新水令、沈醉東風、雁兒落、得勝令、川撥棹、七弟兄、梅花酒、收江南。

d25 新水令、喬牌兒、沈醉東風、雁兒落、得勝令、折桂令。

d26 新水令、駐馬聽、雁兒落、得勝令。

d27 新水令、喬牌兒、雁兒落、得勝令、甜水令、折桂令、沽美酒、太平令。

d28 新水令、雁兒落、掛玉鉤、川撥棹、七弟兄、梅花酒、收江南、沽美酒、太平令。

d29 新水令、沈醉東風、雁兒落、得勝令、沽美酒、太平令。

d30 新水令、駐馬聽、落梅風、胡十八、殿前歡。

d31 新水令、沈醉東風、折桂令、喬牌兒、沽美酒、太平令。

d32 新水令、駐馬聽、沈醉東風、雁兒落、得勝令、沽美酒、太平令、尾聲。

d33 新水令、雁兒落、得勝令、落梅風、川撥棹、七弟兄、梅花酒、收江南。

d34 新水令、沽美酒、太平令、七弟兄、梅花酒、收江南。

d35 新水令、喬牌兒、甜水令、折桂令、落梅風、攪箏琶、沽美酒、太平令。

d36 新水令、快活三、鮑老兒、柳青娘、道和、尾聲。

d37 新水令、沈醉東風、沽美酒、太平令。

d38 新水令、駐馬聽、川撥棹、七弟兄、梅花酒、收江南。

d39 新水令、駐馬聽、雁兒落、得勝令、沽美酒、太平令、甜水令。

d40 新水令、駐馬聽、喬牌兒、雁兒落、得勝令、水仙子、折桂令、沽美酒、太平令、川撥棹、七弟兄、梅花酒、收江南、離亭宴帶歇指煞。（原得勝令誤併於雁兒落，今據譜分之。）

d41 新水令、沈醉東風、雁兒落、得勝令、沽美酒、太平令。

d42 新水令、沈醉東風、川撥棹、七弟兄、梅花酒、收江南。

d43 新水令、雁兒落、得勝令、沽美酒、太平令、折桂令、殿前歡。

d44 新水令、駐馬聽、步步嬌、風入松、攬箏琶、雁兒落、得勝令、尾聲。

d45 新水令、雁兒落、得勝令、滴滴金、折桂令、喬牌兒、豆葉黃。

d46 新水令、駐馬聽、喬木查、慶宣和、沈醉東風、折桂令、落梅風、水仙子、雁兒落、得勝令、清江引、風入松、撥不斷、鴛鴦煞尾。

d47 新水令、駐馬聽、雁兒落、得勝令、水仙子、折桂令、雁兒落、得勝令、沽美酒、太平令。

d48 新水令、雁兒落、得勝令、沽美酒、太平令。

d49 新水令、駐馬聽、甜水令、折桂令、川撥棹、梅花酒、七弟兄、收江南。

d50 新水令、駐馬聽、雁兒落、得勝令、醉太平、清江引、水仙子、折桂令、雁兒落、得勝令、沽美酒、太平令。

d51 新水令、駐馬聽、沽美酒、太平令、錦上花、么篇、清江引、八焦延世、錦雞啼、八焦延世、華嚴海會。

d52 新水令、雁兒落、得勝令、沽美酒、太平令。

d53 新水令、駐馬聽、喬牌兒、掛玉鉤、雁兒落、得勝令、川撥棹、七弟兄、梅花酒、收江南、水仙子。（原得勝令誤併於雁兒落，今據譜分之。）

d54 新水令、駐馬聽、喬牌兒、甜水令、沽美酒、太平令。

d55 新水令、喬牌兒、掛玉鉤、沽美酒、太平令、尾聲。

d56 新水令、駐馬聽、殿前歡、雁兒落、得勝令、甜水令、折桂令、水仙子。

d57 新水令、沽美酒、太平令、川撥棹、七弟兄、梅花酒、收江南。

d58 新水令、雁兒落、得勝令、川撥棹、七弟兄、梅花酒、收江南。

d59 新水令、雁兒落、得勝令、水仙子。

d60 新水令、駐馬聽、喬牌兒、甜水令、沈醉東風、雁兒落、得勝令。

d61 新水令、雁兒落、得勝令、川撥棹、七弟兄、梅花酒、收江南。

d62 新水令、駐馬聽、喬牌兒、甜水令、雁兒落、得勝令。

以下為全劇不存之殘折套式：

e01 新水令、駐馬聽、步步嬌、雁兒落、得勝令、沽美酒、太平令、川撥棹、

七弟兒、梅花酒、收江南、鴛鴦煞。（李取進《樂巴噀酒》第四折）

e02 新水令、駐馬聽、甜水令、折桂令、落梅風、慶東原、沈醉東風、清江引、碧玉簫、雁兒落、得勝令、喬牌兒、掛玉鉤、鴛鴦煞。（鮑天祐《秦少游》折次不詳）

e03 新水令、駐馬聽、沈醉東風、撥不斷、慶東原、雁兒落、得勝令、沽美酒、太平令、川撥棹、七弟兒、梅花酒、收江南、歇指煞。（趙明道《范蠡歸湖》第四折）

e04 新水令、夜行船、沈醉東風、慶東原、喬牌兒、折桂令、胡十八、沽美酒、太平令、川撥棹、七弟兒、梅花酒、收江南、歇指煞。（尚仲賢《王魁負桂英》折次不詳）

e05 新水令、甜水令、折桂令、雁兒落、得勝令、沽美酒、太平令、雁兒落、掛玉鉤。（周文質《蘇武還鄉》第四折）

參考資料

一、專著部分

1. 《元曲選》，明・臧懋循輯，臺北中華書局，1983 年 12 月二版。

2. 《元曲選外編》，隋樹森編，臺北中華書局，1967 年 5 月一版。

3. 《全元雜劇初編》，楊家駱編，世界書局，1962 年初版。

4. 《全元雜劇二編》，楊家駱編，世界書局，1962 年初版。

5. 《全元雜劇三編》，楊家駱編，世界書局，1963 年初版。

6. 《全元雜劇外編》，楊家駱編，世界書局，1963 年初版。

7. 《全明雜劇》，陳萬鼐編，鼎文書局，1979 年 6 月初版。

8. 《西廂記》，元・王實甫，里仁書局，1981 年 12 月。

9. 《九宮大成南北詞宮譜》，清・周祥鈺、鄒金生編，見王秋桂主編《善本戲曲叢刊》第六輯，臺灣學生書局，1984 年 8 月初版。

10. 《九宮正始》，明・徐于室、清・鈕少雅輯，見王秋桂主編《善本戲曲叢刊》第三輯，臺灣學生書局，1984 年 8 月初版。

11. 《納書楹曲譜》，清・葉堂編，見王秋桂主編《善本戲曲叢刊》第六輯，臺灣學生書局，1984 年 8 月初版。

12. 《納書楹西廂記全譜》，清・葉堂編，清刻本。

13. 《集成曲譜》，王季烈、劉富梁合編，商務印書館，1925 年初版。

14. 《太和正音譜》，明・丹丘先生涵虛子編，洪氏出版社，1982 年 1 月再版。

15. 《北詞廣正譜》，明・李玉撰，見王秋桂主編《善本戲曲叢刊》第六輯，臺灣學生書局，1984 年 8 月初版。

16. 《雍熙樂府》，明・郭勛輯，西南書局，1981 年 3 月初版。

17. 《詞林摘艷》，明・張祿輯，鼎文書局，1972 年 4 月初版。

18. 《中原音韻》，元・周德清，藝文印書館，1979 年 3 月三版。

19. 《北曲新譜》，鄭騫，藝文印書館，1973 年 4 月初版。

20. 《北曲套式彙錄詳解》，鄭騫，藝文印書館，1973 年 4 月初版。

21. 《錄鬼簿》，元・鍾嗣成，洪氏出版社，1982 年 1 月再版。

22. 《錄鬼簿續編》，明・貫仲明，洪氏出版社，1982 年 1 月再版。

23. 《元雜劇考》，傅惜華，世界書局，1979 年 1 月三版。

24. 《明雜劇考》，傅惜華，世界書局，1982 年 4 月三版。

25. 《元明北雜劇總目考略》，邵曾棋編著，中州古籍出版社，1985 年 6 月一版一刷。

26. 《曲海總目提要》，董康重訂，新興書局，1985 年 11 月。

27. 《唱論》，元・芝菴，見楊家駱編《歷代詩史長編二輯》第一集，鼎文書局，1974 年 2 月初版。

28. 《曲律》，明・王驥德，見楊家駱編《歷代詩史長編二輯》第四集，鼎文書局，1974 年 2 月初版。

29. 《四友齋曲說》，明・何良俊，見任中敏輯《新曲苑》第一冊，臺灣中華書局，1970 年 8 月一版。

30. 《王氏曲藻》，明・王世貞，見任中敏輯《新曲苑》第一冊，臺灣中華書局，1970 年 8 月一版。

31. 《曲概》，清・劉熙載，見任中敏輯《新曲苑》第二冊，臺灣中華書局，1970 年 8 月一版。

32. 《詞餘叢話》，清・楊恩壽，見楊家駱編《歷代詩史長編二輯》第九集，鼎文書局，1974 年 2 月初版。

33. 《樂府傳聲》，清・徐大椿，見任中敏輯《新曲苑》第二冊，臺灣中華書局，1970 年 8 月一版。

34. 《曲話》，清・梁廷枏，見楊家駱編《歷代詩史長編二輯》第八集，鼎文書局，1974 年 2 月初版。

35. 《閒情偶寄》，清・李漁，長安出版社，1979 年 9 月三版。

36. 《論曲五種》，王國維，藝文印書館，1974 年 9 月三版。

37. 《宋元戲曲考》王國維，藝文印書館，1974 年 4 月三版。

38. 《螾廬曲談》，王季烈，見《集成曲譜》。

39. 《曲律易知》，許之衡，臺北郁氏印獎會，1979 年。

40. 《顧曲麈談》，吳梅，臺灣商務印書館，1988 年 11 月四版。

41. 《中國戲曲通史》，張庚、郭漢城，丹青圖書公司，1989 年再版。

42. 《中國戲劇學史稿》，葉長海，丹青圖書公司，1987 年 8 月。

43. 《中國音樂史》，王光祈，臺灣中華書局，1987 年 3 月九版。

44. 《中國音樂史略》，吳剑、劉東升，人民音樂出版社，1983 年。

45. 《中國古代音樂史稿》，楊蔭瀏，人民音樂出版社，1981 年 2 月一版一刷。

46. 《民族音樂概論》，丹青藝叢編委會編著，丹青圖書公司。

47. 《語言與音樂》，楊蔭瀏，丹青圖書公司。

48. 《元雜刻研究》，吉川幸次郎著，鄭清茂譯，藝文印書館，1987 年 10 月四版。

49. 《元人雜劇序說》，青木正兒著，隋樹森，長安出版社，1981 年 11 月二版。

50. 《景午叢編》，鄭騫，臺灣中華書局，1972 年 3 月初版。

51. 《明清傳奇導論》，張敬，華正書局，1986 年 10 月初版。

52. 《元人雜劇本事考》，羅錦堂，中國文化事業公司。

53. 《明雜劇概論》，曾永義，學海出版社，1979 年 4 月初版。

54. 《中國古典戲劇選注》，曾永義，國家出版社，1983 年 12 月初版。

55. 《中國古典戲劇的認識與欣賞》，曾永義，正中書局，1991 年 11 月初版。

56. 《中國古典戲劇論集》，曾永義，聯經出版公司，1982 年 8 月四版。

57. 《說戲曲》，曾永義，聯經出版公司，1983 年 5 月三版。

58. 《詩歌與戲曲》，曾永義，聯經出版公司，1988 年 4 月初版。

59. 《戲曲藝術論》，張庚，丹青圖書公司，1987 年 6 月初版。

60. 《北曲曲牌研究》，李國俊，中國文化大學七十八年博士論文。

61. 《元曲散套研究》，劉若緹，東海大學七十七年碩士論文。

二、單篇論文

1. 〈北詞廣正譜般涉三煞糾謬〉，葉慶炳，《臺大文史哲學報》第四期。

2. 〈北雜劇聲腔的形成與衰落〉，張庚，《戲曲研究》第一輯，文化與藝術出版社。

3. 〈元雜劇仙呂宮套曲排列次序〉，司徒修，《清華學報》新五卷一期。

4. 〈南曲聯套述例〉，張敬，《臺大文史哲學報》第十期。

5. 〈元雜劇的聯套與關目的佈置〉，魏仲佑，《中國文化月刊》第一一〇期。

6. 〈從俗套蹈襲看元雜劇的結構〉，顏天佑，《中華學苑》第四十期。

7. 〈略論戲曲音樂的功能〉，汪人元，《藝術百家》，1987 年第四期。